그래도
책읽기는
계속
된다

그래도 책읽기는 계속된다

초판 1쇄 발행 2012년 6월 15일

지은이 | 이현우
펴낸이 | 조미현

편집주간 | 김수한
책임편집 | 김예지
교정교열 | 김정선
디자인 | 나윤영

출력 | 문형사
인쇄 | 천일문화사
제책 | 쌍용제책사

펴낸곳 | (주)현암사
등록 | 1951년 12월 24일 • 제10-126호
주소 | 121-839 서울시 마포구 서교동 481-12
전화 | 365-5051 • 팩스 | 313-2729
전자우편 | editor@hyeonamsa.com
홈페이지 | www.hyeonamsa.com

ⓒ 이현우 2012
ISBN 978-89-323-1628-4 03810

이 도서의 국립중앙도서관 출판시도서목록(CIP)은 e-CIP 홈페이지(http://www.nl.co.kr/ecip)와
국가자료공동목록시스템(http://www.nl.go.kr/kolisnet)에서 이용하실 수 있습니다. (CIP제어번호
CIP2012002598)
이 책은 저작권법에 따라 보호받는 저작물이므로 저작권자와 출판사의 허락 없이 이 책의 내용을 복
제하거나 다른 용도로 쓸 수 없습니다.

*지은이와 협의하여 인지를 생략합니다.
*책값은 뒤표지에 있습니다. 잘못된 책은 바꾸어 드립니다.

그래도
책읽기는
계속
된다

로쟈의 책읽기 2010-2012

이현우 지음

ㅎ현암사

일러두기

1. 이 책에 실린 글들은 대부분 여러 매체 지면에 발표한 것들이다. 지면에 발표한 글들은 내용과 표기를 거의 고치지 않았다. 인용문은 수정하지 않고 원문 그대로 두어 띄어쓰기나 표기법이 본문과 다른 경우도 있다. 단행본의 서지사항이 본문과 다를 경우 출간 당시의 표기를 따랐다.

2. 본문에서 각 장 들머리에 놓인 질문과 답은 편집부에서 묻고 지은이가 답한 것이다.

인간의 위대성은 인간이 다리이지 목표가 아니라는 데에 있다.

인간이 사랑받을 수 있는 것은 인간이 하나의 과도이며 몰락이라는 데에 있다.

나는 몰락하는 자로서가 아니면 살 줄 모르는 사람을 사랑한다.

그들은 건너가는 자들이기 때문이다.

—니체, 『차라투스트라는 이렇게 말했다』에서

책머리에

『그래도 책읽기는 계속된다』는 『책을 읽을 자유』에 이어서 펴내는 두 번째 서평집이다. '두 번째'라는 것은 무엇을 새롭게 개시하는 것이 아니라 이어받는다는 뜻을 갖는다. 그런 책의 성격이 이미 제목에 반영돼 있다. 아니 제대로 말하자면 그런 성격을 반영할 수 있는 제목을 붙였다.

영화를 즐겨 보는 독자라면 제목에서 이란 감독 압바스 키아로스타미의 〈그래도 삶은 계속된다〉를 떠올릴 수 있을 것이다. 〈내 친구의 집은 어디인가?〉에서 〈올리브 나무 사이로〉로 이어지는 그의 3부작 중 두 번째 영화로 이번 서평집의 제목을 무엇으로 정할까 고심하던 중에 문득 생각이 났다. 영화는 1990년 이란 대지진 이후에 감독 자신이 〈내 친구의 집은 어디인가?〉의 주연을 맡았던 아이들을 찾아 나선 이야기를 다큐멘터리 형식으로 찍었다. 초조한 마음으로 아이들의 생사를 확인하려는 여정에서 영화는 자연스레 지진이라는 재난 이후에도 계속 삶을 살아가는 이란인들의 모습을 담았다.

삶이 계속되는 것처럼 책읽기도 계속된다. '그래도'는 그런 연속성을 표시한다. 2년 전 『책을 읽을 자유』를 내면서 나는 '현역'에서 물러나는 기분이라고 책머리에 적었다. 굳은 의지까지는 아니더라도 막연한 바람 정도는 담은 말이었다. "앞으로는 내가 쓰고 싶은 책을 쓰는 데 더 주력할 계획"이라는 포부도 밝혔다. 이후에 서평 쓰기에서 한 걸음 물러나려고 했고 전보다 쓰는 분량을 줄인 것도 사실이다. 하지만 서평에서 아예 손을 빼거나 발을 끊지는 못했다. '배운 게 도둑질'이라는 말이 있지만 나는 배우지도 않은 '서평질'에 왜 이리 발목이 붙들린 것인지. 결국은 또 한 권 분량의 글이 모였고, 다시금 서평집에 속하는 책을 내게 됐다. 하면 어쩔 도리가 없다. 편하게 생각하는 수밖에. 운명이라고 말이다. 삶이 계속되는 한 책읽기도 계속될 터이고 나는 몇 번 더 이런 '운명애'를 과시하게 될지 모른다. '몰락하는 자로서가 아니면 살 줄 모르는 사람'의 운명으로 기록된다면 마다할 운명도 아니다.

책에는 2010년 하반기에서 2102년 상반기까지 대략 2년 동안 쓴 글들을 모았다. 대부분이 리뷰나 서평으로 여러 지면에 게재된 글들이며 책의 해제와 칼럼도 포함돼 있다. 서평이 아닌 글이더라도 '서평가'나 '인터넷 서평꾼'이라는 직함으로 발표한 데다가 대부분 책을 빌미로 삼은 것이어서 같이 묶었다. 여기저기 흩어져 있는 글들을 이렇게 한데 모아놓는 건 '기념사진'을 찍는 것과 비슷한 느낌을 준다. 일가친척들이 한데 모여 찍은 가족사진처럼, 행색은 조금씩 다를지 모르지만 여기에 모아놓은 글들도 서로 뭔가 닮은 구석을 보여줄 것이다. 거울과는 종류가 다른 그런 기념사진을 통해서 나 자신을 들여다보는 기회를 갖는 것, 그것이 이 책이 저자에게 갖는 의미다.

그렇다면 독자는 무엇을 챙길 수 있을까. 결코 많지는 않을 테지만 '로쟈'의 애독자들에겐 '기념품'의 의미가 있을 터이다. 블로그 '로쟈의 저공비행'을 꾸준히 찾는 분들이라면 이미 읽은 글이 많겠지만 기꺼이 이 책의 출간을 반가워해줄 것이다. 감사의 뜻을 전한다. 아마도 대다수 독자는 '서평집'이라는 용도 때문에 책을 손에 들 듯싶은데, 동시대를 살아가는 같은 독자로서 우리가 어떤 책들과 함께하고 있는 것인지 확인할 수 있는 기회가 되기를 바란다. 어림짐작해보면 이 책은 지난 두 해 동안 내가 서평을 쓰고 싶었던 책의 3분의 1가량을 소화하고 있다. 서평이 전업은 아닌지라 욕심을 다 차릴 수는 없었다. 그렇더라도 더 많은 책들로 이끄는 길잡이가 될 수 있다면 더없이 다행한 일이다. 서평 쓰기도 일종의 품앗이인 만큼 모자란 부분은 다른 분들의 도움으로 채워질 수 있기를 기대한다.

『책을 읽을 자유』에서 나는 "인생은 책 한 권 따위에 변하지 않는다"고 적었다. 우리에게 필요한 건 '여러 권'이라는 생각에서였다. 거기에 보태서 말하자면, 우리에게 필요한 건 '그래도 독서'다. '잠깐 독서'나 '한때 독서'

가 아닌 '지속적인 책읽기' 말이다. 어쩌면 한평생도 모자란 독서!『잘라라, 기도하는 그 손을』의 저자 사사키 아타루가 전하는 바에 따르면, 생물 종의 평균수명은 400만 년이라 한다. 현생인류인 호모 사피엔스가 탄생한 지 20만 년가량 됐기에 그의 계산으로는 아직 우리에게 380만 년이 남았다. 백 보, 아니 379만 년을 양보한다 하더라도 우리에겐 1만 년의 시간이 남는다. 1만 년이라 하더라도 문자의 발명이 5천 년 전의 일이므로 그 두 배의 시간이다.

우리의 경우 문해율이 높아져 국민적 독서가 가능해진 것이 불과 반세기 전이다. 인간이 책을 읽기 위해 태어난 건 아니지만 책은 인간의 역사를 비약적으로 바꾸어왔다. 책의 혁명이다. 중요한 것은 그 혁명이 아직 초입이라는 점이다. 나는 1만 년의 독서까지는 아니더라도 지속적인 국민적 독서가 우리의 삶을 어떻게 바꾸어놓을지 궁금하다. 그것이 내가 거는 내기이고 기대다. 물론 아직 갈 길이 멀다. "그래도 책읽기는 계속된다"고 당신도 같이 말할 수 있으면 좋겠다.

아는 사람은 다 아는 일이지만 책을 만드는 일은 여러 사람의 손길을 필요로 한다. 글을 쓰는 일차적인 노동은 주로 나의 일이지만, 책다운 꼴을 만드는 작업에서는 사정이 다르다. 내 몫은 작고 다른 이들의 몫이 크다.

『그래도 책읽기는 계속된다』도 마찬가지다. 『책을 읽을 자유』에 이어서 다시 손발을 맞춘 현암사 편집팀의 노고를 기억해두고 싶다. 게다가 기꺼이 '게스트'로 출연하여 로쟈의 '실체'에 대해 까발리는 수고를 아끼지 않은 활자유랑자 금정연 씨의 헌신에도 감사를 표하고 싶다. 비슷한 길을 가게 될 듯싶은 그에게 행운이 함께하길 바란다. 아, 행운은 우리 모두에게 필요한 것인가? 책을 내고도 또 책을 읽어야 하는 이 기약 없는 여정 속에서 우리 모두 안녕하기로 하자!

2012년 6월
이현우

차례

5서가 그 래 도   정 치

1서가

그래도 독서

어느 책중독자의 고백

로쟈가 기억하는 가장 아름다운 서문이 담긴 책은?

질문의 출처가 어딘지 짐작이 간다. 작고한 출판평론가
최성일의 유고 서평집 『한 권의 책』(연암서가, 2011)에 붙인 아내의
서문을 두고 "근래에 읽은 가장 감동적인 서문"이라고 적은
적이 있는데, 그걸 염두에 둔 질문인 듯해서다. 서문에 특별히
주목하진 않는다. 책과 잘 어울릴 때 서문도 빛이 나는 것이지
서문만 따로 발광하지는 않는다고 본다. 그래도 인상적인
서문이라면 앙드레 지드의 『지상의 양식』의 서문 같은 게 떠오를
법하다. 이런저런 사정으로 저자 대신에 다른 이가 쓴 서문들은
대개 '구조적으로' 감동을 주는 경우가 많다. 책을 낼 때마다
새로운 서문을 쓰게 되는데, 다음엔 나도 '아름다운 서문'에 한번
도전해보겠다.

책으로 읽는 책 세상

|

『책의 미래』
『속도에서 깊이로』
『책의 우주』
『읽기의 역사』

『고양이 대학살』(조한욱 옮김, 문학과지성사, 1996)로 유명한 문화사가 로버트 단턴의 신작 『책의 미래』가 출간돼 들여다보면서 '책으로 읽는 세상'은 '책 세상'이기도 하다는 데 생각이 미쳤다. 이를테면 '책으로 읽는 책 세상'이다. 또 다른 대표작 『책과 혁명』(주명철 옮김, 길, 2003)으로도 널리 알려진 단턴은 '책의 역사가'로도 불리는데, 현재는 하버드 대학교의 도서관 관장으로 재임 중이다. 그가 책의 과거뿐만 아니라 미래에도 눈길을 돌리게 된 배경일 듯싶다. 그렇다고 해서 『책의 미래』가 제목처럼 전적으로 책의 미래만 다루는 것은 아니고, 책의 미래, 현재, 과거를 차례로 살핀다. 원제가 『책을 위한 변론The Case for Books』(2009)인 것은 그 때문이다.

『책을 위한 변론』은 ('꼬리에 꼬리를 무는 책'이라고) 윌리엄 파워스의 『속도에서 깊이로』에 인용된 제목이기도 하다. 번역본으로는 『속도에서 깊이로』가 먼저 나왔지만 원서는 『책을 위한 변론』보다 조금 나중에 나왔기 때문에 「손에 책을 들게 하라」라는 장에서 단턴의 책을 언급할 수 있었다. 저자 파워스가 하버드 대학교 출신인 걸 고려하면 두 저자는 우리식으로 하면 '꼬리에 꼬리를 무는 관계' 이기도 하다.

파워스가 인용한 단턴의 말은 책의 지구력에 대한 것이다. 물론 여기서는 종이책을 말하는데, 책은 어떻게 해서 컴퓨터와 인터넷, 그리고 소셜 미디어 시대에도 살아남을 수 있게 된 것일까. "책은 정보를 제공하고 쉽게 넘겨보기 편리하고 편하게 누워서 읽어도 좋고 보관하기도 쉬우며 쉽게 망가지지도 않는 정말 놀라운 도구"이기 때문이다. 게다가 "업그레이드하거나 다운로드 받을 필요도 없고 부팅을 하거나 암호를 입력할 필요도 없으며 전원을 연결하거나 웹에서 가져올 필요도 없다." 간단히 말해서 책이 갖고 있는 이런 편의성이 다른 무엇인가에 의해 대체되는 걸 상상하기 어렵다. 그러니 전자책이 대중화되고 어느 정도 종이책의 역할을 대신

『책의 미래』
로버트 단턴, 성동규 외 옮김
교보문고, 2011

한다 할지라도 책의 종말은 있을 수가 없다.

단턴은 물론 책을 사랑하며 특히 구식 책을 좋아하는 역사가이다. 하지만 그렇다고 책의 미래에 대한 그의 견해까지 특별한 것은 아니다. 기호학자이자 역사학자이며 동시에 소설가인 움베르토 에코 또한 대담집 『책의 우주』에서 책도 언젠가는 사라지리라는 고정 관념에 일침을 놓는다. 컴퓨터로 인해서 우리는 다시 구텐베르크의 우주로 들어왔으며 모든 사람이 글을 읽을 수밖에 없게 됐다. 하지만 글을 읽기 위해서는 매체가 있어야 하며 책보다 더 나은 매체는 기대하기 어렵다는 게 그의 기본적인 생각이다. 컴퓨터도 매체가 될 수 있지만 "두 시간 동안 컴퓨터 앞에 앉아 소설을 읽노라면 두 눈이 테니스공처럼 부풀어 오를" 것이다. 게다가 컴퓨터를 쓰기 위해서는 전기가 필요하므로 욕조 안에서나 침대에 누워서는 읽을 수 없다. 적어도 불편하다. 책도 하나의 도구라면 에코가 보기에 이미 그 기능과 효율성에 있어서는 완벽함에 도달해 있다. 즉 개선의 여지가 없다. 마치 수저나 망치, 바퀴나 가위 같은 것이 그러하듯이 말이다. 가장 단순하고 평범하면서도 놀랄 만큼 뛰어난 고안품이라

『속도에서 깊이로』
윌리엄 파워스, 임현경 옮김
21세기북스, 2011

는 의미에서 책은 일종의 '슈퍼노멀Super Normal'이다.

　도구로서 완벽함을 자랑하지만 사실 책은 도구 이상의 의미를 가졌다. 이 도구의 사용자, 곧 독자를, 독자의 존재 자체를 변화시키기 때문이다. 수저나 망치로는 대신할 수 없는 그 변화는 책을 통한 내면의 발견 혹은 발명을 통해서 이루어진다. 역사적으로 보면 책이 탄생하기 위해서는 먼저 문자가 발명됐어야 했다. 문자로 된 어떤 기록을 담은 매체가 책이기 때문이다. 그 책을 사람들은 읽기 시작했는데, 처음 1천 년 이상 동안 그 읽기는 '소리 내어' 읽기였다. 도서관이나 수도원에 앉아 큰 소리로 책을 읽었고 소리 없이 책을 읽는 묵독은 특이하거나 예외적인 경우였다. 때문에 독서는 외부 지향적이고 군중 지향적인 성격을 지녔다. 독서는 혼자 하는 것이 아니라 함께하는 것이었고 집단적인 경험이었다. 그래서 독서는 구두 기술이자 사회적 기술이었다. 일단 책을 읽을 수 있는 사람이 적었고 수작업으로 만들어지는 책 또한 아주 비쌌기 때문에 독서는 개인적인 경험이 되기 어려웠다. 아니 실상은 독서 경험이 진정한 '개인'의 탄생을 가능하게 했다고 할 수 있는데, 이때의 개인은

『책의 우주』
움베르토 에코 외, 임호경 옮김
열린책들, 2011

그래도 독서

혼자서 소리 내지 않고 책을 읽는 행위가 탄생시킨 개인이다.

알베르토 망구엘이 『독서의 역사』(정명진 옮김, 세종서적, 2000)에서 환기시켜준 사실이지만 서양 역사에서 속으로 책을 읽은 최초의 인물은 4세기 후반 밀라노의 주교 암브로시우스이다. "그는 눈동자로 책을 훑어보고 마음으로 의미를 이해할 뿐 목소리는 조용하고 혀는 움직이지 않는다"라고 아우구스티누스가 『고백록』에 적고 있는데, 이것이 묵독에 대한 기록으로는 가장 앞선다. 처음에 묵독은 특이하고 유별난 행동으로 간주됐지만, 중세를 거치면서 점차 독자들 사이에서 일반화된다. 이렇듯 혼자 읽는 경험은 함께 읽거나 소리 내어 읽는 것과는 전혀 다른 경험이다. 『속도에서 깊이로』에서 파워스는 이렇게 지적한다. "소리 내지 않고 조용히 읽는 것은 외부의 통제나 영향력에 종속되지 않는 나만의 내적 여행을 떠나는 일"이다. 하지만 15세기 초까지만 해도 그러한 여행을 떠날 수 있는 사람은 얼마 되지 않았다. 혼자만의 읽기와 생각에 빠질 수 있는 '개인'은 아직 소수였다. 책이 너무도 비싼 사치품이었던 데다가 지배계급이었던 교회와 귀족층은 독서와 그로 인한 내적 경험이 보편화되는 것을 원하지 않았다. 교회에서 묵독은 위험한 일로 간주되기까지 했다. 구텐베르크의 인쇄술 발명은 이러한 상황에서 나왔다.

사업가이자 기술자였던 구텐베르크는 손으로 제작하는 것보다 훨씬 더 저렴하고 빨리 만들 수 있는 금속활자 인쇄기를 개발해냈고 이후에 세상은 그 이전과는 전혀 다른 세상이 되었다.『구텐베르크 혁명』(남경태 옮김, 예지, 2003)의 저자 존 맨이 일러주는 바에 따르면, 구텐베르크는 무엇보다 사업가였으며 성경을 대량생산하면 큰돈을 벌 수 있겠다고 생각한 '초기 자본주의자'였다. 하지만 그가 발명한 인쇄술은 예기치 않은 속도로 확산되면서 그 자신도 미처 생각지 못한 혁명적인 변화를 가져왔다. 1455년, 그가 자신이 만든 인쇄기로 처음 성경책을 몇 페이지 인쇄한 해 유럽 전역에서 인쇄된 서적은 모두 합쳐야 수레 하나를 채울 정도였지만, 1480년 즈음에는 120여 곳이 넘는 유럽의 도시와 마을에서 책이 인쇄됐고 1500년까지 대략 3만여 종의 책 수백만 부가 찍혀 나왔다. 그리고 오늘날에는 매년 100억 권의 책들이 쏟아져 나온다.

물론 이러한 양적인 팽창과 확산이 산업적 차원에서만 의미를 갖는 건 아니다. 책의 확산은 독자를 일반화했고 읽기를 보편화했다. 이러한 독자 대중의 탄생이 정치적·사회적 변화로 이어진 것은 당연한 일이다. '프랑스 혁명 이전의 금서 베스트셀러'를 원제로 갖고 있는 단턴의『책과 혁명』이 보여준 바대로 '금서의 사회사', 조금 일반화해서 '책의 역사'는 근대 사회사와 문화사의 핵심을 구성한다. '구텐베르크의 은하계'를 만들어낸 인쇄술을 인류사에 가장 결정적인 영향을 끼친 발명으로 꼽는 이유이다.

한편 그러한 막대한 파급력을 가진 금속활자의 발명이라면 우리가 구텐베르크보다도 앞서지 않는가? 스티븐 로저 피셔도『읽기의 역사』에서 이 점을 명시하고 있다.

"1200년대 한국 인쇄업자들은 중국이 발명한 활자인쇄를 역사상 최
초로 적극적으로 활용했다. 그리고 한국 인쇄업자들은 1403년에 이
미(독일의 구텐베르크보다도 한 세대 앞선다) 조립식 금속활자를 이용하
고 있었다."

하지만 유럽에서와 같은, 인쇄술의 급속한 파급과 책의 확산은
일어나지 않았다. 중국과 한국 두 나라에서는 "상업적 시장도, 인쇄
업자 조합도, 생산과 유통의 상승작용도, 경제적 부 혹은 사회적 발
전도 이루어지지 않았다."

유럽에서 '읽기 혁명'이 일어난 배경은 금속활자 인쇄술과 자본
주의적 기반의 상호 상승작용이었지만 동아시아는 그러한 배경을
갖고 있지 않았던 것이다. 우리가 아는 바대로 15세기에 세종대왕
은 훈민정음을 반포하고 한글로 인쇄된 책자를 펴내게 했지만 고
위층과 학자들에게만 수백 부를 배포한 식이었다. 예외라면『조선

『읽기의 역사』
스티븐 로저 피셔, 신기식 옮김
지영사, 2011

시대 책의 문화사』(주영하 외, 휴머니스트, 2008)가 보여주듯이 국가 정책적으로 보급한『삼강행실도三綱行實圖』같은 경우였다. 백성들의 교육을 위한 윤리·도덕 교과서로 활용할 의도였다. 하지만 이 역시 백성의 '수요'는 고려하지 않은 일방적인 출판이었다.

『읽기의 역사』에서 피셔가 지적하는 대로, 문헌 생산이 궁정과 봉건귀족들의 독점에서 벗어나지 못했기 때문에, 앞선 기술에도 불구하고 출판의 상업화와 산업화가 이루어지지 않았다. 반면에 유럽에서 대량 인쇄는 문자언어를 보편화시켰고 책이라는 상품을 소유의 대상으로 만들었다. 그리고 이것은 개인적이고 세속적인 독서를 가능하게 함으로써 근대적 개인을 발명함과 동시에 새로운 지적 공동체의 출현을 낳았다.

"이런 관점에서 보면, 인쇄술에 의한 독서 혁명이야말로 근·현대 서양을 지탱하는 데 가장 중요한 두 축인 대의제 민주주의와 시장 자본주의를 공고히 한 토대이며 자양분이라고 해도 큰 과장은 아니다."

(육영수, 『책과 독서의 문화사』, 책세상, 2010)

분명 인간이 책을 읽기 위해 진화한 것은 아니지만 책은, 책의 발명과 대량 보급은 인간을 혁명적으로 변화시켰다. 그 '책의 혁명'은 오늘도, 그리고 앞으로도 계속될 것이다.

| 《출판문화》(2011년 7월호)

그래도 독서

P.S. 위에서는 언급하지 못했지만 글을 쓰면서, 그리고 쓴 이후에 모은 책들 가운데는 프랑스 저자들이 쓴 서양 독서의 역사 『읽는다는 것의 역사』(로제 샤르티에 외, 이종삼 옮김, 한국출판마케팅연구소, 2011, 2판)와 김삼웅의 『책벌레들의 동서고금 종횡무진』(시대의창, 2008), 폴 콜린스의 『식스펜스 하우스』(홍한별 옮김, 양철북, 2011) 등도 포함돼 있다. 불볕더위가 이어진다고 하는데, 나는 다른 '피난처'를 따로 알지 못한다.

어느 책중독자가 보는 책의 미래

『어느 책중독자의 고백』
『게코스키의 독서편력』

지난번에는 로버트 단턴의 『책의 미래』(로버트 단턴, 성동규 외 옮김, 교보문고, 2011)를 빌미로 '책으로 읽는 책 세상'이라는 주제를 다룬 바 있다. 구텐베르크 혁명의 결과이기에 '구텐베르크 은하계'로도 불리는 책의 지배적 형태가 전자책e-book으로 변화 혹은 진화해갈 것인가가 책의 미래에 관한 핵심 쟁점이다. 책이라는 말이 붙긴 했지만 '전자책'이 과연 책의 변신인지 아니면 책의 종말인지, 의견은 여러 갈래다. 하지만 그런 의견의 평균치나 평균적인 전망보다 더 궁금한 건 '책중독자'들에게 책의 미래가 어떻게 비칠까 하는 문제다. "책 없인 못살아!"라고 외치는 책중독자들이 적어도 이런 문제에서만큼은 더 많은 발언권을 갖고 있지 않을까. 적어도 그들의 고뇌를 보통 사람들의 경우보다는 더 무겁게 평가해주어야

그래도 독서

하는 건 아닐까.

책중독자를 자처하는 톰 라비의 『어느 책중독자의 고백』 후기에서 저자가 다루고 있는 문제가 책의 미래이면서 책중독자의 미래다. 때로 혹은 허구한 날 "책에 대한 사랑으로 살짝 몸이 달아오르는" 책중독자들이 흠모하는 것은 물론 종이책이다. 책의 대명사로서의 종이책, 두께와 질감과 중량을 갖고 있는 책 말이다. 서점 혹은 책방이란 이 책들이 차려 자세로 진열된 공간이며, 책중독자란 기본적으로 그 '사랑스러운 것들'을 오래도록 들여다보는 자들이다. 이 책중독자들의 기본 영역은 세 가지로 구성된다. 책방을 둘러보고 대화를 나누는 것, 책을 사서 쌓아두는 것, 그리고 책을 읽는 것. 전자책이 대세를 차지하는 책의 미래라면 이런 기본적인 영역의 '구조 변동'을 의미한다.

어떻게 달라질 것인가. 책의 구입은 손으로 만져보는 것이 아니라 데이터베이스에서 다운로드 받는 것을 뜻하고, 독자는 손바닥 크기의 디지털 독서 기기를 주머니에 꽂아가지고 다니게 될 것이다. 아니 독자가 아니라 '최종 콘텐츠 사용자'들이다. 궁극적으로

『어느 책중독자의 고백』
톰 라비, 김영선 옮김
돌베개, 2011

이것은 "우리 책중독자들이 손으로 만질 수 없는 무형의 것을 책이라고 부르는 세상에서 살아가야 한다는 사실"을 뜻한다. 그런 세상은 더 나쁜 세상은 아닐지라도 뭔가 다른 세상이며, 그 다른 세상에 적응하지 못하면 결국 책중독자라는 종도 도태되거나 멸종될지 모른다. 인터넷 서점의 등장으로 이미 많은 동네 서점이 문을 닫은 것과 비슷한 일이 벌어지게 되는 것이니 그리 놀랄 일은 아니다. "옛날 옛적에 책이라면 종이책밖에 모르던 책중독자들이 있었더라……"

사실 책방을 둘러보고 대화를 나누는 일은 이미 생활의 기본 영역에서 빠져나간 지 오래다. 톰 라비는 1995년 즈음만 해도 다른 사람과 '우리의 사랑스러운 보물'에 대해 대화를 나누는 건 무척 힘든 일이었다고 고백한다. "내가 가장 좋아하는 대화 주제 가운데 하나인 에벌린 위의 초기 소설에 대해 이야기를 나누고 싶어 하는 정신적인 피붙이를 만나기까지는 몇 시간, 때로는 며칠이 걸리곤 했다"는 게 그의 경험담이다. 나도 위의 소설 『한 줌의 먼지』 같은 걸 읽지 않았기에 그의 말상대가 되긴 어렵겠지만, 적어도 그런 고충에 대해선 맞장구를 쳐줄 수 있다. 책중독자용 수다를 요즘과 같은 대형 서점에서 나누기란 불가능에 가깝다는 사정은 한국의 경우에도 마찬가지기 때문이다.

그렇다고 해서 작은 책방들의 사정이 예전에 크게 나았던 것도 아니다. 책방 주인 내지는 서점 직원과 책에 대한 수다를 나눠본 건 개인적으로도 서점 순례 경력이 30년이 넘지만 손에 꼽을 정도밖

그래도 독서

에 되지 않는다. 이런 수다는 책을 만드는 편집자들을 만났을 때나 가능한 편이고, 대개는 온라인의 북커뮤니티를 통하는 게 빠르다. 다시 라비의 말을 옮기면, "문학에 관한 대화의 공간인 아마존닷컴이나 반즈앤노블닷컴, 또는 수많은 다른 웹사이트를 이용함으로써, 부지런한 '마우스질'로 책방을 둘러보고 대화를 나누고픈 욕구를 실컷 채울 수가 있다."

분명 그렇게 독서 환경이 바뀌었다. 하기야 그런 변화된 환경이 아니었다면 나도 '인터넷 서평꾼'으로 이름을 알리지 못했을 것이다. 라비도 비슷한 경험을 한 모양이다. "사실상 문학적 신실함을 증명해주는 거라곤 주변에 엄청나게 쌓아놓은 책 더미 외에는 없는 평민 책중독자가 자신의 초라한 신분을 넘어서 진정한 서평가가 될 수 있다." 바로 인터넷 시대에는! 여기서 라비가 '평민 책중독자'라고 한 것은 본래 책중독이 상당한 재력과 서가 공간을 필요로 하는 아주 '비싼' 질환이었기 때문이다. 지금보다 책이 귀하던 시절에 서양 귀족들은 유명한 애서가가 세상을 떠날 경우 그가 남긴 장서를 모두 사들이는 게 관습이었다고 한다. 비좁고 불편한 책방에서 서성거리며 어렵게 책을 골라낼 필요도 없고, 일반 대중과 섞이는 일도 없으니 여유만 된다면야 아주 편리한 방식이었다. 그들은 책방의 책을 모두 갖다달라고 하고선 "내가 원하는 건 갖고 나머지는 넘겨주겠소"라는 식으로 말했다. 예컨대 영국인 독서가 리처드 히버는 앉은자리에서 3만 권을 사기도 했다고. 물론 그런 건 보통 사람들, 곧 평민들로선 꿈도 꿀 수 없는 일이었기 때문에 책중독자는 대개 재산가들이었다. '평민 책중독자'의 등장은 값싼 페이퍼백 혁명 이후의 일이다.

분류하자면 나 또한 책중독자다. 더 나쁘게는 평민 책중독자. "돈이 생기는 대로 우선 책을 사고 그다음에 옷을 사 입으리라"고 한 에라스무스의 말이 지극히 당연하다고 생각하는 면에서도 그렇고, 라비가 제시하는 책중독자 테스트 항목을 체크해보아도 빠져나갈 구멍이 없다. 25가지 항목 가운데 '책을 몇 권이나 샀는지 거짓말을 해본 적이 있다'거나 '책을 사들이는 것 때문에 가족이나 친구들을 당혹스럽게 한 적이 있다', '책방 직원이 찾지 못하는 책을 당신이 찾아낸 적이 있다' 등은 주저 없이 '예'에 해당하고 '책을 읽다가 직장에서 해고를 당하거나 징계를 받은 적이 있다'는 비록 해당 사항이 없기에 '아니요'라고 답하지만 카드로 책값을 돌려막다가 신용불량자가 됐던 경험은 해고나 징계에 근접하지 않을까 싶다. 책중독자가 '되는' 게 아니라 책중독자로 '태어나는' 거라고 하면, 가족 중에 유독 나 혼자만 책중독에 빠진 걸로 보아 유전적 돌연변이인 것 같기도 하다(유감스럽게도 과학계는 어떤 유전자가 이 질환과 관계가 있는지 아직 밝혀내지 못하고 있다).

문제는 라비의 정확한 지적대로 대부분의 책중독자는 치유되고 싶어 하지 않는다는 점이다. 결과적으로 "치유되고자 하는 욕구가 우리 영혼을 들어 올릴 수 있기 전에, 우리는 중독이라는 시궁창에서 나뒹굴어야 한다." 이게 치유법인가? 그렇다. "책 사는 데 돈을 몽땅 쏟아 부어 고통과 죄책감을 일으킬 때까지 책을 사들여야 한다." 그런 고통과 죄의식의 밑바닥에 도달해서야 우리는 비로소 도움과 구원을 요청하게 될 것이니, 이건 어떤 필연의 여정이다. 라비의 충고는 이렇다. "책을 많이많이 사들여라. 그래서 심한 곤경에 빠져 다시는 책을 사고 싶지 않을 때까지."

치유되고 싶어 하지 않는 질병이라는 점에서 책중독은 사랑의 열병을 닮았다. 역사적으로 이를 입증해주는 사례도 적지 않다. 19세기 프랑스 사람 실베스트르 드 사시는 "아, 내 사랑하는 책들! 너희 모두를 사랑한다!"라고 부르짖곤 했단다. 전자책에 대한 책중독자들의 거부감은 그런 점에서 충분히 이해할 만한 것이다. "손으로 만질 수 없는 무형의 것을 책이라고 부르는 세상"은 어떤 세상인가. "사랑한다는 마음으로도/ 가질 수 없는 책이 있어/ 나를 봐 이렇게 곁에 있어도/ 널 갖진 못하잖아"라는 식의 기분을 갖게 하지 않을까. 그리하여 책중독자는 신기술을 반대하는 '러다이즘Luddism' 신봉자들이기도 하다. 그들의 일과는 무엇인가. 책을 주체하지 못할 만큼 사들여서 집 안 곳곳에 쌓아두고 서가에서 빼내 냄새를 맡으며 훌훌 넘겨보다가 일부분을 읽고는 다시 꽂아두거나 쌓아둔다. 그러고는 다음날도 똑같은 일을 반복한다. 라비에 따르면, 굳이 라비의 말을 빌리지 않더라도, 이런 것이 "우리 책중독자들에게 무척이나 유쾌하고 의미 있는 일련의 이벤트와도 같다." 하지만 이제 '책의 미래'와

어느 책중독자의 고백

더불어 진정한 책중독자의 시대도 종말을 고할지 모를 일이다.

사실 "아아, 결국 우리는 죽으리라"는 운명이 유별난 비애감을 자아내는 건 아니다. 한 세대는 가고 또 한 세대는 오는 것이 세상의 이치다. 애서가의 경우도 특별하지 않다. 책을 사랑하던 한 세대가 가고, 다른 세대가 도래할 뿐이다. 사랑의 대상이 반드시 종이책이어야 할 이유도 없다. 세대마다 취향은 다르니까. 달라질 수 있으니까. 세 살 때부터 핸드폰과 아이패드를 만지작거리며 자라는 다음 세대에게는 전자책이 특별한 에로티시즘의 대상이 될지 누가 알겠는가. 게다가 책의 형태는 비록 달라질지라도 '읽는다'는 독서 행위는 적어도 당분간은 변함없이 유지될 것이다. 『게코스키의 독서편력』에서 저자는 "내가 읽었던 책들과 나의 이전 자아들을 읽고 또 읽으면서 자아를 형성시키는 이 과정은 끊임없이 계속된다"고 적었다. 이 읽기는 세대에서 세대로 이어지는 과정이기도 하다. "그리하여 빛이 사라지고 밤이 드리워질 때까지, 더는 책을 읽지 못하는 순간이 올 때까지 책을 읽게 되리라."

| 《출판문화》(2011년 9월호)

『게코스키의 독서편력』
릭 게코스키, 한기찬 옮김
뮤진트리, 2011

"무슨 책을 읽어야 할까요?"

『사람은 무엇으로 건강하게 사는가』
『톨스토이, 도덕에 미치다』

"무슨 책을 읽어야 할까요?"라는 질문을 종종 받는다. '인터넷 서평꾼' 노릇을 해오면서 갖게 된 이미지 중 하나가 '독서의 달인' 비슷한 것이기 때문이다. 두툼한 서평집도 내고 블로그에 '서재의 달인' 엠블럼을 훈장처럼 달고 있으니 '독서의 달인'이라는 인상을 줄 법도 하다. 실상은 책상 가득 쌓여 있는 책을 다 읽지 못해 비명을 지르는 일이 다반사라는 '달인의 일상'도 감안해주기만 한다면, 내 친김에 '독서의 달인' 노릇도 마다하진 않을 생각이다. '달인'이라는 말이 어떤 일을 반복적으로 오래 해온 탓에 뭔가 노하우를 갖게 된 이를 가리킨다면, 대학생이 된 이후로만 쳐도 나의 독서 경력은 20년을 훌쩍 넘어간다. 돌이켜보면 그 20년 넘게 물리지도 않고 책을 사고, 책을 읽고, 책에 대해 썼다. 비록 그 일이 '직업'은 아니더라도 '인생의 일'은 되는 것처럼.

그러니 '독서의 달인'이라고 치자. 하지만 그렇다고 해서 "무슨 책을 읽어야 할까요?"라는 물음에 저절로 답이 나오지는 않는다. 필독 목록이 무슨 국숫발처럼 뽑혀져 나오는 일은 없다는 말이다. 대답이 없는 건 아니다. "좋은 책을 읽어야죠"라는 명백하게 옳지만 심심한 대답. 하지만 '좋은 책'이라는 말 역시 '좋은 삶'과 마찬가지로 딱히 구체적인 건 아니다. '평판'이라는 게 척도가 될 수는 있지만 언제나 '나만의 좋은 책'이라는 게 있는 법이니까. '좋은'이라는 게 어떤 효과를 지칭한다면, '내 몸에 좋은 음식'이 있는 것과 마찬가지로 '나에게 좋은 책'이 있다. 내가 좋아하는 사람을 만인이 좋아하는 것은 아니듯이 내가 좋아하는 책이라고 해서 만인의 필독서가 되기를 기대할 수는 없다. 그러니 이런 사정을 무시하고, "이건 꼭 읽어야 한다!"고 강권하는 것도 능사는 아니다. '읽을 만한 책'이라는 말을 자주 쓰는 편이지만, 그런 경우에도 독서 목록은 그저 참고사항에 지나지 않는다고 믿는 이유다. 덧붙여, 독서 목록보다는 독서력, 책을 읽을 수 있는 역량을 갖추는 것이 훨씬 더 중요하다고 믿는 이유다. 비유컨대, "무슨 책을 읽어야 할까요?"라는 질문은 "어떤 자전거를 타야 할까요?"라고 묻는 것과 마찬가지다. 자전거를 탈 줄 알고, 타는 걸 즐길 줄 안다면 '아무거나' 골라잡아 타면 된다. 왜 아니겠는가. 고장 난 자전거만 아니라면 말이다.

자전거 타기에 비유했지만, 독서도 몸이 하는 일이기에 '책 읽는 몸', '책 읽는 뇌'를 만드는 게 중요하다. 혹 조금만 책을 읽어도 좀이 쑤신다거나 몸이 뒤틀리시는가? 글자들이 머릿속에서 제멋대로 재조합되면서 마치 '외국어'를 읽는 듯한 기분이 들게끔 하는가? 이유야 물론 몸과 뇌가 독서에 적응하지 못한 탓이다. 내지는 독서가 몸과 뇌에 각인되지 못한 탓이다. 그게 진단이라면 처방은 물론 그렇게 익숙해지고 각인될 만큼 책과 가까이하는 것이겠다. 여기서 '가까이하다'라는 말은 복합적인 의미를 갖는다. 눈으로 직접 읽는 것만 뜻하지는 않기 때문이다. 내가 염두에 두는 것은 그냥 손에 들고 다니거나 옆구리에 끼고 다니는 것까지 포함한다. 즉 읽지 않아도 된다! 사실 자전거를 배울 때도 타게 되기 이전에 우리가 하는 일은 그걸 끌고 다니는 것이었다. 그렇게 어떤 대상과 자신을 가깝게 하는 것, 그것이 어떤 '교제'에서건 제일 처음 하는 일이고 또 해야 하는 일이다. 그러니 그냥 주변에 책들이 여기저기 널브러져 있도록 하는 게 중요하다. 그러다 너무 어지럽다 싶으면 4단이나 5단짜리 책장 하나 정도 구입해서 진열해놓는 것도 좋겠다. 그게 두 번째 단계라고 할까.

책을 읽지도 않으면서 책장에 잔뜩 꽂아놓기만 한다고 눈을 흘기실 분도 계시겠지만, 책은 원래 다용도라서 '관상용'으로도 충분히 제값을 한다. 적어도 제목들은 눈에 익게 되니까 어디 가서 한마디 거들 수도 있다. 아무튼 남들 보기에 좀 번듯한 책장 하나를 다 채워놓을 정도가 되면 소장 도서가 얼추 200권가량은 된다. 그때까지 책을 한 권도 읽지 않고 끼고만 다녔다고 해도 칭찬해줄 만한 일이다. 나는 그런 상황을 좀 더 음미해도 좋다고 생각한다. 가령 가끔씩 여유 시간을 내서 책장 배열을 바꾸는 일에 '취미'를 붙이서도 좋겠다는 것이다. 책을 크기나 색깔별로 배열해도 좋고, 주제별로 배열해도 좋으며, 저자명이나 도서명이 가나다순으로 배치되도록 재배열해도 좋고, 아예 기분 내키는 대로 무작위로(이 경우에는 눈을 감고 작업하는 것도 한 방법이다) 다시 꽂아 넣어도 좋겠다. 그렇게 손때를 묻혀가며 좀 친숙해지다 보면 자연스레 책장을 펼치는 일도 벌어질 것이다. 오, 너무 놀라거나 당황하지 마시길! 이건 마치 어린 시절을 함께 보낸 이들이 철이 들어 서로를 이성으로 바라보게 되는 것과 비슷하다고 말할 수 있을까? 아니면 같은 사무실에 근무하면서 스쳐 지나가기만 했던 직원끼리 어느 순간 의미심장한 눈빛을 교환하게 된 장면에 비견할 수 있을까? 아무려나 그게 시작이다. 그렇게 한 권의 책이 특별한 인연으로 다가온다면, 당신의 독서 경력도 새롭게 시작될 것이다. 혹 이렇게 묻지 않을까? "왜 이제야 나타난 거야?"

　여기까지가 '독서인 되기'의 과정이라면, '독서의 달인'은 한 가지를 더 얹는다. 책을 탐하고 책과 연애하면서 독서인으로의 변신이 이루어진다면, 내 생각에 달인은 책장과 연애하는 사람이다. 그러니까 한 권의 책이 아니라 집합적 단수로서의 책을 흠모하는 사람, 책장 하나가 아니라 책장으로 둘러쳐진 벽면 전체를 응시하는 사람, 그래서 가끔씩은 책이 한 권도 없는 방으로 탈출을 꿈꾸기도 하는 사람, 그게 달인이다. 단순히 '책을 많이 읽는 사람'이라는 건 독서의 달인에 대한 정의로는 너무 무미건조하다. '책과 많은 연애를 하는 사람' 정도로 다시 정의하는 건 어떨까. 그런 연애를 통해서 가끔 혹은 자주 새로운 책을 낳기도 하는 사람!

2010년 말에 톨스토이의 말년을 다룬 영화 〈톨스토이의 마지막 인생〉이 개봉됐는데, 이 영화는 톨스토이 서거 100주년을 기념하는 영화이기도 했다. 자신의 재산과 저작권을 사회에 환원하는 문제로 아내와 자주 갈등을 빚던 이 대문호는 알려진 대로 1910년 가을 야스나야 폴랴나의 영지를 떠나 기차를 타고 구도의 길을 가던 중 시골 간이역장 집에서 숨을 거두었다. 가장 위대한 소설가 중 한 사람으로 추앙받기도 하지만, 만년의 톨스토이는 '톨스토이즘'이라고도 불리는 사상의 주창자이자 설교가였고 도덕주의자였다. 그는 '나쁜 삶'과 '좋은 삶'을 엄격하게 분리했는데, 그런 도덕관에 대한 해설을 『안나 카레니나』에 대한 독해와 함께 제시하고 있는 석영중의 『톨스토이, 도덕에 미치다』는 아예 1, 2부의 제목을 각각 '나쁜 삶'과 '좋은 삶'이라고 붙여놓았다.

톨스토이는 어떤 삶을 '좋은 삶'이라고 생각했을까? 요점만 말하면 '채소만 먹자'와 '시골에서 살자'가 핵심적인 제안이다. 그는 육식으로 인한 과도한 영양 섭취와 육체노동의 경시가 결국엔 정욕의 과잉을 낳고 도덕적인 문란으로 이어진다고 보았다. 때문에 채식 위주의 식사를 하는 게 좋고, 술과 담배는 당연히 끊어야 한다. 그리고 도시는 환락과 타락의 공간이기에 멀리할수록 좋다. 대귀족이자 지주이면서도 농민의 삶을 모방하고자 했던 그는 욕구의 제한과 욕망의 억제가 좋은 삶, 도덕적인 삶에 필수적인 전제라고 보았다. 『안나 카레니나』에서 작가의 분신 격인 인물 레빈이 친구 스티바와 함께 고급 레스토랑에 가서는 자신이 좋아하는 음식은 양배추 수프와 죽이라고 말하는 대목이 딱 톨스토이의 취향을 말해준다(양배추 수프와 죽은 러시아 농민들이 즐겨 먹는 음식이다). 그렇게 톨스토이가 권장하는 '좋은 삶'의 노하우는 『사람은 무엇으로 건강하게 사는가』에서 좀 더 구체적으로 읽을 수 있다. 톨스토이의 에세이 세 편을 묶은 이 책을 통해서 술과 담배, 그리고 채식에 대한 작가의 생각을 엿볼 수 있다. 톨스토이 식 '좋은 삶'의 각론이라 할 만하다.

해도 바뀐 김에 톨스토이가 권유하는 '좋은 삶'에 대해 묵상해보는 것도 의미가 있겠다 싶어 그의 책 얘기를 꺼냈지만, 사실 내 눈길은 아직도 다른 쪽을 향한다. 『톨스토이, 도덕에 미치다』의 첫머

『톨스토이, 도덕에 미치다』
석영중, 예담, 2009

그래도 독서

리에 적힌 대로, "대학 도서관에 가면 러시아에서 출간된 톨스토이 전집이 있다. 무려 90권짜리 전집이다." 나는 그 90권짜리 전집이 한 모스크바 서점의 서가 꼭대기에 좍 꽂혀 있던 것을 기억한다. 문학작품뿐만 아니라 일기와 편지 등도 망라한 말 그대로의 '전집'이다. 마치 82세의 생애 전체를 책으로 압축해놓은 듯한 광경이 인상적이었다. '독서의 달인'의 관심은 '무슨 책'보다는 역시나 '책' 자체를 향한다. 내게 경이로운 것은 채식과 절식을 주장한 톨스토이가 아니라 90권의 책을 쓴 톨스토이다. 전공자들도 다 읽지 못하는 그 책들을 그는 혼자 힘으로 쓴 것이니 단연 '거인'이라 할 만하다. '독서의 달인'도 이럴 때는 그냥 입을 다문다.

| 《출판문화》(2011년 1월호)

『사람은 무엇으로 건강하게 사는가』
레프 톨스토이, 석영중 · 김종민 옮김
뿌쉬낀하우스, 2010

숭고한 독서의 '어려운 즐거움'

『해럴드 블룸의 독서기술』

"무슨 책을 읽어야 할까요?"라는 질문에 대해서 한 차례 다룬 바 있다. 그게 "어떤 자전거를 타야 할까요?"라는 질문과 마찬가지이 며, 자전거를 탈 줄 알고 타는 걸 즐길 줄 안다면 '아무거나' 골라잡 아 타면 되는 것과 같다고 했다. 어느 정도 독서력을 갖춘 다음이라 면 아무 책이나 읽어도 된다는 것이다. 때문에 중요한 것은 독서 목 록이 아니라 독서력이라고. 그렇다면 "왜 책을 읽어야 하는가?"라 는 질문은 어떤가. 이 또한 "자전거를 왜 타는가?" 혹은 "산에 왜 오 르는가?"라는 질문과 같은 성격의 것일까? 그래서 '거기에 있으니 까'라고 둘러대는 것이 우문현답이 될 수 있는 것일까? 책이 있으 니까? 과연 그렇게 대답할 수 있을까?

잠시 미국의 저명한 문학비평가 해럴드 블룸의 견해를 참조해보도록 한다. 『해럴드 블룸의 독서기술』에서 그는 단도직입적으로 이렇게 말한다. "책을 잘 읽는 유일한 방법은 없지만 왜 읽어야 하는지에 대한 근본적인 이유는 있다." 그 근본적인 이유란 책을 통해서 우리가 '지혜'를 얻을 수 있다는 것이다. 블룸은 이미 『지혜를 어디서 찾을 것인가』(하계훈 옮김, 루비박스, 2008)와 『세계문학의 천재들』(손태수 옮김, 들녘, 2008)을 통해서도 '우리는 지혜를 갈망하기에 독서하고 사색한다'는 자신의 지론을 피력한 바 있으니 낯선 견해는 아니다.

책에서 지혜를 얻는다는 주장이 상식에서 크게 벗어나지는 않지만, 블룸의 견해에서 중요한 것은 모든 책이 지혜를 담고 있는 건 아니라는 점이다. 따라서 '아무 책'이나 읽어서는 곤란하다. 적어도 블룸에 따르면 그렇다. 그래서 그가 권유하는 책은 소위 정전正典들이다. 국내에는 아직 번역되지 않았지만 『서구의 정전』과 『셰익스피어: 인간의 발명』 등을 펴낸 바 있는 블룸은 성서와 소크라테스에서 셰익스피어와 단테를 거쳐 헤밍웨이와 포크너에 이르는 정전 혹은 문학적 천재들의 작품을 읽음으로써 우리가 지혜에 도달할

『해럴드 블룸의 독서기술』
해럴드 블룸, 윤병우 옮김
을유문화사, 2011

수 있다고 말한다. 그러니 결코 만만한 지혜는 아니다.

지혜와 함께 블룸은 독서의 이유를 자아의 확장에서 찾는다. "궁극적으로 우리는 자신을 튼튼하게 하고 자신의 진정한 관심사를 깨닫기 위해 책을 읽는다"는 것이 또한 그의 주장이다. 국내에서는 프랑스 철학자 데리다의 영향을 받은 예일학파의 일원으로 처음 알려졌지만, 악명 높은 '해체비평'의 일반적인 구호와는 달리 블룸에게 '작가'나 '자아'는 해체 불가능하다. 오히려 '작가의 죽음'이나 '자아의 허구성'에 대한 주장이 우리가 독서를 통해서 몰아내야 할 유령이라고 그는 말한다. 각자가 갖고 있는 신념과 무관하게 우리는 "이데올로기 이상의 존재"라는 것이 그의 신념이다.

때문에 블룸은 독서의 원칙 가운데 하나로 "독서를 통해 자신의 이웃이나 주위 사람을 개선하려고 시도하지 말라"고 권고한다. 그가 보기에 독서의 즐거움은 지극히 개인적인 것이며 이기적인 것이다. 책을 더 많이 읽는다고 해서 다른 사람의 삶이 직접적으로 향상되리라고 기대할 수 없다. 또 개인의 상상력이 성장하는 것과 타인에 대한 배려가 증가하는 것도 별개의 문제다. "홀로 행하는 독서의 즐거움"을 공익과 연관 짓는 모든 주장에 대해 그가 불편해하는 이유다. 독서는 순전히 개별적인 독자의 즐거움을 위한 것이다. 이 즐거움이 없다면 독서는 와해될 것이며 자아 또한 해체되고 말 것이라는 게 블룸의 염려다.

고전에 대한 깊이 있는 독서를 통해서 지혜를 발견하고 자아를 확장하는 일은 기본적으로 즐거운 경험이다. 블룸은 이 독서의 즐거움이 대학의 엄숙주의와 도덕주의 때문에 평가 절하돼왔다고 말한다. "대학에서는 독서를 즐거움의 미학이라는 깊은 의미에서 즐거운 일로 가르치는 일이 드물다." 게다가 이 즐거움은 손쉽게 얻을 수 있는 것이 아니다. 독서의 가장 강력한 동기는 이 쉽지 않은 즐거움, 곧 '어려운 즐거움difficult pleasure' 혹은 '즐거운 어려움pleasurable difficulty'에 대한 갈망이다. 단순한 즐거움이 아닌 이 고차원의 즐거움이 독자가 얻을 수 있는 숭고함의 경험이다. 그렇다, 블룸이 권유하는 독서는 숭고한 독서이다. 요컨대 독서를 통해서 우리는 숭고함을 경험하며, 그것은 '사랑에 빠진다'고 할 때의 위태로운 초월의 경험을 제외하면 "우리가 세속에서 경험하는 유일한 초월의 경험"이다. 고전들에 대한 블룸의 비평은 이 특별한 경험으로의 초대장이다.

『해럴드 블룸의 독서기술』은 단편소설과 시, 장편소설, 희곡 등을 어떻게 읽을 것이며, 왜 읽는지에 대해 가르쳐주고자 하는 책이다. 독서란 무엇인지 일종의 시범을 보여준다고 할까. 단편소설부터 시작해서 그는 시, 장편소설, 그리고 희곡에 대한 읽기를 차례로 선보인다. 그의 독서 여정에 들어서면서 내가 독자로서 품은 기대는 두 가지였다. 한편으로는 작품을 읽어내는 그의 솜씨, 곧 '독서 기술'이 궁금했고, 다른 한편으로는 그 독서기술이 전수될 수 있는 여건을 우리가 갖추고 있는지 궁금했다.

개인적으로는 대학 안팎에서 러시아 문학을 강의하는 처지인지라 블룸의 단편소설 감상이 두 명의 러시아 작가의 작품 읽기로 시작하는 게 마음에 들었다. 그는 단편소설이라는 장르의 여정을 투르게네프에서 체호프를 거쳐 헤밍웨이에 이르는 길로 파악한다. 그래서 가장 먼저 거론하는 것이 투르게네프의 단편집 『사냥꾼의 수기』(1852)다. 발표된 지 한 세기 반이 더 지났지만 여전히 놀라우리만치 신선하며 섬뜩하리만큼 아름답다는 평이다. 스물다섯 편의 단편 가운데 특정 작품을 고르는 게 어렵기는 하지만 블룸은 「베진 초원」과 「아름다운 땅에서 온 카시안」 두 편이 자신의 베스트라고 말한다.

「베진 초원」은 일반적으로도 「가수들」과 함께 『사냥꾼의 수기』에서 가장 뛰어난 작품으로 꼽힌다. 어떤 내용인가. 화자인 사냥꾼(투르게네프)이 7월 아침에 들꿩 사냥을 나섰다가 길을 잃고 어느 초원에서 노숙하게 되는데, 모닥불 주위에 둘러앉은 다섯 명의 농부 소년들과 만난다. 일곱 살에서 열네 살까지의 소년들이 서로 주고받는 도깨비 얘기, 귀신 얘기 등을 그는 엿듣는다. 그중 파블루샤라는 아이가 똑똑하고 호감이 가는 소년이다. 잠이 들었다가 동틀 무렵에 일어나니 파블루샤만 깨어나 사냥꾼을 바라본다. 화자는 집으로 향하며 초원의 아름다운 아침을 묘사한다. 그리고 말미에 슬픈 소식을 덧붙인다. 「베진의 들판」이라고 옮겨진 우리말 번역에서 인용하면 이렇다.

"슬픈 이야기지만 여기에 덧붙여 알려야 할 일이 있다. 그것은 파블루샤가 그 해에 죽은 것이다. 그는 물에 빠진 것이 아니라 말에서 떨어진 것이다. 참 훌륭한 아이였는데 아까운 일이다." (「베진의 들판」, 『귀족의 보금자리』, 이철 옮김, 신원문화사, 2006)

왜 「베진 초원」을 읽는가? 블룸은 스스로가 던진 질문에 대해 이렇게 답한다.

"적어도 우리의 현실을 더 잘 알기 위해, 운명에 대해 상처받기 쉬운 우리들을 더 잘 알기 위해서이다. 또한 그 과정에서 투르게네프의 솜씨와 이야기꾼으로서의 표면적인 무관심을 미학적으로 감상할 수 있는 법을 배우게 된다."

이 소품에서 독자가 발견하는 아이러니는 운명의 아이러니다. 파블루샤처럼 가장 호감이 가는 아이도 갑작스런 사고로 세상을 떠나기도 하는 것이 운명이다. 이 운명은 초원의 풍경과 소년들과 사냥꾼과 마찬가지로 무구하다. 투르게네프는 아무런 도덕적 판단도 보태지 않고 베진 초원을 벗어난 어떠한 시점도 이야기에 개입시키지 않았다. 그런 점에서 블룸은 투르게네프가 가장 셰익스피어적인 작가라고 말한다. 단순해 보이지만 그러한 경지에 도달하는 것은 최고의 재능을 필요로 하며, 그런 재능은 셰익스피어의 천재

성과 흡사하다는 게 블룸의 견해다.

작품집에서 「베진 초원」에 바로 이어서 나오는 「아름다운 땅에서 온 카시안」은 한 난쟁이 이야기다. 사냥꾼 투르게네프는 50세가량의 이 불가사의한 인물과의 짧은 만남을 들려준다. 돈 강 유역의 '아름다운 땅'을 빼앗기고 떠도는 늙은 난쟁이 카시안은 나이팅게일을 잡아서 다른 사람에게 넘겨주는 일을 한다. '벼룩'이라는 별명을 가진 그는 자신이 읽고 쓸 줄 알며 몸과 마음의 병을 고치는 특별한 능력도 갖고 있다고 말한다. 가족이 없다고 하지만 숲에서 갑자기 등장한 소녀가 그의 부인에도 불구하고 딸처럼 보이기도 한다. 하지만 그의 온전한 정체는 그냥 수수께끼로 남으며 투르게네프 또한 "말로 설명하기 힘든" 것에 대해 더 말하지 않는다. 결국 카시안은 자기만의 세계에, 농노의 러시아가 아닌 러시아판 성서적 세계에 남게 된다. 블룸의 감상은 이렇다.

"「아름다운 땅에서 온 카시안」을 읽으며 우리는 극소수를 제외한 다수의 사람들로부터, 그리고 투르게네프로부터도 단절된 타자의 모습을 보게 된다. 카시안의 이야기를 읽음으로써 우리가 얻는 보상은 잠시나마 대안 현실의 세계에 들어서도록 허락받았다는 점이다."

짧은 분량이긴 하지만, 블룸은 명불허전의 솜씨로 이 단편들의 미학적 성취와 지혜를 요약해낸다. 덕분에 오래전 학부 시절에 읽은 작품들을 다시금 읽어보면서 새로운 감상을 가질 수 있었다. 하지만 유감스러운 건 현재 『사냥꾼의 수기』의 완역본을 우리말로는 읽어볼 수 없다는 점이다. 예전에 을유문화사판 세계문학전집의 한 권으로 출간된 바 있지만 지금은 절판된 상태다(「아름다운 땅에서 온 카시얀」은 「끄라씨바야 메치의 까시얀」으로 번역됐다). 그나마 현재 유통 중인 몇 안 되는 번역본은 보통 원작의 3분의 1가량만 수록한 발췌본이다.

미국의 노예해방에 큰 영향을 끼친 것으로 돼 있는 해리엇 비처 스토의 『톰 아저씨의 오두막』이 새롭게 번역·출간되는 것과 달리, 훨씬 더 뛰어난 예술성을 갖추고 있으면서 러시아 농노해방에도 결정적인 역할을 한 투르게네프의 대표작은 우리에게 '부재하는' 작품이다. 비단 투르게네프만이 아니다. 『해럴드 블룸의 독서기술』을 읽어나가다 보면, 장편소설의 경우를 제외하면, 이런 빈곤한 상황은 계속 이어진다. 고로 "왜 책을 읽어야 하는가?"라는 질문에 "책이 있으니까"라고 답할 수 없는 게 우리의 현실이다. '어려운 즐거움'이라는 말을 다른 의미로 실감하게 된다.

| 《출판문화》(2011년 5월호)

P.S.   본문에서 언급한「베진의 들판」은『귀족의 보금자리』에 수록돼 있다. 이 책에는「사냥일기」라는 제목으로 여덟 편의 단편이 번역돼 있다.『사냥꾼의 수기』완역 단행본이 현재로선 없는 셈이다. 한편, "독서의 가장 강력한 동기는 이 쉽지 않은 즐거움, 곧 '어려운 즐거움difficult pleasure' 혹은 '즐거운 어려움pleasurable difficulty'에 대한 갈망이다"라는 대목에서 대구로 적은 '어려운 즐거움'과 '즐거운 어려움'을『해럴드 블룸의 독서일기』에서는 '쉽지 않은 즐거움'과 '즐거움을 주는 난제'라고 옮겼다. 나로서는 대구 관계를 살려주는 게 더 낫지 않았을까 싶다.

『귀족의 보금자리』
이반 투르게네프, 이철 옮김
신원문화사, 2006

그래도 독서

독서력을 갖춘 사회

로쟈 식 서가 구성법이 있다면?
이상적인 서재란 어떤 모습일까?

현재의 집으로 이사한 지도 2년이 다 돼가는데, 아직 서가가
정리돼 있지 않다. 서가 구성법 혹은 분류법을 머릿속에
대략적으로 그려보지만 막상 그대로 실천하기는 어렵다. 일단
공간이 부족하고, 정리할 시간도 모자란다. 그래서 '관리가 안
된다'고 해야 맞을 듯싶다. 유감이지만, 총체적으로 관리가
부실한 상태다.

책들이 제법 분류에 맞게 다 꽂혀 있는 서재가 '이상적인
서재'다. 다른 걸 더 바라지 않는다. 아니 조금 더 바란다면
널찍한 책상이 두 개 정도는 있어서 용이하게 책을 읽고 글을
쓸 수 있는 환경이라면 더더욱 이상적이겠다. 그런 게 말하자면
독서가들의 '천국'이다.

우리 시대 왜 인문학을 말하는가?

『하버드 인문학 서재』
『독서국민의 탄생』

'우리 시대 왜 인문학을 말하는가?'는 '곁다리 인문학자'가 감당하기엔 너무 거창한 주제다. 나는 그냥 '5피트 책꽂이' 이야기에서 내가 느낀 바를 조금 적고 싶다. '피트'라는 단위에서 우리네 이야기가 아니라는 건 짐작하실 것이다. 미국 얘기다. 지난 세기 초의 일인데, 무려 40년 동안이나 하버드 대학교 총장으로 재직한 찰스 엘리엇이 은퇴할 무렵에 한 출판사의 제안을 받아 50권짜리 전집을 만들었다고 한다. 정확하게는 51권이다. 일방적인 제안은 아니었고, 엘리엇 총장이 평소에 "5피트 책꽂이면 몇 년 과정의 일반 교양 교육을 대체할 만한 책을 충분히 담을 수 있다"는 말을 자주 했다고 한다. 그런 지론을 바탕으로 1909년에 펴낸 것이 '하버드 클래식'이라는 전집이고, 이 전집의 별칭이 '5피트 책꽂이'다.

『하버드 인문학 서재』의 저자 크리스토퍼 베하의 묘사에 따르면, 자신의 외할머니가 소장한 이 전집은 한 칸의 폭이 2피트인 책꽂이 세 칸을 차지했다. 세 칸의 높이가 5피트가량 되는 셈이니까 꽤 큼직한 책들인 듯싶다. 각 권마다 400~500쪽이라고 하니까 분량도 만만찮다. 엘리엇은 하루에 15분씩만 투자하면 누구라도 고등교육이 제공하는 최상위 수준의 교양을 갖출 수 있다고 장담했고 또 그렇게 기대했다. 그로서는 '5피트 책꽂이'가 교양의 '핵심'이자 '최소한'이었던 모양이다. 하나의 교과 과정처럼 편집한 이 전집에서 그는 독자가 세계 사상의 주요 흐름을 간파할 수 있도록 했다. 그래서 "그야말로 인간에게 알려진 가장 위대한 교과서"로 비치길 원했다. 그로부터 두 세대가 지나서 베하는 2006년 연말에 거의 100년 전에 나온 이 전집 완독에 도전하기로 결심하고 2007년 1년 동안 독서록을 썼다. 견적상으로는 1주일에 한 권씩, 하루에 60~70쪽 정도씩 읽는 일이었고, 일견 대단한 일로 보이지 않지만 이뤄낸 성취는 작지 않아 보인다. 사실 우리의 경우 대학 교양과목을 2년간 듣는다고 해서 50권 정도의 고전을 독파하는 학생이 몇이나 되겠는가.

『하버드 인문학 서재』
크리스토퍼 베하, 이현 옮김
21세기북스, 2010

『하버드 인문학 서재』에는 1권의 첫 작품 벤저민 프랭클린의 『자서전』에서부터 우리에겐 생소한 49권의 마지막 작품 윌리엄 모리스의 『볼숭과 니벨룽 이야기』까지 하버드 클래식의 전체 목차와 요지가 부록으로 수록돼 있는데, 100년 전 '목록'인 만큼 유익한 참조는 될 수 있을지언정 절대적이진 않다. 하지만 내가 보기에 더 중요한 것은 이 목록이 아니라 '5피트 책꽂이'라는 기획이다. 민주 시민이 공유해야 할 '최소한의 교양'이 제시되고 그것이 실제로 읽히는 사회는 그렇지 못한 사회와 좀 구별되지 않을까.

하버드 클래식은 출간 이후 20년 동안 약 50만 질, 낱권으로는 1천만 권가량이 팔려나갔다고 한다. 그게 어느 정도의 사회적 의미를 갖는지는 모르겠으나 무시할 만한 수치는 아니다. 또 모든 독자가 이 전집을 통해서 애초에 엘리엇이 기대한 만큼의 지적 수준과 교양에 도달할 수 있었는지도 미지수겠지만 그렇더라도 그들의 집집마다 같은 전집이 꽂혀 있었다는 사실 자체의 의의는 간과할 수 없다. 책에 대한 기억과 독서 경험을 공유한다면 그들은 이미 '공동체'를 구성하는 것이니까. 설사 무얼 읽었는지 다 망각한다손 치더라도, 문학비평가인 라이오넬 트릴링의 말대로 같은 걸 잊어버리는 것이므로 의의가 없지 않다.

미국에서 그렇듯 국민적 교양을 위한 고전 전집이 기획되고 읽히기 시작할 때 일본에서는 막 '독서국민'이 형성되고 있었다. 나가미네 시게토시의 『독서국민의 탄생』에 따르면, 메이지 30년대

(1897~1906)에 일본의 독서문화는 중요한 전환점을 맞는다. 독서국민이란 '책을 읽는 습관이 몸에 밴 국민'을 가리키며 좀 더 구체적으로는 '신문이나 잡지, 소설 등 활자미디어를 일상적으로 읽는 습관이 몸에 밴 사람'을 뜻한다. 이러한 독서국민은 물론 근대의 새로운 독자층의 형성과 긴밀하게 연관돼 있다.

독서국민은 어떻게 탄생하게 됐는가? 두 가지가 필수적인 계기였다. 하나는 읽고 쓰는 능력과 독서 습관의 보급이었고, 다른 하나는 독서 자료의 지속적인 공급이었다. 메이지 시대 일본 국민 대다수는 소학교 졸업자였지만 그 정도 교육으로는 읽고 쓰는 능력이 충분히 길러지지 않았다. 그래서 일본 정부는 지방에 많은 도서관을 설립했고, 독서회나 순회문고 사업 등에 나선 언론사들도 독서 습관을 기르는 데 일조했다. 신문이나 잡지를 팔기 위해서라도 문맹 퇴치와 일반적인 독서 능력 함양은 필수적인 요구였다. 거기에 근대적 철도의 부설에 따라 전국적인 유통망을 갖추게 된 출판 자본이 근대 일본어로 쓰인 책들을 찍어내면서 바야흐로 독서국민이 탄생하게 됐다.

『독서국민의 탄생』
나가미네 시게토시, 다지마 데쓰오·송태욱 옮김, 푸른역사, 2010

이러한 사례들에 견주면 우리의 출발은 매우 불우했다. 1910년 일본에 의해 강제로 병합된 데다가, 비록 근대식 교육과 언론이 보급되기 시작했지만 본격적인 독서국민은 형성되기 어려웠다. 30퍼센트의 식자층만이 한글 책을 읽을 수 있었고, 일본어 책까지 읽을 수 있는 엘리트 독자층은 10퍼센트를 넘지 않았다. 사회경제적 계급 이전에 한 민족이라는 공동체는 읽고 쓰는 능력의 유무에 따라 분할돼 있었다. 그러한 상황에서라면 모든 구성원을 동등한 주권자로 전제하는 민주주의의 제도적 정착이 제대로 이루어지리라 기대하기 어렵고, 서구식 민주주의가 도입된 해방 이후 한국 현대 정치사의 굴곡은 그와 무관하지 않을 것이다.

한 사람의 군주가 통치하는 왕정국가라면 그 국가의 존립과 흥망을 좌우하는 것은 일차적으로 군주 한 사람의 학식과 덕성이다. 그런 것이 그의 역량을 가늠하는 척도이다. 따라서 예비 군주의 교육이 절대적인 중요성을 가지며, 그의 배움을 일컬어 '성학聖學'이라 불러왔다. 똑같은 원리가 민주주의에도 적용되지 않을까. 국민 각자가 주권을 갖는 정치체제가 민주주의라면, 민주주의의 성패를 가르는 것은 그 주권자의 역량, 곧 국민의 일반적 역량이다. 그리고 그 역량의 지표로 삼을 수 있는 것은 그 사고력과 판단력의 원천이라 할 지식과 교양이다. 그것은 어떻게 얻어지는가? 물론 책을 통해서, 독서를 통해서이다. 기본적인 독서력은 개인적 차원을 넘어서 민주사회의 기본 토대이자 버팀목이다. 그런 독서력의 중요성에 비하면 책의 종류는 부차적이다. "책을 읽는 습관이 몸에 밴" 다음이라면 어떤 종류의 독서라도 가능할 것이기 때문이다. 하지만, 과연 우리들 각자는 '독서국민'이며 대한민국은 독서 강국이라 할 만한가? 우리는 국민 개개인이 주권자로서 자랑할 만한 식견과 교양을 갖고 있는가? 우리의 교육과 독서 현실은 그러한 시민을 양성하기에 모자람이 없는가?

해마다 반복되는 설문 결과이지만, 우리의 독서율은 한 달 평균 한 권꼴로 경제협력개발기구OECD 국가 중 꼴찌 수준이라 한다. 이런 지표를 놓고서는 사실 어떤 책을 읽어보라는 식의 독서 지도가 무의미하다. 하루에 30분씩만 책을 읽어도 요즘 나오는 200~300쪽짜리 책이라면 일주일에 한 권은 너끈히 읽을 수 있다. 적어도 독서가 습관으로 밴 국민이라면 한 달에 4, 5권은 읽어야 '정상'이다. 그런 면으로 보자면, 우리는 아직 진정한 의미에서 '독서국민'이 돼본 적이 없다. 독서국민의 '효과'도 경험해본 적이 없다. '5피트 책꽂이'를 집집마다 끼고 살지도 않으며, 자신의 무지와 무교양을 부끄러워하거나 슬퍼하지도 않는다. 적어도 평균적으로는 그렇다고밖에 말할 수 없다. 아이러니컬한 것은 이런 우리가 또한 세계 7위의 출판 대국이라는 사실이다. 과연 그 많은 책들은 누가 다 읽는 것인지 궁금할뿐더러 누구를 위해서 책을 만드는 것인지 질문하지 않을 수 없다. 자명한 것은 이런 현실 속에서도 우리가 세계 7위의 출판 대국이라는 것보다는 세계 7위 이상의 독서 대국이 되는 것이 훨씬 더 중요하고도 바람직하리라는 점이다. 남에게 별로 지기 싫어하는 우리가 이 정도 욕심은 내봄 직하지 않을까.

한동안 한 방송사와 '책 읽는 사회문화재단', '책 읽는 사회 만들기 국민운동' 등의 단체에서 지역 도서관 건립 운동을 벌인 바 있다. 지역민의 독서와 문화생활의 기본 거점이 되어야 할 도서관은 현재보다 대폭적으로 늘어나야 하고, 장서 및 설비도 크게 확충되어야 한다. 그건 두말할 것도 없다. 정부나 지자체가 예산 타령만 하고 있을 일은 아니다. 하지만 동시에 모든 국민이 저마다 자기 책장 갖기를 실천하는 것은 어떤가. '5피트' 대신에 '다섯 자'짜리라고 해도 좋겠다. 물론 참고서나 수험용 책 말고 순수하게 자신의 지적 교양을 높이기 위한 고전이나 인문서를 꽂아둘 책장이어야겠다. '하버드 클래식'에 견줄 만한 필독 고전 목록을 제시해도 좋겠고, 도서 구입비의 일부를 지원해주는 프로그램도 고려해봄 직하다.

출판계 안팎의 많은 이들이 우려하는 대로 독서력을 갖춘 독자층이 점점 줄고, 제대로 된 독서 여건이 마련되지 않은 상황에서라면 아무리 좋은 인문서가 출간돼도 사장될 수밖에 없을 것이다. 물론 한편으로는 독자를 유인할 만한 좋은 책이 계속 나와야겠지만, 다른 한편에선 그런 책을 알아보고 읽을 수 있는 독자를 교육하고 길러내야 한다. 나는 우리 시대 인문학에 대한 고민이 이런 '바닥'에서부터 제기되어야 한다고 생각한다. 굳이 책을 읽어야 하고 독서 국민이 돼야 하는가, 라고 혹 질문하실지 모르겠다. 치명적인 질문이다. 군이 산에 올라가봐야 하느냐, 군이 인생을 다 살아봐야 하느냐, 라는 질문처럼. 답하자면, 우리가 그래본 적이 없으므로 한번 해보자는 것이다. 온 국민이 매주 한 권씩 책을 읽는 사회를 꿈꿔본다.

| 《출판문화》(2010년 9월호)

조선 과거제와 사회개혁

『유교적 경세론과 조선의 제도들』

서평을 자주 쓰고 있기에 서평가라는 직함으로도 불리지만 일이 아닌 증상으로 분류하자면 나는 책중독자에 속한다. 대개 이들은 "돈이 생기는 대로 우선 책을 사고 그다음에 옷을 사 입으리라"고 한 에라스무스의 충고를 따르는 자들이다. 주체하지 못할 만큼 책을 사들여서 집 안 곳곳에 쌓아두고 손에 잡히는 대로 읽어보다가 다시 꽂아두길 반복하는 게 그들의 주요 일과다. 예전에는 책이라면 닥치는 대로 긁어모으는 귀족형 책중독자도 있었지만 재정을 고려해야 하는 '평민 책중독자'는 대개 특정 관심 분야에 집중하는 경우가 많다. 혹은 몇 가지 주제의 책에 유독 탐을 낸다.

너무 읽을 게 많다는 이유로 젊은 시절에 일부러 제쳐놓았던 분야가 동양 고전과 한국사 쪽이었는데, 인생 반 고비를 넘기다 보니

더는 미루기도 어려웠다. 그래서 오래 벼르다가 최근에 큰마음을 먹고 구입한 것이 제임스 버나드 팔레의 『유교적 경세론과 조선의 제도들 1, 2』이다. 원서가 1천280쪽에 이르는 방대한 저작으로 국외 학자의 한국사 연구를 대표하는 업적 가운데 하나다. 벼슬길에 나가지 않은 유학자로 전라도 부안에 은거하며 『반계수록磻溪隨錄』을 저술한 유형원柳馨遠을 이 서양학자는 20년 넘게 탐구의 대상으로 삼았고, 그 결과로 나온 것이 '유형원과 조선 후기'라는 부제의 이 책이다. 『반계수록』은 1670년에 완성되지만 저자의 생전에는 주목받지 못하다가 저자 사후 영조 때인 1770년에야 간행된다.

하지만 제임스 팔레는 『반계수록』을 독창적인 경세론과 제도개혁론을 펼친 대표작으로 간주하며 높이 평가한다. 그의 이러한 안목과 필생에 걸친 연구가 없었다면 유형원에 대한 지금의 평가는 조금 달라졌을지도 모른다. 적어도 내게는 그렇다. 팔레의 저작 때문에 『반계수록』도 읽어보겠다는 욕심을 갖게 된 책중독자에게는 말이다.

벼르던 책을 손에 넣게 되면 잠시 어루만지다가 필요할 때 읽기

『유교적 경세론과 조선의 제도들』
제임스 버나드 팔레, 김범 옮김
산처럼, 2008

위해 고이 책장에 꽂아두는 게 보통 책중독자들이 하는 일이지만 간혹 일부를 읽어보기도 한다. 한국 사회의 신분제에 관심을 갖고 있어서 펼쳐본 대목에서 저자는 조선의 과거제를 이렇게 정리한다.

"요컨대 국가는 거의 모든 범주의 양인이 과거를 치르고 관직에 등용 될 수 있게 함으로써 조선 건국 이전이나 16세기 이후보다 신분을 상 승할 수 있는 가능성을 좀더 확대시켰지만, 양반은 조상의 신분에 상 관없이 양인들이 새로이 올라갈 수 있는 집단이 절대 아니었다."

신분제 사회였던 조선에서 사회개혁의 방향은 양반이 가진 세습 적 특권을 약화시키고 좀 더 개방적인 사회를 만드는 것이었다. 양 반 가문에 태어나는 것만으로도 사회적 지위와 부, 그리고 권력과 권위를 보장받았고, 엘리트 코스의 훌륭한 교육을 받아 과거에 급 제하여 높은 관직에 오르면 그 특권을 더욱 공고히 할 수 있었다. 팔레의 스승인 에드워드 와그너의 연구에 따르면 문과 급제자를 배출한 750개 가문 중에서 36개 가문이 전체 합격자의 53퍼센트를 배출했다. 과거제는 양반이 아닌 양인에게도 출세의 기회를 부여한 제도였지만 실제 결과는 그렇듯 일부 가문에 편중되었다.

이유가 없지 않다. 양인도 얼마든지 과거에 응시할 수는 있었지 만 양반 가문과 같은 경제력이 없었기에 책을 구입하기 어려웠다. 게다가 그들이 공부했던 지방의 서당이나 향교는 수준이 너무 떨어져서 사설 교육기관이나 가정교사에게 배우는 양반 자제들과의 경쟁에서 이기기 힘들었다. 능력 본위의 인재 선발 제도였지만 결과적으로 과거제는 양반 가문의 존속에 오히려 기여했다. 결국 조선의 사회개혁은 성공하지 못했다. 그것이 조선의 패망과 무관하지 않다면 우리가 얻을 수 있는 교훈은 무엇일까.

| 《경향신문》(2011. 9. 30)

'노블레스 오블리주'가 없는 나라

|

『우리가 아는 선비는 없다』

새해를 맞아 조선사에 관한 책들을 읽고 있다. '조선을 지배한 엘리트, 선비의 두 얼굴'을 다시 보자고 제안하는 계승범 교수의 『우리가 아는 선비는 없다』를 읽은 것이 계기다. 알다시피 1392년에 개국한 조선은 200년 뒤인 1592년 최대의 국난을 맞이한다. 임진왜란이다. 일본의 갑작스러운 침입으로 시작된 전쟁이지만 아무런 대응 태세도 갖추지 못한 조선의 문제는 무엇이었던가. 국사 시간에 미처 배우지 못한, 혹시나 배웠더라도 지금은 다 잊은 조선의 군역제軍役制에 대해서 다시 배운다.

조선 초인 15세기만 하더라도 군역은 의무인 동시에 권리였다고 한다. 군역에 종사하는 장정들에게 국가에서 일정한 반대급부를 지급했기 때문이다. 일부 토지도 지급하고 보인保人도 붙여서 군역에 따른 경비를 지원했다. 이 때문에 군역의 의무를 지는 군호軍戶는 대개 양반이거나 경제력이 있는 상민들이었고, 경제력이 따르지 않는 상민은 보인으로만 편성됐다. 즉 아무나 군역에 종사할 수 있었던 게 아니라 자격이 있어야 했던 것이다.

그러나 16세기에 접어들면서 군역은 권리는 줄고 의무만 느는 쪽으로 변질됐다. 의무만 있다 보니 자연스레 군역 기피 현상이 나타났다. 그래서 16세기 중반에는 15만 군호가 대부분 하층민으로만 채워졌다. 양반이나 상층 상민은 다 빠져나간 것이다. 그렇듯 군역이 문란해지니 국력이 취약해지는 것은 당연지사다. 믿기지 않는 일이지만, 임진왜란 전인 16세기 말에 이르면 군역 대상자의 총수가 4만 7천820명이고, 그중 정예병은 7천920명에 지나지 않았다고 한다. 그 정도의 관군밖에 없었으니 약 20만 명에 이르는 일본군을 당해낼 재간이 없었을 것이다. 부산에 상륙한 지 18일 만에 일본군이 서울을 함락하고 평양까지 치고 올라간 사실은 우리가 잘 아는 바다.

놀라운 것은 초유의 국난을 경험한 뒤에도 양반의 군역은 부활되지 않았다는 점이다. 다시금 양반도 군복무를 해야 한다고 주장

『우리가 아는 선비는 없다』
계승범, 역사의아침, 2011

한 선비가 단 한 명도 없었다. 물론 무엇이 문제인지는 다들 알고 있었다. 사족±族도 군역을 지고 노비는 농민으로 전환하는 것이 문제의 해결책이었다. 하지만 지배층 선비들은 자기들의 특권(군역 면제)과 재산(노비)을 포기하려고 하지 않았다. 이순신의 활약으로 비록 7년간의 전쟁을 승리로 이끌었다고 하지만 조선의 국방은 개선된 게 전혀 없었다. 그럼에도 조선이 왜란과 호란을 거친 이후에 200년이 넘게 평화를 유지할 수 있었던 건 청 제국의 질서 속에 편입됐기 때문이라는 평가다. 후일 청나라가 청일전쟁에서 패배한 이후에 조선의 주권이 일본에 넘어가기까지는 불과 십수 년이 걸렸을 뿐이다.

이러한 역사를 돌이켜보면서 계승범 교수는 "선비가 건설한 조선은 '노블레스 오블리주'가 전혀 없는 나라였다"고 꼬집는다. 더불어 오늘날에도 한국 사회의 소위 '지도층' 자제들의 병역 면제 비율이 전체 평균보다 다섯 배나 높다는 통계에 대한 언급도 잊지 않는다.

실상 출범 초부터 구성원 중 병역 면제자가 유난히 많았던 이명박 정부가 임기 마지막 해에 접어들면서 각종 비리 게이트에 연루되고 있다. 그중 외교통상부와 총리실 직원들이 카메룬의 다이아몬드 광산 개발권을 등에 업은 씨앤케이 주가 조작 사건과 관련해 막대한 시세 차익을 얻었다는 '다이아 게이트'는, 현 정부는 물론 대한민국 엘리트들의 참담한 도덕 수준을 다시금 직시하도록 해준다. '우리가 아는 정부는 없다'고 해야 할까.

권력을 가진 자들이 특권만을 고집하고 사익에만 열을 올리는 세태는 과연 언제쯤 사라질 수 있을까. 임진왜란이 일어난 지 400년도 더 지났지만 여전히 우리는 아무런 교훈도 얻지 못하고 있는 것은 아닐까. 임진년 한 해 동안 고민해볼 일이다.

| 《경향신문》(2012. 1. 20)

P.S. 계승범의 『우리가 아는 선비는 없다』는 조선사 전체를 다시 보는 신랄한 문제의식과 함께 유익한 시사점을 던져주는 책이다('어쨌든'이라는 말이 너무 자주 등장하는 게 옥에 티다). 그래서 같은 저자의 『조선시대 해외파병과 한중관계』(푸른역사, 2009)와 『정지된 시간』(서강대출판부, 2011)도 읽어볼 생각을 하게 됐다. 『우리가 아는 선비는 없다』와 같이 읽은 책은 김연수의 『조선 지식인의 위선』(엘피, 2011)이다. 사림의 등장 이후 조선 후기사에 대한 서술로 명쾌하다. 학계의 '주류적인' 시각이 궁금해서 읽고 있는 책은 이성무 한국역사문화연구원장의 『조선시대 당쟁사 1, 2』(아름다운날, 2007)이다. 이이화, 강만길, 이덕일의 책들도 좋은 참고가 된다.

독서가 기본인 사회

|

『불가능한 것의 가능성』

2012년은 정부가 정한 '독서의 해'이다. 책을 읽고 평하거나 책에 대해 강의하는 일이 주업이기에 나로서는 환영해야 마땅하지만 '독서의 해'라는 말을 들었을 때의 기분은 묘했다. '선의'야 명확하다. 오죽하면 정부가 나서서 책을 읽자는 캠페인까지 벌이겠는가. 그럴 만큼 한국인은 책을 안 읽기로 유명하다. 지난 2010년의 한 조사에 따르면 세계 30개국 가운데 꼴찌였다. 한국인의 독서량은 한 달 평균 한 권 정도인데, 그것도 학생들의 독서량이 성인 독서량을 보충해주어서 그렇다. 성인만 기준으로 하자면 한 달에 책 한 권도 읽지 않는 게 우리의 독서문화다.

3월 초에 나온 책 가운데 철학자 슬라보예 지젝을 인터뷰한 책 『불가능한 것의 가능성』을 읽다 보니 한 사회의 윤리적 수준을 언급한 대목이 나온다. 그것을 측정하는 척도 문제다. 지젝은 성문화될 필요도 없는 원칙들이 당연하게 받아들여지는 사회인가 아닌가를 척도로 들었다. 예컨대 중국의 식당에는 "바닥에 침을 뱉지 마시오. 음식을 버리지 마시오" 같은 문구가 적혀 있다고 한다. 하지만 유럽의 식당에는 그런 게 없다. 어떤 차이인가? 그런 정도의 기본 에티켓은 따로 강조할 필요가 없는 사회가 한쪽에 있다면, 다른 쪽에는 비록 상식일지라도 끊임없이 주의를 환기시켜야 하는 사회가 있다. 당연히 지켜지는 상식이라면 강요받을 필요가 없으며 굳이 덕목으로 치켜세울 이유도 없다. 말하자면 이런 것이 한 사회의 '윤리적 표준'이다.

모든 사회는 각자의 윤리적 표준을 갖고 있을 것이다. 문제는 그 수준이다. 지젝은 '정상적인 사회'의 수준을 이렇게 말한다. 만약에 누군가가 "강간을 하고 싶어"라고 말했을 때 그에 대해 논쟁을 벌이는 사회가 아니라 "정신 나갔어?"라며 미친 사람으로 취급하는 사회라고. 예의를 차려서 대응할 가치가 없는 일에 대해서는 대꾸하지 않는 것이 수준을 깎아내리지 않는 행동이고 품위를 지키는

『불가능한 것의 가능성』
인디고연구소 기획, 궁리, 2012

처신이다. 물론 식당 바닥에 침을 뱉지 않는다고 해서, 강간범과는 상종을 하지 않는다고 해서 곧바로 높은 수준의 윤리적 표준을 인정받을 수 있는 것은 아니다. 중요한 것은 그 수준을 끌어올리는 것이다.

그렇다면 한국 정치의 윤리적 표준은 무엇일까. 총선을 앞둔 각 정당의 후보자 공천 작업이 마무리 단계에 접어들고 있는 가운데, 새누리당의 공천 취소 사례가 눈길을 끈다. 강남갑과 강남을에 내정됐던 박상일, 이영조 후보의 공천이 두 사람의 역사관이 구설에 오르면서 전격적으로 취소됐기 때문이다. 이영조 후보는 2010년 진실과 화해를 위한 과거사정리위원장 시절 발표한 영어 논문에서 제주 4·3 사건과 5·18 민주화운동을 각각 '폭동'과 '반란'이라고 표현한 게 문제가 됐고, 박상일 후보는 자신의 책에서 항일독립군을 '소규모 테러단체'라고 기술한 게 문제가 됐다.

잠시나마 놀라운 것은 이런 공천 취소 사유가 현 이명박 정부에서라면 아무런 문제가 되지 않았을 사안이라는 점이다. 그만큼 현 정부에 들어서서 우리 사회의 윤리적 표준은 추락할 대로 추락한 상태다. 여론과 민심에는 귀를 틀어막고 '고소영' 인사와 회전문 인사로 시종일관했던 '가카'의 스타일과 매번 위법과 탈법 시비로 얼룩졌던 지난 4년간의 인사청문회 장면을 돌이켜보면 격세지감마저 느껴진다.

하지만 중요한 것은 그다음이다. '독서의 해'를 선정하는 사회보다 더 나은 사회는 독서가 기본과 상식인 사회, 그래서 굳이 "제발 책을 좀 읽으시오"라고 광고하지 않아도 되는 사회다. 마찬가지로 논쟁거리도 되지 않을 일이 논쟁이 되는 사회보다는 그런 일이 아예 뉴스거리도 되지 않는 사회가 더 낫다. 우리 사회의 표준을 좀 더 높여보는 것은 어떨까.

| 《경향신문》(2012. 3. 15)

P.S. 『불가능한 것의 가능성』에서 개인적으로 흥미롭게 읽은 부분은 북한에 관한 대목이다. 지젝이 북한 영화는 물론 북한 관련서에 대해서도 해박하다는 것이 놀라운데, 그는 〈불가사리〉(1985)와 〈한 녀학생의 일기〉(2006) 같은 영화 외에도 김정일의 영화론 『영화의 기술에 대하여』(2001)까지 참조한다(북한에 대해서 정작 우리는 얼마나 알고 있는가?). 이 책에 대한 지젝의 평은 이렇다.

"저는 김정일이 쓴 『영화의 기술에 대하여』란 책을 갖고 있기도 한데요. 이는 정치적인 구호들을 상투적인 일상어들과 혼용하여 아주 훌륭하게 기술한 책입니다. 그의 아버지 김일성이 얼마나 큰 영감을 주었는지, 혹은 얼마나 위대한 인물인지 등과 같은 정치적인 맥락에서 글을 쓰기도 하고, 다른 한편으로 지극히 상식적으로 실질적인 내용으로 가득 차 있지요. 영화를 제작하기 전, 시간 낭비를 방지하기 위해 배우들을 잘 훈련시켜야 한다는 등의 정보도 함께 있어요. 아주 재미있습니다. 저는 정치적인 구호들을 통성적인 말들과 섞어놓은 책을 좋아하거든요." (『불가능한 것의 가능성』, 81쪽)

그래도 독서

독서력을 갖춘 사회

『책 읽는 뇌』
『독서력』

책을 몇 권 내면서 가끔 강연회에서 독자들을 만난다. '책에 대한 책'으로 분류되는 책들이다 보니 화제는 주로 독서다. 무슨 책을 어떻게 읽어야 하는지가 청중의 주된 관심사다. 그런 물음에 답하다 보니 애용하게 된 레퍼토리 중 하나는 '책 읽는 뇌'를 만들어야 한다는 것이다. 독서 목록을 만드는 것보다 먼저 할 일이 독서력을 갖추는 것이라는 점은 자명하다.

무엇이 책 읽는 뇌인가. 기본 전제는 인간은 책을 읽기 위해 태어나지 않았다는 것이다. 문자의 발명이 불과 5천 년 전의 일이고 책이라는 물건이 등장한 건 그보다 나중이니 독서 능력이라는 게 우리 뇌에 특별한 능력으로 자리 잡을 수는 없었다. 그럼에도 문자를 해독하고 책을 읽을 수 있게 된 건 우리 뇌의 다른 기능들이 부수적인 역량을 발휘한 결과다. 그런 기능 간 협조가 잘 이루어지지 않는 경우가 난독증인데, 책 읽는 뇌가 우리의 본질적 능력이 아니라 '부업'의 결과라면 난독증이 큰 흠은 아니다. 진정 놀라운 것은 오히려 문자를 읽을 수 있는 능력이다. 부모라면 자녀들이 한글을 깨칠 때 느꼈던 경이감을 기억할 것이다. 물론 우리 자신도 그런 경이감을 부모에게 안겼을 것이니 알고 보면 다들 '천재'였다. 비록 일반화되긴 했지만 문자를 읽어낸다는 것, 소위 '문해력'은 자연스러운 능력이 아니라 천재적인 능력이다.

문제는 문해력이 곧 '독서력'을 뜻하지는 않는다는 점이다. 책을 읽는 능력은 글자를 읽거나 글을 읽는 능력보다 한 단계 업그레이드된 능력이다. 그리고 이 독서력은 자연스레 체득되는 것이 아니라 의식적인 노력의 결과로 얻어진다. 대단한 노력은 아니다. 일주일에 한두 권씩 2년 정도의 단기간에 꾸준히 읽으면 된다. 그렇게 '1만 페이지 독서'나 '150권 독서'를 통해서 독서력이 길러진다. 어지간한 책을 읽고 소화할 수 있는 힘이 독서력이다. 만약 어지간한 책을 읽어내는 게 힘겹다면 독서력이 아직 부족한 단계라고 말할

『책 읽는 뇌』
매리언 울프, 이희수 옮김
살림, 2009

그래도 독서

수 있다. 책 읽는 '근육'이 아직 형성되지 않은 것이다.

글을 읽는 단계에서 책을 읽는 단계로 넘어가려면 좀 더 단련된 뇌 근육이 필요하다. 그리고 그렇게 단련된 뇌 근육은 독서의 지평뿐 아니라 세계의 질감 또한 변화시킨다. 이 변화는 개인적 차원에 한정되지 않는다. 문맹을 벗어난 사회가 문해력을 갖춘 사회라면 진정한 문명사회는 독서력을 갖춘 사회라고 말할 수 있을 테니까.

일제 시기 한국인의 70퍼센트가 문맹이었다고 한다. 오늘날 문맹률에 있어서만큼 세계 최저 수준이니 우리의 초급 문해력은 비약적인 발전을 이룩했다고 볼 수 있다. 하지만 다시 강조하자면 문해력과 독서력을 구분할 필요가 있다. 문해력은 초등교육의 과제일 수는 있을지언정 고등교육의 목표일 수는 없다. 독서력은 초등학교 교과서가 아니라 대학 교재를 읽을 수 있는 진전된 문해력이다.

세계 최저 수준의 문맹률에도 불구하고 한국 대학생들의 문해력이 낮은 수준에 머물러 있다면 문제는 독서량이고 독서력이다. 한 달에 한 권 정도를 읽는 평균 독서량을 갖고서 우리 사회가 '독서력을 갖춘 사회'라고 말할 수는 없다.

『독서력』
사이토 다카시, 황선종 옮김
웅진지식하우스, 2009

흔히 민주주의 국가에서 국민은 그들의 수준에 맞는 정부를 갖는다고 한다. 그 수준을 말해주는 척도 가운데 하나가 바로 독서력이다. 민간인 불법사찰이나 일삼는, 그러면서도 무엇이 부끄러운 일인지 모르는 수준 낮은 정부를 우리가 갖고 있다는 사실이 우리의 미흡한 독서력과 무관하지 않다면 독서는 정치적 차원에서도 진지한 숙고의 대상이 될 만하다. 국민 다수가 정치와 역사와 철학에 대한 기본 교양을 갖추고 말들의 홍수 속에서 무엇이 거짓말이고 꼼수인지 판별해낼 수 있다면 그런 국민을 상대해야 하는 정부의 수준도 한층 높아질 것이다. 아무리 거짓말이라 해도 최소한 좀 더 성의 있는 거짓말을 하지 않을까.

| 《경향신문》(2012. 4. 6)

고전 읽기의 즐거움

로쟈는 어떤(누구의) 문체를 좋아하고 또 질색하는가?

자기만의 문체를 갖는다는 건 호오를 떠나서 언제나 존중할
일이다. 장식적인 글을 피하는 편이지만 그렇다고 장식적인 모든
글이 나쁜 건 또 아니다. 어떤 문체이건 '최고'는 찬사에 값한다.
되지도 않는, 혹은 되다 만 문체가 눈살을 찌푸리게 한다고 해야
할까. 문체에 대한 생각은 『로쟈의 인문학 서재』에 실은 「문체
혹은 양파에 대하여」에 적은 대로이다.

고전 읽기의 절박한 즐거움

|

『리딩으로 리드하라』
『대한민국 청소년에게 2』

얼마 전 '고전 읽기의 즐거움'이라는 글을 청탁받고 쓴 적이 있다. 청소년들을 위한 이러저런 조언을 담은 책이었는데(『대한민국 청소년에게 2』), '고전 읽기의 즐거움'은 인문학을 소개하는 파트의 한 꼭지였다. '고전을 읽어보시오' 같은 고리타분한 충고는 늘어놓기 멋쩍어서 '고전 읽기의 즐거움'이라는 말부터 의심하라며 서두를 열었다. 그게 의당 즐거운 것이라면 '고전 읽기는 즐겁다'고 따로 설득할 필요도 없을 거라는 게 이유였다.

사실이 그렇다. 고전 읽기를 즐기는 성향을 타고난 자도 없진 않겠지만 다수일 리 있겠는가. 셰익스피어의 소네트를 즐기기보다는 〈개그 콘서트〉에 포복절도하는 게 더 흔한 일이다. 분명 고전은 고상한 책이긴 하지만, 동시에 고리타분한 책이다. 그게 통념이다. 읽었다고 과시하기엔 좋지만, 또 남들 다 읽었다고 할 때 혼자 안 읽었으면 좀 창피한 느낌이 들게도 하지만, 막상 읽으려고 하면 머리에 쥐가 나는 책! 한데, 그런 고전 읽기 붐이 일고 있다고 한다. 어찌 된 일인가?

고전의 가치와 의의에 대해서 충분히 숙지하는 것과 실제로 읽는 건 별개의 문제다. 건강을 위해선 꾸준히 운동을 해야 한다는 게 상식이지만 실제로 실천하는 건 별개인 것과 마찬가지다. 그렇듯 인식과 실천 사이에는 유구한 간극이 있다. 그 사이는 저절로 메워지지 않는다. 어떤 강제력이 필요하다. 누군가 옆에서 꼬드기지 않는다면 책을 손에 들기 어렵다. 누군가 등 떠밀지 않는 한 러닝머신에 올라서기 어려운 것과 마찬가지다. 생각이 거기에 미치자 짚이는 책이 있다. 이지성의 『리딩으로 리드하라』. 김난도의 『아프니까 청춘이다』(쌤앤파커스, 2010)와 김어준의 『닥치고 정치』(푸른숲, 2011)가 대세였던 2011년, 그만큼 주목받지는 않았지만 입소문을 타고 베스트셀러가 된 책이다.

굳이 부추김이 없어도 자발적으로 책을 찾아 읽는 편이라 읽어

『리딩으로 리드하라』
이지성, 문학동네, 2010

볼 필요를 못 느끼다가 고전 읽기 붐의 '원인'이 궁금해서 펼쳐보았다. 사실 '세상을 지배하는 0.1퍼센트의 인문 고전 독서법'이 부제라고 하면 나름 솔깃하지 않은가. 저자가 말하는 고전은 인문 고전인데, 우리가 '고전'이라고 일컫는 책의 태반이 문학, 철학, 역사 분야의 고전이므로 '고전=인문 고전'이라는 등식도 억지는 아니다.

저자는 단도직입적으로 책에는 두 종류가 있다고 말한다. '고전古典'과 '비고전非古典', 즉 '고전'과 '고전이 아닌 책'이다. 그리고 무엇이 고전인가에 대한 정의도 간명하다. "천재들의 저작"이다. 말 뜻대로 하자면 고전이란 오래된 책, 오랫동안 살아남은 책을 가리키는데, 천재들의 저작이 아니고서야 "짧게는 100~200년 이상, 길게는 1천~2천 년 이상"을 살아남을 수 있었겠느냐는 게 저자의 판단이다.

고전이 천재들의 저작이므로 고전을 읽는 일은 천재들과 대화를 나누는 일이다. 좀 더 노골적으로 말하면 천재들에게 '개인지도'를 받는 일이다. '천재'라는 말이 막연하다면 '노벨상 수상자'라고 해도 좋겠다. 저자의 제안은 이런 것이다. "생각해보자. 만일 앞으로 10년

『대한민국 청소년에게 2』
강수돌 외, 바이북스, 2012

동안 노벨상 수상자들에게 매일 두 시간 이상 개인지도를 받는다면, 나는 어떻게 될까?" 불문가지다. 독자인 우리도 그들 수준에 근접하게 된다. 하물며 노벨상 수상자라고 해봐야 불멸의 인문 고전을 남긴 진정한 천재들에 비하면 '머리가 조금 좋은 사람들'에 불과하다면, 이 천재들의 개인지도에 비견할 만한 일이 세상에 어디 있겠는가?

좋다, 천재들의 책이라는 고전을 읽고 우리도 천재를 닮도록 하자. 천재적인 사고를 해보도록 하자. 그 자체로 신나는 일일 것도 같다. 한데, 저자는 거기서 한 걸음 더 나아간다. 그가 보기에 고전 읽기는 단순히 '즐거움' 차원의 문제가 아니다. 아니 즐거움과는 거리가 멀다. 저자의 체험적 고백에 따르면, 그가 세상에서 제일 싫어하는 책이 인문 고전이다. "재미없기 때문이다." 게다가 잘난 서양 철학 고전들 같은 경우는 "너무 어려워서 도대체 무슨 말을 하는 건지 판독 불가능일 때가 대부분"이다. 그래도 읽어야 하는가? 그렇다. 우리의 두뇌를 조금이라도 변화시켜주는 책은 인문 고전밖에 없고, 그렇게 뇌가 변화할 때만 우리는 생존할 수 있다는 게 저자의 절박한 이유다. 아예 생존을 위해서 억지로 인문 고전을 읽는다는 고백까지 솔직하게 털어놓는다. 이쯤 되면 '고전 읽기의 즐거움'이 아니라 '고전 읽기의 절박함'이다.

그렇다고 치기 어린 절박함은 아니다. 다소 거칠더라도 나름대로 근거가 있다. 먼저, 정치적인 근거. "인류 역사를 보면 항상 두

개의 계급이 존재했다. 지배하는 계급과 지배받는 계급."이 두 계급의 차이는 무엇인가? 저자는 그것이 인문 독서의 유무라고 말한다. 가령 조선의 지배계급인 선비들에겐 인문 고전 독서, 곧 글공부가 주업이었다. 하지만 그 인문 고전 독서가 피지배계급에겐 금지됐다. 책은 아무나 읽는 것이 아니었다. "조선 왕조 500년 동안 책을 읽지 않는 마당쇠가 책을 읽는 선비를 지배한 적이 단 하루라도 있었던가."

행여 똑같이 책을 읽는다고 해도 지배계급과 피지배계급은 읽는 책의 종류가 달라야 했다. 근대 국가로 발전해나가는 데 직업군인과 공장노동자가 필요하기에 학교 교육을 도입한 프로이센(독일)에선 군대에서의 명령과 공장에서의 작업 지시를 수행할 수 있는 만큼의 지식을 가르쳤다. 국민이 너무 똑똑해지는 건 불필요했고 또 바라지도 않았기에 인문 고전 교육은 빼놓았다. 단지 일방적인 주입식 교육만 이루어졌다.

이러한 독일식 교육 제도를 그대로 수입하여 우리에게 이식한 것이 일제의 식민지 교육이었다. 기본적으로 식민지 교육은 지배계급이 아닌 피지배계급을 위한 교육, 직업군인과 공장노동자를 생산하기 위한 교육이다. 저자는 우리의 학교 교육 과정에서 인문 고전 읽기가 배제된 것이 그러한 식민지 교육의 부정적 유산이 아닌가라고 의심한다. 그래서 촉구한다. 깨달아야 하다고. "이제는 진실을 깨달아야 한다. 당신이 학교에서 그렇게 오랫동안 배우고 두뇌와 삶에 어떤 변화도 없었던 근본적인 이유를 알아야 한다." 그 이유는 물론 인문 고전을 안 읽었기 때문이다.

이어서 경제적인 근거. "어느 시대를 막론하고 전 세계 부의 90퍼센트 이상은 세계 인구의 약 0.1퍼센트가 소유했다." 예전에 그 0.1퍼센트는 왕과 귀족이었지만 지금은 월스트리트의 투자자와 세계적인 기업가들이다. 이 부자들의 특징은 무엇인가? 한 시대를 풍미한 투자가들의 삶을 조사해본 결과 저자가 얻은 결론은 다른 데 있지 않다. 이들이 독서광이면서 최고 수준의 인문 고전 독서가라는 점이다. 가령 자신만의 투자 철학을 갖기 위해선 뇌 속에 '철학하는 세포'가 있어야 하는데, 그런 세포는 오직 철학 고전 독서를 통해서만 얻어진다. 가까이에서 사례를 찾자면 이병철의 '인재경영'과 정주영의 '의지경영'도 그 출처는 인문 고전이라는 게 저자의 주장이다. 그래서 빈민을 위한 인문학 과정을 설립한 얼 쇼리스의 『희망의 인문학』(이병곤 외 옮김, 이매진, 2006)의 핵심을 이렇게 끄집어낸다. "여러분은 이제껏 속아왔어요. 부자들은 인문학을 배웁니다."

『리딩으로 리드하라』에서 '고전 읽기의 즐거움' 차원을 넘어서는 뭔가가 작동하고 있다면 그것은 '고전 읽기의 절박함'이다. 이런 절박함이 혹 고전 읽기 붐에도 일조하고 있는 건 아닐지. 저자는 젊은이들이 "지금부터라도 인문 고전 읽기에 목숨을 걸기를 원한다." 너무 과장된 소망인가. 하지만 동의하는 바도 없지 않다. 먼저 인문 고전 독서는 우리의 두뇌를 변화시킨다는 점. 우리가 똑똑해서 책을 읽는 것이 아니라 책을 읽으면서 똑똑해진다는 건 나의 지론이기도 하다. 물론 아무 책이나 읽는 것이 아니라 좋은 책을 읽는다는 조건이 붙긴 하지만. 고전이란 애당초 전범이 될 만한 좋은 책을 뜻하기에 고전 읽기가 우리의 두뇌 활동을 자극하고 세계에 대한 새로운 인식과 지혜를 열어준다는 건 지극히 자연스러운 일이다.

인문 고전 읽기가 '자본주의 시스템의 승자가 되는 법'이라고까지 저자는 강조하지만, 그보다 동감하는 건 "인문 고전 독서 교육의 진정한 목표는 자주적이고, 행복하고, 능동적인 인간을 만들어내는 것"이라는 주장이다. 그보다 나은 교육 목표를 상정할 수 있을까. 인문 고전 독서를 통해 '행복한 천재'도 되고, 개인과 가문을 다시 일으켜 세울 수 있는 힘을 얻을 수 있을는지도 모른다. 혹은 나라의 운명을 바꿔놓을 수 있을는지도 모른다. 하지만 모든 건 각자가 자주적이고 행복하고 능동적인 인간이 된 다음이다. 따라서 우리에게 필요한 건 즐거움만도, 절박함만도 아니다. 우리에겐 '고전 읽기의 절박한 즐거움'이 필요하다. 고전 읽기 붐이 그런 즐거움과 함께하면 좋겠다.

| 《사람과 책》(2012년 2월호)

『시경』을 읽기 위하여

|

『시경』

　올해의 독서 목표 중 하나는 『시경詩經』을 읽는 것이다. 중문학은 아닐지언정 대학에서 문학을 전공했고 적잖은 시집을 읽었지만 『시경』은 한 번도 읽어볼 생각을 못 했다.

　돌이켜보면 좀 기이한 노릇인데, 아마도 '경經'이라는 말에 대한 거부감 때문이 아닌가 싶다. '삼경三經'으로 묶이는 『서경書經』과 『역경易經』 또한 손에 들지 않았던 걸 보아도 그렇다. '사서삼경四書三經'이라는 말이 풍기는 고답적 엄숙주의나 권위주의를 대학 새내기 시절엔 좋아하지 않았다.

　『시경』이 그렇게 뻣뻣한 책이 아니라 '노래 모음집'에 불과하다는 사실은 좀 뒤늦게 알았다. 『시경』에 대한 인상이 조금 누그러졌지만 그래도 '중국 시라면 당시唐詩만 하겠는가'라는 생각으로 버텼다. 신영복의『강의』(돌베개, 2004)에서도 '동양 고전의 입문'이라 할 만큼 중요한 것이『시경』이라고 소개됐지만 '고전이라면『논어』에 비하겠는가'라고 이유를 댔다.

그러던 차에 뜻밖에도『시경』에 대한 관심이 샘솟은 것은 호메로스의『일리아스』를 읽으면서다. 서양 최고最古의 서사시를 읽은 참에 세계 최고最古의 시도 읽어봐야겠다는 의욕을 갖게 돼서다. 중국 주나라 초기인 기원전 12세기 말부터 춘추시대 중엽인 기원전 6세기까지 약 600년간의 노래를 300여 편 모은 책이니 생각하면 경이로운 '문화유산'이다. 우리에겐 가장 오래된 서정시로 전하는 유리왕의「황조가」가 기원전 17년에 지어진 것과 비교해보아도 그렇다.

그렇다고 오래된 시라는 의의만 갖는 건 아니다. 가령『시경』의 첫 시「관저關雎」에 나오는 '요조숙녀'라는 말은 아직도 친숙하지 않은가. '관저'는 시의 첫 구절 '관관저구關關雎鳩'의 준말로 '저구'는 '징경이' 혹은 '물수리'를 가리키고, '관관'은 그 암수가 서로를 부르는 소리, 곧 의성어이다. 실제로 물수리의 울음소리가 어떤지 모르기에 번역본마다 '구욱구욱', '끼룩끼룩', '까옥까옥' 등으로 옮겼다.

『새로 옮긴 시경』
김학주 옮김, 명문당, 2010

그렇게 서로 '짝을 찾는 물수리'에 자신의 처지를 견준 것이 이 시의 기본 발상법이다.

5연으로 이루어진 이 시에서 요조숙녀라는 말은 네 번이나 등장하며, "요조숙녀窈窕淑女 군자호구君子好逑"가 첫 용례다. 여러 번역본에서 이 구절은 "아리따운 고운 아가씨는 군자의 좋은 배필일세"(김학주), "그윽하고 아리따운 요조숙녀는 일편단심 기다리는 이 몸의 배필"(이기동), "아리따운 아가씨는 사나이의 좋은 배필"(기세춘·신영복), "하늘하늘 그윽한 저 새악시 멋진 사내의 좋은 배필"(김용옥) 등으로 옮겨졌다. '군자'라는 말이 쓰이긴 했지만 공자 이전에는 그냥 '사내'를 뜻했다고 한다. 군자를 주나라 문왕을 가리키는 것으로 보는 식의 전통적인 해석은 후대 유학자들이 왜곡한 것이라는 게 학자들의 평가다. 원래는 그냥 배필을 찾는 사내의 애틋한 마음을 노래한 시였다는 것이다.

시의 갈래로 보자면 「관저」는 『시경』의 많은 시와 마찬가지로 서정시이자 연애시이다. 하지만 미혼의 남자가 여자를 연모하는 모습을 그린 시로는 이채로운데, 이런 사랑의 표현이 뒷시대에는 계승되지 않았다고 한다.

미혼남녀의 사랑을 읊은 시는 줄어든 반면에 부부의 정을 노래한 시는 계속 이어졌는데, 이 역시 유학이 관학으로 자리 잡은 것과 무관하지 않다. 장징의 『사랑의 중국 문명사』(이용주 옮김, 이학사, 2004)에 따르면, '연애'라는 단어 자체가 송나라 때 처음 등장한다.

하지만 이때도 연애는 남녀 간의 사랑이 아니라 사람들 사이의 관심과 배려를 뜻하는 말이었다. 현대 중국어에서 남녀 간의 사랑을 뜻하는 '롄아이戀愛'는 일본에서 역수입된 단어라고 하니 '요조숙녀'에 대한 그리움은 가장 오래된 그리움이면서 현대적인 그리움이기도 하다.

| 《한겨레》(2012. 7. 18)

지식인 공자를 읽다

|

『논어, 세 번 찢다』

'공자'를 다시 읽고 있다. 아니 다시 보게 됐다는 말이 더 정확할 듯싶다. 우리에게 '공자왈'의 공자만큼 친숙한, 고루할 정도로 친숙한 '성인聖人'이 달리 없음에도 불구하고 왜 다시 읽고, 다시 보게 됐는가. 두 종류의 공자가 있다고 하기 때문이다. 『논어, 세 번 찢다』의 저자 리링의 말이다.

"역사적으로 두 종류의 공자가 있다. 하나는 『논어』에 있는, 피가 흐르고 살이 붙어 있는, 살아 있는 공자이고, 다른 하나는 공자 사당 안에 있는, 빚어지고 조각된, 향불을 피우고 머리를 조아리기 위한 공자이다. 전자는 진짜 공자이고 후자는 가짜 공자이다."

이러한 일갈에 덧붙여 그는 이렇게 묻는다. "어느 공자가 더 사랑스러운가?"

사랑스러운 공자? '공자' 하면 자동적으로 '성인 공자'를 떠올리게 되는 우리로서는 불경스럽게도 들리지만, 한편으로는 통쾌한 느낌도 준다(사랑스러운 공자라니!). 새로운 발견의 쾌감이고, 해방의 쾌감이다. 리링의 제안은 물론 우리가 가짜 공자가 아닌 진짜 공자, 살아 있는 공자와 대면해보라는 것이다. 그 진짜 공자는 '집 잃은 개'라고도 불린 불우한 지식인으로서의 공자다.

우리 번역본에서 흔히 '상갓집 개'라고 옮겨진 '상가구喪家狗'를 리링은 '집 잃은 개'로 풀이하는데, 이 말의 출처는 사마천의 『사기』 중 「공자세가孔子世家」다. 공자가 정나라에 갔을 때 그의 행색을 보고 한 정나라 사람이 공자의 제자 자공에게 몹시 지친 것이 마치 집을 잃은 개와 같다고 말한다. 자공이 이 말을 공자에게 전하니 공자는 웃으며 이렇게 말한다. "외모야 꼭 그런 것은 아니지만, 집 잃은 개 비슷하다고 말한 것은 맞구나, 정말 맞구나!"

춘추시대라는 난세를 살면서 이상을 펴기 위해 제자들과 함께 말년까지 여러 나라를 주유했지만 공자는 끝내 뜻을 이루지 못했다. 그나마 성공한 건 많은 제자를 가르친 것이며 그들로부터 깊이 존경받은 일이 그의 생애를 가치 있는 것으로 조명해준다. 요컨대 진짜 공자는 "성인이 아니라 민간의 학자이자 사립학교의 선생님이었을 뿐이다." '집 잃은 개'라고 불려도 자기 처지가 정말로 그렇다고 맞장구친 이가 바로 공자였다.

베이징 대학 교수로 고고학, 고문자학, 고문헌학의 대가로 통한다는 리링은 그런 공자의 모습을 재조명하기 위해『상가구』라는 책을 펴내는데 원래는 2004~2005년에 베이징 대학에서『논어』를 통독한 수업 강의록이다(『상가구』도 '리링 저작선'으로 번역돼 나온다고 한다). 하지만 책이 나오자마자 제목이 주는 인상 때문에 리링은 원색적인 비난과 저열한 인신공격에 시달린다. '성인'을 모욕했다는 게 주된 이유다. 그가『논어, 세 번 찢다』를 연이어 펴낸 건 그런 비난에 대응하여 무엇이 오해인가를 분명히 밝히고 자신의 주장을 더 확고하게 뒷받침하기 위해서이다. 물론 의도가 없을 리 없다. "나의 연구는 지난 20여 년 동안 중국 사회에 불어 닥친 복고의 광풍을, 거의 미친 듯이 보이는 이 기이한 현상을 겨냥한 것"이라고 그는 말한다.『논어』를 이해하려면 공자가 살았던 시대적 배경을 알아야 한다는 지침을『논어, 세 번 찢다』에도 적용해보자면, 이 '복고의 광풍'은 왜 문제가 되는가.

리링이 '지난 20여 년'이라고 지칭한 건 대략 1980년대 말부터

『논어, 세 번 찢다』
리링, 황종원 옮김, 글항아리, 2011

다. 이후에 지금까지 중국에서 크게 성행하고 있다는 공자 존숭 현상은 리링으로선 이해할 수도, 용납할 수도 없는 '기이한 현상'이다. 상식과 이치에 어긋난다고 판단해서다. 무엇이 상식인가. 일단 공자가 계급사회의 지식인이었다는 점이다. 중국의 학자들이 지적하는 것처럼 『논어』에서 '사람 인人'과 '백성 민民'이 한 구절에서 대구를 이룰 때 '사람'은 인텔리(군자)를 가리키고 '백성'은 대중(소인)을 뜻한다. 공자의 관심은 오직 군자와 관련이 있을 뿐이며 소인과는 무관했다. 더불어 오늘날까지도 대중이 듣고 싶어 하는 건 마르크스가 '인민의 아편'이라고 비판한 종교이지만 공자는 도덕적인 가르침만 남겼을 뿐 종교를 이야기하지 않았다. 따라서 리링이 보기에, 공자에 대한 대중적 숭배는 기이한 현상이 아닐 수 없다.

『논어』의 한 대목을 리링을 따라 읽어본다. 「자로」편에서 '화이부동和而不同'이라는 유명한 문구가 나오는 대목이다. 공자는 이렇게 말했다.

"군자는 조화를 추구하되 동일함을 추구하지 않으며, 소인은 동일함을 추구하되 조화를 추구하지 않는다(君子和而不同, 小人同而不和)."

신영복의 『강의』에 보면 이 구절에 대한 일반적인 해석은 "군자는 화목하되 부화뇌동하지 아니하며 소인은 동일함에도 불구하고 화목하지 못한다"이다. 신영복은 그런 해석이 '화동론和同論'의 의미를 명료하게 드러내지 못한다고 비판하면서, '화和'는 다양성을 인정하는 것을 의미하고 '동同'은 다양성을 인정하지 않고 획일적인 가치만을 용납하는 것을 의미한다고 새로 해석한다. 이런 근거에서 '군자화이부동君子和而不同'은 군자는 자기와 타자의 차이를 인정하여 타자를 지배하거나 자기와 동일한 것으로 흡수하려 하지 않는다는 의미로, '소인동이불화小人同而不和'는 소인은 타자를 용납하지 않으며 지배하고 흡수하여 동화한다는 의미로 읽는 게 옳다는 견해를 밝힌다. 종합하면 "군자는 다양성을 인정하고 지배하려고 하지 않으며, 소인은 지배하려고 하며 공존하지 못한다"라는 뜻이 된다.

반면에 리링은 '화'를 상류사회에서의 '조화'라는 뜻으로 읽으며 이것은 구별의 기초 위에서 추구된다고 말한다. 구별이란 차이이고 차등이다. 조화란 고양이와 쥐처럼 서로 다른 것을 한군데 섞어놓을 수는 있다는 뜻이다. 그에 비하여 '동'은 하층사회에서 부르짖는 '평등'으로서의 '동'이다. '동'이란 남녀가 같고, 군관과 사병이 같다는 등의 사회적 평등을 의미한다. 군자는 이러한 동을 말하지 않으며, 묵자墨子식의 '같음을 숭상함'은 공자가 보기에 소인의 도다. 공자는 인仁을 말하지만 그 또한 구별과 차등에 근거한 사랑으로 평등이나 박애와는 거리가 있다는 게 리링의 주장이다. 요점은 '공자왈'의 신화를 걷어내자는 것이다. 일종의 '공자 바로 보기'다.

그런 점에서 리링은 1919년 중국의 5·4 운동 정신을 계승한다. 당시 '공자의 거점을 타도하자'라는 구호를 그는 '전통의 단절'에 대한 요구로 이해하지 않는다. 실제 타도 대상은 '공자의 거점孔家店'이 아니라 '주가의 거점朱家店'이었고, 이는 공자가 성전에서 내려와 제자백가諸子百家로 되돌아가게끔 했다. 난세를 살았던 한 지식인이 공자 본래의 모습이며, 리링은 "내가 그를 최대한 존중하는 방법은 그를 지식인으로 대하는 것"이라고 말한다. 사실 '성인 공자'보다는 그가 제시한 '지식인 공자'가 훨씬 더 친근하게 느껴진다. 우리에게 공자는 어느 쪽인가.

| 《기획회의》(2011. 9. 5)

법가와 전체주의의 기원

|

『법가, 절대권력의 기술』

중국의 법가法家 사상에 관심을 갖게 된 건 몇 년 전에 이상수의 『한비자, 권력의 기술』(웅진지식하우스, 2007)을 읽고서다. 한비자와 함께 법가를 재발견하는 계기가 됐는데, 한편으로는 유가와 도가 계열 사상가들을 우리가 편독하는 게 아닌가라는 생각이 들었다. 정 위안 푸의 『법가, 절대권력의 기술』은 그런 관심의 연장선에서 읽은 책이다. 동양고전강의 시리즈로 나온 것인데 특이하게도 원저는 영 어로 쓰였다. 저자가 베이징 대학을 졸업했지만 현재는 미국 대학에 몸담고 있어서이다. 원제는 '중국의 법가China's Legalists'(1996).

그런 제목이라면 영어권 독자에게 법가 사상을 소개하는 일종의 '입문서'일 텐데, 보통의 입문서답지 않게 저자의 입장이 뚜렷하다. '절대권력의 기술'이라고 덧붙여진 제목, 그리고 '진시황에서 마오

고전 읽기의 즐거움

쩌둥까지, 지배의 철학'이라는 번역본 부제가 암시해주는 대로 초점은 법가의 부정적인 면모에 맞춰져 있다. 원저의 부제는 아예 '최초의 전체주의자들과 그들의 통치술'로 돼 있다. 법가 사상가들을 '최초의 전체주의자들'로 규정하고 그들의 통치술이 중국 역사에 끼친 폐해를 신랄하게 비판하려는 것이 저자의 주안점이다. '전체주의'라는 말이 유행어가 된 건 한나 아렌트의 『전체주의의 기원』(1948) 덕분일 텐데, 거기서 아렌트는 반유대주의와 제국주의를 나치즘과 스탈린주의 같은 전체주의의 '기원'으로 꼽았다. 정위안 푸는 한 걸음 더 나아가 중국 고대의 법가를 '전체주의자 이전의 전체주의자'로 규정하고 있는 셈이다.

"20세기 히틀러의 나치 독일, 스탈린의 소비에트 러시아, 마오쩌둥의 공산주의 중국에 드러난 현대 전체주의의 핵심 요소는 대부분 2천여 년 전에 법가가 주장한 것이다."

법가 사상이라고 하니까 보통은 법치, 곧 법에 의한 통치를 주장

『법가, 절대권력의 기술』
정위안 푸, 윤지산·윤태준 옮김
돌베개, 2011

한 것으로 생각하기 쉽다. 하지만 저자에 따르면 이때의 법치는 '법에 의한 통치'가 아니라 '법을 이용한 통치'이다. 법이란 "군주가 백성을 통치하고자 이용하는 형벌 도구"일 뿐 그 이상은 아니다. 법이 형벌의 도구이고 공포가 가장 효율적인 정치 통제 수단이라고 생각하는 법가의 교의는 극단적인 독재 옹호로 이어질 수 있다. 그런 점에서 법가는 마키아벨리즘을 한참 앞선다.

"중국의 법가는 르네상스 시대의 저명한 이탈리아 학자 마키아벨리보다 1,800여 년 앞서, 마키아벨리보다 더 마키아벨리적인 저서를, 현대 작품이라고 해도 손색이 없는 논조로 저술했다."

법가와 마키아벨리 모두 정치란 근본적으로 권력에 대한 추구라고 생각하고 권력의 문제를 개인의 도덕성과는 분리시켰다는 점에서는 공통적이지만, 법가는 마키아벨리보다 더 급진적이었다(적어도 마키아벨리를 전체주의 사상의 원조로 꼽지는 않는다). 저자가 보기에 법가의 목적은 "군주와 정부가 백성의 사회생활 거의 모든 부분을 무제한의 권력으로 통제하는 전체주의적 사회질서 구축"이었다. 현대 전체주의의 특징을 전체주의적 이데올로기, 단 한 명의 지도자가 이끄는 단 하나의 정당, 군대 장악, 언론 장악, 치안 통제, 경제 부분을 포함한 모든 조직의 독점 등으로 꼽는다면, 현대의 발명품인 정당만 제외하면 모두 고대 법가의 저술과 정책에서 찾아볼 수

고전 읽기의 즐거움

있는 것들이라는 게 저자의 판단이다.

문제는 법가가 진나라의 천하통일뿐만 아니라 중국 역사 발전에 결코 지워지지 않는 흔적을 남겼지만 이러한 사실이 잘 인정되지 않는다는 점이다. 알려진 대로 한 무제가 유교를 정치이념으로 삼은 이후 중국의 제국들은 유교 국가를 표방한다. 그건 조선도 마찬가지여서 유교적 권위주의 국가체제였다는 게 대체적인 이해다. 하지만 '외유내법外儒內法'이라고 하면 어떻게 되는가. 외유내법이란 대다수 중국 역사학자들이 중국 제국의 정치 전통을 이르는 말로, 겉으로는 유가를 표방하지만 속은 법가라는 뜻이다. 즉 유교를 통치이념으로 내세우긴 했으나 실제로는 법가가 핵심 통치술이라면? 하지만 그러한 사실이 감춰져온 것이라면?

겉과 속이 다르다고 하니 바로 떠오르는 건 청나라 말의 사상가 이종오李宗吾의 '후흑학厚黑學'이다. '뻔뻔함厚'과 '음흉함黑'이 난세의 통치학이었다는 걸 발견한 그는 세계의 진화를 세 시기로 구분했다. 첫 번째 시기인 상고시대에는 인민들이 미개하고 그야말로 천진난만하였다. 그래서 공자는 이 요순시대의 회복을 염원하며 사회풍조를 태고시대로 되돌리려고 했다. 인의仁義를 주장하고 예치禮治를 설파한 유가는 이 제1기의 사상이다. 제2기는 조조와 같이 음흉하고 유비처럼 뻔뻔한 인물들이 운을 거머쥔 시대다. 전국시대의 사상인 법가는 그러한 후흑을 군주의 처세술과 통치술로 권장한다는 점에서 제2기의 사상이라고 할 수 있을까. 하지만 시대가 바뀌어 지금은 조조와 유비 같은 자가 널려 있는 시대라고 이종오는 말한다. 그래서 제3기에는 뻔뻔하고 음흉한 것만으로는 성공할 수가 없다. 때문에 공맹의 도덕을 차용해야 한다. 속셈은 다르더라도 겉으로는 유가의 도덕을 앞세워야만 성공할 수 있는 것이 제3기다. 이종오는 이 3기를 자신의 시대로 잡지만 외유내법이 중국의 정치 전통이라고 하면 더 거슬러 올라갈 수 있지 않을까. 그런 점에서 한 무제가 유교를 국가 이데올로기로 만든 것은 재해석될 여지가 있다.

기원전 136년 무제는 유학자 동중서董仲舒의 기안을 받아들여 유교를 국교로 정하는데, 그러한 제도화가 실상은 법가가 추진한 세뇌 정책의 결과라는 게 정위안 푸의 생각이다. 가령 백성은 군주에게, 자식은 부모에게, 여성은 남성에게 무조건 복종해야 한다는 삼강三綱은 유교 윤리의 중추이다. 그리고 이 삼강은 중국에서 2천 년이 넘게 공식적 기본 윤리 원칙이자 사회규범의 핵심이었다. 군주의 절대 지배를 유교적 이념으로 자연스레 정당화한 셈이니 유교를 세뇌 도구로 변형시킨 게 아니냐는 주장이 설득력을 갖는다. 또 청나라 때 황제는 황실 학술원에 나가 유가 고전을 강의하기도 했다는데, 이것도 유학의 가면을 쓰고 법가 사상을 장려하는 관습으로 이해된다.

저자는 20세기 후반의 『마오쩌둥 어록』조차도 "군주가 이데올로기, 교육, 대중 매체를 직접 통제하는 제국 법가 전통의 정점"이라고 평가한다. 요컨대 "법가가 중국에 끼친 영향력은 사실상 2,300년 이상 지속되었으며, 20세기까지도 그 영향력이 여전히 뚜렷했다"고 저자는 말한다. 동시에 "법가가 중국 사회에 끼친 지속적인 영향력은 어쩌면 중국 인민들에게 마르지 않는 불행의 원천이었다"고 평가한다. 문제는 정작 인민들 자신이 그러한 불행의 원인을 알지 못한다는 데 있다. "중국인들이 언젠가 법가의 정체를 알아차리기를 바랄 뿐"이라는 게 저자의 바람이다. 겉모양만 민주주의 국가에 살고 있는 우리도 예외는 아닐 터이다.

| 《기획회의》(2011. 8. 5)

민주주의와 법가식 법치주의

『법가, 절대권력의 기술』

　　중국 전국시대에 나온 법가 사상은 알다시피 진나라의 천하통일에 결정적인 기여를 했다. 하지만 법가에 근거한 가혹한 통치가 시황제 사후 진나라의 몰락을 초래했고 뒤이은 한나라 무제는 유가 사상을 통치의 근간으로 삼는다. '냉혹한 법가' 대신에 '부드러운 유가'를 국가 이념으로 내세운 것이다. 그렇다고 법가가 역사의 무대에서 '퇴장'한 것은 아니다. 『법가, 절대권력의 기술』의 저자 정위안 푸는 중국에서 관이 주도한 정통 유교가 실상은 정통 유가의 수사법을 법가의 시각에서 재해석한 혼합물이었다고 말한다. 겉은 유가지만 속은 법가라는 의미의 '외유내법'이 그 결과물이다.

　　법가의 목적은 군주와 정부가 백성의 사회생활 거의 모든 부분을 무제한의 권력으로 통제하는 사회질서의 구축이었다. 법가에 따르면 백성은 진정한 이익이 무엇인지 알지 못하는 가축과 같은 존재일 뿐이었다. 그래서 법가는 "천지는 어질지 않다. 천지는 만물을 짚으로 만든 강아지처럼 다룬다"(『도덕경』)는 도가의 통찰을 더욱 확장한다. 군주에게 백성은 가축이자 살아 있는 도구에 불과하다. 그런가 하면 법가는 군주의 이익이 곧 '공익'이라고 말한다. 백성의 최고 지배자로서 군주는 '공공'을 대표하기에 군주 개인의 이익이 곧 '공공의 이익'과 같다. 이러한 공공의 이익을 지키고 무지한 백성의 '사적 이익'을 막는 것이 법의 중요한 역할이다. 법가가 주장하는 '법치'란 '법에 의한 통치'가 아니라 '법을 이용한 통치'일 따름이다.

정위안 푸는 중국 정치에서 법가의 중요성이 마키아벨리가 서양 정치사상에 끼친 영향을 훨씬 뛰어넘는다고 평가한다. 그리고 법가의 요체는 마오쩌둥에 의해서도 계승돼 오늘날까지도 이어지고 있다고 말한다. 체제를 지탱하는 이데올로기는 유교에서 마르크스-레닌주의로 바뀌었지만 속은 여전히 법가라는 것이다. 정치권력의 장악을 중요시한다는 점에선 마르크스-레닌주의와 법가가 본질적으로 일치한다는 주장도 덧붙인다.

법가적 전통에 대한 이런 통찰이 남의 나라에만 적용되는 것 같진 않다. 우리의 현실은 어떤가. 혹 민주주의라는 허울을 앞세운 법치주의 국가에 살고 있는 것은 아닌가? 유교적 국가체제가 민주공화국 체제로 바뀌었다고는 하지만 권력자의 이익이 곧 '국익'이라는 법가적 관점이 폐기된 것 같지 않다. 요즘엔 그 권력이 시장권력과 정치권력으로 이원화된 것이 차이라면 차이겠다. 군주, 곧 권력자를 제외하곤 모두가 평등하다는 것이 법가의 평등사상이다. 그런 점에서 법가는 우리의 민주주의와 상충하지 않는다. 우리의 민주주의는 '유전무죄, 무전유죄'와 같은 상대적 법치도 다 포용하기 때문이다.

오늘날 국민은 과거의 백성들과 얼마나 다른 대우를 받고 있는가. 제물로 귀하게 쓰이다가 제사가 끝나면 버려지는 지푸라기 개처럼, 선거철에만 귀한 대접을 받다가 선거가 끝나면 다시 '가축'으로 돌아가는 건 아닌가. 사실 조작적인 여론몰이에 쉽게 휩쓸리는 '대중심리'는 법가의 육질 좋은 먹잇감이다. 공권력의 남용과 편의적 법적용에 앞장서며 승승장구하는 오늘날의 '법가들' 말이다. 어쩌면 비싼 대학 등록금을 비롯한 고비용의 교육 체계 배후에도 백성을 지적으로 열등하고 무지한 채로 놔두어야 한다는 법가의 가르침이 숨어 있는지 모를 일이다. "백성이 유순하고 무지해야, 군주는 세속의 모든 쾌락을 즐기면서 천하를 안전하게 다스릴 수 있다"는 게 법가의 생각이다. 주권이 국민에게 있다는 건 말이 그렇다는 얘기인가.

| 《경향신문》(2011. 9. 2)

P.S.　　『법가, 절대권력의 기술』의 역자는 「옮긴이 서문」에서 이 책을 번역
　　　　　하게 된 계기가 2009년 용산사태였다고 말한다. 도대체 누구를 위
　　　　　한 법인가를 다시 되묻게 되었다는 것이다.

　　　　　　"도대체 누구를 위한 법이란 말인가? 왜 형법만 더 강화되는가? 그렇다
　　　　　면, 진정한 민주주의는 무엇인가? 저자의 주장대로 한국을 위시한 동북아
　　　　　시아에는 법가의 잔재가 곳곳에서 기승을 부리는데도 국내에는 이를 분
　　　　　석한 책이 거의 없었다. 민주주의를 위해서 역자는 법가적 전제정치를 우
　　　　　선 박멸해야 한다는 입장이다. 그래서 법가를 연구할 필요가 있는 것이
　　　　　다. 진정한 민주주의로 한 걸음 다가서려면 말이다." (『법가, 절대권력의 기
　　　　　술』, 「옮긴이 서문」 중에서)

　　　　　'법가적 전제정치'를 '민주주의'와 대립시키는 것은 아주 자연스럽
　　　　　다. 하지만 민주주의라는 외피를 쓴 '법가적 법치주의'라면 어떨까.
　　　　　현재의 공권력이 휘두르는 전횡적 법치주의를 우리의 민주주의는
　　　　　견제할 수 있을까. '사법개혁', '검찰개혁'이 구호로만 남아 있는 현
　　　　　실은 역자가 희원하는 '진정한 민주주의'가 아직은 요원하다는 걸
　　　　　말해준다.

그래도 독서

아킬레우스의 분노와 정의

『일리아스』
『덕과 지식, 그리고 행복』
『위대한 책들과의 만남』

아킬레우스라는 이름에서 짐작할 수 있듯이, '아킬레우스의 분노'는 서양 고전의 맨 앞자리에 놓이는 호메로스의 『일리아스』 첫머리이다. 그렇듯 작품은 아킬레우스의 분노로 시작해서 그 분노가 어떻게 해소되는가를 보여주며 끝난다. 1만 5천 행에 이르는 장대한 서사시를 가능하게 했으니 특별하면서도 대단한 분노다. 한 개인의 차원을 넘어서 인류사적 의미를 갖는 분노라고 할 수 있을까.

애초에 트로이아 전쟁을 일으킨 원인이 헬레네의 '파괴적인' 아름다움이었다면, 그 전쟁을 더 잔혹하게 만든 건 아킬레우스의 '파괴적인' 분노였다. 사실 그가 직접 무얼 파괴한 것은 아니다. 총사령관 아가멤논이 자신을 모욕한 데 격분하여 칼을 뽑지만 아킬레우스는 아테네 여신의 충고에 따라 그 칼을 도로 칼집에 넣으니까.

다만 그는 자기 막사에 틀어박혀 참전을 거부하는데 이것이 희랍군에게 치명적인 결과를 가져온다. 진퇴를 거듭하긴 하지만 아킬레우스가 빠진 희랍군은 결국엔 헥토르가 이끄는 트로이아군에 밀리면서 막대한 희생을 치르게 되기 때문이다.

『일리아스』의 대부분을 채우고 있는 전투의 살상 장면은 현대의 여느 전쟁영화에서보다 더 잔혹하게 묘사된다. "오뒷세우스가 전우 때문에 화가 나 창으로 그의 관자놀이를 맞히자 청동 창끝이 그의 다른 관자놀이를 뚫고 나왔다." "페이로스가 그에게 달려들어 창끝으로 그의 배꼽 옆을 찌르자 창자가 모두 땅 위로 쏟아졌고, 어둠이 그의 두 눈을 덮었다" 같은 식의 묘사가 부지기수다. 이 때문에 불만도 터져 나온다. 미국 컬럼비아 대학의 교양강좌 수강 체험담을 담은 『위대한 책들과의 만남』에서도 『일리아스』는 제일 처음 읽히는 작품인데, 저자 데이비드 덴비는 "여성을 억압하고 전쟁을 찬미하는 시이며, 주인공은 소아병적인 영웅"에 불과하다는 일부 교수들의 불평을 소개한다. 고전으로서 가치가 있는지 의문스럽다는 것이다.

『일리아스』
호메로스, 천병희 옮김, 숲, 2007

물론 세상일을 '옳음과 그름'이 아닌 '좋음과 나쁨', '강함과 약함'이라는 척도로 재단했던 세계의 이야기를 지금의 기준으로 판단하기는 어려운 일이다. 그렇지만 현재적 의의를 떠올리게 하는 대목도 없지 않다. 가령 트로이아군의 사르페돈이 동료 글라우코스에게 귀족으로서의 의무를 상기시키는 장면이 그렇다. 사람들이 평소 남다른 대접을 하며 자신들을 존경해온 이유가 무엇이었겠는가 묻고서 그는 이런 전장에서 선두에 서라는 뜻이라고 답한다. 인간으로서 죽음을 피할 수 없다면 명예롭게 죽는 것이 최선이라는 생각이다. 요즘은 사정이 많이 다른가.

한편으로 분노를 풀고서 다시 희랍군을 도와달라는 아가멤논의 부탁을 단호하게 거절하는 아킬레우스의 태도도 옹졸하기만 한 것인지는 생각해볼 문제다. 푸짐하게 포상하겠다는 제안에도 불구하고 그가 결심을 꺾지 않는 것은 "뒷전에 처져 있는 자나 열심히 싸우는 자나 똑같은 몫을 받고 비겁한 자나 용감한 자나 똑같은 명예를 누리고 있다"는 판단 때문이다. 그가 보기에 그것은 불공정하며 정의롭지 못하다. 즉 여기서 아킬레우스가 요구하는 것은 사과가

『위대한 책들과의 만남』
데이비드 덴비, 김번·문병훈 옮김
씨앗을뿌리는사람, 2008

아니라 규칙 자체의 변경이다.

　그래서 고대 희랍 윤리학을 다룬 『덕과 지식, 그리고 행복』의 저자 윌리엄 프라이어는 그를 호메로스의 영웅들 가운데 관례적인 규칙의 한계를 깨달은 유일한 인물로 평가한다. 아킬레우스는 분노와 함께 인간의 조건에 대한 통찰도 보여준다는 것이다. 하지만 그 통찰이 아킬레우스에게 명예를 대신할 다른 규칙까지 일러주지는 못한다. 친구의 죽음을 계기로 그는 다시 전장에 나서게 되니까. 무엇이 진정 좋은 삶인가. 우리가 답해야 하는 질문이다.

| 《한겨레》(2011. 7. 15)

『덕과 지식, 그리고 행복』
윌리엄 J. 프라이어, 오지은 옮김
서광사, 2010

P.S. 『일리아스』 완독을 시도해본 것은 몇 권의 가이드북을 참고할 수 있어서인데, 강대진의 『일리아스, 영웅의 전장에서 싹튼 운명의 서사시』(그린비, 2010)가 대표적이다(이 책에는 더 참고할 만한 책들의 목록도 포함돼 있다). 피에르 비달나케의 『호메로스의 세계』(이세욱 옮김, 솔출판사, 2004)도 유익한 정보를 제공해주며, 『처음 읽는 일리아스』(마이클 J. 앤더슨 엮음, 김성은 옮김, 웅진지식하우스, 2006)는 원작의 내용을 각 권별로 간명하게 정리해주고 있어서 길잡이로 유익하다.

고전 읽기의 즐거움

플라톤을 손에 든다는 것의 의미

『플라톤 대화편: 고르기아스』

오래전 학부 시절의 일이다. 비슷한 시기에 제대한 복학생으로 강의를 같이 들으며 절친했던 동기와 하루는 철학 공부를 해보기로 했다. 서양 문학을 전공하니까 서양 철학도 좀 알아야 하지 않겠느냐는 문제의식에서였다. 정확하진 않다. 그냥 강의실 밖에서도 '학술적인' 우정을 나누기 위해서였는지도 모른다.

여하튼 철학 공부를 하자고 뜻을 모았다. 그렇다고 '신병新兵' 수준은 아니어서 윌 듀랜트의 『철학이야기』나 버트런드 러셀의 『서양철학사』 같은 책은 이미 읽어둔 터였다. 무얼 먼저 읽을까 의논하다가 또 자연스레 플라톤부터 읽어보자고 합의했다. 현실사회주의가 몰락하고, 플라톤을 전체주의 사상의 원조로 맹공격한 칼 포퍼의 『열린 사회와 그 적들』이 대학가에서 읽히던 때였다.

문제는 마땅히 읽을 만한 플라톤의『대화편』번역이 드물었다는 점이다. 옥스퍼드 대학 출판부에서 나온 입문서를 대신 손에 들었지만 읽어낼 엄두를 내지 못해서 결국은 버트런드 러셀의『철학의 문제들』을 원서로 강독했다. 번역본이 나와 있기도 했지만 가장 얇은 책이라는 게 선택의 주된 이유였다. 그게 개인적으로는 플라톤과 근접 조우한 기억이다. 거의 만날 뻔했으나 스쳐 지나간 인연이라고 할까.

이후에 번역된『대화편』들을 간간이 구입하면서도 열독할 만한 계기는 얻지 못했다. 이제는 같이 읽을 친구가 없는 것도 한 가지 이유였다. 사후정당화이긴 하지만 조금 더 '학술적인' 이유를 대자면 초기 대화편인『고르기아스』가 새로 번역되지 않은 것도 이유에 포함된다.

미번역된『플라톤 재발견』의 저자 승계호 미 텍사스 대학 석좌교수에 따르면 플라톤의 철학적 여정은『고르기아스』에서부터 시작한다. 플라톤의 모든 대화편이 주제적으로 꼬리에 꼬리를 물면서 이어진다는 '연결주의적' 입장에서 승 교수는 플라톤 철학이 소피

『플라톤 대화편: 고르기아스』
민지사 편집부, 민지사, 2011

고전 읽기의 즐거움

스트들의 도전에 대한 응전이라고 정리한다.

가령 『고르기아스』에서 주인공 소크라테스는 칼리클레스의 권력정치에 대한 옹호와 대면한다. 칼리클레스는 공정이라는 관념이 약자들이 강자를 속이기 위해서 고안해낸 속임수이며 강자는 약자를 정복하고 약탈하는 권리를 지닌다고 말한다. 소크라테스는 칼리클레스의 주장을 물리칠 만한 강력한 논증을 제시하지 못한 채 『고르기아스』는 마무리되고, 플라톤의 이어지는 대화편들은 이 문제에 대한 일련의 응답이라는 게 승 교수의 주장이다. 가장 유명한 중기 대화편 『국가』도 사실 이러한 전체 구도를 반복한다. 제1권에서 소피스트인 트라시마코스는 올바름(정의)이란 강자의 편익에 불과하다는 주장을 펼치고 소크라테스는 이에 대해 반박하지만 그 반박은 충분하게 이뤄지지 않는다.

제2권에서 제10권까지 아주 긴 분량을 할애해 플라톤은 소크라테스의 입을 빌려서 올바름이란 무엇이고, 올바른 국가란 또 어떠해야 하는지 자세히 살핀다. 개인적 차원에 앞서 국가적 차원에서 올바름의 문제를 다루는 것은 국가라는 정치공동체를 벗어난 개인의 존재는 의미가 없다고 보기 때문이다.

그런데 소피스트들의 주장은 정의의 문제에만 한정되지 않는다. 『고르기아스』에서 칼리클레스는 철학 유해론 또한 주장한다. 젊었을 때 적당히 접촉하는 건 괜찮지만 나이가 들어서도 철학을 한다면 익살스러운 일이 될 거라는 게 그의 주장이다. 그것은 정치로 충분하지 굳이 정치철학이 필요한가라는 반문으로도 정리될 수 있다. 그렇다면 플라톤의 철학은 올바름과 함께 철학 자체를 옹호하기 위한 긴 여정으로도 볼 수 있다. 사정이 그러하기에 중년의 나이에도 플라톤을 손에 드는 것은 '플라톤과 함께' 철학 무용론에 맞선다는 의미도 갖는다.

| 《한겨레》(2011. 10. 29)

P.S.   도서관 자료를 검색해보면 『고르기아스』 번역은 1980년대 초반 상
        서각에서 나온 『대화편』에 포함돼 나온 적이 있다. 민지사판은 역자
        가 "영어판과 일어판을 기초로 비교 대조해 가며" 옮긴 중역본이다.
        희랍어 원전 번역으로는 칼럼을 쓴 이후에 『고르기아스』가 정암학
        당 플라톤 전집의 한 권으로 출간됐다.

『고르기아스』
김인곤 옮김, 이제이북스, 2011

"우리에게 있는 최대로 좋은 것"

『향연』

'사랑에 관한 철학'이라고 하면 떠오르는 책, 바로 플라톤의『향연』이다. 플라톤의 작품 가운데『국가』다음으로 많이 읽히는 책이라고도 하지만,『국가』의 분량을 고려하면 믿기진 않는다. 번역 종수로는『소크라테스의 변론』다음으로 많은 것이『향연』이다. 이래저래 플라톤의 독자라면 두 번째로 많이 손에 들 법한 책이다.

『향연』은 아가톤의 집에서 열린 향연 자리에서 일곱 명의 연사가 사랑의 신 에로스를 각각 찬양하는 내용으로 돼 있다. 이야기의 정점은 소크라테스의 연설이지만 다른 이야기들도 흥미롭다. 가장 먼저 말문을 연 파이드로스만 봐도 그렇다. 다른 신들과 달리 에로스에 대해선 변변한 찬가조차 없다는 게 평소 그의 불만이었다. 이야기의 주제를 사랑으로 하자는 제안은 그의 발상에서 비롯됐기에 그는 향연에서 '이야기의 아버지'라고 호명된다.

파이드로스에 따르면 에로스는 카오스(틈)와 가이아(땅)에 이어서 생겨난 가장 오래된 신으로서 "우리에게 있는 최대로 좋은 것들의 원인"이다. '최대로 좋은 것'이란 무엇인가. 물론 '사랑'인데, 고대 그리스인들이 생각한 건 특별한 유형의 사랑이었다. "사실 나는, 젊었을 때부터 고결한 연인을 갖는 것, 그리고 그 연인의 사랑을 받는 것보다 더 중요한 것이 있는지 의문이었다네"(박희영 옮김, 문학과지성사)라고 옮길 때는 잘 드러나지 않지만, "어린 사람에게는, 그 것도 아주 어렸을 적부터, 자기를 사랑해주는 쓸 만한 사람을 갖는 것보다, 그리고 사랑하는 사람에게는 쓸 만한 소년 애인을 갖는 것보다 더 크게 좋은 어떤 것이 있을지 나로서는 말할 수 없거든"(강철웅 옮김, 이제이북스)이라고 하면 좀 명확해진다.

파이드로스가 말하는 '연인'이나 '사랑하는 사람'은 모두 남자를 가리키며, 그에게 '사랑받는 사람' 역시 남자다. 다만 사랑받는 사람은 사랑하는 사람보다 나이가 좀 어리기에 '소년 애인'이라고 옮겼다. 노골적으로 말하면 '사랑하는 사람'은 중년 남자이고, '사랑

『향연』
플라톤, 박희영 옮김
문학과지성사, 2003

받는 사람'은 미소년이다. 인생에서 최대로 좋은 것이란, 두 남자가 각각 그런 상대를 갖는 것이다. 국가나 군대가 이렇듯 사랑하는 자와 소년 애인으로 구성된다면 아무리 적은 수라 할지라도 모든 사람을 이길 수 있다는 게 파이드로스의 장담이다. 실제로 테베에서는 남성 커플 150쌍으로 이루어져 혁혁한 공을 세운 '신성 부대'가 있었다고 한다!

이런 사랑의 이상적인 사례가 뜻밖에도 아킬레우스다. 비극시인 아이스퀼로스는 아킬레우스가 파트로클로스를 사랑하고 있다고, 곧 파트로클로스의 '연인'이라고 말하지만 엉뚱한 소리라는 게 파이드로스의 주장이다. 호메로스의 『일리아스』에 따르면 아킬레우스는 아직 턱에 수염도 나지 않은 젊은이다. 그러니 '사랑하는 자(에라스테스)'가 될 수 없다. 아킬레우스는 '사랑받는 자'이다. 영화 〈트로이〉에서는 아킬레우스(브래드 피트)가 친구인 파트로클로스보다 연장자로 나오지만 실상은 거꾸로라는 얘기다.

에로스적 관계에서는 두 가지 '소중히 여김'이 있다. 사랑하는 자가 사랑받는 자를 소중히 여기는 것과 사랑받는 자가 사랑하는 자

『향연』
플라톤, 강철웅 옮김
이제이북스, 2010

를 소중히 여기는 것. 그리스의 신들이 더 높이 평가하는 것은 사랑받는 자가 자기를 사랑하는 자를 소중히 여기는 것이다. 아킬레우스가 자기를 사랑하는 자 파트로클로스의 복수에 나선 것은 그래서 높이 칭송된다고 파이드로스는 말한다. 제법 흥미로운가? 그렇다면 『향연』의 나머지 이야기들에도 귀 기울여볼 수 있겠다. 그리스의 속담을 약간 비틀면, 훌륭한 사람은 초대장이 없이도 향연에 참석할 수 있다.

| 《한겨레》 (2012. 1. 21)

P.S.　고대 그리스에선 동성애가 사랑의 모델이었다는 사실은 상식에 속하기에 사실 칼럼의 초점은 다른 곳에 있다. 아킬레우스와 파트로클로스의 관계를 정확하게 옮기는 게 중요하다는 점. 이제이북스판에서는 "한데 아킬레우스가 파트로클로스를 사랑하고 있다고 말한 아이스퀼로스는 엉뚱한 말을 하고 있는 것이네"라고 옮겼는데, 원문을 그대로 옮긴 것이라고 해도 "아킬레우스가 파트로클로스를 사랑하고 있다"가 "아킬레우스가 파트로클로스의 에라스테스(사랑하는 자)라는 말이다"라고 각주에 설명돼 있지 않다면 모호하게 읽혔을 것이다. 두 사람은 소위 말해 에로스적 관계이지만 대등하진 않다. 고대 그리스에선 '사랑하는 자'와 '사랑받는 자'가 엄격하게 구분돼 있

었기 때문이다. 수염이 안 난 아킬레우스는 사랑받는 자이기 때문에 '파트로클로스를 사랑하고 있다'고 한 아이스퀼로스는 잘못 말한 것이라는 게 파이드로스의 주장이다.

손에 잡히는 대로 더 살펴보면, 안티쿠스판에서도 그냥 "아이스퀼로스는 아킬레우스가 (······) 파트로클로스를 사랑했다는 터무니없는 말을 하네"라고만 옮기고 있는데, '사랑했다'는 말의 의미를 설명해주지 않는다면 독자로선 둘의 관계가 헷갈릴 수 있다. 지만지판에서는 "그런데 아이스킬로스가 아킬레우스를 파트로클로스의 연인으로 묘사한 것은 엉뚱한 이야기입니다"라고 옮겼는데, 그래서 '아킬레우스는 파트로클로스의 연인이 아니다'라고 정리하게 되면 우리말로는 이해가 되지 않는다. 문예출판사판에서 "그런데 아이스킬로스가 아킬레우스를 파트로클로스의 애인이라고 말한 것은 아주 잘못입니다"라고 한 것도 마찬가지다. 아주 잘못은 아니더라도, 잘못된 번역이라는 생각이다. 뜻이 제대로 전달되지 않으니 말이다. 다른 번역본으로 읽을 때도 유의해서 보시길 바란다.

그래도 독서

그래도 인문학

인문학의 미래

**'참으로 무서운 책' 혹은 '어떻게 이런 책을 쓸 수
있는가' 감탄한 책은?**

경탄을 자아내는 책은 많다. 천재들의 책이 대부분 그렇다.
하지만 '무서운 책'이라고 하면 범주가 조금 다른데, 뭔가
예기치 않은 느낌이 더해져야 할 것 같다. 방대한 자료를
섭렵한 역사서들이 주로 그런 느낌을 갖게 한다. 가령 야마모토
요시타카의 『16세기 문화혁명』(동아시아, 2010)이나 라울
힐베르크의 『홀로코스트 유대 유럽인의 파괴』(개마고원, 2008)
같은 책들이 서평을 쓰기 위해 읽으면서 대단하다고 생각했다
(이 책들에 대한 서평은 『책을 읽을 자유』에 수록돼 있다).

인문학자의 마음가짐

|

『인문학의 미래』

"인문학의 미래가 인류의 미래다!"

미국의 저명한 인문학자 월터 카우프만이 『인문학의 미래』에서 던지는 메시지다. 하지만 그가 말하는 것은 예언이나 확신이 아니라 희망이다. 이 희망이 인문학에 대한 자부심이 아니라 인문학의 현실에 대한 냉정한 진단과 진지한 자기반성을 통해서 제기된다는 점이 눈길을 끈다.

인문학의 미래에 대한 물음은 자연스레 인문학이란 무엇이고, 무엇이어야 하는가라는 질문을 포함한다. 문제의 발단은 한 세대쯤 전으로 거슬러 올라간다. 한때 인문학은 가장 명망 있는 학문이었으나 제2차 세계대전은 판도를 바꾸어놓았다. 원자탄을 발명하고 달 착륙 우주선까지 쏘아올린 자연과학이 급부상하여 학문의 패권을 차지한다. 가장 높은 명성과 경제적 후원을 누리게 됐다는 뜻이다. 자연과학에 뒤이어 사회과학 또한 '과학'이라는 이름에 얹혀 갔고, 일부 인문학자들조차도 '인문과학자'이고 싶어 했다. 이렇듯 인문학을 둘러싼 학문 지형의 변화가 인문학이란 무엇인가를 다시금 질문하는 계기가 됐다.

미국의 경우 학문의 판도 변화와 함께 인문학에 들이닥친 또 다른 문제는 1970년께부터 갑자기 인문학 박사학위자들이 빠지게 된 구직난이다. 카우프만은 그 원인을 두 가지로 지목하는데, 첫째는, 베이비붐 시대의 출산율이 주춤하면서 대학의 성장 또한 정체돼버린 것이고, 둘째는, 교수직이 1970년대를 기점으로 과거 25년간 젊은 사람들로 채워짐으로써 퇴임으로 인한 공석 가능성이 거의 사라진 것이다. 요컨대 인구 문제와 인력 수급 문제가 '인문학의 위기'를 낳았다.

대학의 팽창과 함께 미국에서는 1950년에서 1970년까지 약 20년 동안 엄청나게 많은 학생들이 인문학 대학원에 진학했고 이들은 학위를 채 끝내기도 전에 대학에서 자리를 제안 받곤 했다. 교원에 대

『인문학의 미래』
월터 카우프만, 이은정 옮김
동녘, 2011

한 수요가 전례 없이 증가했기 때문인데, 이로 인해 인문학에 대한 가수요가 발생했다. 미국에서 이러한 현상은 1970년대 중반까지도 지속되었고 결국은 철학 분야에서만 2천여 명의 박사학위자가 교직을 구할 수 없게 된다. 예술과 인문학 분야의 박사학위자 80퍼센트 이상이 자기 전공 분야에서 직업을 찾을 수 없는 현실과 직면한 것이다.

저자는 "이런 문제는 전 세계로 확산됐다"고 덧붙이는데 사실 더 들어보면 우리도 예외는 아니었다. 한국의 경우는 미국보다 딱 한 세대 뒤인 1980년에서 2000년까지 대학이 우후죽순으로 증가했고 대학 진학률이 세계 최고 수준까지 올라섰다. 인문학 교원의 수요가 늘어남에 따라 대학원 진학자도 증가했고 상당수는 박사학위를 받기도 전에 교원으로 임용됐다. 하지만 미국과 마찬가지로 출산율 저하와 함께 대학의 성장이 한계에 도달하고 인문학 전공자는 수요에 비해 초과 배출됐다. 카우프만의 책이 처음 출간된 게 1977년이지만 지금의 우리 현실에도 적실성을 갖는다면 이런 공통적인 배경 때문이라고 할 수 있다.

인문학의 현실에 대한 진단이 이렇다고 하면 해법은 무엇인가. 특이하게도 저자는 인문학자의 유형론에서 문제의 단초와 해법을 찾으려고 한다. 그에 따르면 인문학자는 그 마음가짐(에토스)에 따라 통찰가형과 사변가형, 저널리스트형과 소크라테스형으로 나뉜다. 각각은 일장일단이 있으므로 문제는 어느 한 가지 유형으로 편

인문학의 미래

중되는 것이다. 제2차 세계대전 이후 대학의 교수들은 점점 사변가가 되어갔고 한 시대의 신념과 도덕을 엄밀하게 따지면서 문제 삼는 소크라테스적 에토스는 자취를 감추었다. 소크라테스형의 실종은 매카시즘의 광풍과도 관련이 있는데, 당시에는 일반 여론에 문제를 제기하는 것보다 각자의 좁은 전공 분야만 파는 사변가 역할에 안주하는 것이 가장 안전한 방법이었다.

대학의 인문학 연구마저도 전문화를 지향하면서 '숲'이 아닌 '잎사귀' 연구에 치중하고 있는 게 전공 논문 편수로 교수의 업적을 평가하는 오늘날의 현실이다. 이것이 "미국의 낙선한 부통령의 비서의 아버지에 관한 진실"을 추구하기 위해 시간을 허비하는 것과 무엇이 다른가라고 카우프만은 꼬집는다. 사변가들만 득실거린다면 인문학의 미래는 없다. 인문학이 인류의 미래가 되기 위해선 인문학자들의 마음가짐이 먼저 달라져야 한다는 게 카우프만의 주장이다.

| 《주간경향》(2011. 11. 15)

P.S.   분량상 지면에서는 세 문장이 빠졌는데, 그중 하나는 "대학원 진학자들 가운데 인문학이 의학이나 다른 유용한 전문지식들과 달리 별쓸모가 없다는 명백한 사실을 심각하게 고민하는 사람이 거의 없었다"이다. '인문학 위기'가 실상은 '인문학자의 위기'라고 할 때 음미해볼 대목이다. 참고로 카우프만은 대학에서 이런 문제에 대해 미처 대비하지 못한 것도 사변가형만 넘쳐나기 때문이라고 질타한다. 그러한 현실이 바뀔 수 있을까. 미국 대학은 과연 30년 전과는 사정이 달라졌는가. 선뜻 긍정적으로 대답하기 어렵지 않나 싶다.

인문학의 미래

이익을 위한 교육 vs. 민주주의를 위한 교육

|

『공부를 넘어 교육으로』

"우리는 거대한 위기, 심중한 전 지구적 중요성을 지닌 위기의 한 가운데에 있다."

이런 문제의식을 꺼내들었다면 십중팔구 2008년 이후의 전 지구적 경제위기를 다룬 책으로 넘겨짚기 쉽다. 자본주의 체제가 낳을 수밖에 없는 주기적인 위기인지, 아니면 파국적인 위기인지 여하튼 우리를 포함한 세계경제가 아직 빠져나오지 못한 위기 말이다.

경제위기에 대한 진단이라면 사실 새로울 건 없다. 모두가 의식하고 있는 위기이기에 그렇다. 하지만 미국의 인문학자 마사 누스바움이 『공부를 넘어 교육으로』에서 경고하는 '거대한 위기'는 "마치 암처럼 대개는 눈에 띄지 않게 진행되고 있는 어떤 위기"를 가리킨다. 제목이 암시하는 대로 '교육에서의 전 세계적 위기'다.

책의 원제는 구호처럼 간명하다. '이익을 위한 것이 아니다Not for Profit'. 물론 주어는 '교육'이다. 누스바움의 선택지에 따르면 우리 앞에 놓여 있는 건 '이익을 위한 교육'과 '민주주의를 위한 교육', 두 가지다. 중립적인 선택지는 아니다. 그가 보기에 바람직한 교육은 민주주의를 위한 교육이고, 이익을 위한 교육은 나쁜 교육이다. 누스바움이 우려하는 것은 각국이 국가 이익에 목을 매면서 교육 현장에 밀어닥친 급격한 변화다. 경제성장만을 국가 발전의 유일한 척도로 간주하면서 빚어진 결과인데 이 때문에 인문 교양과 예술 교육이 차츰 축소, 배제됨으로써 민주주의를 위한 교육이 위축되고 있다는 게 그의 문제의식이다. 만일 이런 추세가 계속된다면?

"전 세계 국가들은 스스로 생각하고, 전통을 비판할 수 있으며, 타인의 고통과 성취의 중요성을 이해할 수 있는 온전한 시민이 아니라, 유용한 기계일 뿐인 세대를 생산하고 말 것이다."

그러니 교육의 위기는 곧 민주주의 자체의 위기로 귀결된다.

『공부를 넘어 교육으로』
마사 누스바움, 우석영 옮김
궁리, 2011

바람직한 교육은 어떤 것이어야 하는가. 누스바움은 세 가지 능력을 양성할 수 있게 해주는 거라고 생각한다. 첫째, 비판적으로 사고할 수 있는 능력, 둘째, 지역적 차원의 열정을 뛰어넘어 '세계시민'으로서 세계의 문제에 접근할 수 있는 능력, 그리고 셋째, 다른 사람의 곤경에 공감하는 태도를 상상할 수 있는 능력이다. 그런데 이 능력들은 바로 인문 교양과 예술을 통해서 길러진다. 가령 예술은 우리의 내면적 자기 함양과 타자에 대한 대응 능력을 증진시켜 준다.

누스바움은 시카고의 어린이합창단을 한 사례로 드는데, 리허설과 공연에 참여하면서 아이들은 인종적·사회경제적 배경이 전혀 달라도 함께할 수 있는 체험을 갖게 된다. 그리고 자기의 목소리를 다른 아이들의 목소리와 맞춰나가는 과정에서 능력과 기율, 책임의 감각을 키우게 된다. 더불어 다른 시대와 장소의 노래를 배움으로써 자연스레 자신과 다른 사람들을 인정하고 존중하는 법도 익히게 된다. 합창이라는 경험을 통해서 민주주의적 결속감과 존중심이 길러지는 것이다. 물론 합창뿐만이 아니다. 음악, 무용, 회화, 연극, 모든 것이 이러한 교육의 장이 될 수 있다.

하지만 이익을 위한 교육, 경제성장을 위한 교육의 주창자들은 이와는 반대 방향으로 아이들을 내몬다. 그들은 학교에 '사려 깊은 시민들' 대신에 '유용한 이윤 창출자들'을 배출하라고 요구한다. 그런 교육을 통해서 얻을 수 있는 결과는 무엇인가.

인도 교육의 선구자이기도 했던 시인 타고르의 표현을 빌면 '영혼의 자살'이다. 타고르의 경고가 무색하게도 오늘날 이익을 위한 교육을 택한 인도의 학부모는 기술이나 경영대학에 입학한 자녀들은 자랑스러워하지만 문학이나 철학을 공부하는 자녀들은 부끄러워한단다. 누스바움이 보기에 이건 생각보다 끔찍한 결과를 낳을 수 있다. 아무런 비판적 사고도 가르치지 않고 인종주의적 편견을 부추기면서 주입식 교육만을 밀어붙였던 인도의 구자라트 주에서 2002년에 폭동이 발생하여 힌두 우익 폭력배들이 2천여 명의 무슬림 시민을 살해한 사건을 우연으로만 치부할 수 없다. 그럼에도 불구하고 미국의 학교들이 인도식 방향으로 이동해가고 있는 현실에 "뼛속 깊이 두려운 마음으로 놀라야 한다"는 것이 누스바움의 경고다. 과연 우리와는 무관한 경고인지 생각해볼 문제다.

| 《매경이코노미》(2011. 9. 28)

P.S. 『공부를 넘어 교육으로』는 누스바움의 단독 저작으로는 처음 번역된 것이다. 그런 만큼 기대를 갖고 읽었는데 솔직히 절반 정도까지는 그다지 재미가 없었다. 서평을 쓸 수 있을까 은근히 걱정스러웠는데, 마지막 6장과 7장이 다행스럽게도 기대에 부응했다.

번역에 문제가 있었던 건 아니지만 역자가 '문맥의 이해를 돕기 위해' 덧붙였다는 [ ]가 너무 빈번하게 나와서 오히려 독서에 방해가 됐다. ( )까지 자주 등장하다 보니 뭔가 거추장스러운 느낌을 자주 받았다. 그리고 두 번인가 '괴탄하다'라는 말이 나오는데, '개탄하다'를 잘못 쓴 게 아닌가 싶다.

또 마지막 「감사의 글」(원서에는 서두에 나온다)에서 누스바움이 아마르티아 센 모자에게 감사를 표하는 부분이 나오는데, "the late Amita Sen and Amartya Sen"을 "최근의 아미타 센과 아마르티아 센"이라고 한 건 오류이다. "고(故) 아미타 센과 아마르티아 센"이다. 아마르티아 센은 보통 '아마티아 센'이라고 표기되는 하버드 대학의 노벨상 수상 경제학자로 인도 출신이고 누스바움과는 공동 연구도 진행한 적이 있다.

우리와 처지가 비슷하게 영국에서도 인문학자들이 정부기관에 연구비 지원을 신청해서 지원을 받는 체계인 모양이다. 누스바움이 보기에 "이는 실로 시간 잡아먹는 귀신"이면서 "연구 주제를 왜곡하는 귀신"이다(미국은 대학 재정이 상대적으로 독립돼 있다). 그런 상황에서 빚어지는 에피소드 하나.

"최근 철학과와 정치학과를 합병하여 신설된 어느 학과에서 일하는 냉소적인 젊은 철학자는 내게 이렇게 고백한 적이 있다. 최근 그가 제출한 자금 지원 제안서의 제목은 6개 단어로 되어 있는데, 이는 글자 수 제한 탓이었다. 그래서 그는 제안서의 제목란에 '경험에 근거한(empirical)'이라

그래도 인문학

는 단어를 6번 연달아 기입했다고 한다. 마치 제안서를 검토한 관료들에게 그가 여기서 다루는 것은 단지 '철학'만이 아니라는 점을 재삼 확인하기라도 하는 양 말이다. 그런데 그의 신청서는 결국 성공적으로 통과되었다."(『공부를 넘어 교육으로』, 214~215쪽)

요는 'empirical'이라는 단어를 많이 집어넣었더니 연구비 신청이 채택되더라는 것이다. 그런데 에피소드의 내용이 잘못 번역됐다. "최근 그가 제출한 자금 지원 제안서의 제목은 6개 단어로 되어 있는데, 이는 글자 수 제한 탓이었다. 그래서 그는 제안서의 제목란에 '경험에 근거한(empirical)'이라는 단어를 6번 연달아 기입했다고 한다"는 "his last grant proposal was six words under the word limit-so he added the word 'empirical' six times"를 옮긴 것이다. '제목은'이나 '제목란에', '연달아'는 원문에 없는 걸 역자가 (이해를 돕기 위해?) 집어넣은 것으로 실상은 오독의 산물이다. 보통 '몇 단어 이내'라고 지정돼 있는 연구비 신청서에서 6단어가 모자라기에, 곧 더 넣을 수 있기에 'empirical'이라는 단어를 6번 집어넣었다는 것이다. 제목에만 같은 단어를 6번 연달아 기입한다는 건 가능하지 않은 얘기다.

부르주아를 위한 인문학은 없다

『부르주아를 위한 인문학은 없다』

'20대 젊은 블로거의 혁명을 위한 인문학!'

뒤표지에 박힌 문구다. 두 가지가 강조돼 있다. 저자가 '20대 젊은 블로거'라는 사실과 그가 '혁명을 위한 인문학'을 제안한다는 점. 그리고 의도와는 좀 다를 수도 있지만 저자의 제안은 '20대 젊은 블로거의 혁명'까지도 아우르는 듯싶다.

2006년에 대학 신입생이 되었다고 하니 저자는 아직 새파랗다. 그때부터 4년간 블로거 활동을 하며 올린 글들을 책으로 갈무리한 결과라고 하니 얼핏 '치기'를 떠올리기 쉽지만, 책은 저자가 제때 대학에 들어간 것이 맞는지 의심스러울 정도의 정치한 문제의식과 탄탄한 내공을 뿜낸다. "입발린 소리를 잘하는 사람들은 흔히 인문학에 미래를 향한 새로운 상상력이 잠재해 있다고들 말하지만 나와 같은 20대에게 인문학의 미래는 '저임금 시간강사'이다"라는 현실 고백이 엄살로 들릴 정도다.

블로그 활동(혹은 블록질)이 일상화된 시대인 만큼 '20대 블로거'야 사방에 널려 있다. 하지만 '인문학 오타쿠'(인덕후)라고도 지칭되는 블로거는 많지 않다(알고 보니 나도 그런 별칭으로 불린다). 언젠가 네이버 블로그 '붉은서재'를 알게 됐고, 주인장 '박가분'의 활동에 주목하게 됐다. 그가 20대이고 (당시에) 군복무 중이라는 사실은 뒤늦게 알았다. 그보다 더 이후였던 듯싶은데 박가분은 내가 활동하던 다음 카페 '비평고원'에도 자주 출몰하여 글을 올리곤 했다. 개인적으로는 그를 한 계간지 뒤풀이에서 처음 만났다. 생각보다 왜소한 체구에 머리를 짧게 깎은 모습이었는데(그래도 사병보다는 장교 스타일의 머리였다), 말년 휴가를 나왔다고 한 것으로 기억된다. 그 후에도 한두 번인가 얼굴을 볼 기회가 있었는데, 나는 책이 언제쯤 나오느냐고 물었고 그는 조만간 나온다고 했다. 그렇게 해서 모습을 드러낸 것이 '박가분 본색'이라고 할 『부르주아를 위한 인문학은 없다』이다.

책은 '인문독서 후기', '문화비평', '인문적 사유', '시사비평' 네 부로 구성돼 있는데, 실상은 전체가 인문 독서 '후기'라고 보아도 무방하지 않을까 싶다. 독서란 '읽어내기'이고 현재의 정세와 삶 속에서 그 실천적 의미를 획득하는 것이기에 그렇다. 저자가 독서에서 비평과 사유로 나아가는 것이 바람직하면서도 자연스런 경로라는 말이다. 서문에 적고 있지만, 전체 26편의 글은 "정치적으로 중립적이지도 않고, 논조 자체도 시종일관 차분하고 공평무사한 시선과 멀다." 그것은 "나름대로 인문학을 가능한 한 철저하게 '정치적인' 방식으로 읽어내고자 시도"했기 때문이다. 인문학에 대한 저자의 관점과 관심사가 드러나는 대목인데, 인문학 전공이 아니고 전문적인 인문학 연구를 지망하는 것도 아니면서 그가 인문학을 화두로 삼은 것은 그 '정치성' 때문이다. "물론 인문학이 그 자체로 정치적인 주제는 아니다. 하지만 나에게 있어서 가장 흥미로운 것은 여전히 인문적 사유가 새로운 정치적 주체성을 사상적으로 '예고'하는 방식이다. 그것이 내가 인문학, 그중에서도 철학, 특히 정치철학에 경도된 이유"라고 저자는 말한다.

이러한 '경도'는 개인사적인 것이면서 동시에 세대론적인 의미를 갖는다. 블로그 출판의 사례로 『로쟈의 인문학 서재』(산책자, 2009)와 이택광 교수의 『인문좌파를 위한 이론 가이드』(글항아리, 2010)를 예로 들면서 이들과 차별화된 지점을 "자신의 상대적으로 '젊은 나이'"에서 찾고 있기도 하지만, 그보다 중요한 것은 독서 경

『부르주아를 위한 인문학은 없다』
박가분, 인간사랑, 2010

험의 세대성이다. 그는 소위 '인문학 대중화'의 수혜를 입은 세대에 속한다. 이건 40대 독자로서 내가 경험해보지 못한 것이라 흥미로운데, 저자의 고백은 이렇다.

"내가 고등학교를 막 졸업할 당시에 수유+너머를 중심으로 푸코, 들뢰즈에 관한 유행이 여전히 한창이었고, 유학길에 올랐던 젊은 연구자들이 돌아와 속속들이 현대 철학 분야의 최신 번역서들을 내놓기 시작한 시점이었다. 알라딘의 서재꾼 로쟈의 도움도 매우 컸다."

'서재꾼 로쟈'도 거명돼 멋쩍긴 하지만, 20대 시절의 내게는 그런 '가이드'가 없었던 걸 고려하면 분명 다른 환경이다. 실제로 저자의 '인문 독서'의 대종을 이루고 있는 것은 '최신 번역서들'을 통해서 접한 현대 철학자들이다. 푸코와 들뢰즈 등을 비롯하여 가라타니 고진을 경유한 칸트와 슬라보예 지젝, 알랭 바디우, 에르네스토 라클라우, 자크 라캉, 자크 랑시에르, 그리고 발터 벤야민 등이 주요 탐독 대상이자 정치적 이론과 입장을 창출하기 위한 아이디어의 원천이다. 흔히 386세대(지금은 486세대)가 사회과학 서적에 몰입하던 세대였다면 2000년대 대학생 세대는 조금 양상이 달랐다. 저자에 따르면 "2000년대 초반의 학생운동 서클 내부의 학회들만큼 최신 인문철학적 동향에 민감하게 반응했던 곳은 없었다."

그렇다고 해서 인문학의 논리 구성 자체가 사회적으로 '사상적

힘'을 가졌던 적은 한 번도 없었다는 지적을 빼놓지 않지만, 그럼에도 특정 인문학 저자들은 "새로운 사회적 연대와 그 안에서 가능한 주체적 자율성에 관한 희망을 담지하는 한에서" 일부 학생들 사이에서나마 그런 힘을 가졌다. '새로운 사회적 연대'와 '새로운 정치적 주체성' 모색이 '그 일부 학생들'에 속하는 저자의 화두이다. 그가 '88만원 세대' 문제나 '김예슬 대자보' 건에 대해서 적극적으로 의견을 개진하는 것은 그런 맥락에서다. 예상할 수 있는 것이지만, 그는 그래서 모든 유형의 '탈정치화' 전략과 세태에 비판적이다. 가령 『혁명은 이렇게 조용히』(우석훈, 레디앙, 2009)를 통해 '88만원 세대 새판 짜기'를 시도한 우석훈에 대해서 "어떤 의미에서 젊은이들의 탈정치화 현상을 부추기는 공범"이라는 혐의를 제기하며, "결국은 세대모순조차도 수많은 자본주의적 모순의 상이한 측면들 중 하나에 불과하다는 '진리'를 철저하게 고수해야" 한다고 주장한다.

저자는 부르주아 국가기구의 통치전략 안에서 생성된, 혹은 신자유주의적 통치성 안에서 강제되는 '개인성'과 과감하게 작별할 것을 요구한다. 같은 세대 20대에게 던지는 저자의 강령적 메시지는 이런 것이다.

"20대에게서 가능한 정치적·저항적 주체화의 가능성을 빼앗아 간 외부의 사회경제적 조건이나 외부의 권력에 책임을 돌리는 것이 아니라, 바로 20대 자신의 책임을 호명하는 고유한 방법과 수단들이 모색

되어야 한다는 것이다. 이것은 아주 간단히 말해서 기성세대의 경제적·정치적 재생산 구조에서 젊은이들이 '자립'해야 한다는 것을 의미한다. 가정으로부터의 독립, 학교로부터의 독립, 나아가 관료사회와 대기업 노동시장으로부터의 경제적 독립."

그가 복학 이후 정치철학 세미나를 주도하면서 좌파 대학생들 간의 생활공동체, '공동생활전선'을 꾸리고 있는 이유를 가늠해볼 수 있다. 요컨대 그는 혁명가이고자 한다.

| 《기획회의》 (2011. 1. 5)

P.S. 작년 초에 나왔던 인터뷰집 『요새 젊은 것들』 (전아름·박연, 자리, 2010)에는 박가분과의 인터뷰도 포함돼 있다. 아울러 그가 '박원익'이라는 본명으로 낸 공저로는 『아바타 인문학』 (최정우 외, 자음과모음, 2010)이 있다.

인문학의 미래

비평고원에 대한 회고와 기대

『비평고원 10』

시작은 미미했다. 2000년 봄, 지방 대학의 국문학과를 졸업한 한 청년이 대학원 진학을 위해 서울로 '유학' 왔다. 아무런 연고도 없는 서울살이에 외로움을 느끼다 마침 등장한 인터넷 세계에 빠져들었고, 별다른 생각 없이 '쿤데라와 고진의 고원'이라는 인터넷 카페를 만들었다. 전자메일이 상용화된 지 1년 남짓이었고 '카페'라는 이름의 온라인 커뮤니티가 붐을 타기 시작하던 때였다. 그가 좋아하던 작가가 밀란 쿤데라여서 운영자 닉네임은 '쿤데라'로 정했다. 관심을 갖던 일본의 비평가 가라타니 고진의 책들이 두세 권 출간되어 그의 이름이 알려지기 시작했고, 프랑스 철학자 질 들뢰즈의 『천 개의 고원』은 아직 번역되지 않았지만 인문학 동네의 '전설'로 떠돌고 있었다. 일종의 팬카페였던 '쿤데라와 고진의 고원'은 이들을 조합한 이름이었다.

그들의 미약한 시작 '쿤데라와 고진의 고원'

쿤데라 소설의 애독자이자 고진의 『탐구』를 흥미롭게 읽은 터라 나는 우연히 발견한 이 카페에 호감을 느끼고 가입하여 댓글을 남기기 시작했다. 박사과정을 수료하고 대학과 학원의 강사 생활을 하면서 '로쟈'라는 닉네임으로 인터넷 세상을 어슬렁거리던 때였다. '도스토예프스키'라는 팬카페를 나름대로 운영 중이었지만 더 열심히 글을 올린 곳은 '쿤데라와 고진의 고원'이었다. 그건 소위 대화의 '상대'가 있었기 때문이다.

가령 "쿤데라 작품엔 절대적인 가치(구원)나 종착역이 존재하지 않고 웃음은 바로 그 작품 전체 구조에서 나오고 있습니다. 세상 전체가 농담이 되는 것이죠. 한데, 도스토예프스키 작품엔 웃어서는 안 되는 '종착역(구원)'이 전제된 상태로 현실에 역투사되고 있습니다. 그의 작품에서 유머는 진지함을 보충해주는 데 그치고 있습니다"라고 주인장이 주장하면, 나는 "도스토예프스키에게 웃어서는 안 되는 종착역이 있다는 건 그의 사상의 경우에 국한된다는 것이 제 생각입니다. 아시다시피 『카라마조프 가의 형제들』도 미완성작이고, 거기엔 별개의 사상과 감정들이 극단의 스펙트럼까지 공존하며 이질적인 웃음과 비장함을 빚어내고 있습니다"라고 반박하는 식이었다.

아주 무겁지는 않더라도 제법 '진지한' 대화가 자주 오고 갔고, 카페엔 더 많은 사람들이 모이기 시작했다. 인문학 전공자뿐만 아니라 대학생과 직장인이 가세했고, 관심사도 더욱 넓어졌다. 거기에 보조를 맞춰 2004년 말에는 카페명이 '비평고원'으로 개명됐다. '쿤데라와 고진'이라는 특수성이 '비평'이라는 보편성으로 전화된 사례라고 할 만하다. 닉네임을 '소조'로 바꾼 운영자 조영일 씨의 표현을 빌면, 비평고원은 곧 인터넷 공간의 '강호'가 됐다. 카페 개설 10주년을 기념해 출간된 책 『비평고원 10』의 서문에서 그는 이렇게 적었다.

"무협소설에 비유하자면, 한국 지성계가 환관들에 의해 유지되는 국가기구의 하나(교육장치)라면, 비평고원은 오로지 자신의 무공에 의지하여 '의義'를 행하는 강호(또는 무림)라 하겠다."

그들의 강력한 무기, 고진과 지젝

얼마간 과장된 것이긴 하지만, 이 재치 있는 비유에는 지난 10년

『비평고원 10』
비평고원, 도서출판b, 2010

간 온라인 인문학의 대표적 커뮤니티로 성장한 비평고원에 대한 자부심이 담겨 있다. 2007년부터는 언론의 본격적인 주목까지 받게 된 비평 공간(비평고원)은 이미 "저마다 무림의 고수를 자처하며 갈고 닦은 내공으로 일합을 겨루는 공간"(《한겨레》), "고수들이 학벌이나 나이 등에 구애받지 않고 오로지 필력으로만 자웅을 겨루는 공간"(《경향신문》) 등의 평판을 얻은 터다. 조영일 씨는 한 걸음 더 나아가 비평고원의 존재 의의를 한국 사회의 "관료지성에 대한 일반지성(또는 대중지성)의 강력한 비판"이라고까지 규정했다. 크라운판 1천 72쪽에 달하는 이 묵직한 책의 무게가 그 비판의 무게라고 말할 수 있을까. 그 '관료지성'에 대한 비판의 '무기'로 비평가 가라타니 고진과 철학자 슬라보예 지젝이 자주 참조된 것도 비평고원의 특징이라 할 만하다.

사실 조영일 씨는 가라타니 고진 선집을 기획한 '전담 번역자'이기도 하며, '로카드'라는 닉네임으로 활동하고 있는 이성민 씨 역시 지젝과 그의 친구들인 '슬로베니아 라캉학파'의 책 다수를 한국어로 옮겼다. '로쟈' 또한 이들에 대한 글을 온라인에 많이 올린 사람 중 하나다. 한국 지식사회에서 고진과 지젝, 두 사람이 누리고 있는 평판의 상당 부분은 비평고원에 빚지고 있다고 해도 과언은 아닐 것이다.

'카페출석부'까지 포함하여 전체 11부로 구성된 『비평고원 10』은 그러한 비평고원 10년의 궤적을 담고 있다. 조영일 씨는 이 책을 '비평고원 베스트앨범'이라기보다는 '비평고원 매뉴얼'로 생각해 주기를 당부했는데, 이 유례없는 '카페북' 혹은 '커뮤니티북'에서 차별적인 성격을 가장 잘 드러내는 곳은 「논쟁의 고원」 장이다. 3편씩 대논쟁과 소논쟁이 선별됐는데, '카페 소통 논쟁', '레비나스 논쟁', '번역 논쟁' 등이 대논쟁의 주제. 책은 온라인 논쟁의 특성을 그대로 전달하기 위해서 많은 분량의 댓글까지도 그대로 옮겨놓았다. 편집자에 따르면, 이 논쟁적인 글들은 "탁월한 학술적 논쟁 혹은 고도의 공동 사유의 결과물이 아니다. 오히려 인터넷이 노정하는 취약성을 드러내고, 그러함에도 불구하고 어떤 균형점을 찾으려는 지속적 '불균형 상태'를 보여주는 글들"이다. 그러한 '불균형 상태'야말로 제도권의 '관료지성'이 드러내놓기 꺼려하고 기피하는 부분이기도 할 것이다. 하지만 그것은 거꾸로 이 독특한 '학술 공간'이 예외적인 생명력을 유지하고 있는 비결일지도 모른다.

비평고원이 10년 동안 지속될 수 있던 원동력으로 조영일 씨는 '오프라인적 요소의 배제'를 꼽았다. 다른 온라인 지식 공동체들이 오프라인화를 추진하면서 흐지부지된 사례와 견줘 그렇다는 것이다. 카페의 정기모임은 1년에 고작 한두 차례 정도이니 비평고원의 핵심 회원('불멸회원')들조차 서로의 '안부'를 잘 알지 못한다. 2010년 7월 3일 저녁 서울 신촌의 한 음식점에서 열린 카페 정기모임은 그런 의미에서 드문 자리였다. 물론 『비평고원 10』 출간을 기념하면서 10주년을 자축하는 자리였다. 회원 30여 명이 모인 이 자리에서는 10년 후『비평고원 20』을 펴낼 수 있었으면 좋겠다는 바람도 덕담으로 나왔다. 그게 현실이 된다면 아마도 온라인 커뮤니티의 또 다른 '기록'이 될 것이다.

하지만 장밋빛 전망만 있는 건 아니다. 카페의 회원 수는 지속적으로 증가하여 현재 1만 명이 넘었지만 일일 방문자 수는 정체 양상을 보인다. 적극적으로 활동하는 회원 수도 기대만큼 늘지 않고, 이 때문에 '전성기'가 지난 것이 아닌가라는 인상마저 준다. 말하자면 재충전과 재도약이 필요한 시점이다.『비평고원 10』이 그 계기가 될 수 있을까.

그들의 창대한 미래, '비평고원들'

비평고원의 회원이든 아니든 "비평고원이 한국 지성계(또는 한국 인문학)를 변화시킬 것이라고는 생각하지 않는다"는 조영일 씨의 말에는 대부분 공감할 것이다. 하지만 중요한 건 "비평고원과 같은 인터넷커뮤니티가 10개 정도 된다면? 그리고 그것들이 10년, 20년 계속된다면?"이라는 그의 질문이다. 이 질문이 여전히 우리를 들뜨게 한다면, 비평고원은 대표적 온라인 지식 공동체로서 앞으로도 꾸준히 자기 몫을 갖게 될 것이다. 우리에게 필요한 것은 비평고원의 '한계'를 지적하는 것이 아니라 '비평고원들'의 가능성을 실험하는 것이다.

| 《한겨레21》 (2010. 7. 19)

강신주와 적정인문학

서평가로서 다른 사람의 서평을 얼마나 신뢰하는가?
'생산적인 독서를 위한 오독誤讀'은 필요한가?

서평의 일차적인 기능은 책의 존재를 알리는 것이다. '여기 이런
책이 있다'는 것. 그것만으로도 보통은 충분하다. 그래서 서평을
다 읽지 않고도 책에 관심을 갖게 돼 주문하는 경우도 많다.
서평은 책의 한두 가지 포인트를 짚어주는 것으로도 역할을 다
하기에, '오독' 여부에는 별로 개의치 않는 편이다. 다만, 혹평의
대상이 된 책에 대해선 한 번 더 생각해보게 된다. 혹평의
근거가 타당해 보이는 책을 구입하는 경우는 아주 드물다.

강신주와 적정인문학

철학자 강신주

'강신주와 인문 저자'가 이번 특집에서 내게 맡겨진 꼭지다. 인문서의 동향에 조금만 밝은 독자라면 2011년 국내 인문 저자로서 강신주의 두드러진 활약을 놓치지 않을 수 없다. 관계자에게서 들으니 『철학이 필요한 시간』은 인문 분야 신간으로서 최대 베스트셀러였다(물론 마이클 샌델의 『정의란 무엇인가』와 비교할 수는 없지만). 그뿐인가. 『철학적 시읽기의 즐거움』의 후속작으로 『철학적 시읽기의 괴로움』도 출간했고, '제자백가의 귀환' 시리즈의 첫 두 권 『철학의 시대』와 『관중과 공자』도 숨 가쁘게 펴냈다. 아니 숨이 가쁜 건 옆에서 지켜보는 독자의 몫이고, 그의 걸음은 더 빨라질 기세다. 유행하는 말로 '폭풍집필' 모드에 접어든 것처럼 보인다.

'강신주와 인문 저자'라는 제목은 바로 그런 상황을 시각으로 재현하고 있는 듯싶다. 강신주가 앞서가고 다른 인문 저자들이 뒤따라가는 현재의 상황 말이다(강신주 vs. 인문 저자들). 바야흐로 강신주가 대세다. 그는 편집자들이 가장 주목하는 인문 저자이면서 '우리 시대 대표 인문학자'이다. 그의 비결은 무엇이고, 우리에게 던지는 메시지는 무엇인가? 우리? 인문 저자와 인문 독자, 인문 편집자를 두루 묶어서 일단은 '우리'라고 해보자.

그의 순정한 인문학

개인적인 기억을 더듬어보니 강신주와의 첫 만남은 『노자: 국가의 발견과 제국의 형이상학』부터였다. 2004년에 나온 책이지만 나는 몇 년 뒤에 읽었다. 일단 노자를 '제국의 형이상학자'로 읽는 그의 시각이 흥미로웠다. 과문한 탓에 나도 노자 하면, 장자와 묶어서 '무위자연의 철학자' 정도로 알고 있었기 때문이다. 대학 1학년 때 『장자』를 읽고서 크게 감흥을 얻었던 터라 장자를 전공한 저자에게서 모종의 친밀감을 느끼기도 했다. 통념과 다르게 그는 단호하게 '노자와 장자'가 아니라 '노자 vs. 장자'라고 주장했는데, 상당히 파격적이고 신선하게 여겨졌다. 그래서 『장자: 타자와의 소통과 주체의 변형』, 『장자의 철학』도 구하고 '지식인 마을' 시리즈의 『장자 & 노자』도 연이어 읽었다. 그의 『장자』는 『노자』와 마찬가지로 태학사의 '중국 철학 해석과 비판' 시리즈의 하나로 나온 것인데, 강신주는 그 시리즈의 공동 편집위원이었다. 그는 아직 학계 안에 있었다. 그래서 연세대학교 철학과에서 장자로 박사학위를 받은 '동양 철학자'라는 게 나의 머릿속 그의 분류 항목이었다.

하지만 그는 동양 철학 전공자라고만 한정하기에는 좀 특이했다. 서양 철학, 특히 프랑스 현대 철학자들에 대한 참조가 예사롭지 않았기 때문이다. 한국도가철학회에서 엮은 『노자에서 데리다까지』 같은 책이 없었던 건 아니지만, 대놓고 장자와 들뢰즈를 왕복하는 동양 철학자는 적어도 내 기억엔 없었다. 그래서 특이하다 싶었고, 동양 철학이라는 말이 은연중에 풍기는 '엄숙주의'와는 잘 맞지 않아 보였다. 그는 활달했고 거리낌이 없었다. 그런 인상을 더 강하게 각인시켜준 책이 『장자, 차이를 횡단하는 즐거운 모험』이었다. 그는 장자와 함께 모든 차이를 횡단하고자 했고 그것은 '즐거운 모험'이라 부를 만한 것이었다. 범속한 범주들의 칸막이는 더 이상 장애가 될 수 없었다. 대학 아카데미즘의 속박에서도 벗어났다. 그는 '동양 철학자'가 아니라 그냥 '철학자'이고자 했다. 그냥 '인문학자'이고자 했다. 그리고 대학 강의실 바깥의 더 많은 사람들과 만나고자 했다. 왜인가? 인문학은 '사랑'이라고 생각해서다.

강신주는 『망각과 자유: 장자 읽기의 즐거움』의 「머리말」에서 이렇게 적었다.

"장자는 우리에게 인문학의 정신이 인간에 대한 사랑에 있다는 점을 가르쳐주었습니다. 인문학은 인간의 즐거운 삶을 긍정하고 옹호하려는 정신에서만 가능한 것이지요. 그렇기에 인문학의 위기란 결국 인간의 자유와 행복의 위기에 다름 아닐 것입니다."

이렇듯 인문학의 위기를 '인간의 자유와 행복의 위기'로 인식하는 태도는 그것을 인문학자들의 위기로 간주하는 태도와는 사뭇 다르다. 그에겐 인문학자들의 생계보다도 '인간의 사랑과 연대'를 회복하는 일이 더 절박하고 중요한 문제로 간주된다. 물론 그런 대의를 입에 달고 다니는 인문학자들이 없지는 않다. 하지만 강신주는 실제로 그걸 믿는다. 그리고 실천한다. "나는 장자의 정신을 모든 사람들과 공유하고 싶었습니다"라는 바람은 거기에서 나온다. '순정한 인문학'이라는 게 있다면 이런 경우를 두고 하는 말이 아닐까.

인문학의 정신이 인간에 대한 사랑에 있다는 말은 특별하지 않을 수 있다. 더구나 인간이라는 말이 추상적인 만큼 그런 주장 자체도 추상적인 구호에 그칠 수 있다. "여러분, 사랑해요!"라는 말은 연예인들의 상투어가 아닌가. '인간에 대한 사랑'이라는 말도 상투어의 혐의에서 아주 벗어나는 건 아니다. 순정한 인문학자라면 거기서 한

『망각과 자유: 장자 읽기의 즐거움』
강신주, 생각의나무, 2008

걸음 더 나아가야 한다. 더 구체적인 것을 말할 수 있어야 한다.

강신주가 발견한 것은 인간의 '상처받기 쉬움'이다. 대학 바깥의 대중강연 활동을 통해서 인문학자의 자리와 역할을 새롭게 찾아간 그는 무엇이 사람들을 인문학으로 이끄는지 성찰한다. 삶에 대한 고민과 상처다. 『상처받지 않을 권리』의 지킴이를 자임하고 『철학이 필요한 시간』을 통해서 인문학 카운슬러로 나선 것은 그런 이들에 대한 고려 때문일 것이다. 그는 감성적 소통을 무엇보다도 소중하게 생각한다. 그래서 자기가 말하고 싶은 것보다, 사람들이 듣고 싶어 하는 얘기가 무엇인지를 먼저 고려한다. 우리가 상대를 눈앞에 두고 대화를 나눌 때, 우선적으로 살펴야 하는 것이 상대방의 표정이고 마음 상태인 것은 자명하지 않은가. 가급적 상대방과 눈높이를 맞춰야 함은 물론이다. 그게 대화니까. 강신주에게 철학은 사람과 사람 사이의 '말 건넴'이며 대화의 기술이다.

『철학이 필요한 시간』에서 그는 처음 어떻게 말을 건넸던가.

"지금까지 저는 수많은 유리병편지를 받았습니다. 발신자는 스피노

『철학이 필요한 시간』
강신주, 사계절, 2011

자, 장자, 나가르주나, 원효 등과 같은 철학자였습니다. 매번 편지를 받아 펼쳐볼 때마다 저의 고독과 외로움은 경감되었을 뿐만 아니라 저는 인간적으로 성장할 수 있었습니다."

철학을 통해서, 많은 철학자들과의 만남을 통해서 외로움을 견뎌왔다는 것이 그의 경험담이다. 그는 그렇게 전달받은 행운을 '유리병'에 담아 이젠 다른 사람에게도 전달하고 싶어 한다.

"가끔 저의 책들이 서점 서가에 꽂혀 있는 것을 부끄러운 마음으로 보곤 합니다. 과연 어떤 사람이 저의 유리병편지를 꺼내 읽어볼까요?"

이런 것이 말하자면 그의 순정한 인문학이 갖는 감성코드다.

여기까지 적고 보니 강신주를 '소통의 인문학자'라고 불러도 좋겠다. 아니, 이건 뒷북이다. '장자 철학에서의 소통의 논리'가 그의 박사학위 논문이었으니까. 그러고 보면, 그의 순정한 인문학적 태도나 감성코드는 어떤 전환이나 각성의 산물이 아니다. 그것은 오래된 기원을 갖고 있다. 아예, 장자에게까지 거슬러 올라가는! 『장자』에서 그가 가장 자주 인용하는 대목을 보자.

"도道는 걸어 다녔기 때문에 만들어진 것이고, 사물은 그렇게 불렀기 때문에 그렇게 구분된 것이다."

이 대목을 설명하기 위해 강신주는 등산 애호가답게 등산로를 예로 든다. 깊은 산중에 난 구불구불한 산길이 애초에 길이었을 리 만무하다. 그 길은 무수한 사람들이 걸어 다녔기 때문에 생긴 것이다. 그렇듯 장자에게서 '도'는 '관계의 흔적'이자 '소통의 결과'이다. 그렇다면 어떤 관계 이전에, 소통 이전에 도라는 건 없다. 강신주가 관계를 만들면서 소통하기 위해 애쓰는 것은 그가 장자를 통해서 얻은 깨달음의 실천으로 볼 수 있지 않을까. 요컨대 인문학적 지행합일知行合一의 한 사례가 강신주 인문학이다.

고민을 덜어주고 상처를 치유해주는

장자에 관한 책들에 이어 『상처받지 않을 권리』에서부터 '제자백가의 귀환' 시리즈로 이어지는 그의 빠르고 너른 행보에 대해서는 이번 특집에서 따로 다뤄질 것이기에 나로서는 특별히 『철학, 삶을 만나다』에 주목하고 싶다. 2006년에 나왔으니 그의 초기작이면서 강신주라는 이름을 조금씩 유포시킨 책이다. 나는 입소문만 듣고 있다가 몇 년 뒤에나 구입을 하고 이후에도 그냥 책장에 꽂아두기만 했었다. 솔직하게 말하면 철학과 삶의 '만남'을 주선한다는 책들, 빳빳한 철학을 좀 부드럽게 다림질해준다는 책들이 한때 유행하기도 해서 '그렇고 그런 책' 가운데 하나로 치부했었다.

한데 다시 펴본 이 책에 강신주의 '오래된 미래'가 고스란히 담겨 있어 놀랐다. 강의 시간에 학생들과의 소통 과정에서 겪은 당혹스런 경험을 이야기한 다음에 그는 이런 교훈을 얻었다고 고백한다.

"그것은 제 이야기가 농담이 되느냐 진담이 되느냐는 저 혼자서 결정
할 수 있는 것이 아니라 타자와의 만남을 통해서 최종적으로 결정된
다는 점입니다."

이것은 물론 장자의 "길은 걸어 다녔기 때문에 만들어진다道行之
而成"를 다시 반복해서 진술한 것이기도 하다. 중요한 것은 '만남'이
라는 화두이고, '타자와의 만남'이라는 심급이다. 그런 관점을 조금
연장해서 말하자면, 인문학이란 무엇인가에 대해 인문학자들이 아
무리 정의를 내려봐야 그것은 반쪽짜리에 불과하다. 적어도 대중과
소통하기 위한 인문학이라면, 대중과의 만남 이전에는 아무것도 말
할 수 없다. 한번 찍힌 발자국일 따름이지 아직 길이 될 수 없다. 사
건이 될 수 없다. 그것이 길이 되기 위해서는 사람들을 인도할 수
있어야 한다. 그 길을 함께 걸을 수 있도록 해야 한다.

현재 이런 논리를 가장 명료하게 인식하고 있는, 아니 체득하고
있는 인문 저자가 강신주이다. 이미 『철학, 삶을 만나다』에서부터
그는 두 가지 만남을 꿈꾸고 기획했다. 하나는 철학과 삶의 만남이

『철학, 삶을 만나다』
강신주, 이학사, 2006

고, 다른 하나는 독자들('여러분')과의 만남이다. 거기에 더 보태자면, 그의 철학 또한 만남들의 주선으로 이루어져 있다. 비단 '동서양 철학의 모든 것'이라는 부제 아래 동서양의 수많은 철학자들을 불러다 맞세운 『철학 vs 철학』만을 염두에 두고 하는 말이 아니다. 『상처받지 않을 권리』와 『철학적 시읽기의 즐거움』, 『철학적 시읽기의 괴로움』까지 그의 책 대부분이 만남의 형식으로 구성돼 있다.

이 만남들은 물론 주선자의 속 깊은 계산에서 비롯된 것이지만, 각각을 따로따로 대면했을 때 보지 못한 부분들을 드러내준다. 그래서 독자로 하여금 더 편안하게 합석하여 이들의 대화와 논쟁, 혹은 밀어에 귀 기울이게 해준다. 그래도 만남의 자리가 어색하다 싶으면, 주선자가 아예 노골적으로 나서기도 한다.

"시인이나 철학자들은 모든 사람들이 공유할 수 있는 것을 이야기하는 것이 아니라, 자기만이 느끼고 생각한 것을 이야기한 겁니다. 이제 느낌이 오시나요?" (『철학적 시읽기의 괴로움』)

"이제 느낌이 오시나요?" 같은 물음을 친근하면서도 자연스레 던질 수 있는 인문 저자가 과연 몇이나 될까? 나로서는 『철학카페에서 문학읽기』와 『철학카페에서 시읽기』의 저자 김용규 정도를 떠올릴 수 있을 따름이다. 그리고 보니 두 사람은 동서양 철학 전공자로서 인문학 대중화에 가장 앞장서고 있는 저자들이다.

'적정기술'이라는 말이 있다. 원래는 에른스트 슈마허가 『작은 것이 아름답다』(1965)라는 책에서 '중간기술'이라는 개념으로 처음 소개했다는데, 첨단기술과 토속기술 사이를 가리킨다. 슈마허는 서구에서 필요한 기술과 달리 빈곤국의 자원에 적합하게 소규모이면서도 간단하고 돈이 적게 드는 기술을 중간기술이라고 불렀는데, 지금은 인간이 중심이 되는 경제적인 기술이라는 뜻으로 확장됐다. 이 중간기술, 혹은 대안기술을 가리키는 이름으로 더 널리 쓰이게 된 게 적정기술이다.

"적정기술은 기술이 아닌 인간의 진보에 가치를 두는 과학기술을 총칭한다." (『적정기술이란 무엇인가』, 김정태·홍성욱, 살림, 2011)

이 중간기술이나 적정기술이라는 개념을 인문학에도 적용해볼 수 있지 않을까. 중간인문학 혹은 적정인문학. 그간에 '인문학 대중화'나 '대중인문학'이라는 말이 '본격인문학'이나 '고급인문학'에 견주어 부당하게 폄하되거나 오해된 경우가 많았다. '대중 vs. 엘리트'라는 대립적 구도의 산물이다. 하지만 지금 우리에게 필요한 인문학, 우리의 고민을 덜어주고 상처를 치유해줄 수 있는 인문학을 '중간인문학' 혹은 '적정인문학'이라고 부르게 되면 좀 더 상생적인 구도를 만들어볼 수 있을 듯싶다. 우리에겐 '첨단인문학'뿐만 아니라 '적정인문학'도 필요하다고 말이다. 강신주 인문학은 그 적정인문학의 유력한 사례다. 인문학을 위한 인문학이 아니라 인간을 위한 인문학으로서 적정인문학이 더 다양해지고 더 풍성해지길 기대한다.

| 《기획회의》(2012. 2. 5)

'나와 나타샤와 흰 당나귀'

『철학적 시읽기의 괴로움』
『한국학의 즐거움』

강신주의『철학적 시읽기의 괴로움』을 읽었다. 각각 14인의 시인과 철학자를 짝지어놓고 시를 통해 철학을, 철학을 통해 시를 읽는 책이다. 전작인『철학적 시읽기의 즐거움』(동녘, 2010)을 먼저 읽었기에 이어서 읽었다고 하면 독서의 이유로 자연스럽겠지만, 사실은 예기치 않은 독서였다. 각 분야의 전문가 22인의 글 모음집『한국학의 즐거움』에 실린 강신주의「한국의 사랑」을 읽은 것이 계기이기 때문이다.

'한국적인 것이란 무엇인가'라는 물음에 답하여 그는 "한국인의 내면을 이해하려면 한국인의 사랑을 이해하는 것이 가장 좋은 방법이 아닐까?"라는 생각에 한 여자의 사랑 이야기를 꺼낸다. 여인의 이름은 조선 권번의 기생이었던 김영한(1916~1999). 사랑에 짝이 없을 수 없으니 그이가 사랑한 남자는 백기행(1912~1995). 영생 고보의 영어 교사였다. '김영한과 백기행'이라고 하면 알아보기 힘 들겠다. 백기행은 시인 백석白石의 본명이고, 그가 김영한에게 붙여 준 이름이 '자야子夜'이다. 해서 강신주가 들려주려는 건 백석과 자 야의 사랑 이야기이고, 이를 배경으로 하여 백석의 시「나와 나타 샤와 흰 당나귀」(1928)를 읽는다. "가난한 내가/ 아름다운 나타샤를 사랑해서/ 오늘밤은 푹푹 눈이 나린다"로 시작하는 시 말이다. 백 석과 자야의 사례로 '한국의 사랑'을 읽어내는 저자를 좇아서 백석 의 시 읽기를 사례로『철학적 시읽기의 괴로움』에 대한 리뷰를 대 신해보기로 한다.

일단 강신주는 김자야의 회고록『내 사랑 백석』(문학동네, 1996) 을 근거로 시의 '나타샤'가 자야를 암시하는 것으로 본다. 하지만 '나타샤'와 '흰 당나귀'의 관계를 좀 특이하게 푼다. 시의 마지막 연 을 읽어본다.

"눈은 푹푹 나리고/ 아름다운 나타샤는 나를 사랑하고/ 어데서 흰 당나귀도 오늘밤이 좋아서 응앙응앙 울을 것이다."

『철학적 시읽기의 괴로움』
강신주, 동녘, 2011

강신주와 적정인문학

'특이하다'고 한 건 그가 이 시에서 화자 백석의 욕망 대상이 나타샤와 흰 당나귀로 분열돼 나타난다고 보기 때문이다. "이것은 백석에게 자야는 분열된 존재로 보였다는 것을 말해준다. 나타샤가 일본 유학을 다녀왔으며 글쓰기 재주까지 갖춘 지적인 여성을 상징한다면, 흰 당나귀는 성적 매력을 풍기는 관능적인 여성을 상징한다"는 게 그의 해석이다. 물론 정신분석적 해석이다. 백석의 의식 속에서 자야가 '나타샤'와 '흰 당나귀'로 분열돼 있다면 정작 분열된 건 백석의 의식 자체다. "결국 백석은 있는 그대로의 자야가 아니라 상상 속의 자야를 사랑하고 있었다고 할 수 있다."

정리해보자면 백석은 자야를 사랑한다고 생각하지만 그의 사랑의 대상은 나타샤와 흰 당나귀로 분열돼 있다. 나타샤가 '지적인 여성'을 상징한다면 흰 당나귀는 '관능적인 여성'을 상징한다. 흔한 경우로 지적인 여성과 관능적인 여성이 각기 다른 두 여성이라면 백석의 사랑은 분열적이라고 말할 수 있겠다. 하지만 그 두 가지 면모가 자야라는 동일한 여성의 속성이라면 무엇이 문제인가. 그럼에도 강신주는 "이렇게 분열된 의식 속에서 온전한 사랑이 가능할

『한국학의 즐거움』
주영하 외, 휴머니스트, 2011

리 만무하다"고 적는다. 우리는 지적이거나 관능적인 여성, 어느 한
쪽만을 사랑하는 건 온전한 사랑이지만 지적이면서 관능적인 여성
을 사랑하는 건 온전하기 어려운 사랑인가 하는 의문을 자연스레
갖게 된다. 게다가 '있는 그대로의 자야'와 '상상 속의 자야'는 무엇
에 대응하는 것일까. 지적이면서 동시에 관능적인 여성이 '있는 그
대로의 자야'이고, 그것이 나타샤와 흰 당나귀로 분열돼 있는 것이
'상상 속의 자야'인가. 이것은 특이하면서 좀 예외적인 해석이 아닌
가 싶다.

통찰이 없는 건 아니다. "더군다나 「나와 나타샤와 흰 당나귀」는
관능적인 분위기를 띠고 있다는 점에서, 백석에게 있어 자야는 나
타샤의 측면보다 기생의 측면으로 더 강하게 인식되고 있었던 것
으로 보인다"고 강신주는 적는다. 어떤 관능성인가. 이에 대한 설명
은 『철학적 시읽기의 괴로움』에 실린 백석 편에서 보충적으로 읽을
수 있다. 백석이 감각에 얼마나 민감했던 시인이었던가를 얘기하면
서 저자는 특히 이 시의 의성어들에 주목한다. '푹푹'과 '응앙응앙'
같은 의성어이다. "'푹푹'은 눈이 내리는 소리인 동시에 성교를 연
상시키는 의성어이고, '응앙응앙'도 하얀 눈을 만지듯이 나타샤를
애무하는 백석의 손길이 없다면 아무런 의미도 없는 의성어"라는
게 그의 생각이다.

시의 화자가 혹은 백석이 푹푹 나리는 밤눈 속에서 그런 연상을
떠올릴 수는 있다. 하지만 이 시의 지배적 분위기는 관능적 에로티

시즘보다는 '쓸쓸함'에 더 가깝다. 첫 연에서 '가난한 나'와 '아름다운 나타샤'의 사랑이라는 설정 자체가 이루어지기 힘든 사랑이라는 걸 암시한 다음에 백석은 둘째 연에서 이렇게 쓴다.

"나타샤를 사랑은 하고/ 눈은 푹푹 날리고/ 나는 혼자 쓸쓸히 앉어 소주를 마신다/ 소주를 마시며 생각한다."

시의 나머지 대목은 그렇게 혼자 소주를 마시고 있는 화자의 취기가 불러낸 환영이다. 만약 나타샤와의 사랑이 이루어진다면, 그 공간은 '여기'가 아니라 '어데서'이다. 그러니 그 사랑의 시제는 현재가 아니라 미래다. 저자가 이 시의 성격을 "스물일곱 젊은 시인이 겪고 있는 사랑의 열병이 차가운 눈발과 대조되어 낙인처럼 선명하게 드러나는 애절한 시"라고 규정한 대로다. 하지만 거기서도 '푹푹' 눈이 내리는 소리가 성교를 연상시키는 의성어이기도 하다면 '사랑의 열병'과 '차가운 눈발'의 대립은 성립하지 않는다.

그렇다고 「나와 나타샤와 흰 당나귀」가 애절함과 쓸쓸함만이 묻어나는 시는 또 아니다. 그것은 '나는 나타샤를 사랑한다'는 핵심 문형이 어떻게 변주돼 나타나는가를 보면 알 수 있다. 1연에서는 "가난한 내가/ 아름다운 나타샤를 사랑해서"라고 '나'와 '나타샤'가 행으로 분리돼 있다. 2연에서는 "나타샤를 사랑은 하고"라는 표현이 나오지만 '나'라는 주어가 빠져 있다. 3연에서는 "나타샤와 나는"이 주어로 붙어 있지만 '사랑'이 빠져 있다. 4연에 와서야 "나는 나타샤를 생각하고"로 온전한 문형에 가까워진다. 그리고 마지막 5연에서

"아름다운 나타샤는 나를 사랑하고"라는 표현을 통해 환상을 통해 서일망정 두 사람의 사랑은 '완성'된다.

'철학적 시읽기'는 보통 시를 통째로 파악하기에 이러한 '내러티브'에는 덜 주목한다. 대신에 저자는 백석의 시에서 시각, 청각, 후각, 미각, 촉각이라는 오감으로 세계를 느꼈던 시인의 '감각의 풍성함'을 읽어내며 이것을 일본의 철학자 나카무라 유지로의 『공통감각론』(양일모·고동호 옮김, 민음사, 2003)과 연관 짓는다. 시와 철학을 동시에 읽어내려는 그의 시도는 지적인 여성(나타샤)과 관능적인 여성(흰 당나귀)을 동시에 사랑하려는 시도로도 읽힌다.

| 《기획회의》(2011. 11. 5)

관중과 공자의 민중관

『관중과 공자』

전쟁과 혼란의 시기의 대명사 춘추전국시대는 알다시피 제자백가가 출현해 경합을 벌인 백가쟁명百家爭鳴 시대였다. 대학에서 장자철학을 전공하고 대중강연과 폭넓은 저술 활동을 펼치고 있는 '대중철학자' 강신주의 야심작 '제자백가의 귀환' 시리즈는 그만의 관점으로 새롭게 해석한 제자백가 총정리다. 전체 12권으로 완결될 예정인 이 시리즈에서 서론에 해당하는 1권 『철학의 시대: 춘추전국시대와 제자백가』에 이어 2권 『관중과 공자: 패자의 등장과 철학자의 탄생』은 저자의 문제의식이 무엇인지 가늠하게 해준다.

중국 고대 철학사가 보통 공자에서부터 시작하는 데 비해서 그는 제자백가의 일원으로 관중을 앞세우고 또 공자와 마주보게 했다. 관중은 누구인가. 공자보다 조금 앞선 시대를 살았던 관중管仲은 제나라 환공을 도와 제나라를 춘추시대의 첫 패권국가로 만든 재상이다. 중국 역사상 가장 위대한 재상이자 출중한 정치가의 한 사람으로 꼽히는 관중의 정치철학은 법가 사상에 큰 영향을 준 것으로 돼 있다.

저자는 그 영향의 범위를 훨씬 더 넓게 잡는다. 이어지는 춘추시대 말기뿐 아니라 전국시대 지식인에게 관중은 가장 모범적인 성공 사례였고 그들 또한 제2의 관중이 되기를 바라 마지않았기 때문이다. 실권자를 만나 자신의 사상을 국정에 적용해보는 것이 난세를 살았던 사상가들의 열망이었다면 관중이야말로 이상적인 '롤모델'이었다. 그 점에서는 비록 사상은 달리했지만 공자 또한 예외가 아니다. 공자 역시 자신의 정치적 이념을 펼치게 해줄 제후를 찾아 천하를 주유한 전력이 있다.

그런 관점에서 저자는 관중과 공자에 대한 통념을 교정하려고 한다. 첫째는, 공자가 관중으로부터 받은 영향이 생각보다 크다는 것이고, 둘째는, 공자의 철학이 관중의 정치철학에 대한 오독에서 탄생했다는 것이다.

『관중과 공자』
강신주, 사계절, 2011

강신주와 적정인문학

무엇에 대한 오독인가. 철저한 현실주의자였던 관중은 민중의 중요성과 가능성에 대해 정확히 파악하고 있었다. 민중이 국가의 경제력과 군사력의 실질적 토대라고 봤기 때문에 관중의 모든 정책은 민중의 힘을 어떻게 유기적으로 조직해내느냐에 모아졌다. 부국강병을 목표로 한 국가철학자였지만 관중은 자신의 목표가 민중의 자발적인 참여와 복종을 통해서만 가능하다고 봤다. 그러기 위해서 그의 정책은 민중이 삶에서 필요로 하는 것을 충족시키는 방향으로 추진됐다. '목민牧民'이라는 그의 발상은 여기서 비롯된다. 목축의 대상을 동물이 아닌 민중으로 설정한 것이 목민이다. 저자에 따르면 "관중의 목민 정책의 핵심은 민중의 자유를 빼앗고 길들이면서도 그들로 하여금 군주를 보호자로 착각하게 만드는 데 있다"는 것이다. 이것은 목민의 부정적인 측면일 것이다. 하지만 그럼에도 관중의 목민 논리는 결과적으로는 대성공이었고 정치적 현실주의와 국가주의의 원류가 됐다.

반면 공자는 민중을 소인이라 폄하하며 대수롭게 여기지 않았다. 그는 정치의 성공 여부가 귀족의 도덕성에 달려 있다고 봤다. 민중은 열등한 존재이기 때문에 귀족계층의 도덕적 모범을 따를 뿐이라고 생각했다. 공자 또한 국가의 안정을 위한 세 가지 요소로 경제적 토대와 군사적 토대, 그리고 민중의 신뢰를 들었지만 그에게 경제적 토대와 군사적 토대는 상대적으로 중요하지 않았다. 공자가 보기에 민중은 먹을 것이 없어도 군주에 대한 신뢰와 믿음을 가질 수 있는 사람들이었다. 이에 대해 저자는 "공자가 말한 민중은 사실 그만의 백일몽 속에만 존재하는 것에 지나지 않는다"고 신랄하게 비판한다. 자기만의 이상에 너무 치우친 것이라는 해석이다.

흔히 공자의 인仁을 '보편적 사랑'을 뜻하는 것으로 이해하기도 하지만 너그럽고 관용적인 '귀족의 품성'을 가리키는 말로 이해해야 한다는 게 저자의 생각이다. 결론적으로 공자가 주창한 유학 사상은 신분적 위계질서를 긍정한 보수주의 철학에 불과하다는 평가이기도 하다. "공자는 자신이 평생 무슨 이야기를 하고 있는지도 모른 채 떠들고 있었던 순진한 사상가였다"는 저자의 결론은 공자와 제자백가에 대한 우리의 통념에 도전장을 내민다. 강신주판 '제자백가의 귀환'이 갖는 의의다.

| 《매경이코노미》(2011. 11. 23)

철학자의 서재

언제 어디에서 책이 가장 잘 읽히나?
'시도 때도 없는 독서'의 기술을 소개한다면?

책이 가장 잘 읽힐 때는 장소와 무관하게 머리가 개운할 때이다.
피로하고 머리가 무거운 상태에서라면 어떤 장소에서건 독서가
어려울 테니까. 너무 시끄럽지 않고, 흔들림이 많지 않은
곳에서라면 어디나 괜찮다. 요즘은 전철보다 좌석버스를 자주
타고 다니기에 버스에서 읽는 것도 익숙하다. 다만 시력을 차츰
걱정해야 할 나이라고들 해서 조명이 너무 어두운 곳에서는
읽지 않으려고 한다.

이 서재를 보라

『철학자의 서재』

    한국철학사상연구회와 《프레시안》이 공동으로 기획하여 매주 연재해온 서평 코너 '철학자의 서재'가 한 권의 책으로 묶였다. 무려 '100명의 철학자'가 쓴 '107편의 서평'이다. '무려'라는 말을 붙이지 않을 수 없다. 이런 규모의 기획이 진행된 전례가 또 있을까 궁금할 정도니까. 혹자는 "'100명의 철학자'라니? 한국의 철학자는 다 동원된 거 아니냐?"라는 생각도 들지 않을까?

    한국 철학계의 동향에 과문한지라 나는 '한국철학사상연구회'가 말 그대로 '한국 철학 사상'을 연구하는 단체인 줄 알았다. 알고 보니 "한철연은 시대의 모순을 외면하지 않으려는 진보적 소장 철학 연구자들이 모여 1989년에 창립한 학술공동체"다. 1989년에 '소장'이었다면 21년이 지난 지금은 대개 '중견'이거나 '노장' 철학자들이

다수일 법한데 책의 표지에는 '한국의 젊은 지성 100명'이라고 돼 있다. 지난 21년간 함께 연구하며 키워온 '연대의식'이 연재를 이끌어온 밑바탕이었다고 서문에는 적혀 있는데, 어쩌면 그 연대의식이 이 지성들의 '젊음'을 유지시켜온 비결인지도 모르겠다. 우리는 연대할 때 늙지 않는다?! 아니면 설마 '철학'이 비결일까?

개인적으로 《프레시안》에 자주 드나드는 편은 아니어서 '철학자의 서재' 코너를 꼬박꼬박 챙겨 읽지는 않았다. 하지만 기억에는 『지중해 철학기행』(클라우스 헬트, 이강서 옮김, 효형출판, 2007)에 대한 서평인가를 통해서 처음 그 존재를 알게 됐고 막연하지만 나중에 책으로 묶이겠거니 짐작했다. 우리가 경험적으로 아는 거지만, 그 '나중'은 언제나 '지금'이 된다! '찾아보기'까지 포함해 903쪽의 책이 그래서 내 책상에도 떡 하니 놓여 있다. 푸짐하고 번듯하다. 이 책 한 권만으로 어느새 나의 서재 또한 '철학자의 서재'가 된 듯한 착각을 불러일으킬 정도로 존재감이 충만하다. 요즘 유행어로는 '미친 존재감'이지만, 손에 들어보니 '미친 무게감'이 마음에 더 와닿는 표현이다.

107편의 서평이 10개의 장으로 분류돼 있으니 비유컨대 아주 푸짐한 뷔페 식당에 들어선 기분이라고 할까. 니체는 이미 그렇게 말하지 않았던가. 우리의 뇌는 우리의 위장을 닮았다고. 그래서인지 독서욕은 때로 식욕과 잘 구분되지 않는다. "무엇 먼저 읽을까?"는 그래서 "무얼 먼저 먹을까?"와 같은 질문이다. 물론 이런 '식당'에 들어설 때는 미리 소화제라도 챙겨두는 게 좋지만, 그렇더라도 어차피 다 읽을/먹을 수는 없다. 그보다는 차라리 두고두고 곶감 빼먹듯이 읽어치우는 게 상수의 전략이다.

그건 서평자의 처지에서도 마찬가지다. 나는 이 글을 쓰기 위해 미식가처럼 이 코너 저 코너에 들러 맛보기 식단을 음미해보지만, 한편으로는 '과식'을 경계한다. 하긴 뇌를 위장에 비유한 니체의 경고도 그런 것이었다. 과식이 위에 해로운 것처럼 너무 많은 지식도 뇌에 해롭다는. 아닌가?

전체적으로는 만만찮은 두께와 무게로 다가오지만, 개개의 서평들은 가볍고 경쾌하며 또 느긋하고 여유만만이다. 인터넷 공간을 염두에 둔 서평이어서 상대적으로 자유로운 분량에서도 비롯된 듯싶지만 그건 서평자들이 책에 대해 갖는 태도와도 연관된 것이 아닌가 싶다. 내 경우 서평을 쓰면서 주로 책의 주장과 핵심적인 메시지를 간추리기에 바쁜 편이지만, 우리의 철학자들은 그런 것에 크게 연연해하지 않는다. "내 책꽂이 한 구석에는 두 권의 책이 나란히 몸을 맞대고 있다"로 시작하거나 "좋은 책을 읽는 것은 참 기분 좋은 일이다. 여행을 하다가 큰 기대도 없이 들어간 허름한 밥집에서 그 지역의 깊이 곰삭은 맛을 맛보는 것은 잔잔한 여운을 남긴다"는 말로 운을 뗀다. 책을 읽어나가면 이런 능수능란한 서평가들이 '100명'이라는 사실에 새삼 놀라게 된다(동시에 '인터넷 서평꾼'으로선 긴장하게 된다!).

한 가지 예를 들어보자. 클라우스 헬트의 『지중해 철학기행』은 내 경우 거실 서가에 꽂혀 있는 책인데, 기억에는 이게 '철학자의 서재'의 서평을 읽고 구입한 책이다. 물론 "650쪽이 넘는, 참 두툼한 책"이어서 아직 완독은 하지 못했다. 하지만 서평은 이 책이 얼마나 재미있는가를 충분히, 여실히 전달해주었다. 가령 서평자는 헬라스에서 왜 학문이, 그리고 철학이 생겨났는가에 대한 저자의 주장을 정관사 문제로 간추린다.

"왜 정관사는 철학이 태어나는 데 산파 역할을 했을까? 정관사는 어떤 말 앞에 붙어서 그 말을 명사로 만든다. 그리하여 정관사가 붙은 말은 실체가 된다. 쉽게 말하자면 정관사가 붙은 말은 무엇이든 간에 그 무엇으로 불릴 수 있다. 자립적인 존재자가 되는 것이다. (……) 관사가 붙는 말은 명사이다. 학문은 바로 이 명사를 대상으로 하는 것이다." (『철학자의 서재』)

예컨대, 사물의 속성을 나타내는 '붉다red'라는 형용사에도 관사가 붙으면 '붉음the red'이라는 명사가 된다. 그리고 이 추상명사가 학문의 대상이 된다는 것이다. 고대 헬라스 사람들은 정관사를 갖고서 자유자재로 명사를 만들어낼 수 있었고, 그렇게 만들어진 명사들이 개념적 사유의 도구가 됐다. 헬라스 학문과 철학의 탄생 조건이 된 것이다. 그렇게 따지고 보면 그런 정관사가 없었다면 '철학'의 탄생도 없었을 것이고, 철학자라는 직업(?)도 등장하지 않았을 테니, '철학자의 서재'도 따로 꾸리기 어려웠을 것이다. 이 얼마나 대단한 정관사인가!

흔히 형이상학의 고유한 물음 형식이 "X란 무엇인가?What is X?"라고 한다. 그런 물음에서 X의 자리에 놓이는 것이 명사다. 그런 물음과 궁구의 대상이 되기 위해선 명사라는 자격을 갖춰야 하는 것이다. 그렇게 명사를 만들어주는 것이 정관사라면, 한국어에는 무엇이 있을까? 명사형 어미 정도일까? 아니면 다른 무엇이 있는 것일까? 서평은『지중해 철학기행』에 대한 관심과 함께 '한국 철학'에 대한 궁금증도 불러일으킨다. 사실 그렇게 뭔가를 촉발하고 자극하는 것이 서평다운 서평의 몫일 것이다.

물론 서평을 전문으로 하는 이들이 따로 없는 건 아니다. 그런데 "굳이 철학자들까지?"라는 의문을 혹 가지시는가? 철학자들 또한 나름대로 '내부 사정'이 있다는 걸 나는 책을 읽으면서 깨닫게 된다. 이런 자문을 읽게 되기 때문이다.

"철학의 소재나 문제들은 우리가 살아가는 일상의 삶 속에 지천으로 널려 있는 것이 아닌가? 다만 우리는 그것들을 끌어안을 수 있는 문제의식이 없었고, 그것들로부터 삶의 지혜를 걸러낼 수 있는 안목이 부족했던 것은 아닌가? 우리는 그러한 삶의 문제들을 등한시한 채 그저 딱딱하고 골치 아픈 이론들과 화석화된 활자들 속에서만 철학을 찾는 것은 아닌가? 그리하여 철학은 소수 전문가들만이 이해하는 비밀스러운 코드로 인식되고 있지는 않은가?" (『철학자의 서재』)

비록 『통합적으로 철학하기』(유헌식, 텍스트해석연구소, 휴머니스트, 2007)라는 책의 의의를 설명하기 위해 끌어낸 질문들이긴 하지만, 나는 이러한 반성적 질문이 『철학자의 서재』를 관통하는 듯한 인상을 받는다. 이 책의 서평 목록에는 소위 '철학서'로 분류되는 책이 의외로 많이 들어 있지 않다. 이 또한 "딱딱하고 골치 아픈 이론들과 화석화된 활자들" 속이 아니라 '일상의 삶'에서 사유와 문제의 단초를 찾으려는 적극적인 시도의 결과가 아닌가 싶다. '소수 전문가들'이 아닌 '우리'가 같이 읽고, 같이 생각해봐야 하는 문제들이 어떤 것인지 함께 짚어보고 함께 고민하자는 취지가 아닐까. 그럴 때 '철학자의 서재'는 옆집 아저씨의 서재만큼이나 가깝고 푸근하게 다가온다.

서평집에 대한 서평은 잘해야 군말이기 십상이다. 무얼 더 보태겠는가. 음식의 맛을 아무리 말로 잘 표현한다고 해도 직접 맛보는

『철학자의 서재』
한국철학사상연구회
프레시안 기획, 알렙, 2011

것만 못하다. 그저 일독해보시길. 가볍지 않은 사유와 무겁지 않은 성찰이 잘 어우러져 우리의 지성을 자극하고 인식을 확장하는 서평들이 발에 차이는 수준이다. 나도 나름대로 서평집을 낼 만큼은 읽고 쓰고 했지만, 책에서 다루어진 책들의 목록을 보니 읽지 않은 책이 읽은 책보다 훨씬 더 많다(세어보니 갖고 있는 책이 절반 조금 못 된다). 그러니 내게도 더없이 요긴한 책이다.

매주 책들이 쏟아져 나온다. '책의 홍수 시대'라고도 하고 '책의 바다'라고도 한다. 그렇다고 좌절할 건 아니고, 이런 '좋은 안내서'를 길잡이 삼아 자기만의 독서 여정을 꾸리는 것이 독서인의 보람이고 호사다. 우리는 어쩌면 제법 멀리 갈 수도 있을지 모른다.

| 《프레시안》(2011. 1. 28)

교양인을 위한 구조주의 강의

|

『푸코, 바르트, 레비스트로스, 라캉 쉽게 읽기』
『구조주의의 역사』

구조주의가 맹위를 떨치던 1960년대 프랑스의 한 잡지에 '구조주의 사인방'을 그린 카툰이 실렸다. 원주민 복장을 한 네 명의 구조주의자가 담소를 나누는 모습인데, 그들이 푸코, 라캉, 레비스트로스, 그리고 바르트였다. '교양인을 위한 구조주의 강의'라는 부제를 달고 나온 우치다 타츠루의 『푸코, 바르트, 레비스트로스, 라캉 쉽게 읽기』 표지를 보고 제일 먼저 떠올린 것은 그 카툰이었다. "입문자를 위해 쉽게 쓴 구조주의 해설서"를 자임한 책이기에 또 그런 '친근함'에 대한 기대를 자연스레 갖게 했다. 저자 스스로 입문자용 책에는 "모든 독자를 손님처럼 맞이하는 상냥한 태도"가 있다고 적었다. 친근함에 더하여 친절함까지 갖추고 있는 모양새다.

책에서 본론보다도 인상적인 것은 저자가 서문에서 피력하고 있는 입문서론인데, 전문가를 위한 책이 '알고 있는 것'을 쌓아올려 간다면 좋은 입문서는 '내가 모른다는 사실'로부터 출발한다고 그는 말한다. 우리가 모른다는 사실에서 출발해 전문가가 말해주지 않는 것을 다루며 앞으로 나아가는 게 입문서라는 것이다. 저자가 보기에 지적 탐구란 늘 '나는 무엇을 아는가?'가 아닌 '나는 무엇을 모르는가?'를 출발점으로 삼는 것이므로, 그러한 입장에 충실하자면 전문서보다도 입문서가 오히려 지적 탐구에 더 적합한 형식이고 매체다. "입문서는 전문서보다 근원적인 물음과 만날 기회를 많이 제공"한다는 게 저자의 지론이고 보면, 그의 '쉽게 읽기'는 여느 '깊이 읽기'보다도 더 지식의 핵심을 건드린다고 말할 수 있을까.

네 명의 구조주의자들을 살펴보기 전에 저자는 1장에서 구조주의 이전의 역사를 정리하고, 2장에서는 그 창시자라 할 수 있는 소쉬르의 언어학의 핵심을 짚어준다. 일단 그는 '구조주의의 종언' 이후의 시대인 포스트구조주의 시대를 "구조를 상식으로 간주하는 사상사적 관습의 시대"라고 새롭게 정의한다. 즉 구조주의 사상이 더 이상 유효하지 않은 시대가 아니라 이미 그것이 지배적인 편견

『푸코, 바르트, 레비스트로스, 라캉 쉽게 읽기』
우치다 타츠루, 이경덕 옮김
갈라파고스, 2010

이 된 탓에 더 이상 '문제적'인 것으로 간주되지 않는 시대다. 더 나아가 '사상의 관습'에 대한 이러한 성찰 자체가 구조주의의 산물이자 유산이다.

따라서 구조주의의 용어를 사용하지 않고는 구조주의 자체를 설명할 수 없다. 구조주의의 진정한 종말은 구조주의의 용어 자체를 폐기하게 될 때, 다들 그것에 질리게 될 때 찾아오리라는 전망이다. 하다못해 '구조조정'이라는 말이 일상적으로 통용되는 한, 구조주의의 수명은 계속 연장될 것이다. 우리는 구조주의 패러다임 안에 있다는 뜻이니까. 이런 주장이 떠올려주는 것은 오래전 방한했던 프랑수아 도스의 말이다. 『구조주의의 역사』의 저자인 그는 구조주의 전성기 때 프랑스에선 축구팀 코치도 '구조조정'이라는 말을 입에 올렸다고 한다. 기대와는 달리 전혀 우습지 않은 일화다. 그런 일화가 '역사'가 아니라 아직 우리의 '현실'이기 때문이다.

구조주의란 무엇인가. "우리는 늘 어떤 시대, 어떤 지역, 어떤 사회집단에 속해 있으며 그 조건이 우리의 견해나 느끼고 생각하는 방식을 기본적으로 결정한다"는 관점이고 세계관이다. 세계에 대한

『구조주의의 역사』
프랑수아 도스, 이봉지 옮김
동문선, 1998

그래도 인문학

견해가 시점이 바뀌면 달라진다는 자명한 '상식'을 일깨워준 것이 구조주의의 기여라고 저자는 말한다. 그에 따르면, '나는 다른 사람보다 바르게 세상을 보고 있다'는 주장의 문제점을 자각하게 된 것은 그리 오래전 일이 아니다. 가령 30여 년 전, 미국이 베트남 전쟁에서 패배했을 때, 미국 사람이 보는 베트남 풍경과 베트남 사람이 보는 베트남 풍경이 다르다는 사실을 자각한 미국인은 거의 없었다는 것이다. 하지만 조지 부시의 테러와의 전쟁에 이르면 사정이 달라진다. "조지 부시의 반反테러 전략에도 일리가 있지만 아프가니스탄의 시민들이 겪는 고통에 대해서도 고민을 해야 한다"는 것이 일반 시민의 '상식'이 되었다. 자신이 구조주의자라고 생각하지 않을 때에도 우리는 구조주의적으로 사고한다고 말할 수 있다는 것. 그것이 구조주의의 힘이다.

　이러한 구조주의의 전사前史를 이루는 세 사상가가 마르크스와 프로이트, 그리고 니체다. 인간이 자유롭게 생각하는 것처럼 보이지만 실제로는 계급적으로 사고한다는 점을 간파한 것이 마르크스라면, 프로이트는 우리가 어떤 과정을 거쳐 생각하고 있는지를 모르는 채로 생각한다는 걸 보여주었다. 덧붙여 고전문헌학자 니체는 우리가 자신이 누구인지 알 수 없다고 단언했다. 헤겔 식으로 말하면 '자기의식'을 갖는 것이 불가능한 존재라는 의미다. 자기의식이란 '지금의 나'로부터 벗어나 이질적인 자리에서 자기를 돌아보는 것을 말한다. 하지만 니체가 보기에 현대인들은 다른 곳의 다른 문화 속에 있는 사람들의 경험을 통해서 자신을 바라보는 능력을 상실했다. '19세기 독일의 부르주아이며 그리스도교 신자'인 그들은 자기만의 가치판단을 인류 일반에게 보편적으로 타당한 것이라고 믿었다. 바로 그렇기에 "어떻게 해서 현대인은 바보가 되었는가?"라고 니체는 물었다.

마르크스, 니체, 프로이트가 구조주의의 '땅고르기'를 했다면 소쉬르의 언어학은 구조주의의 직접적인 연원이 됐다. 소쉬르는 어떤 것의 언어적 가치라는 것은 그것이 언어 체계 속에서 어떤 '포지션'을 차지하고 있느냐에 따라 결정된다고 주장했다. 그것 자체에는 생득적이거나 본질적인 어떤 성질이나 의미가 내재돼 있지 않다는 것이다. 조금 확장해보자면, '나'라는 정체성 혹은 자아는 그 자체로 어떤 가치나 의미를 보유하고 있지 않다. 소쉬르의 사상이 '자아중심주의'에 치명적인 타격이 되는 이유다. 그리고 이러한 영향 하에서 문화인류학의 클로드 레비스트로스, 정신분석학의 자크 라캉, 기호론의 롤랑 바르트, 사회사의 미셸 푸코가 등장하게 된다.

입문서인 만큼 기존의 구조주의 해설서들과 중복되는 내용이 없지 않지만, 몇몇 대목에선 저자의 안목이 도드라진다. '권력=지'가 되는 '표준화의 압력'에 대한 비판이 푸코의 핵심 사상이므로, 푸코의 저작이 전 세계 인문사회과학도에게 필독서가 돼 있는 현실은 분명 역설적이라는 지적이 그런 경우다. 또 바르트의 용어 '에크리튀르écriture'를 설명하면서 '아저씨의 에크리튀르', '교사의 에크리튀르', '깡패의 에크리튀르', '비즈니스맨의 에크리튀르' 등을 예로 든 것은 "에크리튀르는 글을 쓰는 사람이 자기가 지닌 '자연'적 어법에 부여해야 하는 사회적 장을 선택하는 것"이라는 바르트의 문장을 예전에 곱씹어 읽으면서도 내가 무얼 이해하지 못했던가를 일깨워 주었다. 그것만으로도 책은 내게 제값의 입문서 역할을 했다.

| 《기획회의》(2010. 11. 5)

P.S.   서두에서 적은 구조주의자 카툰은 프랑수아 도스의 『구조주의의 역사』(전4권)의 표지에 들어 있기도 하다. 우치다 타츠루의 책을 읽고 다시금 관심을 갖게 돼 나는 절반만 읽었던 이 책의 3, 4권을 마저 구입했다. 2권짜리 영역본도 '백업용'으로 구입하고, 부르디외의 『세계의 비참』(김주경 옮김, 동문선, 2002)과 함께 오래 망설이던 시리즈를 손에 넣을 수 있게 돼 감회가 없지 않다. 물론 독서 시간도 손에 넣는 게 남은 과제다.

노엄 촘스키 vs. 미셸 푸코

|

『촘스키와 푸코, 인간의 본성을 말하다』

노엄 촘스키와 미셸 푸코의 대담? 개요는 이렇다. 대담은 1971년 네덜란드에서 이루어졌는데, "노엄 촘스키는 영어로, 푸코는 프랑스어로 말했고 이들의 대담은 네덜란드 텔레비전으로 방영되었다. 그것은 네덜란드의 사상가 폰스 엘더르스가 사회를 맡고, 서로 다르거나 대립되는 사상을 지닌 20세기 철학자 두 명이 초대되어 토론을 벌이며 때로는 격돌하는 텔레비전 프로그램이었다." 말하자면 '촘스키 vs. 푸코'를 내건 프로그램에서 두 사람이 격돌한 것이다.

1971년이면 두 사람 모두 40대 초중반의 나이로, 문제적인 저작을 내놓긴 했지만 절정의 명성을 누리기 이전 시점이다. 하지만 세월은 세월인지라 책이 한국어로 번역 출간된 지금 푸코는 이미 오래전에 세상을 떠났고 촘스키는 80을 넘긴 노구의 몸이 됐다. 그들이 39년 전에 나눈 대담 또한 역사의 먼지를 덮어쓰고 있지 않을까. 마치 '회고 대담'을 읽는 듯한 기분으로 책을 펼쳤다. 하지만 오판이었다. 오히려 대담은 '생방송'의 실감과 열기를 그대로 전해주었다.

인간의 본성 문제에 대하여 그들은 어떤 대담을 나누었나. 촘스키와 푸코의 대담을 1장에서 '메인'으로 다루고 있지만 책에는 이후에 이루어진 두 사람의 인터뷰와 강연 등이 추가로 실려 있다. 그중 1976년에 언어철학을 주제로 한 프랑스 언어학자와의 인터뷰에서 촘스키는 푸코와의 1971년 대담을 나름대로 정리해주고 있어서 유익하다. 일단 "우리는 '인간의 본성'의 문제에 대해서는 부분적으로 합의를 보았지만, 정치에 대해서는 별로 합의를 보지 못했어요"라는 게 그의 총평이다. 대담 사회자의 표현대로라면 두 사람은 동일한 산을 정반대 방향으로 오르고 있었는데, 한 가지 예를 들자면 창조성 개념에 대한 이해가 서로 달랐다. 촘스키가 말하는 창조성은 인간과 앵무새를 구별해주는 범주로서의 '평범한 창조성'이었지만, 푸코는 뉴턴의 업적 같은 것을 생각했다. 누구나 다 그런 업적을 낼수 있는 건 아니므로 푸코가 보기에 창조성은 인간의 내재적 특성보다는 사회적·지적 조합과 틀에 의해 좌우되는 것이었다. 그리고 그 연장선에서 푸코는 사회적·역사적 조건들과 무관한 생물학적 개념으로서 '인간의 본성'에 대해 회의적이었다. 반면에 촘스키는 최소한 언어학에서만큼은 '인간의 본성'에 대한 의미심장한 개념을 구성하기 시작했다고 믿었다.

촘스키는 언어 능력이 인간 본성의 일부라는 점에 대해서는 결코 양보하지 않았다. 인간은 어떤 도식 체계를 갖고 있어서 제한된 정보로부터 고도로 복잡하고 조직된 지식을 이끌어낼 수 있다는 것이 그의 주장이자 확고한 믿음이다. 가령 어린아이가 복잡한 언어 체계를 습득하게 해주는 인지구조적 특성은 인간성의 구성 요소이며 이것은 '생물학적 소여'라는 것이다. 그것은 자연적으로 주어진 것이지 인간이 인공적으로 만들어낸 것이 아니다. 촘스키의 이러한 인간 본성론은 그의 정치철학 내지는 정치적 비평과도 긴밀하게 연결된다. 그는 실천적 차원에서 두 가지 지적인 과제가 있다고 주장하는데, 인간의 본질 혹은 본성에 맞는 인본주의적 사회 이론을 창조하는 것이 하나라면, 다른 하나는 사회 내 권력과 억압과 테러와 파괴의 본질을 명확하게 이해하는 것이다.

촘스키는 인간 본성의 개념과 사회구조의 문제를 연결하는 과제를 도외시하는 것은 부끄러운 일이라고까지 말한다. 하지만 인간의 본성이 과연 긍정적이기만 한 것일까, 라는 의문을 갖게 되는데 촘스키의 해법은 간단하다. 인간에게는 좋은 본능과 나쁜 본능이 있다는 것. 정치적 입장으로서 아나키즘을 지지하는 그의 판단에 따르면, 권력의 탈중심화와 자유 결사는 인간의 정의로운 본능을 더 잘 구현하며, 반대로 집중된 권력은 인간의 나쁜 본능, 곧 탐욕과 공격성, 권력 축적, 타인 파괴 등을 더 부추긴다. 촘스키가 보기에 모든 어린아이는 블록을 가지고 뭔가 만들려 하거나 새로운 것을

그래도 인문학

배우려는 욕구를 가지고 있다. 즉 창조와 놀이의 충동은 인간이 갖고 있는 본능이자 인간적 본성이다. 하지만 어른이 되어서 그런 충동을 발휘하지 못하는 것은 사회적으로 억압됐기 때문이다. 촘스키는 인간이 근본 욕구에 따라 자기의 개성을 표현하고 창의적이고 탐구적이며 진취적인 일을 해낼 수 있는 사회가 바람직하며 마땅히 그렇게 돼야 한다고 믿는다. 그의 정치비평은 그러한 인식의 사회적 실천이다.

반면에 푸코는 인간 본성이라는 개념 자체에 회의적이다. 푸코의 입장은 "우리가 현재 상상할 수 있는 것은 현대 세계의 부르주아 사회가 만들어낸 것뿐"이며 "정의와 '인간 본질의 실현' 같은 개념은 우리 문명이 만들어낸 것이고, 우리의 계급 제도에서 나온 것"이라는 쪽이다. 촘스키는 모든 사회적 투쟁은 더 정의로운 사회를 이룩하기 위한 것이어야 하지만, 푸코가 보기엔 '정의'라는 개념조차도 오염된 것이다. 권력을 잡은 계급 혹은 권력을 잡으려는 계급이 내놓은 구실에 불과하다는 것이 푸코의 기본적인 관점이다. 그럴 경우, 개혁이나 혁명에 대해서도 회의적일 수밖에 없다. 국가가

『촘스키와 푸코,
인간의 본성을 말하다』
노엄 촘스키 · 미셸 푸코
이종인 옮김, 시대의창, 2010

전반적 권력관계를 집대성한 것이라면 혁명은 동일한 권력의 네트워크를 다른 유형으로 집대성한다는 게 그의 시각이다.

이러한 회의주의의 젖줄을 그는 니체에게서 끌어오는데, 니체주의에 따르면 '진리'조차도 권력과 복합적으로 연루돼 있다. '진리와 권력'을 주제로 한 1976년의 인터뷰에서 푸코는 이렇게 말한다.

"진리는 이 세상에서 나오는 것입니다. 그것은 복합적인 형태의 제약에 따라 만들어집니다. 그리고 그것은 권력의 주기적인 효과를 유도합니다. 각 사회에는 진리의 체제가 있고, 진리의 '일반 정치학'이 있습니다."

푸코는 진리 자체가 이미 권력이므로 권력의 체계로부터 진리를 해방시킨다는 생각은 환상에 불과하다고 말한다.

촘스키와 푸코의 독자라면 두 사람의 이러한 관점과 의견 차이는 어느 정도 짐작할 만한 것이다. 그럼에도 대담은 읽어볼 만한 흥밋거리를 더 제공하는데, 가령 전쟁 관련 연구를 수행하는 MIT의 교수로 재직하고 있는 것이 자기모순 아닌가라는 방청객의 질문에 대한 촘스키의 답변 같은 것이 그렇다. 그는 MIT에도 좋은 점과 나쁜 점이 공존하고 있으며 이런 문제에 대한 판단은 간단하지 않다고 답한다. 모든 억압적 기관과 절연해야 한다면 마르크스는 가장 사악한 제국주의의 상징인 대영박물관에서 공부하지 말았어야 한다는 주장도 가능할 것이기 때문이다. 촘스키의 생각은 물론 다르다.

"저는 카를 마르크스가 그곳에서 공부하기를 잘했다고 봅니다. 자원을 활용한 건 옳은 일이었습니다. 그 문명의 자유주의 가치관을 활용하여 그 문명을 극복하려고 한 것이었지요. 제게도 동일한 원칙이 적용된다고 봅니다."

| 《기획회의》(2010. 12. 5)

사유의 불협화음을 연주하다

『사유의 악보』

여기 한 권의 책이 있다. 아니 하나의 악보가 있다(이건 '악보'에 대한 서평인가?). 『사유의 악보』라고 적혀 있으니까. 실제로 표지에도 악보가 그려져 있고 본문에도 몇 개의 악보가 들어 있다. 그나마 다행인 건 악보로만 채워져 있지는 않다는 점이다. 그것만 믿고 덤벼들었지만 책은 악보만큼이나 유혹적이면서도 동시에 난해하다. 어쩌면 이 책은 독서를 위한 책이 아니라 연주를 위한 책인지도 모르겠다. 서곡과 종곡을 제외하고 13개의 악장과 8개의 변주로 구성된 이 '악보'를 제대로 읽는 일은 9번째 변주곡을 쓰는 일이 아닐까 싶기도 한 것이다. 하지만 작곡에 재주가 없는 나로서는 변죽만 울리는 서평에 만족하려 한다.

일반적인 독자라면 책장을 열고 서곡부터 '들어볼' 것이다. 저자는 "모두를 위한, 어느 누구를 위한 것도 아닌 하나의 책"이라는 『차라투스트라는 이렇게 말했다』의 부제를 인용하면서 '모두'를 위한 책이 아니라 '소수의 단수들을 위한 책'이 되기를 바란다고 적었다. 그리고 이런 엄포도 보냈다.

"이 글들은 결코 어떤 설득이나 해명을 위해 작성되지 않았다. 이 글들은 확신을 가진 이들만을 위한 것이며, 그렇지 못한 자들에게는 한낱 불가해한 종이 뭉치처럼 보일 것이다."

여기서 '확신'은 '불가능성'과 함께하며, '불가해'는 '불확정성'과 짝을 이룬다는 보충 설명이 따른다. 불가능성이냐 불확정성이냐의 선택을 촉구하는 모양새다. 그리고 이것이 저자의 가장 진정한 의도이자 가장 불순한 의도라고 말한다. 하지만 그것이 어떤 의도인지 어림하기는 쉽지 않다.

저자는 또 이렇게 적었다. "하나의 책은 준비된 자에게만 허락되며, 그렇게 '준비'되기 전에 하나의 책은 단순히 휴지 조각들일 뿐

『사유의 악보』
최정우, 자음과모음, 2011

이다." 이런 건 뭐랄까, 사르트르가 랭보의 시구 "흠 없는 영혼이 어디 있으랴!"에 붙인 주석과 비슷하지 않을까. "오오 계절이여! 오오 성城이여!/ 흠 없는 영혼이 어디 있으랴!"라는 '희한한 시구'에 대해서 사르트르는 이렇게 적었다. "여기에서는 누가 질문을 받는 것도 질문을 하는 것도 아니다. 시인은 그 자리에 없는 것이다. 그리고 물음은 대답을 가져오는 것이 아니다. 아니 차라리 물음이 그 자체의 대답이라고 해야 할 것이다."

보통 '확신'이나 '준비'는 단독으로 쓰이는 말이 아니다. 그것은 어떤 대상을 수식어로 갖는다. 하지만 저자는 '확신을 가진 이들'과 '준비된 자'라고만 적었다. 무엇에 대한 확신이고 무엇을 위한 준비인지 밝히지 않았다. 그건 암묵적인 것이다. 책에서 자주 반복되는 '저'라는 지시형용사는 그런 암묵적인 맥락과 공유된 전제들의 지표라 할 만하다(저자는 '첫 문장'이라는 말 대신에 '저 첫 문장'이라고 적고, '질문에 대한 대답'이라는 말 대신에 '저 질문에 대한 대답'이라고 쓴다. 아마도 이 책은 그 '저'가 가장 많이 출몰하는 책일 것이다). 누가 공유하는? '소수의 단수들'이 공유하는. 저들만의 코드표 혹은 난수표!

물론 맥락이 전혀 없는 것은 아니다. 저자는 가장 근본적인 철학적 문제가 '절멸'의 문제라고 생각한다. 그것이 우리가 당면한 가장 절실한 문제라는 '확신', 그 확신을 당신도 공유하는가라고 그는 묻는다. "이 절멸의 문제를 마주할 자신이 있는가?"라고. 그렇다면 '준비'는? "그렇다면 당신은 '혁명'을 사유할 준비가 되었다고 볼 수 있다." 그러니 혁명의 준비, 혁명을 사유할 준비이다. 하지만 이 절멸과 혁명에 대한 사유는 어렵고도 어렵다.

"모든 혁명이 그러하듯, 우리는 그 절멸의 가능성 혹은 불가능성을, 혹은 그보다 더, 절멸의 이전과 이후를, 사유해야 한다. 이것은 이론 이후를 사유하는 것, 그리고 또한 사유 이후를 실천화하는 것, 따라서 실천 이후를 이론화하는 것이기도 하다."

이러한 과제와 그것이 안고 있는 근본적 아포리아를 한마디로 이론의 '불가능성'에 대한 사유라고 저자는 정리한다. '사유의 악보' 그리기는 이 불가능성을 끝까지 밀어붙이려는 시도이다. 그 '불가능한' 시도를 통해서, '사유의 불협화음'을 통해서 그는 '기형의 맹아'와 '잡종의 지식', 그 '난잡한 씨앗'을 흩뿌리고자 한다. 그의 바람은 이루어질 수 있을까? 아니 그것은 어떻게 이루어질 수 있을까? 그 이상으로 기형적이고 잡종적이며 난잡한 글쓰기가 창궐하는 데에서!

여기까지가 '일반적인 독자'로서 내가 서곡을 들으며 느낀 점이다. 하지만 이 자리는 '전문가 리뷰'라는 간판을 걸고 있으니, 전문가 흉내도 좀 내야 하는 처지다. 그래서 결어와 각주의 형식으로 조금 덧붙인다. 저자의 서평관에 대한 주석이다. 사실 「인문학 서평을 위한 몇 개의 강령들」(《기획회의》에 수록됐던 글이다)까지 적어놓은 책에 대해 서평을 붙인다는 것은 좀 곤혹스러운 일이다. 기자들이 쓰는 서평은 별로 믿을 만한 것이 못된다고 일갈하고서 저자는 '전문가들의 서평'에 대해서도 쓴 소리를 잊지 않는다. 책을 통독하고 정독할 가능성은 높지만 바로 그런 이유에서 객관적이지도 그리 문제적이지도 않을 수 있으며 "전문가의 시각은 그 자신의 전공에 대한 치밀한 논리와 정치한 소개에 중점을 두기보다는 대중의 필요 혹은 대중의 문제의식과 조화될 필요가 있다"는 것이 그의 시각이다. 따라서 언론이나 전문가를 믿지 말 것이며, 오히려 그들에 반대하고 그들을 전복시키기 위한 서평을 쓰라고 권유한다.

의문이 없는 건 아니다. 서평에만 한정되는지는 모르겠지만 '대중의 필요' 혹은 '대중의 문제의식'을 고려한 글쓰기와 소수의 단수들을 위한 글쓰기는 어떻게 접속할 수 있으며 어떻게 양립 가능한지 궁금하기 때문이다. 실제로 그의 글쓰기는 자평대로 "1990년대 소위 '포스트모더니즘'의 철학이 풍미하고 그 이식의 행위들이 횡행했던 남한의 이론적이고 실제적인 풍경의 정중앙을 관통한 이가 쓴 글들의 모음"으로서 최대치를 보여준다. 지식사회학적 의미도 갖겠다는 느낌이 드는 이유다.

하지만 '쓴다는 것은 무엇인가'라는 자의식과 '무엇을 위한 글쓰기인가'라는 전략에 비하면 '누구를 위하여 쓰는가'라는 고민은 저자에게 덜 중요한 듯싶어서 아쉽다. 가령 「문학적 분류법을 위한 야구 이야기」라는 매혹적인 악장에서, 저자는 자진해서 '노히트노

런'을 기록하는 야구를 '무타무주無打無走'의 야구라고 부르고, "무타
무주의 야구는 이사만루의 야구가 '멸종'해버린 세상에서 만나게
될 하나의 새로운 삶의 미학 또는 미학적 윤리학"이라고 추켜세우
는데, 노히트노런은 타자가 아닌 투수의 기록 아닌가. "이사만루라
는 절대적인 순간에 과연 무타무주는 '가능할' 것인가?" 같은 '불가
능한' 물음이 아직은 재치로만 들린다.

| 《기획회의》(2011. 4. 5)

P.S.　책을 처음 접하는 독자라면, 데리다와 바타유, 알튀세르가 포진하고
있는 처음 세 악장보다는 『아톰의 철학』에 대한 기억으로 시작하는
4악장부터 읽는 것이 좋을 것 같다는 생각이 든다. 「문학적 분류법
을 위한 야구 이야기」라는 제목이 붙은 장이다. 많은 각주들을 거느
린 '학구적' 스타일의 앞 장들보다 한결 여유로운 스타일의 이런 글
이 내가 '유혹적'이라고 부른 글이다. '무타무주의 야구' 같은 주장에
동의할 수는 없더라도 말이다(저자는 그러한 명명이 '순수한 형식적 악
취미'의 산물일 수도 있다는 단서를 달아놓긴 했다).

저자는 각주에서 2009년 지면에 발표된 이 글에 대한 '생산적인 비
판의 독해'는 박가분의 『부르주아를 위한 인문학은 없다』(인간사랑,
2010)에서 읽을 수 있다고 적었다. 「삐리리 불어봐 해체주의: 이웃

블로거 '람혼' 독서 후기」라는 글인데, 제쳐놓았다가 이번에 읽었다. 박가분은 (1) 최정우(람혼)가 가라타니 고진의 타자론을 이해하지 못하고 있으며, (2) 근대성에 대한 그의 문제 제기는 데리다주의 혹은 해체주의의 지평에서 나온 것이고, (3) 하지만 근대성은 데리다주의 혹은 해체주의의 지평을 초과한다고 주장한다.

즉 그의 비판의 타깃은 람혼이라기보다는 데리다이다. 『마르크스주의와 해체』에 묶일 만한 명민한 비판이지만 동시에 데리다를 단순화한 비판이기도 하다. "해체주의가 일종의 문화상품으로 소비되는 걸 보고 나서 역으로 데리다는 그동안의 해체를 가능하게 했던 역사적 전통으로 돌아간 것이다"(『부르주아를 위한 인문학은 없다』, 329쪽) 같은 주장이 단순화의 예이다. 역사적 전통에 대한 '기억과 보존의 책임'은 내가 아는 한 데리다의 해체와 처음부터 같이한다. 그것은 뒤늦은 자각 같은 게 아니라 해체의 조건 자체이다. "말년의 데리다는 해체주의적 실천을 통해 역설적으로 알려지게 되는 근대적 유럽의 유산을 재발견하게 되었다"는 주장은 따라서 면밀한 검증을 필요로 한다.

한편, 다시 『사유의 악보』로 돌아오면, 정중앙에 위치한 「불가능한 대화를 위한 자동번역기」 같은 악장은 내게 난해하다. 음악이 취향의 문제이기도 하다면, 나의 취향에는 맞지 않는 악장이다. 개인적인 생각이지만, 그가 이끄는 음악집단 '레나타 수이사이드'의 현란한 연주에 견주면, 비평가 최정우는 기타리스트 최정우에 비해 '둔

중하다'는 인상을 준다. 그가 애착을 갖는 '중독中毒'과 '중독重讀' 증세 때문이 아닌가 싶다. 그는 모든 말, 개념과 문장을 여러 가지 방식으로 반복하고 되새김질하면서 아주 느리게 이동한다. 그래서 때로는 60킬로미터로 달리는 스포츠카 같다. 내가 기대하는 건 그가 제 속도로 쾌속질주하는 것이다.

위대한 사상의 사소한 역사

|

『당연하고 사소한 것들의 철학』

철학은 어떤 쓸모가 있을까? 프랑스 인기 만화 〈아스테릭스와 오벨릭스〉의 주인공 오벨릭스는 철학이라면 코웃음을 치는 캐릭터다. 로마군과 싸우는 갈리아 족의 덩치 큰 장사인 그의 관심사는 맛있는 것 아니면 로마군에게 던질 바위 따위다. 한데 어느 날 연극 무대에 서게 됐다.

관객이 놀랄 만한 메시지를 던져보라는 감독의 주문에 오벨릭스는 얼굴이 하얗게 질리며 머리가 지끈거렸다. 생각나는 건 이 한마디뿐이었다. "로마, 이 허튼 개자식들아!" 이것이 말하자면 오벨릭스가 할 수 있는 말의 전부고 그의 '철학'이다. 보통 사람들이 저마다 갖고 있는 '개똥철학'이다. 사실 평소라면 그걸로 충분하다. 하지만 요즘 같은 연말에 오벨릭스처럼 갑자기 조명을 받는 자리에서게 돼 뭔가 의미 있는 말을 해야 한다면, 이마에서 진땀이 흐르고 입술이 바짝 마를 지경이라면 어떨까.

『당연하고 사소한 것들의 철학』의 저자 마르틴 부르크하르트는 철학이 바로 그럴 때 도움이 된다고 말한다. 책은 딱 그런 도움을 주기 위한 용도로 읽힌다. 가볍지만은 않은 성찰을 담고 있으면서도 재미있고 유쾌하다. '위대한 사상의 사소한 역사'라는 원제가 비밀을 암시해주는 듯싶은데, 저자는 일단 사상가들에 대해서는 관심을 접어두자고 제안한다.

하지만 '위대한 사상'들은 사정이 좀 다르다. 저작권자가 누구인지 특정할 수 없어도 우리 인생을 좌우하는 사상들의 목록을 떠올려볼 수 있다. 그것을 저자는 '위대한 사상'이라 부른다. 이 사상들의 '사소한 역사'가 비록 '쓸모 있는 물건'들과 경쟁이 되진 않겠지만 '정신'과 '생각'이란 것이 얼마나 괜찮은 것인지 알려주는 내비게이션은 될 수 있으리라는 것이 그의 기대다.

위대한 사상에 대한 저자의 독창적인 '연대기'는 알파벳에서 시작한다. 알파벳이라는 말 자체가 첫 두 글자인 알파$^\alpha$와 베타$^\beta$에 따

『당연하고 사소한 것들의 철학』
마르틴 부르크하르트
김희상 옮김, 알마, 2011

라 지어진 점에서 알 수 있듯 알파벳이라는 사상의 아버지가 누구인지는 알 수 없다. 하지만 알파벳만큼 인류에 큰 영향을 미친 것도 없다. 외계인이 인간에게 선물했다는 설도 있지만 저자가 밝혀주는 '사소한 역사'에 따르면, 알파벳의 A는 거꾸로 세워보면 알 수 있듯이 멍에를 쓰고 있는 황소를 그린 글자다. 그리고 B는 여성의 젖가슴을 모방한 글자다. C에 해당하는 감마γ는 남성과 여성의 결합, 곧 결혼(가미Gamie)을 뜻한다. '기초'를 뜻하는 ABC는 곧 가정을 꾸미고픈 희망을 나타내는 말이 된다.

그리스에서는 기원전 8세기경에 알파벳이 널리 퍼졌는데, 그리스인들에게 알파벳 배우기 운동은 평등을 지향하는 민주화 운동이었다. 24개의 알파벳으로 모든 것을 읽고 쓸 수 있게 됐기에 학식은 더 이상 부유층만의 전유물이 될 수 없었다. 더 나아가 알파벳은 그리스의 자연철학도 가능하게 했다. 몇 개의 철자가 모여 단어를 이루는 것처럼 자연도 더 근본이 되는 요소들로 이뤄져 있다고 보게 된 것이다.

알파벳 원리를 자연에도 적용한 것인데 이것이 말하자면 '알파벳의 사상'이다. 서양 철학의 기원이 그리스 자연철학에서 비롯됐다면 알파벳은 그런 기원을 가능하게 한 '기원의 기원'이라고 말할 수 있을까. 사회적으로도 알파벳은 혁명적인 변화를 이끌어냈다. 법이 성문화되면서 독재자라도 제멋대로 권력을 휘두를 수 없게 됐다. 비록 소크라테스 같은 경우는 철자를 맹신하지 말라고 경고

했지만, 그런 경고조차도 알파벳의 위력을 보여준다고 저자는 말한다. 소크라테스의 말도 문장으로 기록되지 않았다면 오늘날까지 전해질 수 없었을 것이다. 철자로 고정된 기록으로서 철학은 영원이라는 환상마저 일깨워준다.

대략 이런 것이 알파벳의 '사소한 역사'다. '동전'과 '하느님 아버지'로 이어지는 저자의 성찰 목록이 30여 가지의 주제를 탐색한 끝에 의도적으로 'DNA'를 마지막에 다루는 것은 'ABC(알파벳)'와 절묘한 상응을 이룬다. 저자는 DNA 또한 일종의 사상이며 '믿음의 문제'라고 주장한다. "이 허튼 개자식들아!"에서 좀 벗어나고픈 독자들의 상상을 한껏 활성화해준다.

| 《매경이코노미》(2011. 12. 21)

오역 범벅 '삐딱하게 보기'

『삐딱하게 보기』

슬라보예 지젝의 『삐딱하게 보기』를 오랜만에 손에 들었다. 지금 가장 유명한 동시대 철학자이자, '세계에서 가장 위험한 철학자'로도 불리지만, 20년쯤 전 이 책이 나왔을 무렵엔 40대 초반의 '뉴페이스'였다. 그의 이론적 기획은 헤겔 철학과 라캉 정신분석을 결합하려는 것이었고, 책의 부제도 '대중문화를 통한 라캉의 이해'다. 히치콕 영화부터 필름 누아르, 공상과학소설, 탐정소설, 그리고 스티븐 킹을 통해서 라캉을 읽으려는 독특한 시도다. "고도로 정신적인 문화적 산물들을 통속적이고 평범하며 세속적인 문화적 산물들과 나란히 독해하는 것"이 이론적으로 생산적이고 전복적인 과정이라고 말한 발터 벤야민의 충고를 따른 것이다.

물론 전제가 있다. 지젝이 다루는 대중문화의 산물들이 독자에게도 친숙해야 한다는 점이다. 낯선 이론을 친숙한 작품들과 대질시키려는 의도이기 때문이다. 하지만 히치콕 영화조차도 '고도로 정신적인 문화적 산물'로 간주되는 상황이라면 사정은 달라진다. 혹 우리 처지가 그런 것은 아닐까.

가령, 히치콕 영화 〈사보타주〉에 대한 그의 분석을 흥미롭게 읽으려면 영화에 대한 사전 인지가 필요하다. 마지막 장면에서 아내는 남동생이 희생된 버스 폭발 사고에 남편이 관여한 사실을 알게 된다. 저녁식사 자리에서 그녀는 자꾸만 식탁 위 칼에 손이 간다. 이 대목이 번역본에서는 "접시 위의 칼이 마치 자석처럼 그녀를 끌어당기는 힘을 발휘한다. 그녀의 의지를 꺾으려고 남편이 그 칼을 억지로 움켜쥐기라도 한 것인 양"이라고 했지만, 여기서 '남편 husband'은 '손hand'을 잘못 옮긴 것이다. 그녀의 손이 의지와 무관하게 칼을 손에 움켜쥐려 하는 것처럼 보인다는 뜻이다. 남편은 그런 모습을 보고 식탁을 돌아 다가가며, 그들의 얼굴과 어깨만 보이는 대면 장면 뒤 칼에 찔려 쓰러진다. 아내가 찌른 것인지 남편이 자살하려는 의도로 찔린 것인지 모호하게 처리돼 있다.

지젝은 이 살인 장면을 두 가지 위협의 제스처가 만난 결과로 분석한다. "그것은 훼방된 제스처다. 즉 실행되도록, 완성되도록 의도된 제스처가 아니라 외적인 장애에 의해 좌절된 제스처"다. 하지만 여기에도 반전이 있다. 라캉이 정의한 위협의 제스처와는 정반대로 옮겨졌기 때문이다. 라캉에 따르면, 위협이란 애초 완수되지 않도록 의도된 행위다. 문제의 장면에서 아내의 욕망은 남편을 찌르려는 욕망과 억제하려는 욕망으로, 남편의 욕망 또한 자기 보존적 욕망과 마조히즘적 욕망으로 분열돼 있다. 이 두 분열된 욕망의 중첩과 일치에서 나온 결과가 살인이라는 게 지젝의 견해다.

『삐딱하게 보기』는 지젝의 저작 가운데 가장 먼저 번역됐고, 현재까지 가장 널리 읽힌다. 하지만 많은 오역들이 교정되지 않은 채 방치돼 있다. 분석 대상인 대중문화를 참고하지 않은 것이 '외적 장애'라면, 애초에 다 읽을 생각이 없는 독자의 모호한 욕망도 한몫 거드는 게 아닌가 싶다. 널리 읽히는 것처럼 보이지만 아무도 읽지 않는다는 점에서 이 책도 '고전'에 값한다.

| 《한겨레》(2012. 5. 20)

『삐딱하게 보기』
슬라보예 지젝, 김소연 옮김
시각과언어, 1995

P.S.   실제로 『삐딱하게 보기』는 지난 2005년에 《동아일보》가 선정한 '21세기 신新고전 50권'의 하나로 선정되기도 했다. 이렇게 평했다.

"어려운 이론과 복잡한 현실을 자유롭게 넘나든다는 것은 여간 힘든 일이 아니다. 그런 점에서 이 책은 아주 특별하다. 슬라보예 지젝은 영화와 소설을 통해 자크 라캉의 정신분석학 개념을 잘 드러내준다. '대중문화를 통한 라캉의 이해'라는 부제를 달았지만 이를 '라캉을 통한 대중문화의 이해'라 불러도 무방하다. 현대를 사는 우리 자신의 정신 세계나 심리적 자화상을 분석하고픈 독자에게 중요한 지침을 주는 책이다."

역사를 읽다

죽기 전에 꼭 쓰고 싶은 책?

어떤 책들의 저자로 기억되고 싶은가?

계획 중인 책들이 몇 권 된다. 아직은 '죽기 전'을 말할 단계는

아니고, 향후 몇 년 안에 인식론의 문제를 다룬 책, 증여와

화폐, 문자를 같이 다룬 책 등을 쓰고 싶다. 거기에 서평가로서,

'중간인문학' 저자로서 해야 할 몫도 있다. 앞으로 한 5년

정도 더 쓴 다음에 '죽기 전에 꼭 쓰고 싶은 책'에 대해서도

구상해보겠다.

"국경에 갇힌 국사 책은 찢어버려라"

『새로운 세대를 위한 세계사 편지』

"역사 교과서를 찢어버려라!"

민족주의를 비판하면서 국사 해체론을 지속적으로 주장해온 역사학자 임지현 교수가 『새로운 세대를 위한 세계사 편지』의 서두에서 던지는 도발적인 주장이다. 영화 〈죽은 시인의 사회〉에서 키팅 선생이 학생들에게 시를 가르치는 시간에 교과서를 깨끗이 찢어버리라고 권유하는 장면을 그는 역사 수업 시간으로 그대로 옮겨놓고자 한다.

무엇이 문제라고 보는 것인가. 제대로 된 교육이라면 국가가 요구하는 규범이나 기준을 의문시할 수 있는 비판적인 안목을 키우는 게 중요할 것이다. 하지만 현재의 교육은 오히려 그러한 규범과 기준이 옳다고 암기하도록 강요만 하는 판이니 교육이라기보다는 도그마 주입에 불과하다는 게 저자의 판단이다.

그래서 '우리', '우리나라', '우리 민족' 등의 주어와 '해야 한다', '해야 할 것이다' 같은 규범적 진술들로 이루어진 역사 교과서 대신에 그는 20세기의 역사적 인물들과 역사가, 그리고 동료 시민들에게 부치는 '세계사 편지'를 내민다. 우리가 어떤 역사를 살았고, 그 역사적 진실은 어떠하며 그것이 현재의 우리에게 주는 교훈은 무엇인지, 역사적 사건과 인물에 대한 명석하면서 비판적인 성찰을 통해 일러준다. 저자가 띄운 편지의 수신인 가운데는 에드워드 사이드나 한나 아렌트 같은 지식인도 포함돼 있지만 권력을 전횡한 독재자와 새로운 세상을 꿈꾼 혁명가가 다수를 차지하고 있다.

몇 가지 사례를 들자면, 나치돌격대를 지휘했던 헤르만 괴링에게 부친 편지에서 저자는 홀로코스트가 나치의 고유한 발명품이 아니라 유럽 식민주의 폭력과 식민지 전쟁에서 그 기원을 찾을 수 있다는 걸 보여주며, 무솔리니에게 건네는 편지에서는 국가사회주의와 우파 개발독재가 어떻게 동거했는가를 짚는다. 김일성 주체사상의 골자가 버마 사회당의 당 강령과 아주 흡사하며 마르크스주

『새로운 세대를 위한
세계사 편지』
임지현, 휴머니스트, 2010

의에 대한 이런 주의주의主意主義적 해석이 실상은 레닌 이래 제3세계 사회주의의 일반적인 특징이라는 점도 지적한다.

'사람이 세상의 주인'이라는 구호가 결국은 사회주의 건설을 위한 동원의 논리밖에 되지 않는다는 비판도 잊지 않는다. 또 북한 체제가 사회주의의 외투만 걸친 극우 독재에 가깝다는 지적은 남과 북의 독재자 박정희와 김일성을 '적대적 공범자'로 묶게 해준다. 그런 맥락에서 보면, 박정희에 대하여 "80년대 주체사상에 경도된 애국청년학생들을 키운 건 8할이 당신의 유산"이라고 힐난하는 대목도 억지가 아니다.

저자는 체 게바라에 대해서는 혁명에 대한 헌신성을 높이 평가하면서도 똑같은 헌신성을 민중에게 요구한다면 또 다른 압제라고 지적한다. 그가 공감을 피력하는 쪽은 "혁명은 새로운 정치집단이나 사회세력이 권력을 장악하는 것이 아니라 권력의 작동방식을 바꾸는 것이어야 한다"고 주장한, 멕시코 사파티스타 민족해방군의 지도자 마르코스이다.

역사적 인물들에 대한 고정관념으로부터 탈피하도록 이끄는 이러한 성찰과 재평가의 바탕에는 '국사 패러다임'을 넘어서야 한다는 문제의식이 깔려 있다. 아직도 '한국사'를 '국사'로 가르치고 배우는 우리 역사 교육의 가장 공고한 고정관념을 타파해야 한다는 것이다. 이를 위해서는 국경에 갇혀 있는 우리의 상상력을 민족주의의 주술에서 해방시키는 것이 급선무라고 그는 주장한다. 그러한

'새로운 역사'가 아니라면 역사 공부를 하려고 애쓰지 말라는 것이 '새로운 세대'에게 건네는 저자의 충고다.

| 《시사IN》(2010. 10. 9)

그래도 인문학

인종주의는 본성인가

|

『인종주의는 본성인가』

'중요하지만 대개 생각하기를 꺼려하는 주제'라고 하면 당신은 무엇이 떠오르는가? 알리 라탄시는 『인종주의는 본성인가』라는 저서에서 '인종주의'라고 답한다. 꺼려하는 이유야 물론 분명하다. 인종주의에 드리워진 어두운 현실과 야만적 역사 때문이다. 책의 부제는 '인종, 인종주의, 인종주의자에 대한 오랜 역사'라고 붙어 있지만, 사실 저자가 강조하는 것은 인종주의가 가진 오래지 않은 역사, 오히려 '짧은' 역사다.

인종 구분만큼 오래되었을 듯싶지만 정작 '인종주의'라는 말이 만들어진 것은 1930년대다. 독일 나치의 '유대인 청소' 프로젝트에 상응하는 표현으로 도입된 것이 인종주의다. 그렇다면 그 이전으로 거슬러 올라가는 인종주의란 '인종주의의 전사前史' 혹은 '인종주의 이전의 인종주의'라고 말할 수 있을까.

인종이라는 말이 비록 인종주의보다는 더 오랜 역사를 갖고 있지만, 그렇다고 아주 오래전부터 쓰인 말은 아니다. 영어의 경우 '인종race'이 현재와 같은 의미를 갖고 등장한 건 16세기 중반부터라 한다. 16세기는 지리상 발견의 시대이고 제국주의적 팽창과 식민지화가 본격화되는 시대였다. 유럽 식민주의자들에게 신대륙 발견은 동시에 원주민과의 조우를 의미했다. 그들은 원주민에게도 인간의 지위를 부여해야 하는지를 두고 논쟁을 벌였다. 이성을 갖고 있는 똑같은 인간이라면 기독교도로 개종시켜야 했고, 그렇지 않다면 노예로 삼는 것이 정당하다고 보았다. 그리고 17세기 노예무역이 활성화되면서 아프리카인을 인간보다 모자란 존재로 보는 시각이 널리 퍼졌다. 그런 편견이 없었다면 아프리카의 흑인 2천만 명을 악명 높은 노예 수송선에 싣고 아무렇지도 않게 대서양을 건너가기는 어려웠을 것이다.

18세기의 계몽철학자 칸트와 흄조차도 "어떤 사람이 피부색이 새카맣다는 것은 어리석은 사람이라는 것을 보여주는 증거"라고

『인종주의는 본성인가』
알리 라탄시, 구정은 옮김
한거레출판, 2011

그래도 인문학

생각했다. 19세기에 대두한 과학적 인종주의는 흑인종과 황인종이 열등하다는 걸 입증하려 애썼고, 여성과 하등 인종들이 백인 남성보다 추론 능력이 떨어진다고 간주했다. 그리고 이런 차이를 빌미로 시민권을 제한하고 정치적 차별을 정당화했다.

제국주의적 인종주의가 사회적 다윈주의와 결합하면서 나타난 것이 1880년대부터 1930년대까지 미국과 유럽을 휩쓴 우생학이다. 다윈의 사촌인 프랜시스 골턴을 비롯한 우생학자들은 인류 발전을 위해 '부적격자'의 출생은 낮추고 '적격자'의 수는 늘리기 위한 정책이 필요하다고 주장했다. 이러한 역사적 배경에서 나온 최악의 인종주의가 나치의 '유대인 청소'와 '최종해법'이다. "벼룩이 집에 살고 있다고 해서 가축이 되지 않는 것처럼, 유대인들이 우리들 틈에 끼어 살고 있다 해도 그들이 우리에 속한다는 증거가 되지 않는다"고 한 괴벨스의 발언이 나치의 인종주의를 잘 대변해준다.

물론 나치의 유대인 청소 프로젝트가 '과도한' 것이긴 했지만 반反유대주의 역사는 뿌리 깊은 것 아니냐는 반론도 가능하다. 그러나 '반유대주의'라는 용어조차도 사실은 1870년대 후반에야 등장했다. 독일의 선동가 빌헬름 마르가 반유대연맹이라는 단체를 만들고 유대인에 반대하는 운동을 펼치면서 쓰기 시작한 게 기원이다.

그러니 우리가 막연하게 생각하는 것보다 인종주의의 역사는 아주 짧다. 더불어 나치의 인종주의 과학이 시도한 인종주의의 정당화는 아무런 과학적 근거가 없다. 유전학에 따르면 인류가 서로 다른 유전자풀gene pool을 갖고 있는 인구 집단들로 구분되는 것은 사실이다. 하지만 그렇게 유전자풀의 패턴이 다르고 표현형질에서 차이가 난다고 해서 '분리된 인종'이라는 개념이 성립되는 것은 아니라는 게 오늘날 인종에 관한 과학적 견해다.

즉 인종이란 것이 실제로는 존재하지 않으며 존재한 적도 없다. 따라서 인종의 차이를 전제로 인종 간 차별을 정당화하려는 모든 인종주의는 근거 없는 허울일 수밖에 없다. 그럼에도 지구상의 많은 분쟁이 인종화된 형태를 띠고 있다는 게 또한 현실이다. 우리는 '탈인종적인 미래'로 넘어갈 수 있을까. 일단은 인종주의에 대한 바로보기가 필요할 듯싶다.

| 《매경이코노미》(2011. 11. 9)

인종주의에 대해 그다지 읽은 바가 없어서 서평감으로 고른 책이지
      만 생각만큼의 성과를 거두진 못했다. 저자에 따르면 인종주의 자체
      가 몹시도 혼란스러운 개념이어서 어쩌면 당연한 결과인지도 모른
      다. 역자 또한 "책의 첫 장부터 마지막 장까지, 이 모호함과 혼란스
      러움은 인종주의에 대해 뭔가 '명료한 규정'을 원하는 독자들의 발
      목을 잡을 것이다"라고 「옮긴이의 말」에 적었다. "얼핏 보기에도 인
      종적-계급적-성적-지리적 개념이 혼재해 있는 다층적인 구조"를
      갖고 있는 게 인종주의다. "이 복잡하고 혼란스러운 인종/인종주의
      를 짧게 소개하는 것이다 보니, 책이 그리 친절하지는 않다"(295쪽).
      좀 아쉬운 부분이다.

      번역과 관련해서도 한 대목은 교정하고 싶다. 아무리 무난하고 깔끔
      한 번역이라도 언제나 옥에 티는 감추고 있는 법이니 그걸 고쳐나가
      는 일이 역자나 편집자만의 몫은 아니다. 독자의 권리이자 의무이기
      도 하다. 결론 「탈인종적인 미래를 생각한다」의 한 대목이다.

      "탈민족적, 탈부족적, 탈인종적인 세계시민으로서의 생각 틀과 정체성, 그
      리고 이전보다 더 과거 회귀적인 프로젝트가 계속해서 21세기에도 작동
      하고 있다." (『인종주의는 본성인가』, 283쪽)

      원문은 "A long struggle between attempts to create post-ethnic, post-national, post-racial, cosmopolitan frameworks and identities and more backward-looking projects is going to be a continuing feature of life in the 21th century"(170쪽)이다. 역자가 '오랜 투쟁long struggle'이라는 표현을 옮기지 않아서 메시지가 좀 약화됐다는 느낌이다.

다시 옮기면, "탈민족적, 탈부족적, 탈인종적인 세계시민이라는 인식 틀과 정체성을 만들어내려는 시도와 이전보다 더 퇴행적인 인종주의적 프로젝트 사이의 오랜 투쟁이 21세기에도 계속 우리의 삶을 특징지을 것이다."

"개념은 알겠는데, 개념사는 뭐지요?"

『개념사란 무엇인가』
『코젤렉의 개념사 사전』

"개념은 알겠는데, 개념사는 뭐지요?"

혹시 이런 의문을 가진 독자라면 바로 펴볼 만한 책이 나인호의 『개념사란 무엇인가』이다. "대체 개념사가 뭐예요?"라는 질문을 서두에 걸고 '개념사의 개념'을 일러주는 책이기 때문이다. 개념사라는 말에서 혹 '라인하르트 코젤렉'이라는 이름을 바로 떠올리는 독자라면 그래도 개념사에 대해서 좀 들어본 구석이 있는 경우인데 (내가 그렇다), 그렇더라도 요긴한 입문서의 출간은 역시 반가울 것이다. '역사와 언어의 새로운 만남'(부제)의 자리에 합석하여 챙겨둘 만한 귀동냥이 많기 때문이다.

역사와 언어의 만남? 코젤렉은 아예 이렇게 규정지었다. "모든 언어는 역사적으로 조건 지어져 있고, 모든 역사는 언어적으로 조건 지어져 있다." 그러니까 역사와 언어는 만나고 싶을 때 만나는 것이 아니라, 마치 샴쌍둥이처럼 항시적으로 서로 붙어 있다.

사전적인 정의를 인용하자면, "개념사는 언어와 정치·사회적 실재, 혹은 언어와 역사의 상호 영향을 전제한 채 이 둘이 서로 어떻게 얽혀 있는지를 탐구하는 역사의미론의 한 분야이다." 역사의미론의 전제는 언어가 역사적 실재를 구성한다는 것인데, 한마디로 말해서 언어가 없다면 역사도 존재할 수 없다는 관점이다. 어쩌면 지극히 당연해 보이는 시각이지만 서구 역사학계에서 이러한 역사의미론이 '언어적 전환'과 함께 부상한 것은 비교적 최근이다. 그 가운데 특히 해석학의 전통이 강한 독일에서 발전한 것이 바로 개념사이다.

라인하르트 코젤렉이라는 이름은 바로 그런 배경에서 나온다(이미 코젤렉이 편찬한 『역사적 기본개념』이라는 방대한 저작의 일부가 국내에서 『코젤렉의 개념사 사전』 시리즈로 출간되고 있다). 그래서 개념사에 대한 분과학문적 정의는 이렇다. "개념사는 1970년대에 독일에서 체계를 갖춘 이후 전 세계적 연구 네트워크와 학술지를 갖춘 실

『개념사란 무엇인가』
나인호, 역사비평사, 2011

험적 연구 분야로 성장하면서 지평을 넓혀가고 있는 일반 역사학의 새로운 전문 분과이다." 특히 코젤렉이 기여한 분야는 '사회사적 개념사'이다.

'개념사'가 '개념들의 역사'를 뜻하는 말이라면 개념사의 기본 단위로서 개념에 대한 이해가 앞서야 할 것이다. 개념이란 무엇인가. 일단 상식을 활용하자면, 개념은 단어이다. 혹은 단어들로 이루어진다. "개념사는 분석 대상을 하나의 개념이나 몇몇 유관 개념들로 한정하며, 이를 위해 무엇보다 단어에 초점을 맞춘다." 그렇다. 개념사는 단어에 초점을 맞춘다. 그런데, 왜 단어사가 아니고 개념사인가? 심지어 코젤렉도 개념은 "단어에 포박되어" 있다고까지 했는데 말이다. 이유인즉 개념은 단어를 통해 표현되지만 단어 그 이상이기 때문이다. 모든 개념은 단어가 될 수 있지만, 역으로 모든 단어가 개념이 될 수 있는 건 아니다. 단어와 개념을 동일시할 수 없는 이유이다. 코젤렉의 말을 더 인용하자면, "단어는 사용되면서 명확해질 수 있다. 반면 개념은 개념이 되기 위해 다의적이어야 한다."

다의적인 만큼 개념은 해석의 대상이다. 아니 '해석의 대상' 그 이상이라고 해야 할 것 같다. 다의적인 개념을 일의적으로 정의하고자 할 때 논란과 충돌이 벌어지는 것은 당연한 일이다. 저자가 「책머리에」에서 미리 이렇게 적어놓고 있는 이유이다.

"개념의 정의는 오히려 논란을 불러일으키고 논쟁을 낳습니다. 그리고 여기에는 정치·사회적 갈등과 투쟁이 개입되지요. 이처럼 개념은 정치·사회·이데올로기적 투쟁과 갈등의 장으로서 역할을 수행하고 있으며, 개념을 정의하는 것 자체가 하나의 정치 행위라고 할 수 있지요."

개념과 단어의 관계가 정리됐다면, 이제 물어야 할 것은 개념과 실재의 관계이다. "개념은 실재의 지표이자 요소"라는 게 코젤렉의 유명한 명제라고 하는데, 그것은 어떤 의미인가. 개념이 실재의 지표라는 말은 거울이라는 말과 비슷하다. "개념이 한편으로 정치·사회적 사건이나 변화 과정을 반영하는 거울"이라고 할 때의 그 거울이다. 이건 물론 어렵지 않은 생각이다. 한데, 개념이 실재의 요소라는 말은 무슨 뜻인가. "개념은 정치·사회적 사건과 변화의 실제적 요소"가 된다는 말이다. 즉 현실의 무언가를 변화시킨다는 뜻이다. 어떻게? 사람들은 개념을 통해서 자신의 생각과 행동을 조직하고 감정을 표현하므로 개념은 정치·사회·역사적 실천의 도구가 될 수 있다.

"예를 들어 개념은 공적 논쟁에서 이해관계의 갈등을 표출하는 정치적·사회적 도구가 되기도 하고, 지배 헤게모니를 구축하기 위한 이데올로기적 도구가 되기도 하며, 번역을 통해 문화를 전위시키는 문화적 도구가 되기도 한다."

이미 개념을 정의하는 것 자체가 정치 행위라고 했는데, 보태자면 개념의 번역 또한 정치적 행위가 된다. 저자에 따르면, 이런 것이 "개념사만이 갖는 독특한 공리"이다. 이 '독특한 공리'에 따라 개념은 그 자체의 고유한 역사를 갖는다. '개념=실재'라는 단순한 등식, 혹은 소박한 실재론이 일면적인 이유다. 예컨대 자본주의는 근대 초 유럽에서 확립되었지만 '자본주의' 개념은 1830년대에 가서야 등장한다. 반면에 '사회주의'라는 용어는 18세기 후반에 벌써 나타나지만 사회주의 체제가 출현한 것은 20세기 들어서이다.

책은 1부 「개념사란 무엇인가?」와 2부 「여섯 개의 개념으로 근대 읽기」로 구성돼 있는데, 마치 '이론과 실제' 같은 인상을 준다. 개념사의 구체적인 적용과 성과를 엿볼 수 있는 2부가 읽는 재미를 더해준다면, 이론적 측면에 관심을 가진 독자를 유혹하는 것은 1부에서 '개념사의 다양성'을 정리해주고 있는 장이다. 『키워드』(김성기·유리 옮김, 민음사, 2010)의 저자인 '현대 문화연구의 아버지' 레이먼드 윌리엄스의 핵심어 연구도 흥미롭지만, 눈길을 끄는 건 코젤렉의 연구를 더 발전시킨 그의 제자 롤프 라이하르트의 '사회사적 의미론'과 브라질의 역사가 호아오 페레스의 '비기본개념의 개념사'이다.

특히 페레스는 코젤렉의 기본 개념들이 "언어적 논쟁의 형태로 공적인 무대에 등장하지 못한 사람들이 겪은 일련의 경험들을 제외시킨다"는 점에서 비판한다. 그런 관점에서 페레스의 관심은 지리적으로 비유럽적이고 사회적으로 소수자들의 하위문화적 특수성을 포괄하는 개념사를 지향한다. '비서구 사회의 개념사'이면서 '아래로부터의 개념사'이다. 국내에서도 한림과학원의 주도로 '한국개념사총서'가 나오고 있는 만큼 우리의 개념사 방법론에 대해서도 한번쯤 숙고해볼 필요가 있다는 생각이 든다.

참고로, 『개념사란 무엇인가』와 함께 읽어볼 만한 책으로는 멜빈 릭터의 입문서 『정치·사회적 개념의 역사』(김용수·송승철 옮김, 소화, 2010)가 있다. 『코젤렉의 개념사 사전』 시리즈와 함께 챙겨두어야 할 책은 코젤렉의 『지나간 미래』(한철 옮김, 문학동네, 1998)이다.

| 《기획회의》(2011. 3. 5)

『코젤렉의 개념사 사전』
라인하르트 코젤렉 외 엮음, 안삼환 외 옮김, 한림대학교한림과학원, 푸른역사, 2010

몸으로 역사를 읽다

몸이라는 주제는 얼마 전부터 인문학에서 각광받는 주제이다. 서양사 쪽도 예외가 아니어서 '몸과 생명정치로 본 서양사'라는 부제를 달고 있는『몸으로 역사를 읽다』는 한국서양사학회에서 개최한 '서양에서 몸과 생명의 정치'라는 학술대회 발표문을 단행본으로 재편집한 책이다. 시기적으로는 고대에서부터 현대까지 성과 낙태, 동성애, 성과학, 수용소와 사형제 등 몸과 관련한 다양한 주제에 대한 국내 학자들의 연구 성과 10편을 묶었다. 학술논문집의 모양새이긴 하지만, 몸과 생명, 그리고 권력이 서로 엮어지는 서양사의 여러 문제적 장면들을 흥미진진하게 따라가볼 수 있다.

'몸의 역사'에서 바로 미셸 푸코라는 이름을 떠올린다면 인문학의 동향과 지형에 눈이 밝은 독자다. 서양에서 몸이 생물학적 차원을 넘어 정치, 경제, 문화적 맥락에서 훈육과 생명정치의 초점이 되어왔다는 사실을 『감시와 처벌』, 『성의 역사』 시리즈 등을 통해 가장 강렬하게 제시한 철학자가 푸코이기 때문이다. '몸으로 역사를 읽다'라는 기획이 「미셸 푸코와 몸의 역사」라는 논문으로 시작하는 것은 그래서 자연스럽다. 문제는 푸코의 기획이 미완으로 머문 데 있다. 일련의 작업을 통해 푸코는 몸을 정치적이고 역사적인 장 속에서 다시 바라보도록 했지만 자신의 관점을 적극적으로 이론화하거나 체계화하지는 않았다. 그가 펼쳐놓은 새로운 이론적 공간에서 푸코 식 몸의 담론을 변형하고 해체하고 더 발전시키는 일은 '푸코 이후의 푸코'들에게 남겨진 몫이 됐다. 두어 사례를 들어본다.

「중세 말 육체와 성에 대한 교회의 이념과 규율 메커니즘」이라는 논문은 중세 기독교의 성윤리가 가져온 변화를 푸코적 시각에서 재구성한다. 서양에서 육체를 죄와 연관시키는 것은 기독교와 함께 등장한 새로운 현상인데, 이러한 엄격한 성윤리를 체계화하여 성철학의 토대를 마련한 사람이 성 아우구스티누스이다. 그는 인간의 원죄를 음욕의 결과인 성기의 죄, 곧 성기의 반란 탓으로 돌리고 인

『몸으로 역사를 읽다』
한국서양사학회 엮음
푸른역사, 2011

간의 의지와 관계없이 움직이는 성기의 원칙을 '리비도'라고 불렀다. 푸코는 이 '성기 반란설'과 '리비도론'이 서양의 고전고대와 기독교 시대를 가르는 핵심으로 본다. 그에 따르면 기독교 사회에서 성윤리의 주요 문제는 타인과의 관계, 즉 '삽입 모델'로부터 자신과의 관계가 문제되는 '발기 모델'로 바뀌었다. 이것은 성적 주체성의 핵심이 '타인과의 관계'에서 '자신과의 관계'로 전환됐다는 뜻이다.

고대 그리스에서는 거의 무시됐던 수음이 성생활의 주요 문제로 등장한 것은 이런 배경에서다. 미망인 형수와의 결혼을 의무화한 유대 사회에서 오난의 죄는 정액을 형수가 아닌 바닥에 사정하여 형의 대를 단절케 한 죄였지만 기독교에서는 수음이 그러한 죄로 간주됐다. 그래서 자신의 성을 말하는 것은 자기에 대한 지식이자 '주체의 자기 이해 형태'가 됐다. 중세 기독교 세계의 고해성사에서 고백의 주체는 '자기와의 관계'와 씨름하면서 자신의 성적 욕망을 인지하고 관리해야 하는 임무를 떠맡았다. 그리고 이러한 '자기의 테크놀로지'는 이승뿐 아니라 저승으로까지 연장됐다. 몸이 사회적·문화적 배경 조건에 따라 어떻게 달리 규정돼왔는지 보여주는 한 사례다.

「나치 집단수용소와 생명정치」라는 논문은 생명정치라는 푸코의 개념과 문제의식을 더 확장하여 정치사상의 새로운 패러다임으로 만든 조르조 아감벤의 논의를 아우슈비츠 생존 작가 프리모 레비의 저작과 함께 검토한다. 『호모 사케르』 시리즈로 명성을 얻고 있는 이탈리아의 철학자 아감벤은 "오늘날 서양의 생명정치적 패

역사를 읽다

러다임은 국가공동체가 아니라 수용소"라고 주장한다. 그에 따르면 수용소는 영토와 질서(국가), 출생(민족)이라는 세 요소로 규정되는 근대 민족국가 체제가 자신이 처한 항구적 위기를 해소하기 위해 요구하게 된 장치이다. 아감벤은 나치의 집단수용소를 그런 장치의 전범으로 제시한다. 나치의 생명권력은 수감자들에게게서 인간을 인간답게 만드는 언어적 소통 능력을 박탈하고 그들을 단순한 생존 상태, 곧 '벌거벗은 생명'으로 만들어냈다. 이러한 수용소는 보스니아의 오마르스카 강간수용소에서 미국의 관타나모 수용소에 이르기까지 여전히 이어지고 있다. 그렇게 '몸으로 읽는 역사'는 지금 현재의 역사이기도 하다는 걸『몸으로 역사를 읽다』는 말해준다.

| 《주간경향》(2011. 11. 29)

가장 못난 남성에 대한 보고서

『남성 퇴화 보고서』

"지금 이 책을 읽는 남자나 이 책을 선물로 받을 남자는 역사상 가장 '못난 남자'다."

호주의 고인류학자 피터 매캘리스터가 쓴 『남성 퇴화 보고서』의 도발적인 서두다. 사실은 책 전체가 이 주장을 뒷받침하기 위한 것이니 서두이면서 동시에 책의 결론이기도 하다.

고인류학자로서 남자를 포함한 인간 연구에 몰두해온 그가 처음부터 '악의적인' 의도로 남성을 해부대에 올려놓은 건 아니었다. 고백대로라면 저자는 이전 남성과 비교해 '호모 매스큘리누스 모더누스'(현대의 근육질 인간)의 미덕에 대해 쓰고자 했다. 하지만 지금껏 지구를 걸어 다닌 호모 사피엔스 수컷들과의 비교 과정에서 그런 미덕을 찾는다는 게 불가능하다는 걸 발견한다. 그의 '남성인류학'

이 승리가 아닌 패배의 기록으로 채워진 이유다.

저자는 힘, 허세, 싸움, 운동 능력, 말재주, 미모, 육아, 성적 능력, 여덟 가지 비교 범주를 통해서 현대 남성이 과거의 조상들에 비해 얼마나 나약하며 모자란가 조목조목 입증해나간다. 현대 남성에 대한 이토록 '상세하고도 굴욕적인 자료들'을 낳은 선행 연구들도 놀랍고 이를 빠짐없이 참고한 저자의 집념도 혀를 내두르게 한다.

몇 가지만 살펴보자면, 먼저 '힘'에서 현대 남성은 과연 얼마만큼 자부심을 가질 수 있을까. 근육질 몸매에 대한 과도한 집착마저 보이는 현대인이지만, 고대인과의 비교 결과는 실망스럽다. 저자는 2004년 세계팔씨름연맹 챔피언으로 이두박근의 둘레가 55센티미터나 되는 알렉세이 보에보다를 대표로 내세웠지만, 키가 153센티미터인 네안데르탈인 여성과의 팔씨름에서도 진다는 결과를 얻는다. 네안데르탈인 남성은 상체 근육이 여성보다 50퍼센트나 더 많다고 하니 애초에 비교 자체가 무리다. 더 굴욕적인 건 침팬지조차도 근육의 힘이 인간보다 네 배나 더 강하다는 점. 따라서 호모 사피엔스가 '퇴화한 유인원'의 일종이라는 주장이 무리가 아니다. 동

『남성 퇴화 보고서』
피터 매켈리스터, 이은정 옮김
21세기북스, 2012

물행동학자 데즈먼드 모리스가 일찍이 인간을 '털없는 원숭이'라고 명명했지만 더 정확하게는 '털없고 약한 원숭이'라고 불러야 한다는 게 저자의 생각이다.

자신의 용감함을 과시하려는 '허세'는 또 어떤가. 가령 미국 해병대에서는 교관들이 훈장 뒷면의 뾰족한 바늘로 병사들의 가슴을 찌르는 '블러드 피닝Blood Pinning'의 전통이 있고, 미국 도시 갱단의 입회식에서는 신입회원이 무차별 구타를 당하는 동안 바닥에 떨어진 동전 여섯 개를 주워야 하는 '공짜로 동전 줍기' 의식을 치르기도 한다. 하지만 역시나 호모 사피엔스 남자 조상들이 겪은 고통에 비하면 애교스럽다. 선사시대 캘리포니아의 한 부족 소년들은 성인식 때 독침개미들이 우글거리는 구덩이에서 뒹군 다음 쐐기풀로 채찍질을 당해야 했다. 브라질 카야포 족 남성은 맨손으로 말벌집을 습격한 뒤 말벌에게 쏘이는 '말벌 싸움'을 평생 열 번 정도 치러야 했다. 고문과 사냥의 시련, 그리고 두개골 절개수술 같은 주제로 옮겨오면 더더욱 할 말이 없어지는 게 현대 남성이다. 고대 부족사회에서는 자신을 드러내는 방도가 무모한 고통과 위험을 감수하는 것밖에 없었다고 위안을 삼는 수밖에.

아무래도 힘에서는 밀린다면 반대로 자상함 같은 덕목에선 승산이 좀 있지 않을까. 하지만 이 또한 역부족이다. 요즘은 어린 자녀와 함께 많은 시간을 보내는 '새로운 아빠' 모델도 등장했다지만, 좋은 아빠 상은 아프리카의 아카 피그미 족 남성의 몫이다. 그들은 하루 평균 12시간을 자녀와 함께 보낸다. 그리고 집에 있는 시간의 약 4분의 1 동안은 아이를 품에 안고 지내며 아예 아내와 더불어 아이를 데리고 잔다. 심지어는 아기에게 젖도 물린다. 현대 남성을 '부족한 아빠'로 몰아붙이기에 충분하다.

　저자는 현대인이 자랑할 만한 성적 능력과 성적 자유, 금욕까지 더 비교해보지만 모두 완패다. 그래서 결국은 제목대로 '남성 퇴화 보고서'가 되었다. 호모 에렉투스 조상 이래로 퇴화를 거듭해온 여정, 하지만 이 '남자의 진실'이 저자의 소회대로 한탄스럽기만 한 건 아니다. 어쩌면 우리는 자신이 '못난 남자'라는 걸 아는 유일한 남자일지도 모르니까.

| 《주간경향》(2012. 5. 22)

"책을 덮고 당장 옷을 벗어라!"

『나체의 역사』

누드nude와 네이키드naked의 차이점은 무엇인가. "누드는 옷을 입지 않고 고의로 시선을 끄는 것을 말하며 네이키드는 단순히 옷을 입지 않은 '순수한' 상태를 말한다." 즉 누드는 다른 누군가에게 보여주기 위한 것이고 네이키드는 자기 자신을 위한 것이다. 누드의 공간이 주로 예술가의 작업실이라면 네이키드의 공간은 욕실이다. 하지만 이 두 단어가 언제나 확연히 구분되는 건 아니다. 가령 대중목욕탕에서 벌거벗은 몸은 자기 자신을 위한 네이키드이지만 동시에 누군가에게는 흥미로운 누드가 될 수도 있기 때문이다.

필립 카곰의 『나체의 역사』(원제 'A Brief History of Nakedness')는 제목에 '네이키드'를 달고 있지만 누드와 구별되는 네이키드만의 역사를 다루고 있지는 않다. 그는 의미상의 논란을 막기 위해 두 단어를 구별 없이 사용하며 우리말로는 통칭 '나체'로 번역됐다. 이 나체가 어째서 관심거리인가? 저자가 던지는 질문은 이렇다.

"나체는 왜 사람들을 그렇게 흥분시키는가? 왜 어떤 종교는 나체를 비난하고 또 어떤 종교는 권하는가? 나체 시위로 무언가 보람 있는 것을 이룰 수 있는가? 젖꼭지를 가린 재닛 잭슨의 가슴이 겨우 눈 깜짝할 동안 노출됐다는 이유로 CBS에 55만 달러의 벌금을 매기는 나라에서 어떻게 음경 연기자들이 자신의 생식기를 주무르는 공연을 할 수 있는가?"

이러한 관심에서 나체의 역사를 탐사해보기로 마음먹었다면 어떤 목차를 구상할 수 있을까? 저자는 예상할 수 있는 경로를 비껴가지 않는데, 그가 고른 주제는 '종교와 나체', '정치와 나체', '대중문화와 나체' 세 가지이다.

저자에 따르면 나체와 종교가 최초로 결합한 사례는 4천여 년 전, 인더스 강 유역에 나타난 현인들로 이들은 옷을 거부했다. 알렉

『나체의 역사』
필립 카곰, 정주연 옮김
학고재, 2012

산드로스 대왕과 이들 나체 현인들과의 만남이 기록에 남아 있다. 그런 기원이 우연은 아닌지 인도의 종교에서는 나체 수행의 전통이 면면히 이어져오고 있다. 자이나교도들은 옷을 입지 않는 것을 '공기를 입는 것'이라고 표현하는데, 자신이 아무것에도 '묶이지 않은 사람'이라는 뜻도 전한다. 현재 나체 자이나교 승려들은 200명이 채 되지 않지만 힌두교 나체 성자들은 아직도 수천 명이나 된다. 인도의 나체 수도승 전통에서 저자가 특히 주목하는 것은 성적 편견과 나체 동기다. 남성만 옷을 벗을 수 있다는 게 나체의 역사 내내 발견되는 성적 편견이고, 자제와 금욕의 행위로 나체가 되려고 한다는 게 종교적 동기다. 나체 수도승들이 누군가를 유혹하려고 한다면 그 짝은 신이다.

나체가 신에 더 가까이 가는 데 도움이 된다는 깨달음이 유대교와 기독교에서는 은밀하게만 전해졌다. 가장 유명한 나체 기독교도는 아시시의 성 프란치스코였다. 중세의 신학자들은 나체를 네 종류로 구분했는데, 원죄로 타락하기 이전의 자연적인 상태를 가리키는 '자연적 나체', 가난하거나 자발적인 거부로 아무것도 걸치지 않은 상태인 '일시적 나체', 자신의 순결함을 드러내기 위한 '상징적 나체', 허영과 육욕이 지배하는 '죄악의 나체' 등이다. 나체를 옹호하는 자연주의 기독교도들은 자신들의 나체가 처음 세 종류에 해당한다고 주장했다.

종교에서 나체가 순수함, 수치를 모르는 상태, 더 나아가 육체를 거부하는 것을 뜻한다면 정치에서 나체는 강력한 힘과 권위를 나타내면서 동시에 취약성과 노예 상태를 상징하기도 한다. 즉 나체에 대한 이중적이고 모순적 태도가 가장 잘 드러나는 곳이 정치 영역이다. 아부그라이브 교도소에서 미군이 이라크 죄수들의 옷을 벗길 때 나체는 굴욕적이고 가학적인 의미를 지녔다. 하지만 정치적 시위를 목적으로 옷을 벗을 때 아무것도 숨길 게 없는 나체는 도발적이면서 강력한 정치적 메시지의 전달 수단이 된다.

종교에서 남성의 나체가 특권적이었다면 여성의 나체는 정치 운동의 영역에서 주도적이다. 2005년 캘리포니아 멘도시노카운티에서 여성들은 가슴을 드러낸 채 일광욕을 하고 대중 앞에서 수유할 권리를 주장하기 위해 '브레스트 낫 밤Breasts not Bombs' 운동을 펼쳤다. 이 활동가들이 외친 구호는 "가슴은 폭탄이 아니다. 유방은 탱크가 아니다. 젖꼭지는 네이팜탄이 아니다. 유방은 미사일이 아니다"였다. 인간은 나체일 때 가장 약한 모습을 드러내지만 시위하는 나체는 강하다. 이것이 나체의 역설적 본성이다. 때문에 나체는 정치적 주장뿐만 아니라 도덕적 분노를 표출하는 가장 효과적인 수단으로도 이용된다.

하지만 영어권 국가에서 나체 시위는 너무나도 과도하게 이용되어 진지한 캠페인이 제대로 효과를 보지 못하는 경우도 있다고 저자는 지적한다. 대중이 나체 시위에 싫증을 내지 않을까라는 것이다. 그렇더라도 미국에서 나체 활동가들은 여전히 소수자일 뿐이

그래도 인문학

고, 중국을 비롯한 여러 나라에서는 최근에 들어와서야 나체가 시위의 수단이 됐다. 게다가 한국에서 나체 시위는 여전히 '남의 나라' 얘기인 만큼 나체의 정치성은 아직 고갈되지 않은 영역이다.

종교와 나체, 정치와 나체와 달리 우리에게 친숙한 건 대중문화와 나체라는 주제다. 나체는 언제나 관음증적 주목의 대상이 되기에 정치적 주장과 저항의 수단으로서도 유효하지만 그만큼 상품화의 수단으로도 유력하다. 1960년대에 나체 혁명을 일으킨 뮤지컬 〈헤어〉에서 나체 장면은 20초도 되지 않았지만 지금은 많은 연극과 뮤지컬, 오페라 등에서 나체가 등장하며 성적 자유라는 메시지를 전달한다. 그러한 문화적 배경 속에서 나체는 이제 수치심을 불러일으키는 것이 아니라 '제약받지 않고 세상에 존재할 자유'를 표현하는 행위가 됐다. 『나체의 역사』는 벌거벗은 몸의 역사가 우리 자신을 들여다보는 중요한 통로라는 걸 알려준다.

| 《공간》(2012년 4월호)

3서가

그래도 삶

삶의 의미라는 물음

'소설가 로쟈'는 전혀 어색하지 않다.
로쟈가 소설을 쓴다면 어떤 소설일까?

소설도 한번 써보고 싶다는 생각을 하게 된 건 밀란 쿤데라를
읽으면서다. 러시아 문학의 거장들을 읽을 때는 감히 엄두를
내지 못한 일이었는데, 쿤데라 식 '에세이 소설'이라면 한번
써볼 만하지 않을까 싶었다. 쿤데라도 '넘사벽'이라고 볼지
모르겠지만, 톨스토이나 도스토예프스키를 읽던 독자에겐
'체감'이 좀 달랐고 친숙했다. 쿤데라처럼 어떤 주제를 깊이
성찰하는 소설을 언젠가는 한번 써보고 싶다. 물론 쿤데라와
달리 음악에 조예가 깊지 않은 것이 소설 구성에 장애가 될지도
모른다는 생각은 하지만, 그걸 보충할 만한 뭔가를 찾아볼
참이다.

우리 시대 쇼펜하우어의 제안

『하찮은 인간, 호모 라피엔스』

도스토예프스키의 『카라마조프 가의 형제들』에서 서구식 합리주의와 휴머니즘을 대변하는 인물 이반 카라마조프는 '휴머니즘'에 대해 "멀리 있는 인간에 대한 사랑"이라고 정의한다. '인간에 대한 사랑'이라는 일반적인 정의를 보다 엄밀하게 규정한 것이다. 흥미로운 것은 그렇게 함으로써 그가 자신의 의도와는 무관하게 '휴머니즘'을 의문에 부친다는 점이다. '가까이 있는 사람들'은 사랑할수 없다는 그의 정직한 고백은 휴머니즘의 한계에 대한 자인으로도 읽힌다. 도스토예프스키가 그러한 서구식 휴머니즘과 대비시키고자 한 것은 그리스도가 말한 '이웃에 대한 사랑'이었다. 그는 합리적·무신론적 휴머니즘 대신에 기독교적 휴머니즘을 내세웠다. 요컨대, 휴머니즘에도 '나쁜 휴머니즘'과 '좋은 휴머니즘'이 있다고 말할 수 있을까.

하지만 『하찮은 인간, 호모 라피엔스』의 저자 존 그레이에겐 그러한 구분 자체가 미심쩍게 여겨질 만하다. 런던 정경대학에서 유럽 사상 교수로 재직한 그는 휴머니즘을 아예 통째로 부정하고 거부하기 때문이다. 인간중심주의로서 휴머니즘은 이론적으로나 실천적으로 지지될 수 없다는 것이 그의 기본 입장이다. 그것은 책의 원제 '짚으로 만든 개Straw Dogs'에 극명하게 반영돼 있다. '짚으로 만든 개'는 『도덕경』에 나오는 '추구芻狗'의 번역이다. 『도덕경』 5장의 문구 "천지는 어질지 않아 만물을 추구와 같이 여긴다"에 나오는 것으로, 제사를 지낼 때 쓰던 제물을 가리킨다. 제사가 끝날 때까지는 최고의 예우를 받지만 제사가 끝나면 바로 내팽개쳐지는 존재다. 그렇게 내팽개침은 천지의 '어질지 않음不仁'에서 비롯한다. 영어로는 '무자비하다ruthless'로 번역된다.

'만물'은 물론 인간과 동물을 구별 없이 가리킨다. 자유의지를 가졌다는 점에서 인간을 다른 동물과 구별되는 '특별한 동물' 혹은 '예외적인 동물'로 간주하려는 것이 휴머니즘의 기본 태도이지만,

『하찮은 인간, 호모 라피엔스』
존 그레이, 김승진 옮김
이후, 2010

그것은 인간만의 착각이고 오류이다. 더불어, 그러한 휴머니즘의 핵심이라고 할 '진보에 대한 믿음' 또한 한갓 미신에 불과하다는 것이 저자의 주장이다.

진보에 대한 믿음이란 무엇인가. "인간이 발달하는 과학지식이 주는 새로운 힘을 사용해서 동물은 벗어나지 못하는 제약을 벗어 버릴 수 있다는 믿음"이다. 얼핏 탈종교적으로 보이는 이 믿음은, 그러나 '과학에 대한 신념과 종교적 희망의 혼합품'에 지나지 않는다. 저자는 "인간만이 자기 삶을 선택할 능력이 있다는 신념을 과학 결정론과 결합하기 위해 애쓰는 것도 기독교를 경험한 문화권에서만 있는 일"이라고 꼬집는다. 단적으로 말해서, 휴머니즘은 과학이 아니라 종교이며 인류가 이제까지 존재해왔던 세상보다 더 나은 세상을 만들 수 있다고 믿는 '기독교 시대 이후의 신앙'이다. 그런 의미에서 저자의 반휴머니즘은 기독교적 세계관 비판을 더 급진화한 것이기도 하다.

저자가 변장한 종교로서, 기독교 신앙의 세속 버전으로서 휴머니즘과 맞세우는 것은 역사에 대한 고대적 견해다. 즉 "역사란 궁극의 의미를 갖지 않은 채 흘러가는 일련의 순환 과정"이라고 보았던 통념적 입장이다. 인류도 '인간이라는 동물human animal'에 불과함을 입증해 보인 다윈의 가르침과 함께 이러한 입장을 뒷받침하는 것으로 그레이는 제임스 러브록의 가이아론을 든다. 그가 '가장 철저한 과학적 자연주의'라고 부른 가이아적 관점에서는 인간의 삶이 곰팡이 균의 삶보다 더 큰 의미를 갖지 않는다. 아니, 오히려 지구에 더 유해한 암종으로 분류된다. 현재 60억 명인 세계 인구는 2050년까지 적어도 72억 명까지 늘어날 것으로 예측되는데, 지구는 이러한 인구 증가 추세를 감당하지 못할 것이다. 때문에 "가이아는 파종성 영장류 질환이라고 칭할 만한 상황, 즉 인간이라는 유해 동물의 이상 대량 발생으로 고통 받고 있다"는 진단은 더 이상 과장이 아니다.

어떤 해결책이 있을까. 새로운 테크놀로지 개발이 방안으로 떠오르지만, 저자의 생각은 비관적이다. 인류가 테크놀로지를 통제할 수 있다고 보지 않을뿐더러, 애당초 테크놀로지라는 것이 통제할 수 있는 대상도 아니라는 판단에서다. 인간에 대한 부정적인 견해가 이러한 판단에는 깔려 있는데, 그는 '약탈하는 자'라는 뜻을 갖는 '호모 라피엔스Homo rapiens'라고 불러 마땅할 만큼 유독 파괴적인 종이 지구를 책임지는 것만큼 대책 없는 일도 없다고 본다. "지구를 아끼는 사람들이 바라는 바가 이루어지려면, 지구 자원을 세심하게 살피는 인류가 되어야 할 것이 아니라, 인간이 중요하지 않은 시대가 와야 한다"는 것이 그의 핵심 주장이다.

그렇다면, 그렇듯 비관적인 인간론의 출처는 무엇인가. 아마도 그러한 입장을 저자는 '비관적 견해'라기보다는 '제몫 찾아주기'로 간주할 듯싶다. "동물들은 태어나 짝을 찾고 음식을 구하다 죽는다. 그게 다다"라고 한다면, 인간이라는 동물에게서도 다른 걸 기대할 수

그래도 삶

없다는 쪽이다. 그것이 말하자면 '제몫'이다. 하지만 우리는 개개인이 '인격체person'이며 우리의 행동은 저마다 스스로 내린 선택의 결과라고 믿는다. '의식'과 '자아'와 '자유의지'에 대한 믿음을 견지하기 때문이다. 하지만 이러한 믿음은 과학적으로 지지되지 않는 기만일 뿐이다. 가령, 신경과학에선 '0.5초 지연' 현상이라는 걸 말한다. 그에 따르면 우리의 행동을 유발하는 내부의 충동은 의식적인 결정을 내리기 0.5초 전에 일어난다. 즉 의식적으로 먼저 생각하고 그다음에 행동하는 것이 아니라, 뇌가 먼저 행동할 준비를 갖춘 다음에 우리는 그 행동을 경험한다. 이런 차이가 발생하는 것은 의식의 대역폭이 적기 때문인데, 일상생활에서 초당 1천400만 비트 정도의 정보를 처리한다면 의식에 감지되는 것은 그 100만 분의 1에 불과한 18비트 정도다.

우리는 자신을 통합적이고 의식적인 주체라고 생각하지만, 최근의 인지과학과 고대 불교는 통상적인 자아 개념이 환상이라고 일러준다. 우리의 자아도 '생명 조직상의 패턴'일 뿐이라는 것이다. 이러한 발견은 우리가 '인간 종 중심주의'에서 탈피할 필요가 있다는 걸 말해준다. 더불어, 우리가 추구하는 가치도 다른 동물의 욕구가 추상적인 모습을 취한 것일 뿐이라는 사실을 직시하도록 해준다.

시인 브로드스키를 인용하여 저자는 이렇게 말한다. "세상에 대한 진리가 존재한다면, 그것은 인간의 진리가 아니어야 한다." 그러한 관점에서 좋은 삶이란 진보를 꿈꾸는 삶이 아니라 삶의 비극적 우연성을 헤쳐 나가는 삶이다. 그것은 목적 없는 삶, "어떠한 의미도 존재하지 않는 사실들"을 그저 바라보는 삶이다. '우리 시대 쇼펜하우어'의 제안이다.

| 《기획회의》(2010. 10. 5)

누가 행복할 자격 있나

『니코마코스 윤리학』
『세속화 예찬』

일본을 강타한 대지진과 쓰나미는 자연의 재앙 앞에서 무력할 수밖에 없는 인간의 운명을 새삼 확인시켜준다. 수천 명의 시신이 해안에서 발견되었고, 한 어촌 마을에서 30년 동안 쌓은 거대한 방조제는 흉물스러운 쓰레기로 변해버렸다. 원자력발전소까지 폭발한 가운데 피해 규모는 상상할 수 없을 정도가 됐다. 천지불인天地不仁이라는 말이 저절로 입에 오른다.

이미 노자는 "천지는 어질지 않으며 만물을 추구芻狗(짚으로 만든 개)와 같이 여긴다"고 했다. 제물로 만들어진 지푸라기 개는 종교의식이 거행되는 동안에는 숭배의 대상이지만 의식이 끝나면 바로 내팽개쳐진다. 인간의 운명 또한 한갓 지푸라기 개와 다를 바 없는 것일까. 그런 처지에서도 우리는 행복을 기대할 수 있는 것일까.

삶의 의미라는 물음

인생의 목적이 '행복'이라고 말한 원조 철학자는 아리스토텔레스이다. 흔히 '행복'이라고 번역되는 그리스어 '에우다이모니아'는 '잘사는 것', '잘 행위하는 것'을 뜻한다고 한다. 아리스토텔레스는 행복을 '탁월성에 따른 영혼의 어떤 활동'이라고 정의한다. 주어진 어떤 '상태'가 아니라 주체적인 '활동'이라는 게 요점이다.

그래서 그런 활동에 참여할 수 없는 소나 말, 그 밖의 다른 동물들은 행복하다고 말할 수 없다. 그건 어린아이도 마찬가지다. 어른과 같은 활동, 가령 시민으로서의 실천에 참여할 수 없기 때문이다. '행복한 어린이'라는 말은 그저 소망의 표현일 뿐이라고 아리스토텔레스는 말한다. 그가 보기에 행복하기 위해서는 일단 나이를 좀 먹어야 한다.

어떤 활동이 인간을 행복하게 하는가. 자신의 탁월성을 발휘할 수 있는 활동이다. 훌륭한 장군이라면 자기 부대를 잘 지휘하는 일, 좋은 제화공이라면 훌륭한 구두를 만들어내는 일이 '잘사는 것'이고 행복이다. 아리스토텔레스는 비록 인간의 삶이 일시적인 운에 많이 좌우된다 할지라도 행복은 긴 생애와 관련되기에 행복한 사람은 변덕스러운 운을 견뎌낼 것이며, 결코 비참하게 되지는 않으리라고 보았다. 하지만 지진과 같은 재앙은 그런 어른의 행복이라는 것도 아이들의 소꿉놀이처럼 보이게 만든다. 버텨낼 수 없는 불운이 닥치기도 하며 나이를 더 먹는다고 해결할 수 없는 일도 생기는 것이다.

세계에 대한 어린아이의 첫 경험은 "어른들이 좀 더 강하다"라는 깨달음이 아니라, "어른들이 마술을 부릴 수 없다"는 깨달음이라고 발터 벤야민은 말했다. 어른들이 무능력하다는 뜻이다. 정곡을 찌른 듯한 이 말을 풀이하면서 이탈리아 철학자 조르조 아감벤은 우리를 행복하게 해줄 수 있는 건 오직 마술뿐이라고 지적한다. 무엇이 마술인가. "행복할 만한 자격이 있는 사람이라고는 아무도 없다는 것"이다.

어린아이들의 지혜에 따르면 행복하기 위해서는 정령을 병 속에 잘 가둬놓아야 하고 집에는 황금동전을 낳는 당나귀나 황금알을 낳는 닭 한 마리쯤 있어야 한다. 행복은 누군가에게 달려 있는 것이 아니라 마법의 호두나무나 "열려라 참깨!" 같은 주문에 달려 있다. 혹은 지진이 나느냐 안 나느냐에 달려 있기도 하다.

일본의 지진에 대해 원로 목사님이 "우상숭배에 대한 하나님의 경고"라는 발언을 해 논란이 일고 있다. '신앙적으로 볼 때'라는 단서가 붙었지만, 이웃 나라의 불행에서 신앙의 동기를 찾는 것은 '남의 불행이 곧 나의 행복'이라는 믿음과 멀지 않아 보인다. 천지가

『니코마코스 윤리학』
아리스토텔레스, 김재홍 외 옮김
이제이북스, 2006

어질지 않은 마당에 인간에게서 어짊을 찾는 것은 무리한 일 같기도 하다. 하지만 최소한 우리는 누구도 행복할 만한 자격이 없다는 의미에서 운명에 겸손할 수는 있다. 인간도 소나 말과 크게 다르지 않은 것이다.

| 《경향신문》(2011. 3. 15)

『세속화 예찬』
조르조 아감벤, 김상운 옮김
난장, 2010

삶의 의미라는 커다란 물음

『빅 퀘스천: 삶의 의미라는 커다란 물음』

"인생이란 도대체 무엇입니까?"

고명하신 버트런드 러셀 경도 택시 기사가 던진 이 질문에 대답하지 못했다고 한다. 저자 줄리언 바지니가 서문에서 소개하고 있는 일화다. 당대의 철학자가 대답하지 못할 질문이라면, 이유는 둘 중 하나겠다. 너무 거창하거나 아니면 너무 어렵거나. 인생의 의미와 목적에 대한 물음이 그런 종류다. 그렇게 너무 거창하거나 너무 어려운 문제이기에 '빅 퀘스천'이다! 이 책을 읽고 나면 드디어 이 질문에 답할 수 있게 될까? 책을 펼쳐든 독자의 일차적인 궁금증이겠다.

러셀의 『서양철학사』와 『철학의 문제들』 같은 책을 오래전에 읽은 기억이 있지만, 돌이켜봐도 이 '빅 퀘스천'에 대한 러셀의 답변은 떠오르지 않는다. 하지만 그의 '더 위대한 제자' 비트겐슈타인이라면 어떻게 대답했을지 짐작할 수 있다. 그는 '인생의 의미'라는 문제 역시 대부분의 철학적 문제들과 마찬가지로 '해결'할 문제가 아니라 '해소'해야 할 문제라고 여겼을 것이다. 그의 주장이 옳다면 일단 중요한 것은 문제의 성격을 파악하는 것인지도 모른다. 답이 없는 문제를 안고서 끙끙거린다면 노고는 인정할 수 있되 그리 현명한 처신은 아니다. 그런 견지에서 던지는 제안이지만, 책이란 모름지기 차례대로 읽어야 한다는 철학 내지는 고집을 고수하는 분이 아니라면 이 책은 '무의미함의 위협'을 다룬 10장부터 읽어도 좋겠다. '인생의 의미'에 대한 도전 내지 위협들이 어떤 것인지 알면 '인생의 의미'에 대한 접근도 좀 더 평탄해지지 않을까, 적어도 더 분명해지지 않을까 싶어서다.

사실 인생의 의미란 무엇인가라는 질문 자체는 인생은 살 만한 어떤 의미가 있다는 판단을 전제로 한다. 즉 중립적이기보다는 얼마간 '편향된' 물음이다. 정반대일 수도 있지 않은가. "아무리 생각해봐도 인생은 아무 의미가 없어." 얼마든지 그렇게 말할 수도 있

『빅 퀘스천: 삶의 의미라는 커다란 물음』
줄리언 바지니, 문은실·이윤 옮김
필로소픽, 2011

그래도 삶

다. 심지어는 하품을 하면서도 우리는 이렇게 말하곤 한다. "인생은 무의미해!" 물론 그럴 경우 알베르 카뮈라면 대번에 "그럼 당신은 왜 자살하지 않는가?"라고 반문하겠지만, 그런 반응이 필연적인 것은 아니다. "그게 좀 무의미하면 어때?"라는 식으로 얼마든지 대범한 태도를 취할 수도 있다. 스누피처럼. 그러니 혹 인생이 무의미하다고 하여 그에 대한 대처가 자동반사적으로 결정되는 것은 아니다. 그건 별도의 궁리를 필요로 한다.

생각해보면 '인생무상'이라는 말을 입에 달고 다니는 한국인에게 그런 허무주의적 태도가 낯선 것은 아니다. 하지만 '무의미'라는 말이 그렇게만 쓰이는 것은 아니다. '인생의 의미'라는 단어 조합 자체를 문제 삼을 수도 있다. 한때 영어권 철학자들이 강력하게 주장한 것인데, 그들은 가치의 언어들이 실상은 이성적 판단이기보다는 감정적 판단에 불과하다고 몰아붙였다. 그런 판단에는 합리적 근거를 댈 수 없다는 주장이었다. 도덕적 선이나 미적 아름다움에 대한 판단은 보편화될 수 없는 주관적인 감정을 엉뚱하게 적용한 것에 불과하다고 했다. '아!'나 '어이쿠!' 같은 감탄사와 다를 바 없다는 것이다.

그런 관점에서 보면 인생이란 도대체가 의미를 가질 수 있는 종류의 대상이 아니다. 가령 철학자들이 애용하던 질문 중에 "현재 프랑스 왕은 대머리인가?" 같은 게 있다. '대머리이다', '대머리가 아니다' 두 가지 대답이 가능한가? 하지만 문제는 대통령제 국가인

삶의 의미라는 물음

현재의 프랑스에 '프랑스 왕'은 존재하지 않는다는 점. 그러니 대머리가 맞다, 아니다라는 판단 자체가 성립할 수 없다. 어불성설이다. 혹 '인생의 의미'라는 말도 '현재의 프랑스 왕'과 같은 성격의 조합일까? 이 또한 '인생의 의미'를 진지하게 탐문하려고 할 때 먼저 해결해야 할 문제다.

덧붙여, 인생이 설혹 의미를 갖는다고 쳐도 우리가 그것을 아는 것은, 찾는 것은 지극히 어려운 일이어서 인생의 의미라는 말 자체가 무의미하다는 반론도 우리는 고려해야 한다. 왜 어려운가? 인류 역사상 가장 지혜로운 지성들이나 성현들조차도 '합의'에 이르지 못했다는 점에서 그렇다. 공자님 말씀이 다르고, 예수님 말씀이 다르며, '너 자신을 알라'라고 훈계한 소크라테스의 말이 또 다르다. 모두가 한 말씀으로 인생의 의미에 대해 일러주었다면(그야말로 인생의 '톱 시크릿'이겠다), 그들의 이름이 제각기 남아 있을 이유도 없다. 하물며 평범한 사람들이 인생의 의미를 깨닫고 또 그걸 다른 사람과 나눈다는 것은 지난한 일이다. 깨닫기도 어렵고 나누는 건 더 어렵다.

대략 이런 것들이 인생의 의미란 무엇인가를 천착하기 전에 짚고 넘어가야 할 고비들이다. 개인적으로는 이런 문제들을 어떻게 처리하느냐는 대목에서 일단 저자 바지니의 솜씨와 역량을 엿볼 수 있다고 생각한다. 그는 먼저 '인생은 무의미하다'는 주장에 어떻게 대응하는가. 그는 인생이 무의미하다고 주장할 때 사람들이 어떤 근거를 내세우는가에 주목한다. 보통은 '목적'과 '방향'과 '계획'이 앞세워진다. 그런 게 없다면, 혹은 주어지지 않는다면 인생은 무의미하다는 결론이다. 하지만 바지니가 보기에 이 전제와 결론 사이에 비약이 있다. 즉 어떤 초월적인 계획이나 목표, 목적에 기대지 않고도 우리가 인생의 의미를 찾을 수 있는 가능성을 성급하게 부정해버리는 것이 문제다. 인생이 무의미하다면 특정의 의미에서만 '무의미'하다는 게 바지니의 생각이다. 그러므로 인생은 무의미하다는 생각을 일반화하는 것은 일종의 과장법이요 호들갑에 불과하다. '오버'하지 말라는 얘기다. 인생이 무의미하다는 이유를 대며 사람이 경박해지거나 시무룩해지는 건 일종의 '할리우드 액션'이다.

그렇다면 '인생의 의미'라는 생각 자체가 난센스라는 주장은 어떻게 반박할까. '인생의 의미'가 말이 안 된다는 주장은 인생이 의미를 지닐 수 있는 대상이 아니라는 주장에 기댄다. 소리가 색깔을 가질 수 없는 것과 마찬가지다. "저 피아노 소리의 색깔은 무엇인가?"라는 질문은 시적인 대답은 기대할 수 있을지언정 '정답'을 끌어내긴 어렵다. 하지만 '의미'라는 말이 어떤 것이 지닌 '중요성'을 뜻한다면 사정은 달라진다. '인생의 의미'가 그런 경우다. 중립적인 관점에선 의미를 갖지 않지만 '내 인생의 의미'나 '우리 인생의 의미'라고 하면 문제가 달라지는 것이다. 그때 인생의 의미라는 말은 인생은 왜 우리에게 중요하며 또 살 만한 가치가 있는가라는 물음과 등가이다. 그리고 이런 물음 자체는 결코 무의미하지 않다. 우리가 인생에 어떤 가치를 두고자 한다면 인생은 충분히 의미를 가질 수 있기 때문이다. 따라서 '인생의 의미'라는 말이 난센스라고 여기는 이들도 문제를 과장하고 있는 건 마찬가지다.

저자의 주장이 더 흥미로워지는 지점은 그가 '성찰하지 않는 삶'을 변호할 때이다. 물론 그가 이 책에서 시도하는 것 자체가 인생의 의미에 대한 철학적 성찰이다. 하지만 그는 이런 성찰을 통해서만 의미를 궁구해낼 수 있다는 믿음은 편견에 불과하다고 말한다. '성찰하는 삶'에 최대의 가치를 부여한다면 우리는 올바른 인생을 살기 위해서 모두 철학자가 되어야 할 테지만 바지니는 그렇게 생각하지 않는다. 오히려 그런 인식은 지식인의 거만함과 부족한 상상력에 기인한다고 꼬집는다. 대개 '인생론' 비슷한 이름을 단 책을 내면서 인생의 의미에 대해서 한 가닥씩 자기주장을 펼친 이들은 철학자나 지식계층에 속하는 이들이기 십상이다. 거기에 사람은 저마다 자기가 흥미를 느끼는 일의 중요성을 과대평가하는 경향이 있는 만큼 철학적 성찰의 중요성도 그간에 너무 과장됐다고 그는 생각한다.

'철학과 인생의 의미'(이 책의 부제다)를 주제로 삼으면서도 인생의 의미를 엄격하게 철학적 방식으로만 찾아야 하는 것은 아니라고 주장하는 셈이니 일견 자기모순적으로도 보인다. 하지만 나는 이런 태도가 저자의 지적 성실성을 보여주는 것이라고 생각한다. 사실 세상엔 철학자도 아니고 지식인도 아닌 막대한 다수의 사람들이 저마다의 인생을 살고 있다. 철학적 성찰을 동원하지 않더라도 각자는 나름대로 삶에 의미를 부여하고 있으며 또 의미를 찾으려고 애쓴다. 당연한 말이지만, 그러한 노력이 '엄격하게' 철학적이지 않다고 해서 평가 절하될 이유는 전혀 없다.

이상에서 정리한 것이 인생의 의미에 대한 몇 가지 위협과 도전이고 또 그에 대한 저자의 대응이다. 종합해보자면, 인생이 그 자체로 선한 것인 한, 살 만한 가치가 있으며 '좋은 삶'이 의미 있는 까닭은 그것이 우리에게 무언가 중요한 것을 의미하고 그 삶을 사는 이에게 소중하기 때문이다. 그리고 우리는 삶의 의미에 대해 전혀 사고하지 않더라도 얼마든지 충만하고 유의미한 삶을 살 수 있다. 하지만 동시에 인생이 대체 무엇인지 생각해보는 것은 대다수 사람들에게 불가피한 일이다.

저자는 비록 최종적인 해답은 없다고 하더라도 그 중차대한 문제, 곧 '빅 퀘스천'을 꼼꼼하게 생각하는 데 철학적인 성찰이 그래도 도움을 줄 수 있다고 생각한다. 잘못된 생각을 걷어내고 좀 더 명료하고 현명한 대답에 가까이 가는 데 필요한 도움이다. 여기에 이견을 달 수 있을까? 그러한 전제에 동감한다면, 이제 비로소 '인생이란 도대체 무엇인가?'라는 물음을 품고서 저자와 함께 성찰의 여정을 시작해보아도 좋겠다. 장담컨대, 마지막 책장을 덮으면 러셀 경도 답하지 못했던 질문에 대한 답변거리가 몇 마디쯤은 생길 것이다. 혹은 이런 생각이 들지도 모르겠다. "누가 택시 기사의 질문을 두려워하랴!"

| 『빅 퀘스천: 삶의 의미라는 커다란 물음』, 「해제」(2011. 2)

P.S.   저자 줄리언 바지니의 책은 최근에 나온 『에고 트릭』(강혜정 옮김, 미

래인, 2012)을 비롯해서 여러 권이 소개돼 있다. 그중엔 '바지니'라는

이름으로 검색되지 않는 책도 있는데 『무신론이란 무엇인가』(강혜원

옮김, 동문선, 2007)가 그런 경우다(저자가 '줄리안 바기니'라고 돼 있다).

『빅 퀘스천』과 같은 성격의 책으로는 존 코팅엄의 『삶의 의미』(강혜

원 옮김, 동문선, 2005)도 있다.

굿바이 카뮈, 굿바이 청춘

『굿바이 카뮈』
『시지프 신화』

굿바이 카뮈? 그런 의문과 함께 책을 손에 든 독자도 있을 듯싶다. 사실 카뮈와 작별 인사를 하려면 먼저 카뮈와의 만남이 있어야 하는 것 아닌가. 어떤 카뮈인가? 당신은 카뮈를 만난 적이 있는지? 『이방인』의 작가, 『시지프 신화』의 저자 알베르 카뮈 말이다. 그는 단도직입적으로 이렇게 말했었다. 자살이야말로 유일한 철학적 문제라고. 그것은 인생의 의미에 관한 다급한 문제 제기였다. 인생이 살 만한 가치가 있느냐, 없느냐를 판단하는 것이 가장 중요한 철학적 물음이라고 젊은 카뮈는 말했다. 누구에게? 젊은 우리에게!

돌이켜보면 1980년대 중반, 우리는 젊었다. 『굿바이 카뮈』의 저자 이윤과는 책으로만 대면했을 뿐이지만, 80년대 중반 대학 철학과에 들어갔다는 고백으로 보아 비슷한 연배이고 같은 세대다.

'우리'라고 말해도 무방하다면, 우리의 청춘은 일주일에 한두 번씩 최루탄이 터지던 교정과 거리에서 꽃이 피는 듯 마는 듯 지나가버렸다. 스러지기도 하고 밟히기도 했다. 그렇다고 '청춘의 고민'마저 생략할 수는 없었다. 왜 사느냐는 것. 요즘에야 알게 됐지만 우리는 인생을 살면서 그런 질문을 세 번쯤 던진다. 갓 스무 살이 될 무렵에, 중년에, 그리고 노년에. 저자 또한 이렇게 말한다.

"80년대 중반 내가 철학과를 지망했을 때를 돌이켜보면 인생의 문제에 대한 어떤 해결책을 얻을 수 있지 않을까 하는 막연한 희망을 품고 있었던 걸로 기억한다."

그것이 말하자면 '제1라운드'이다.

철학 대신에 문학을 전공으로 선택하긴 했지만 '인생의 문제'에 대한 고민은 나도 마찬가지였다. 대학 첫 학기에 문학개론과 함께 철학개론을 아주 당연하다는 듯이 수강과목으로 신청했던 기억이 난다. 철학개론은 나중에 종교학개론으로 변경해서 신청하긴 했다.

『굿바이 카뮈』
이윤, 필로소픽, 2012

이유는 인생의 의미에 대해서 더 직접적으로 이야기해줄 듯싶어서였다. 왜 사는지에 대해서. 고민도 심하면 병이다. 친구에게 "너는 왜 죽지 않니?"라고 물었던 걸 보면 인생의 의미에 대해 병적으로 집착한 게 아닌가 싶다. 어차피 유한한 삶이라면 인생이 허무했다. 아니 허무해 보였다. 학생생활연구소에 상담을 받으러 다니며 세계의 '원초적 적의'에 대해서 떠들기도 했다. 무엇이 문제였을까.

당신은 혹 이런 문장들에 매혹된 적이 있는가. 『시지프 신화』에 나오는 대목이다.

"무대장치가 무너지는 수가 있다. 기상, 전차, 사무실 혹은 공장에서의 네 시간, 점심식사, 전차, 네 시간의 근무, 저녁식사, 취침 그리고 똑같은 리듬으로 반복되는 월·화·수·목·금·토, 이 행로는 대개의 경우 수월하게 계속된다. 다만 어느 날, '왜'라는 의문이 고개를 들며 모든 것은 놀라움을 띤 권태 속에서 시작된다."

사무실에 다닌 것도, 공장에 다닌 것도 아니었지만, 고작해야 대

『시지프 신화』
알베르 카뮈, 김화영 옮김
책세상, 1997

학 강의실에 출석하는 정도였지만, 내게도 '왜'라는 의문은 수시로 고개를 들었다. 그게 아마도 '우리'가 인생의 문제와 조우한 첫 번째 장면일 듯싶다. 우리는 카뮈와 그렇게 만났다.

청춘의 열병을 앓아본 이라면 누구나 한 번쯤 인생의 의미에 대해 골몰할 수 있다. 하지만 병적인 집착은 다른 문제다. 왜 하필 인생의 의미에 대해서 우리는 그토록 관심을 갖게 됐을까. 아무래도 그 무렵의 '일부' 고등학생들에게 카뮈나 사르트르가 끼친 실존주의 철학의 영향이 크지 않았나라는 게 저자의 진단이다. 맞는 말이다. 그 '일부'에 나도 포함됐던 것이고. 우리는 어쩌면 실존주의 세례를 입은 마지막 세대일지도 모른다. 고등학교 시절에 카뮈와 사르트르를 읽고, 대학에 다니기 위해 상경할 때 가방에 『시지프 신화』와 함께 『실존주의는 휴머니즘이다』를 챙기던 세대 말이다. 아무튼 그랬다. 그런 시절이 있었다. 머릿속에서 '존재', '무', '부조리', '구토', '실존', '책임' 같은 유행어들이 치어들처럼 헤집고 다니던 시절이 있었다.

그리고 한 세월이 지났다. 그 치어들이 이젠 좀 묵직해졌을까. 저자는 학부를 끝으로 철학 공부를 접고 생업에 종사하면서 형이상학적 문제 대신에 현실적인 삶의 문제와 씨름했다고 한다. 나는 대학원에 진학해 계속 문학을 공부하면서 '자유'니 '의미'니 하는 문제와 씨름했다. 고민했던 문제를 좀 더 명료하고 정확하게 정의하기 위해서 스키너를 읽고, 푸코를 읽고, 도킨스를 읽었다. 진화심리학을 읽고 정신분석학을 읽었다. 나는 인간이 어디까지 부자유한가, 그래서 어디서부터 자유로운가를 알고 싶었고, 궁극적으로는 인생의 의미에 대해 알고 싶었다. 생활의 문제에 대해 별로 고민하지 않았고 직업을 가지겠다는 생각은 아주 뒷전이었다. 문학을 전공으로 택한 것부터가 이런 앎의 욕구 때문이었으니 인생의 문제 주변을 내내 맴돌고 있었다고 해도 무방하다.

그러다 인연이 닿아 '인생의 의미Meaning of Life' 시리즈의 첫 권으로 나온 줄리언 바지니의 『빅 퀘스천』에 해제를 붙였다. 공역자였던 이윤의 「옮긴이의 말」을 유심히 읽고, 예사로운 공력이 아니라는 인상을 받았다. 아니나 다를까 그가 『굿바이 카뮈』를 들고 나났다. 인생의 의미에 대한 오랜 갈증과 탐문을 '철학함'의 자세로 정리한 책이다. 생활의 문제를 해결하느라 제쳐놓았다고는 하지만 철학에 대한 녹슬지 않은 관심과 예리한 논리로 무장하고서 '삶의 의미를 찾는 시지프스의 생각 여행'을 안내한다. 인생의 의미에 대한 중년의 관심을 '제2라운드'라고 하면, 이 책은 그 제2라운드의 결과보고서이다. 그가 도달한 '만족스런 답변'은 무엇인가. 삶의 의미란 "더 큰 객관적 가치를 향한 자기초월적 과정"이라는 것이다. 조금 더 풀어서 말하면 "삶의 의미는 더 넓은 가치의 연결망 속에서 자기 한계를 초월하는 것이다."

'굿바이 카뮈'라는 말이 뜻하는 것은 카뮈라는 말로 상징되는 철학적 고민과의 작별이다. 바로 삶의 의미, 인생의 의미에 대한 물음과의 작별이다. 이 문제를 두고 저자는 영어권 철학자들의 논의를 참고하여 면밀하고 체계적으로 대답하고자 한다. 아마도 이런 스타일은 개념의 명료화를 지향했던 비트겐슈타인과 분석철학의 영향에 힘입은 것인지도 모른다. 비록 분석철학에서는 보통 삶의 의미와 같은 실존주의적 물음을 문제로 성립할 수 없는, 되지도 않는 문제로 기각하지만, 저자는 그들의 논리를 지렛대로 삼아서 삶의 의미라는 바위, 매번 다시 굴러 떨어지던 시지프스의 바위를 산 정상에 올려놓고자 한다. 저자는 성공한 것일까. 그는 이렇게 말한다.

"만일 내가 스무 살에 이 정도로 삶의 의미를 알 수 있었다면, 굳이 철학과에 들어가지 않았을 것이라는 생각이 든다."

얼핏 『논리-철학논고』를 통해서 모든 철학적 문제를 해소했다고 자부한 비트겐슈타인의 자신감을 떠올리게 한다.

의미를 보는 다른 시각도 물론 가능하다. 가령 삶의 의미는 인식의 대상이 아니라 실천의 대상이라고 보는 관점이다. 아니 행위이고 운동이며 실천 자체라고 보는 관점이다. 어떤 사람의 행위를 제3자적 시점에서 인식과 평가의 대상으로 하는 것은 행위의 주체가 주관적 시점에서 경험하고 실천하는, 고유한 '자유'와 '의미'를 정량적이고 범주적인 것으로 환원하여 인식 가능하고 이해 가능한 것으로 만드는 일이다. 따라서 인식의 대상이 되는 자유와 의미는 파악

파닥 뛰는 '생생한' 자유, '살아 있는' 의미가 아니다. '유레카!'라는 발견의 기쁨이나 우리가 각자 삶의 어느 순간 체험하는 환희가 다른 사람에게 잘 전달되지 않거나 미흡하게만 전달되는 이유다.

바로 그런 관점에서 삶의 의미와의 씨름, '제2라운드'를 눈여겨본 소감을 적자면, 이 씨름에서 승패는 중요하지 않다. 『굿바이 카뮈』의 '의미'는 저자가 도달한 결론보다도 그 결론에 이르는 과정에 있는 듯싶다. 중요한 것은 '철학'이 아니라 '철학함'이라는 말은 삶의 의미라는 문제에도 그대로 적용되지 않을까 싶은 것이다. '일부'이긴 하더라도 저자와 마찬가지로 삶의 의미에 대해 의문을 품고 뭔가 정면승부를 해보고 싶었던 독자라면 저자의 '생각여행'에 동행하면서 예기치 않은 즐거움과 깨달음을 얻을 수 있을 것이다.

물론 모든 의문이 다 해소되지는 않을지도 모른다. 우리는 때가 되면 다시 가방을 싸고 신발끈을 바짝 묶어야 할지도 모른다. 우리는 노년에, 그러니까 '제3라운드'에서 한 번 더 조우하게 될지도 모른다. "가슴 속에 새겨지는 별들을 이제 다 세지 못하는 것은 아직 나의 청춘이 다하지 않은 까닭"이라고 이제는 적지 못한다. 우리의 청춘은 지나갔다. 굿바이 청춘! 그렇지만 우리의 인생이 다하지 않는 한, 인생의 의미에 대한 물음 또한 종결되지 않을 것이다. 카뮈와 작별하고도 인생은 한동안, 어쩌면 오래 더 지속될 테니까 말이다.

| 『굿바이 카뮈』, 「해제」(2012. 1)

작가는 어떻게 죽는가

로쟈에게 지적 콤플렉스, 그러니까 취약한
지적 분야가 있다면?

10대 후반, 그리고 20대 초반에 서른 이후의 인생 계획을 하지
않은 탓에 고전어를 배우지 않았다. 희랍어, 라틴어와 고전
한문을 염두에 둔 말이다. 그리고 수학에 취약하다. 이러한 '기본
언어'에 약하다는 것이 '지적 콤플렉스'다. 교양과학서를 많이는
읽지 못해도 즐겨 구입하는 편이다. 동양 고전과 역사 쪽은 원래
마흔 이후부터 읽으려고 했던 분야다. 20대에는 책값도 없고
시간도 부족해서 관심 분야를 좀 좁혀야 했다. 그렇게 미뤄둔
책들을 이제 더는 미루지 못하고 읽고 있다. 아니 읽어야 한다.
아직 첩첩산중이다.

사회주의 몰락 이후의 루카치

|

『소설의 이론』

《대학신문》에서 원고 청탁을 받는다고 반드시 대학시절을 떠올릴 필요는 없을 텐데, 연상효과 탓인지 루카치의 『소설의 이론』이 생각났다. 내게는 1980년대 후반 대학가의 풍경과 분리되지 않는 책이다. 개인적으로 학부 시절에 읽은 가장 난해한 책 두 권이 『소설의 이론』과 토머스 쿤의 『과학혁명의 구조』였다. 두 책의 요지에 대해서는 '강의'까지 할 수 있게 됐지만, 직접 읽어나가는 건 별개의 문제다. 어느 산 정상에서 내려다본 전망이 어떻다는 걸 다 알더라도 그 정상까지 올라가는 건 별개인 것과 마찬가지다. 그러고 보면 '읽기'는 '인식'과는 종류가 다르며 어쩌면 용도까지 다를지도 모르겠다. 무엇보다도 읽기는 경험이니까.

가장 난해했던 책이라는 인상 때문에 언젠가는 다시 읽어보리라

벼르고 있었는데, 생각만큼 빨리 재회하게 되지는 않았다. 『소설의 이론』에 한정하자면 학부 시절에 읽은 것과는 다른 번역본이 그간에 새로 나왔고, 그 또한 바로 구입해서 책장에 꽂아뒀지만 진득하게 손에 들 기회는 내지 못했다. 아마도 단순한 책 한 권 이상의 의미를 갖고 있어서가 아닌가도 싶다. 가볍게 손에 들기에는 너무 무겁고 묵직하달까? 거창하게 말하면 『소설의 이론』은 그냥 '이론서'가 아니라 한 세대의 '청춘'이고 '역사'다. 하다못해 내 경우만 해도 그렇다. 언제나 플래시백을 동반하는 청춘의 역사.

남학생의 경우 대학시절은 학부생 시절과 복학생 시절로 나뉜다고 억지를 부린다면, 내게 학부 시절은 2학년까지였다. 5공화국 시절의 대학 2년을 용케 버티며 다니다가 3학년에 올라와서는 한 달만 강의실에 고개를 내밀다 군대에 갔기 때문이다. 끌려간 건 아니고 자발적으로 갔다. 그게 1989년 봄이었다. 그리고 복학한 게 1991년. 보통은 동기들이 아닌 후배들과 강의를 듣게 되니 복학생에게 대학생활은 또 다른 풍경이고 또 다른 생활이다. 하지만 내 또래 학번에겐 '또 다른 역사'이기도 했다. 이 경우는 스케일도 커서

『소설의 이론』
게오르크 루카치, 김경식 옮김
문예출판사, 2007

'세계사'다. 1989년 베를린 장벽이 무너지고 연이어 동구권 사회주의 국가들이 해체됐다. 곳곳에서 레닌 동상이 철거되고 끝내는 사회주의 종주국 소련도 역사의 무대에서 퇴장했다. 세상이, 아니 역사가 일상보다도 더 빠른 속도로 바뀌어갔다. 어쩌면 사회적 격동이란 게 정상적인 범주에 속하고 아무 일도 일어나지 않는 일상이 오히려 예외에 속했는지도 모른다. '기적적인 일상'이란 것 말이다. 아침에 해가 뜨고 밤사이 꽃잎에 이슬이 맺히는 기적!

대학에 들어오자마자 동기들과 소련의 '젊은' 당 서기장 고르바초프의 『페레스트로이카』를 읽던 시절이 있었다. 그는 사회주의의 희망처럼 보였고 더 강력해진 사회주의가 곧 우리 눈앞에 등장할 것처럼 여겨졌다. 착각이었다. 러시아 문학을 공부하겠다고 대학에 들어올 때만 해도 소련이라는 나라는 '적성국가'였다. 동창회 자리에 나가 전공이 '소련'이라고 결연하게 얘기하면 박수를 받던 때였다. 하지만 학부를 졸업하기도 전에 소련이라는 나라는 말 그대로 과거, '역사적 과거'가 됐다. 자칭 스탈린주의자였던 이들조차도 소련에 대해 욕을 퍼부었다. '역사적 사회주의'는 향수의 대상이거나 경멸의 대상이었다. 그러고는 다들 곧 무관심한 표정이 됐다. "역사는 끝났다!" 모두 심드렁한 표정으로 카페에 앉아 『참을 수 없는 존재의 가벼움』을 읽었다. 그렇게 가을이 저물어갔다.

돌이켜보니 그런 분위기였다. 그런 마당이었으니 학부 시절 강의실과 과방에서 명예롭게 울려 퍼지던 루카치라는 이름이 퇴물의 대명사가 된 건 당연하다. 그는 교조적이거나 시대착오적이었다. 하기야 "최악의 공산주의라 하더라도 최상의 자본주의보다 더 낫다"고 단언한 골수 공산주의자가 루카치 아니던가.

그리고 20년이 지났다. 세월은 많은 것을 바꿔놓는다. 루카치는 『소설의 이론』에서 소설에서는 세계의 본질이 시간과 함께 주어진다고 말했다. 그러고 보면 세상은 참으로 '소설적'이고, 진리에는 소설적 계기가 있는 듯하다. 역사의 종말과 자유민주주의의 승리로 포장되던 신자유주의의 치세도 지난 2001년 9·11 테러와 함께 종언을 고했다. 한 철학자의 표현을 빌면 '현실사회주의의 종언'에 뒤이은 '자유주의 유토피아의 종언'이다. 죽었다던 역사는 다시 무덤 속에서 벌떡 일어나 자신의 건재를 확인시켰다. "나 아직 안 끝났어!" 우리가 살고 있는 현시점이다. 우리가 가야 할 길은 어디인가.

그렇게 다시 길을 묻는 시대에 루카치를 손에 든다. "별이 총총한 하늘이 갈 수 있고 또 가야만 하는 길들의 지도인 시대, 별빛이 그 길들을 훤히 밝혀주는 시대는 복되도다"라고 그는 『소설의 이론』 서두에 적었다. 물론 지금은 그런 시대가 아니라는 판단이 전제돼 있다. 즉 지금은 복된 시대가 아니다. 하지만 그런 유토피아를 우리가 되찾아야 한다면? 다시 회복해야 한다면? 어쩌면 인류의 위대한 망상 혹은 오랜 망집일지도 모르는 이런 유토피아에 대한 꿈을 루카치는 도스토예프스키를 복창하며 '황금시대'에 대한 열망이라고 불렀다. '진정하고 조화로운 인간들 사이의 진정하고 조화로운 관계'가 가능한 시대다. 혹은 문화와 문명이 인간의 발전에 장애가 되지 않는 상태이다. 그리고 인간은 이 꿈을 포기할 수 없다고 루카치는 말했다.

애초에 『소설의 이론』 자체가 도스토예프스키론의 서론격으로 쓰였지만 결과적으로 그의 본격적인 도스토예프스키론은 쓰이지 않았다. 그건 제1차 세계대전에 직면해 무엇이 파국에 직면한 서구 문명에서 우리를 구해줄 것인가를 고민하던 루카치가 도스토예프스키적 세계에 대한 전망으로 나아가기 전에 러시아 혁명이 일어났기 때문이다. 근대 러시아 문학 전체는 1917년 혁명에 수렴된다고까지 그는 적었다. 하지만 지금 우리가 되돌아가야 할 자리는 '1917년 이전의 루카치'고, 우리가 다시 읽는 루카치는 '사회주의 몰락 이후의 루카치'다. 공산주의에 대한 그의 절대적인 지지와 옹호도 지금에 와서 다시 읽으면, "최상의 자본주의보다 못한 공산주의라면 공산주의도 아니다"라는 뜻인가도 싶다. 현실사회주의를 '현실과 타협한 사회주의'라는 의미로 이해하면 고개를 끄덕이게 되는 것과 마찬가지다. 아직 우리에게 꿈이 있는가. "실패하라, 더 낫게 실패하라"(사뮈엘 베케트)라는 경구를 실천할 용기가 있는가. 그런 생각과 함께 『소설의 이론』을 다시 펼친다.

| 《대학신문》(2011. 10. 10)

문학과 뇌과학, 서로를 비추다

『뇌를 훔친 소설가』

『뇌를 훔친 소설가』. 소설 제목으로 그럴듯하지만, 뇌과학과 문학을 다룬 인문서이다. 이렇듯 두 분야가 겹치거나 교차할 때는 책을 어떻게 분류해야 할지 모르겠다. 이 경우는 저자 석영중 교수가 러시아 문학을 전공한 인문학자이기에 '인문서'로 분류하고 리뷰를 쓴다.

그렇다고 나름대로 문학에 식견을 갖춘 뇌과학자가 비슷한 유형의 책을 쓰지 말라는 법은 없다. 실제로 과학보다 앞서서 인간 두뇌의 비밀을 밝혀낸 여덟 명의 예술가들을 조명한『프루스트는 신경과학자였다』(최애리·안시열 옮김, 지호, 2007)의 저자 조나 레러는 신경과학 전공자이고 이 책은 '뇌과학서'로 분류돼 있다. 그렇게 '교양 인문학'과 '교양 과학'의 경계가 어딘지 모호하다면 그냥 '21세기 교양'으로 묶어도 좋겠다. 다치바나 다카시의 말대로 뇌과학 정도는 현대인의 필수교양이니까.

일단은 분위기 파악부터 해보자. 저자가 「프롤로그」에서 적은 대로 "뇌는 21세기 인류에게 가장 흥미로운 화두 중 하나다." 과학계에서도 인간 게놈 프로젝트와 함께 뇌지도 프로젝트는 엄청난 연구 역량이 투입되고 있는 초국가적 메가프로젝트이다. 여파는 인접 학문에도 미치기 마련이다. '신경문학 비평'이라거나 '다윈주의 문학비평' 따위의 분야가 새롭게 각광받고 있다니 조만간 국내에도 소개되지 않을까 싶다.

대체 어떤 분야인가. 신경문학 비평은 우리가 문학작품을 읽거나 창작할 때 "두뇌에서 어떤 뇌세포가 어떻게 활성화되는지를 뇌 스캔으로 관찰하여 독서와 창작의 이면에 있는 생리학적 과정을 규명"하는 것이 목적이라 한다. 또 다윈주의 문학비평은 문학을 환경에 대한 적응의 표현으로 보고 "특정 작품의 특정 인물과 플롯은 그러한 생존방식의 표현"이라고 주장한다. 이미 소개된 책도 없지 않다. 영문학자인 질리언 비어의 『다윈의 플롯』(남경태 옮김, 휴머니

『뇌를 훔친 소설가』
석영중, 예담, 2011

작가는 어떻게 죽는가

스트, 2008), 생물학을 전공한 데이비드 바래시와 나넬 바래시의 『보바리의 남자 오셀로의 여자』(박종서 옮김, 사이언스북스, 2008) 등이 바로 다윈주의 문학비평에 속하는 책들이다.

그렇다면 『뇌를 훔친 소설가』를 통해서 '문학이 공감을 주는 과학적 이유'를 밝히고자 한 저자 또한 이러한 흐름에 일조하려는 것일까. 뜻밖에도 그렇진 않다. "나는 개인적으로 진화 문학이론과 신경문학 비평에 마음이 가지 않는다"라고 못 박고 있기 때문이다. 이유도 분명하다. 현시점에서 다윈주의적이고 인지적이며 신경과학적인 문학 연구 방법은 결국 "그래서 어쨌단 말인가?"로 귀착하고 만다는 판단에서다. 문학작품에 대한 우리의 생각을 약간은 바꿔놓을지 모르겠지만 지각변동을 일으킬 정도는 아니다. 다만 인간에 대한 이해에 서로 도움을 주는 '상호조명'은 가능하리라는 것이 저자의 생각이며 책에서는 "문학적 내용과 자연과학적 사실이 서로를 비춰주는 가운데 드러나는 삶의 지혜를 탐구"해보고자 한다.

그러한 의도 하에 저자는 뇌과학이 밝혀준 네 가지 '자연과학적 사실'을 골랐고 거기에 부합하는 '문학적 내용'들을 나란히 배치해놓았다. 그것이 흉내, 몰입, 기억과 망각, 변화라는 주제를 다루는 네 장의 구성이다. '흉내' 장에서 다루는 것은 거울뉴런의 발견이다. 1990년대 초 이탈리아의 신경과학자들이 마카크 원숭이를 대상으로 한 실험에서 처음 발견한 거울뉴런은 "누가 몸짓을 하든 그 몸짓에 반응하는 뉴런"이다. 영장류에게도 타인의 시도에 반응하고 느끼는 메커니즘이 존재한다는 사실은 인간의 흉내, 곧 모방행동과 감정이입이 신경생리학적으로 어떻게 가능한지 시사한다. 즉 타인의 마음 상태를 흉내 냄으로써 타인의 감정을 이해할 수 있다는 것이다. 그래서 문학 연구자가 보기에 "거울뉴런은 문학작품이 다루어왔던 특정 현상을 신경생물학적으로 증명해준 것이다."

그럼 뇌과학보다 한발 앞서서 문학작품은 우리에게 흉내에 관한 어떤 진실을 말해주었는가. 저자는 푸슈킨의 『예브게니 오네긴』의 여주인공 타티야나를 일례로 든다. 어린 시절부터 책읽기만을 좋아했던 이 시골 처녀가 오만해 보이는 포즈의 도시 청년 오네긴을 만나 단번에 사랑에 빠지게 된 건 무엇보다도 수많은 연애소설들 탓이다. "수백 권의 연애소설 속에서 수천, 수만 번의 사랑을 읽은 타티야나의 뇌에서는 소설적인 사랑을 거울처럼 비춰주는 신경세포들이 아우성을 치고 있을 것"이기 때문이다. 한마디로 그녀는 '표절의 여왕'이며 그녀가 오네긴에게 보낸 편지는 낭만주의 연애소설의 모사품이다. 하지만 작품에서 타티야나는 그러한 사실을 인지하고 모방에서 벗어난다는 점에서 오네긴과는 달리 성장해가는 모습을 보여준다.

'몰입'에 관한 장에서는 '보상 신경전달물질'로도 불리는 도파민이 소개된다. 뇌과학자들에 따르면 도파민은 "뇌를 각성시켜 집중과 주의를 유도하고 쾌감을 일으키며 삶의 의욕을 솟아나게 하고 창조성을 발휘하게 하는 신경전달물질"이다. 이 도파민과 관련한

작가는 어떻게 죽는가

사례를 찾자면 톨스토이의 『안나 카레니나』에서 키티와의 사랑에 흠뻑 빠졌을 때나 풀베기에 몰입하면서 무아지경에 빠졌을 때 레빈의 모습이 전형적이다. 또 파스테르나크의 『닥터 지바고』에서 지바고가 시를 쓰면서 체험하는 희열 또한 몰입의 대표적 사례다. 그는 시대적 혼란과 개인적 역경 속에서도 "시 쓰기에 몰입함으로써 삶도 죽음도 초월하는 창조의 지복을 경험한다." 물론 그렇다고 해서 모든 몰입이 긍정적인 것은 아니다. 몰입과 중독은 같은 상태의 두 가지 다른 이름이기에.

'기억과 망각'이라는 주제에 대해서도 뇌과학은 기억이 부호화, 저장, 인출, 망각이라는 네 단계의 과정을 밟는다는 사실을 밝혀냈다. 그런데 이러한 연구에 실마리를 제공한 것이 바로 기억에 대한 프루스트의 면밀한 관찰이다. 『잃어버린 시간을 찾아서』에서 마들렌 과자를 통해서 주인공의 과거 기억이 환기되는 장면은 신경과학자들이 가장 좋아하는 대목이라고 한다. 물론 프루스트가 보여준 건 병적일 정도로 섬세한 기억이 아니라 우리의 상상과 중첩되는 기억이며, 이러한 통찰은 현대 뇌과학의 발견과도 일치한다.

끝으로 '변화' 장에서 저자가 다루는 건 뇌의 '가소성' 문제다. '신경가소성'을 말하는데, 이것은 "우리의 뇌가 마음만 먹으면 얼마든지 변할 수 있다는 사실을 의미"한다. 그런데 이 가소성 역시 좋은 면만 갖고 있는 것은 아니어서 우리의 뇌를 풍부하게 하는 한편, 외부 영향에 취약하게도 한다. 저자는 유달리 범속성과 범속한 삶을 자주 모티브로 삼았던 러시아 문학, 특히 고골의 작품들과 곤차로프의 소설 『오블로모프』, 그리고 체호프의 단편들에 등장하는 인물들을 예로 들어서 가소성이 갖는 역설적 이중성을 짚어준다.

뇌과학이 계속 발전하고 있는 만큼 앞으로도 문학과의 접점은 더 많아지고 깊어질 것이다. 문학이 얼마나 많은 뇌를 더 훔쳐다놓을지 궁금하다.

| 《기획회의》 (2011. 10. 5)

언어는 본능인가 문화적 산물인가

|

『그곳은 소, 와인, 바다가 모두 빨갛다』

여러 나라 말을 할 줄 알았던 신성로마제국 황제 카를 5세는 이렇게 고백했다.

"스페인어는 신에게, 이탈리아어는 여자에게, 프랑스어는 남자에게, 독일어는 말에게 이야기할 때 사용한다."

이렇듯 각 나라 언어에는 차이가 있으며 그 차이에 걸맞게 사용 분야가 다를 수 있다는 게 일반적인 통념이다. 이런 통념을 연장하면 '독일어는 매우 질서정연하기 때문에 가장 정교한 철학을 표현'하는 데 적합하다. 심지어 독일 사람들이 질서를 잘 지키는 것도 독일어 덕분이다.

과연 언어는 민족성을 반영하며 언어가 다르면 사람들 생각도 달라지는 것일까. 대답은 일단 '그렇지 않다'다. 보편문법을 제창한 저명한 언어학자 노엄 촘스키 이래로 언어학의 지배적 관점은 언어가 본능이라는 것. 스티븐 핑커의 『언어본능』은 이런 관점을 집약하고 있는 책이다. 언어의 토대는 우리 유전자에 코딩돼 있기 때문에 모든 인류의 언어는 똑같다는 것이 촘스키와 핑커의 관점이다. 이들은 모국어가 우리의 사고에 설사 영향을 미치더라도 아주 사소하다고 본다.

'언어로 보는 문화'라는 부제를 달고 있는 기 도이처의 『그곳은 소, 와인, 바다가 모두 빨갛다』가 눈에 띄는 것은 그런 배경에서다. 저자는 촘스키와 핑커가 대표하는 20세기 언어학의 지배적 관점을 뒤집고 다시금 언어와 문화가 밀접하게 연관된다는 언어상대주의를 주장한다.

유사한 주장이 이미 20세기 중반에 미국 언어학자 에드워드 사피어와 벤자민 워프에 의해 제시된 적이 있었다. '언어 상대성 원리' 혹은 '사피어-워프 가설'로 불리는 이 견해에 따르면 모국어는 우리의 일상적인 생각과 인식에도 지대한 영향을 끼친다. 하지만 사피어와 워프는 자신들의 주장을 너무 극단적으로 밀어붙였고 주

『그곳은 소, 와인, 바다가 모두
빨갛다』
기 도이처, 윤영삼 옮김
21세기북스, 2011

장을 뒷받침할 만한 근거도 박약해 학계에서는 배척됐다. 그런 만큼 도이처가 또다시 언어상대주의를 들고 나온 것은 자신의 말대로 "마치 폭탄을 들고 불 속으로 뛰어드는 일처럼 보인다."

물론 저자가 무작정 '오래된 이론'을 들고 나온 것은 아니다. 그는 훨씬 탄탄한 증거들을 바탕으로 우리 마음이 생각보다 훨씬 깊은 수준에서 문화적인 관습의 영향을 받는다는 점을 보여주고자 한다. 그래서 우리가 타고난 본성이라고 여기는 많은 특성들이 실제로는 문화적 특성이라는 사실을 입증하고자 한다. 언어는 우리가 세계를 보고 인식하는 거울이고 렌즈라는 것이다.

단순한 사례로 우리 몸에서 손, 손가락, 발, 발가락 같은 기관이 어떻게 구분되는지 살펴볼 수 있다. 팔과 손은 마치 아시아와 유럽처럼 연결돼 있는데 팔과 손은 과연 하나인가, 둘인가? 문화에 따라 다르다는 게 정답이다. 히브리어에서는 팔과 손을 구분하지 않고 모두 '야드'라는 말로 부른다. 심지어 하와이어에서는 팔과 손, 그리고 손가락까지를 모두 한 단어로 지칭한다. 그런 히브리어 화자의 말을 영어나 한국어 화자가 이해하려면 당연히 혼란스러울 것이다. 비슷한 사례로 머리와 머리카락을 보통 '머리'라고 통칭하는 한국어 화자가 '머리를 자른다'고 말할 때 대경실색할 외국인도 충분히 상상해볼 수 있다.

언어가 자연에 근거하는지 문화의 소산인지를 놓고 벌어지는 전쟁에서 가장 치열한 전장은 색깔이다. 호메로스의 서사시에서 소,

와인, 바다가 모두 빨갛게 묘사된 걸 두고 고대인들이 색맹이었다는 주장도 제기됐지만 색깔 어휘의 차이는 생물학적 진화를 반영한 것이 아니라 순전히 문화적 진화를 반영한 것일 뿐이라는 게 그의 주장이다.

물론 그렇다고 해서 문화의 승리가 최종적인 것은 아니다. 언어가 생각에 미치는 영향에 대한 탐구는 이제 막 첫걸음을 뗀 정도라는 게 저자의 정직한 고백. '단수와 복수를 언제나 구분하는 영어와 달리 이를 구분하지 않는 한국어가 사람들의 생각에 어떤 영향을 미칠까'도 그가 던지는 질문 가운데 하나다.

| 《매경이코노미》(2011. 12. 7)

문학은 혁명의 힘이다

|

『잘라라, 기도하는 그 손을』

여기 한 권의 책이 있다. 사사키 아타루의 『잘라라, 기도하는 그 손을』. 저자는 낯설고 제목은 오리무중이다(독일 시인 파울 첼란의 시 구절이라 한다). 하지만 무심하게 책장을 펼치는 순간 자르기는커녕 책을 집어든 손이 무척이나 대견하게 여겨지는 책, 오랜만에 '손맛'을 느끼게 해주는 책이다.

대체 어떤 책인가. 그나마 단서가 되는 것은 '책과 혁명에 관한 닷새 밤의 기록'이라는 부제다. 하지만 넘겨보면 문화사가 로버트 단턴의 『책과 혁명』(주명철 옮김, 길, 2003) 같은 책과는 사뭇 다른 이야기를 담고 있다. 책과 혁명의 '관계'를 다루는 것이 아니라 책 읽기 자체의 혁명성을 다룬다. 저자의 주장은 문학이야말로 혁명의 본질이며 "읽는 것, 다시 읽는 것, 쓰는 것, 다시 쓰는 것, 이것이야말로 세계를 변혁하는 힘의 근원"이라는 것이다. 이것을 그는 닷새 밤 동안 반복적으로 주장한다. 얼핏 대수롭지 않은 주장이다. 하지만 '책을 읽는다는 것'의 의미를 '책을 읽어버렸다는 것'으로 다시 새기면 사정이 좀 달라진다. "맙소사, 책을 읽어버리고야 말았다!"는 느낌 말이다.

저자에 따르면 책은 본래 읽을 수가 없다. 읽으면 미쳐버리기 때문이다. 알면 미쳐버릴지도 모르는 정도가 아니면 일류의 책이라고 부를 수 없다. 따라서 책을 읽는다는 것은 두려운 것이다. 그것은 광기와 함께 열광과 열락을 내포하며 독서의 즐거움은 신조차도 선망하는 어떤 것이다. 최후 심판의 날에 책을 옆구리에 끼고 온 우리를 보고서 신은 사도 베드로에게 얼굴을 돌려 이렇게 말하지 않을까라고 저자는 상상한다. "이 사람들은 보답이 필요 없어. 그들에게 줄 것은 아무것도 없다. 이 사람들은 책 읽는 걸 좋아하니까." 곧 책읽기의 즐거움을 누리는 자들에게는 불멸의 영광도 필요치 않다!

책을 읽고 쓴다는 것이 어째서 그토록 대단한가. 그 자체가 혁명이고 혁명을 가져왔기 때문이다. 가령 마르틴 루터가 일으킨 대혁

『잘라라, 기도하는 그 손을』
사사키 아타루, 송태욱 옮김
자음과모음, 2012

작가는 어떻게 죽는가

명은 한마디로 성서를 읽는 운동이었다. 그가 한 일은 성서를 읽고 번역하고 수없이 많은 책을 쓰는 것이었다. 루터는 이상할 정도로, 궁극에는 이상해질 정도로 철저하게 성서를 읽었다. 그리고 깨달았다. 이 세계가 그 근거이자 준거여야 할 텍스트를 따르고 있지 않다는 것을. 책을 읽는 내가 미쳤거나 세상이 미쳤거나, 둘 중 하나가 아닌가. 농민의 아들에 불과했던 루터지만 성서를 읽어버리는 바람에 교황의 방해자가 되었다. 자신이 읽은 라틴어 성서를 독일어로 번역함으로써 모든 것을 변화시켰다. 책을 읽은 이상 "나에게는 달리 어떻게 할 도리가 없다"고 루터는 말했다. 대천사에게서 '읽어라'라는 계시를 받았던 무함마드도 마찬가지였다. 몇 번이나 거부했지만 그는 신에게 선택돼 읽으라는 절대명령을 받는다. 문맹이었던 무함마드가 결국 읽을 수 없는 것을 읽고 잉태한 것이 『코란』이고 그로써 이슬람 세계를 만들어낸다. 무함마드의 '혁명'이다. 저자가 문학이야말로 혁명의 힘이고, 혁명은 문학으로부터만 일어난다고 거듭 주장하는 근거다.

이러한 혁명의 '본체'로 저자가 높이 평가하는 것은 12세기의 '중세 해석자 혁명'이다. 11세기 말 피사의 도서관 구석에서 유스티아누스의 법전이 발견되고, 600년 가까이 망각에 묻혀 있던 이 로마법을 바탕으로 교회법을 대대적으로 다시 고쳐 쓰는 작업이 진행된다. 그렇게 해서 집성된 것이 12세 중반 교회법학자 그라티우스의 교령집이다. 이 새로운 법을 기본으로 유럽 전체를 통일하는 그

그래도 삶

리스도교 공동체로서 '교회'가 성립하고 바로 이 교회가 근대 국가의 원형이 된다는 설명이다. 근대 국가만이 아니다. '준거를 명시하다'는 실증주의 역사학 또한 법학의 영향으로 발생한 것이다. 더 나아가 12세기 혁명으로 탄생한 법학이 유럽의 첫 '과학'이며 모든 과학의 원천이라는 주장도 나온다. 그러한 변화를 낳은 혁명의 실상은 사실 수수하다. 단지 중세의 수많은 신학자, 법학자들이 홀로 책장을 넘기며 법문을 고쳐 써나간 것이니까.

사사키 아타루는 그러한 혁명이 우리에게도 가능하다고 말한다. 그가 보기에 철학이 끝났다거나 문학이 끝났다는 주장은 낭설이다. 아무것도 끝나지 않았으며 이제 시작에 불과하다. 체온을 약간 상승하게 해주는 책이다.

| 《주간경향》(2012. 6. 5)

P.S.　　　사사키 아타루는 생소한 이름이지만 2012년 상반기의 '발견'이라

　　　　고 해도 좋을 만한 저자다. 데뷔작 『야전과 영원-푸코, 라캉, 르장드

　　　　르』(2008)도 소개되기를 기대한다. '르장드르'라는 생소한 이름은 그

　　　　의 책에서 처음 접했는데, 한국과 일본의 차이가 바로 이런 데 있지

　　　　않나 싶다. 푸코나 라캉은 우리에게도 친숙한 이름이지만, 프랑스의

　　　　법제사가이자 정신분석가인 르장드르는 우리에게 소개되지 않았다.

　　　　사사키 아타루의 글은 『사상으로서의 3 · 11』(쓰루미 슌스케 외, 윤여일

　　　　옮김, 그린비, 2012)에도 포함돼 있다.

그래도 삶

발터 벤야민과 아샤 라치스

『발터 벤야민의 모스크바 일기』
『벤야민의 마지막 횡단』

모스크바에 오면 모스크바인처럼 행동해야 좋을 테지만, 대신에 모스크바와 관련한 책을 읽는다. 독일의 비평가 발터 벤야민의 『모스크바 일기』다. 자본주의 러시아의 수도에서 읽는 사회주의 시절 러시아 이야기이기도 하다.

벤야민에 관한 회고록을 쓴 친구 게르숌 숄렘이 "가장 사적이며, 철저하고도 냉정하리만치 진솔한 기록"이라고 평한 이 일기는 '좌절된 구애의 이야기'로도 일컬어진다. 상대는 라트비아 출신의 '볼셰비키 혁명가' 아샤 라치스였다. 다른 목적도 있었지만 순전히 그 여자를 만나기 위해 벤야민은 1926년 겨울 모스크바를 찾았다. "지금까지 알게 된 여자들 중 가장 뛰어난 여인 중 하나"라고 할 정도로 벤야민은 라치스를 높이 평가했고, 1924년 여름 이탈리아에서

작가는 어떻게 죽는가

의 첫 만남 이후 그 여자에 대한 열정은 그의 삶을 뒤흔들어놓았다. 『일방통행로』의 헌사에서 "이 거리는 아샤 라치스 거리라 불린다. 엔지니어인 그녀가 저자 속에 그 길을 놓았다"고 적었을 정도다.

하지만 그럼에도 이 걸출한 지성의 구애는 여인의 마음을 얻는데 실패한다. 일기에서 벤야민은 '거의 점령할 수 없는 요새' 앞에 봉착했다는 심경을 피력한다. "나는 내가 이 요새, 곧 모스크바에 왔다는 사실 자체가 이미 첫 번째 성과라고 자족할 수 있다. 그러나 한 발짝 더 나아가는 것, 무언가 중요한 발걸음을 내딛는 것은 거의 극복할 수 없을 만큼 힘들다"는 게 그의 토로이다. 무엇이 장애물이었을까. 외적으로는 물론 벤야민이 아들까지 둔 유부남이었고 혼자 딸 하나를 키우던 라치스도 연극연출가 베른하르트 라이히와 동거 중이었다는 사실이 상황을 나쁘게 만들었을 것이다. 하지만 더 근본적인 이유가 있는 성싶다.

진실, 특히 남녀 간의 진실이란 다면적이기에 벤야민의 기록만으로는 '입체적인' 그림을 얻기 어렵다. 벤야민의 일기와 함께 라치스의 회고록 『직업 혁명가』(1971)를 참고한 제이 파리니의 전기소

『발터 벤야민의 모스크바 일기』
발터 벤야민, 김남시 옮김
그린비, 2005

그래도 삶

설『벤야민의 마지막 횡단』에서 아샤의 속마음을 엿볼 수 있다. 아샤는 '별난 남자'로서 벤야민을 사랑했지만 그 사랑은 우정보다 크지 않았다. "그에겐 나를 불쾌하게 만드는 냄새가 있었다. 그리고 그보다 더 싫었던 건 그가 말을 더듬는 것과 에둘러서 말하는 것이었고, 그의 그런 면이 나를 짜증나게 만들었다"는 게 아샤의 고백이다. 게다가 아샤는 벤야민의 경제적 무능을 질타하고 지속적으로 공산당 가입을 권유했지만 벤야민의 회의적인 천성은 결단을 미루게 했다. 프롤레타리아가 지배하는 국가에서 코뮤니스트가 된다는 것은 개인의 독립성을 완전히 포기하는 게 되지 않을까 하는 게 그의 우려였다. 그는 자신의 작업을 위해서도 주변적인 위치, 좌파 아웃사이더의 위치에 계속 남아 있으려고 했다.

반면에 아샤 라치스는 한 번도 주변인이 되는 것에 흥미를 가진 적이 없었다. 배고픈 사람들에게 먹을 것을 주고, 집을 필요로 하는 사람들에게 집을 마련해줄 수 있는 힘, 종국에는 계급을 타파할 수 있는 힘이 공산주의자에게는 필요하다고 라치스는 생각했다. 주변에만 머물러 있다면 그런 힘을 얻을 수 없는 노릇이다. 모스크바로

『벤야민의 마지막 횡단』
제이 파리니, 전혜림 옮김
솔출판사, 2010

작가는 어떻게 죽는가

이주한 것도 이 도시가 민중 혁명의 '중심지'였기 때문이었다.

아샤를 사랑함에도 벤야민은 당의 내부에서건 외부에서건 자신이 러시아의 삶을 견딜 수 없으리라고 생각한다. 그가 혼자서 모스크바를 떠날 수밖에 없는 이유다. 물론 아샤와 작별하면서 흘린 눈물은 순전히 그의 몫이었다. "무릎 위에 큰 가방을 올려놓은 채 울면서 어두워져가는 거리를 지나 역으로 향했다." 그를 떠나보내면서 아샤는 무슨 생각을 했을까. "나는 그가 울고 있을 거라고 생각했다. 참으로 지긋지긋한 남자."

| 《한겨레》(2011. 2. 19)

작가는 어떻게 죽는가

『모스크바발 페투슈키행 열차』

지난주에 모스크바에 와서 아르바트거리에 머물고 있다. 짧은 체류 일정과 일거리 때문에 '여행'은 엄두도 내지 못하고 책방 순례로 마음의 허기를 달래고 있다. 왠지 모스크바에서 읽어야만 할 것 같은 책을 몇 권 챙겨왔는데, 러시아 작가 베네딕트 예로페예프의 『모스크바발 페투슈키행 열차』가 그중 하나다. 원제 '모스크바-페투슈키'의 두 도시가 각각 출발역과 종착역을 가리키기에 그렇게 읽어준 것이다. 페투슈키는 모스크바에서 동쪽으로 115킬로미터 떨어진 작은 도시다. 이 작품으로 모스크바와 '동급'으로 알려지기 이전에는 러시아 사람들에게도 생소했을 법한 지명이다.

작품은 작가의 분신격인 알코올 중독자 화자 베니치카가 가방 가득 술병을 챙겨서 모스크바에서 기차를 타고 내리 퍼마시며 페투슈키에 도착하기까지의 여정을 그대로 담고 있다. 책을 읽는 건 그 여정을 그대로 뒤따라가는 것이기도 한데, 모스크바의 출발지인 쿠르스크 역 광장을 가로질러 가는 대목에서 나는 잠시 독서를 멈추었다. 발을 질질 끌면서 광장을 가로지르던 베니치카가 구역질을 가라앉히기 위해 두세 번 멈춰 섰기 때문이다. 빈속에 알코올을 퍼부어댔으니 속이 메슥거리는 건 당연하다. 자기 말대로 두 번째 잔부터는 깡술로도 마실 수 있지만 첫 잔은 안주와 함께 먹었어야 했다. 아무튼 그가 속을 진정시키는 방법은 꼼짝 않고 서 있는 것이었다. 그는 이렇게 말한다.

"사실 사람에게는 육체라는 한 가지 면만 있는 것이 아니다. 사람에게는 정신적인 면도 있고, 그렇지, 게다가 신비적인, 초정신적인 측면이 있다."

그래서 뭔가 메슥거린다면 이 세 가지 측면 모두에서 메슥거리는 것이다. 한 번 구역질이 나더라도 우리는 육체적·정신적·초정

『모스크바발 페투슈키행 열차』
베네딕트 예로페예프, 박종소 옮김
을유문화사, 2010

그래도 삶

신적인 구역질, 이 셋을 모두 가라앉혀야 한다.

2011년 1월 말 지병과 생활고로 시나리오 작가 최고은 씨가 젊은 나이에 세상을 떠난 사실이 뒤늦게 알려져 우리의 마음을 무겁게 하고 있다. "남는 밥이랑 김치가 있으면 저희 집 문 좀 두들겨 달라"는 쪽지를 남겼다고 처음에 보도돼 '사회적 타살'을 질타하는 목소리가 높다. 영화 스태프의 평균 수입이 월급으로는 52만 원이 채 되지 않는다는 고발도 이어졌다. 이제라도 창작자를 기아와 죽음으로 내모는 영화계의 부조리한 관행이 바뀌어야 한다는 것은 두말할 여지도 없다. 실업부조제도 같은 사회적 안전망이 더 확충되어야 하는 것도 물론이다. 하지만 한 작가의 죽음이 갖는 의미를 그러한 사회적 의제들로만 환원할 수 없다는 것도 분명하다.

"누구도 굶어 죽어서는 안 된다"는 사회적 합의는 정당하지만, 그 굶주림이 비단 육체적 굶주림만을 가리킨다면 매우 허전한 일이다. 다시 정정된 사실이지만, 최고은 작가도 '남는 밥'을 구걸한 것이 아니라 평소 자신을 도와준 이웃에게 "저, 쌀이나 김치를 조금만 더 얻을 수 없을까요"라고 한 번 더 부탁한 것이었다.

창작의 길이 고되고 우리의 현실에서 사회적 보상도 제대로 받지 못하는 일이라는 걸 그가 몰랐을 리는 없다. 하지만 그로서는 육체적인 굶주림 이상으로 정신적·초정신적 굶주림을 돌봐야 했던 것이 아닐까. 자신이 각본을 쓰거나 직접 만든 영화의 감독이 아니라 단지 '굶어 죽은 작가'로 기억된다면 그야말로 고인이 가장 수치스러워할 일일 것이다. 실제 사인도 기아보다는 지병과 관련된 것이라고 하지 않는가. 단편 〈격정소나타〉를 유작으로 남긴 고인의 죽음이 안타까운 것은 굶어 죽었기 때문이 아니라 자신의 이름과 재능을 알릴 장편영화를 남기지 못했기 때문이다. 고인의 명복을 빈다.

| 《경향신문》(2011. 2. 15)

P.S.   분량상 예로페예프(1938~1990)의 삶과 죽음에 대해선 더 적을 수가 없었는데, 모스크바 대학에서 제적당한 뒤 갖가지 직업을 전전하던 그는 생애의 대부분을 고정된 거처 없이 살았다. 『모스크바-페투슈키』는 1970년 초에 두 달간 쓴 작품이다. 알코올 중독자였던 그는 1980년 후두암 진단을 받고 두 차례 수술을 받았지만 상태가 악화돼 1990년 51세를 일기로 세상을 떠났다.

걸작의 뒷모습

**멸종되어 가는 '책을 읽는 사람'으로서
'종의 외로움'도 느끼는가?**

근래에 사사키 아타루의 『잘라라, 기도하는 그 손을』(자음과모음,
2012)을 읽으며 그런 느낌도 사치의 일종이겠구나, 라는 생각이
들었다. 분류하자면 저자가 상당한 '별종'이지만, 책의 혁명,
문학의 혁명에 대한 그의 주장엔 공감할 수 있는 대목이 많았다.
만약 퇴화냐 멸종이냐, 두 갈래 길이 있다면 기꺼이 멸종의 길을
택하겠다.

왜 예술은 우리를 눈멀게 하는가

|

『'모나리자' 훔치기』

"왜, 예술은 우리를 눈멀게 하는가?"라는 흥미로운 질문을 던지는 책의 제목이 『'모나리자' 훔치기』인 것은 '모나리자 도난 사건'을 실마리로 삼고 있어서다. 실제로 1911년 8월 21일 파리 루브르 미술관에 걸려 있던 〈모나리자〉가 감쪽같이 사라졌던 사건이다. 정기 휴관이었던 탓에 24시간이 지나서야 그림이 사라진 사실이 알려졌고 대규모 수사팀이 차려졌다. 기자회견이 열리고 모든 신문의 1면이 이 '상상할 수 없는' 사건으로 도배됐다. 사건이 연일 화제가 되면서 레오나르도 다빈치의 별로 유명하지 않은 한 그림이 일약 세상에서 가장 유명한 그림으로 재탄생하게 됐고, 사람들은 구름처럼 루브르로 몰려들었다.

아이러니컬하게도 군중들이 보고자 한 것은 〈모나리자〉가 아니라, 그것이 사라진 '텅 빈' 공간이었다. 구경꾼의 대부분은 이전까지 〈모나리자〉를 본 적이 없을뿐더러 아예 루브르에는 발도 들여놓은 적이 없었다. 즉 그들은 예술작품이 거기에 있기 때문이 아니라 거꾸로 거기에 없기 때문에 보러 갔다! 이것은 미술사의 해프닝일까? 혹은 새로운 대중문화 현상일까? 이 도난 사건은 2년 뒤에 이탈리아 출신의 평범한 노동자 페루지아가 범인으로 체포되면서 일단락되었다. 하지만 라캉주의 정신분석가인 저자는 이 사건이 미술에 대해, 그리고 사람들이 그림을 보는 이유에 대해 뭔가 말해줄 수 있을 것이라고 주장한다.

과연 이 희대의 사건은 무엇을 말해주는가? 미술작품과 그것이 접하고 있던 텅 빈 공간 사이의 분열이 갖는 의미를 말해준다. 작품이 비어 있다고 그냥 텅 빈 공간이 아니다.

"미술작품이 기거하는 곳은 특별하고, 신성한 공간, 즉 우리로 하여금 '이것이 미술인가?'라는 질문을 던지게 하는 공간이다."

『'모나리자' 훔치기』
다리안 리더, 박소현 옮김
새물결, 2010

그러니 〈모나리자〉가 사라진 공간을 보기 위해 몰려든 군중들이 뭔가 '착각'한 건 아니었다. 그들은 미술작품의 한 본질적 구성 요소에 관심을 표한 것이기 때문이다. 그러한 관심은 인간의 기본적인 욕망과 결부돼 있다.

프로이트에 따르면 인간의 핵심적인 경험 중의 하나는 상실의 경험이다. 오이디푸스 콤플렉스의 금지에 의한 어머니의 상실, 교육의 규제에 의한 육체적 쾌락의 상실, 말과 언어 습득에 내재된 다양한 상실 등이 대표적이다. 그리고 이런 상실은 자연스레 잃어버린 것을 되찾고자 하는 욕망을 불러일으킨다. 예술은 그 욕망 추구를 상징화하고 정교화할 수 있는 장소이며 예술가들은 그 욕망의 순수성을 끝까지 고집하는 자이다. 흔히 '승화'라고 불리는 그런 상징화·정교화의 시도는 항상 실패한다. 미술의 대상은 그것 자체로는 재현될 수 없으며 항상 그것 너머에 자리하기 때문이다. 대상이 재현 불가능한 것은 기본적으로 우리가 욕망하는 궁극적인 대상이 결코 존재하지 않기 때문이기도 하다. 따라서 미술작품과 그것이 차지하는 장소 사이에는 언제나 긴장이 존재한다. 새로운 작품이 항상 진품성에 대한 의심을 유발하는 이유다.

하지만 예술적 승화의 '실패'가 부정적인 것만은 아니다. 프로이트의 용어를 빌자면 우리는 '승화'가 아니라 '승화시키기'에 의해 구원받을 수 있기 때문이다. 즉 중요한 것은 완성이 아니라 지속적인 과정이다. 이런 승화이론을 입증해주기라도 하듯이 미술사에는

그래도 삶

"그림을 끝내지 않기 위해 바쁜 화가들"도 많다. 레오나르도의 〈모나리자〉도 미완성이라는 평판에서 벗어날 수 없었는데, 미술사가 바사리는 그가 "4년이나 그렸지만 여전히 끝내지 않았다"고 말했다. 실제로 레오나르도는 많은 작품을 시도했지만 완성시키지 못한 것이 부지기수였다. 아예 "레오나르도는 다른 모든 사람을 능가했지만 어떻게 그림에서 손을 떼어야 할지는 모르는 듯했다"고 평한 동시대인이 있을 정도다.

모던아트의 가장 유명한 미완성 작품인 〈큰 유리〉를 만든 마르셀 뒤샹도 '악명 높은' 사례다. 최소 8년 동안 작업을 했지만 뒤샹은 거의 고의적으로 이 작품의 완성을 미루었으며, 작품은 죽기 몇 해 전에 전시되었을 때도 여전히 미완성 상태였다. 심지어 그는 〈큰 유리〉의 유리판이 운반 도중 파손됐을 때도 심드렁한 반응을 보였다고 한다. 자기 작품이나 모던아트 일반에 대해 조롱하면서 자신에 대한 모든 규정에서도 벗어나려고 했던 뒤샹의 관심사는 오히려 "예술작품이 아닌 작품을 만들 수 있을까?"였다. 그는 자신과 작품 사이의 연루까지도 거부하고자 처음 만든 레디메이드들에 '마르셀 뒤샹 작by Marcel Duchamp'이 아니라 '마르셀 뒤샹으로부터from Marcel Duchamp'라고 서명했다. 그에게 '작품'보다 더 중요한 것은 '창조 과정'이었던 것이다. 흥미로운 일이지만, 그렇게 미술계에 모습을 자주 드러내지 않고도 큰 영향력을 행사했기에 "뒤샹은 마치 살아 있는 텅 빈 공간과도 같았다."

한때 미술이론 분야에서 열렬히 수용되었다가 지금은 인기를 잃어가고 있다지만 미술과 시각에 관한 프로이트와 라캉의 이론은 저자의 주장대로 여전히 많은 것을 제공해주며 깨닫게 해준다. 승화의 의미와 미완성의 의의에 대해서 다시 생각해보게 하고, "미술은 결국 의사소통에 관한 일이 아니라 만들기에 관한 일"이라는 통찰에 고개를 끄덕이게 해주는 것은 그중 하나다.

| 《공간》(2011년 1월호)

P.S.   2010년 12월에 서평을 쓰면서 구해놓은 책은 베르나르 마르카데의 평전 『마르셀 뒤샹』(김계영 외 옮김, 을유문화사, 2010)이다. 오래전에 뒤샹에 관한 자료를 좀 뒤적인 기억이 있는데, 다시금 관심을 갖게 돼서다. 이번엔 레디메이드 때문이 아니라 그의 작업 방식 때문이다.

유혹하는 예술

|

『예술을 유혹하는 사회학』

예술을 유혹하는 사회학? '사회 속의 예술art in society'을 다루는 책의 제목으로는 특이하다. 김동일의『예술을 유혹하는 사회학』이 주는 첫인상이다.

저자는 "어쩌면, 예술과 예술가를 유혹하는 것은 이제 사회일지도 모른다. 사회는 예술가들이 창조해낸 예술보다 더 아름답고, 더 정교하고 더 마술적이다"라고 서두에서 미끼를 던지는데, 정작 그렇다면 '더 아름답고, 더 정교하고 더 마술적'인 사회가 예술보다도 더 주된 관심사가 되어야 맞을 것이다. 게다가 예술과 사회라는 이분법을 지양하자는 것이 저자의 또 다른 제안이고 보면 제목만으로는 초점이 모호하다. '부르디외 사회이론으로 문화읽기'라는 부제도 마찬가지다. 부르디외의 사회이론이 저자가 동원하는 핵심적인 이론이긴 하지만 책의 구성은 광범위한 '문화 읽기'보다는 '미술 읽기'에 한정된다. 미술과 미술사, 미술관, 미술시장 등을 폭넓게 다룬다고 하더라도 말이다.

책은 예술에 대한 사회학적 관심의 결과이므로 자연스레 '예술 사회학'으로 분류된다. 예술 속에 사회가 어떻게 반영돼 있는가를 묻기도 하고, 예술이 사회 속에서 어떻게 생산되고 소통되는가를 연구하는 분야다. 저자는 이 가운데 특별히 '스타일의 사회학'을 주창하며 강조한다. 왜 그런가. 스타일이 예술을 예술로 만드는 토대이자 그 본질이라고 간주하기 때문이다. 스타일이 곧 예술이라면, 예술사회학은 달리 스타일의 사회학일 수밖에 없다.

저자는 스타일을 '사회적 실천'과 그 '맥락'이라는 관점에서 바라보아야 한다고 보며, 이를 설명하는 데 부르디외의 사회이론이 최적이라고 판단한다. 부르디외의 '장champ'이나 '아비튀스habitus' 개념을 적용하면 스타일이 갖는 실천의 논리와 맥락을 정교하게 개념화할 수 있다는 것이 그의 생각이고 제안이다. 그래서 부르디외의 용어들을 '스타일장'과 '스타일 아비튀스'라는 말로 새롭게 개념화

『예술을 유혹하는 사회학』
김동일, 갈무리, 2010

한다. '성향의 체계'를 뜻하는 아비튀스는 스타일 행위의 보편성과 유사성을 이해할 수 있도록 해주며, '상대적 자율성'을 가진 사회적 공간으로서 '스타일장'의 지형과 역학은 개별 스타일 행위자들에게 가능한 실천의 범위를 제공한다.

이렇게 정립된 개념들을 예술에 적용하면, 스타일 실천자로서 예술가를 '주관적 천재'가 아니라 특정한 사회적 공간의 '합리적 행위자'로 앉힐 수 있게 된다. 가령 비디오아트의 창시자로서 세계적인 명성을 얻은 백남준의 미학적 성취 역시 그것이 가능하게 한 객관적인 사회적 조건의 맥락에서 이해해야 한다고 저자는 말한다. "기발한 걸작을 생산한 광기 어린 천재가 아니라, 정확하게 예술장이라는 사회적 공간 속에서 미학적 실천의 방향성을 설정해나간 사회적 행위자"라는 것이 백남준에 대한 그의 평가다.

이러한 이론적 관점을 저자는 미술사, 구체적으로는 전후 한국 화단의 스타일장에도 적용한다. 그에 따르면 "전후 한국 화단에서 벌어진 추상과 구상의 투쟁은 곧 사회공간의 정치적 영향을 스타일장 내의 특수한 내기물을 놓고 벌어진 인정투쟁으로 변환하는 과정인 동시에 결과"였다. 기존의 비평이나 미술사 기술에서는 스타일 투쟁을 소수 선구자의 미학적 성과 정도로 바라보는 데 반해서, 저자는 스타일장에 대한 자세한 분석을 통해 이 투쟁이 포괄적 스타일 네트워크 사이의 투쟁이라는 걸 보여준다. 현대미술가협회 같은 단체가 사회 변동에 대응하여 스타일장에서 변환의 주체 역

걸작의 뒷모습

할을 수행했으며, 일군의 비평가들이 추상 스타일에 미학적 정당성을 부여하며 옹호했다. 전후 스타일 전쟁이 구상에 대한 추상의 승리로 귀결됐다면, 그것은 "추상 네트워크 내에 수렴되는 자원의 범위와 강도, 효율성이 구상스타일의 그것을 압도했음을 의미"한다.

스타일과 함께 저자의 예술사회학을 지탱하는 키워드는 '일상'이다. 그는 미술을 일상적 실천이자 일상적 놀이로 본다. 이 놀이의 공간은 미술관, 화랑, 작업실, 강의실 등이며, 작가, 큐레이터, 미대 교강사, 문화부 기자, 미술사가, 평론가, 미대 재학생, 관객, 독자 들이 그 놀이의 참여자들이다. 미술이 곧 일상적 실천이기에 일상과 미술의 구분은 환영幻影이다. 그럼에도 이 환영과 일상/예술이라는 이분법이 유지되는 주된 근거로 저자는 미술관의 존재를 든다. 일상과 미술은 원래 한 몸이지만 미술관이 이 한 몸에 작위적인 선을 긋는다는 것이다. 육체와 두뇌(기획력)를 갖춘 '위험한 실천자'로서 미술관은 제도적 권위와 자본주의 논리의 작동을 대리하며 아주 특별한 어떤 것들만 예술로 규정한다. 다분히 정치적이며 이데올로기적인 역할을 수행하는 것이다. 때문에 일상과 미술 사이에 미술관이 쌓은 거북스런 경계를 낮추는 작업이 절실하다고 저자는 주장한다. 미술관의 존재 자체를 되묻게 하는 '게릴라적인 미술관'이 그의 대안인데, "이건 물론, 미술사와 미술이론에 정통하면서도, 일상에 투철한 게릴라들이 잔뜩 힘이 들어간 딱딱한 미술관 제도에 틈입해야만 가능한 일이다."

그래도 삶

의문이 없는 건 아니다. 일상에 투철하면서도 미술사와 미술이론에 정통한 '일상인'은 가능할까, 라는 것이다. '사회학을 유혹하는 예술'에 사회이론으로 대응하는 일도 마찬가지인데, '독자를 유혹하는 사회학'이려면 일상과 딱딱한 논문 스타일의 경계를 좀 더 낮추는 작업도 필요해 보인다.

| 《공간》(2011년 3월호)

미술이 법과 만날 때

|

『미술법』

"법과 예술이 만나면 서로 피하는 것이 상책"이라는 말이 있다. 하지만 마냥 피할 수만은 없는 것이 현실이고 또 피하는 것만이 상책은 아닐 때도 있다. 미술이 자기만족적인 행위를 넘어서 사회적 의미를 갖게 될 때, 미술시장과 미술산업의 대상, 곧 '예술상품'이 될 때 미술은 법과 충돌하며 또 법의 보호를 필요로 한다. 실상 법의 간섭은 피하고 싶으면서도 동시에 법의 도움은 받고 싶은 것이 '미술 본색'일지도 모른다. 그렇다면 서로 피하는 것보다는 알아두는 것이 더 좋은 방책이 아닐까.

김형진의 『미술법』은 '더 좋은 방책'을 마련하는 데 유용한 가이드북이다. 저자는 지적재산권 분야 전문 변호사로 대학에서는 미술법을 강의하고 있다. 그에 따르면 미술법은 "미술에 대한 법을 말하는 것으로 1960년대 후반부터 미국을 비롯한 서구에서 본격적으로 시작되었다." '미술법Art Law'이라는 말 자체가 아직 우리에겐 익숙하지 않지만 법조항에 미술법이 특정돼 있는 건 아니므로 '미술과 관련한 법'으로 느슨하게 이해해도 되겠다. 사실 미술작품에 대한 저자의 정의 자체가 포괄적이면서도 느슨하다. 그는 "작품을 만들 때 작가가 미술작품을 만들려고 했고 그렇게 하는 데 분명히 실패하지 않았다면 그 작품은 미술작품"이라고 정의내리기 때문이다.

저자가 들고 있는 사례지만 2001년 영국 미술계 최고의 영예인 터너상을 수상한 작가 마틴 크리드가 발표한 〈작품번호 88, 구겨서 공이 된 A4 용지 한 장〉을 보더라도 그렇다. 대다수 사람들이 그렇게 종이를 구긴다면 쓰레기가 될 뿐이지만 터너의 구겨진 종이는 뒤샹의 〈변기〉가 그랬던 것처럼 당당히 '예술작품'으로 인정받는다. 그리고 그렇게 예술품으로 간주될 경우에는 '대우'가 달라진다. 통관 시 관세 면제 혜택을 받는 것은 물론이고 저작권법과 여러 관련법의 보호를 받을 수 있기 때문이다.

책은 미술작품이 법과 마주치게 되는 다양한 사례들을 모아놓은

『미술법』
김형진, 메이문화, 2011

걸작의 뒷모습

자료집처럼 구성돼 있다. 저작권에 관한 내용이 아무래도 가장 많은 비중을 차지하지만 표현의 자유와 외설 문제, 미술품 관련 범죄, 미술과 전쟁, 미술과 세금 등 흥미로운 주제들도 포함돼 있다. 그중에서도 최근에 프랑스가 1866년 병인양요 때 약탈해간 외규장각 도서 일부를 우리에게 반환한 사례와도 맞물려, 특히 작품의 소유권에 관한 장들이 눈길을 끈다.

저자에 따르면 대체로 대륙법 국가들은 원소유자보다 현소유자의 권리를 중요하게 생각한다고 한다. 유럽 국가들은 도난 발생 후 시효가 지나면 더 이상 원소유자의 권리가 존재하지 않는 것으로 본다는 것이다. 영미법에서는 현소유자의 권리가 상대적으로 안정적이지 못한 것과는 달리, 가령 프랑스에서는 설사 현소유자가 선의의 취득자가 아니더라도 도난 사건이 일어난 후 30년이 경과하면 원소유자는 반환받을 수 없다고 한다. 다만 프랑스 정부는 시효에 관계없이 장물에 대해 반환을 요구할 수 있다고 하는데, 다소 편의적인 법적용이라는 인상이다. 자신이 훔쳐온 물건에 대해서는 정당한 소유권을 주장하면서 남이 훔쳐간 자기 물건에 대해서는 반환청구권을 인정하는 셈이니까.

프랑스의 사례라면 역사적 배경이 없지 않다. 널리 알려진 대로 프랑스 혁명 이후 나폴레옹군은 유럽은 물론 아프리카와 중동에서 엄청난 양의 미술품을 조직적으로 노획하고 약탈하여 나폴레옹 미술관에 채워놓았다. 바로 루브르 미술관의 전신이다. 이렇게 약탈해온 미술품을 프랑스는 일체 돌려주지 않았다. 이와 견주어볼 만한 것이 제2차 세계대전 시 소련의 약탈 사례다. 전쟁 기간은 물론 전쟁 이후에도 소련은 독일과 동유럽에서 광범위한 약탈을 자행했는데, 이 가운데는 독일군이 프랑스에서 약탈해온 미술품도 상당수 있었다.

"소련이 보관하고 있는 많은 미술품 중에서 일부 밝혀진 발딘 컬렉션Baldin Collection은 약 2천350만 달러 상당의 미술품으로 반 고흐, 뒤러, 렘브란트 등 거장의 작품이 포함돼 있었다."

요컨대 '뛰는 놈 위에 나는 놈'이라는 말이 딱 어울리는 사례라고 할 수 있을까. 지난 1995년부터 러시아의 푸슈킨 미술관과 에르미타주 박물관에서는 이들 약탈 문화 재산의 전시가 시작됐다(개인적으로는 2004년에 에르미타주 박물관에서 본 인상파 컬렉션이 인상적이었다). 독일과 프랑스로선 유감스럽겠지만 미술품의 반환 요구에도 불구하고 러시아 정부는 계속 침묵을 지키고 있다 한다.

미술법이 문제되는 갖가지 사례 가운데 가장 흥미롭게 읽은 건 미술품 훼손 사례다. 지난 2006년에 벌어진 일인데 세계적인 재벌 스티브 윈이 소장품인 피카소의 1932년작 〈꿈〉을 친지들에게 자랑하다가 그만 팔꿈치로 그림을 치는 바람에 2인치 정도 파손했다고 한다. 시가 1억 3천900만 달러에 매각할 예정인 그림이었다. 비록 복구하긴 했지만 어이없는 실수로 수천만 달러의 손실을 감수하게 된 그는 매각 결정을 포기하고 그림을 그냥 간직하기로 했다고 한다. 한숨을 돌리며 그는 이렇게 말했다. "오 하느님, 그래도 제가 그랬으니 얼마나 다행인지요!"

정말로 그의 안도에는 동감하는데, 훼손 당사자가 소장자 자신이 아니었다면 아무도 감당하지 못할 '기념비적인' 훼손이었을 것이다. 아마도 이탈리아 사람 피네로 카나타라면 예외였을까. 일종의 '사명감'을 가지고 미술품을 훼손한다는 '상습법' 카나타는 피렌체의 다비드 상에서 발가락을 자르고 잭슨 폴록의 작품에 매직을 칠한 데다가 몬드리안의 그림에 오물을 토한 화려한 전력을 갖고 있다. 아무리 세계적인 재벌이라 한들 스티브 윈으로서는 꿈도 꾸지 못할 일이 아닐까 싶다.

| 《공간》(2011년 5월호)

걸작의 뒷모습, 미술계의 뒷모습

『걸작의 뒷모습』

걸작은 어떻게 탄생하는가? 예술가의 손끝에서? 『걸작의 뒷모습』의 저자 세라 손튼은 그렇지 않다고 말한다. 위대한 작품은 탄생하는 것이 아니라 인위적으로 만들어진다. 즉 작가와 그의 조수가 위대한 작품을 만드는 것이 아니라 그 작품을 후원하는 딜러, 큐레이터, 비평가, 컬렉터 들에 의해 비로소 위대한 작품은 완성된다. 그러니 걸작을 낳은 건 '작가'가 아니라 '미술계'라고 말해야 할까.

프리랜서 저널리스트이자 문화사회학자인 저자가 보여주는 '걸작의 뒷모습'은 실상 '미술계의 뒷모습'이다. 고독한 예술가의 초상 대신에 그는 미술계를 움직이는 여러 '선수들'의 활동 스케치와 인터뷰를 통해서 이것이 바로 오늘의 미술이라고 말한다. 그렇다면 미술이란 무엇인가보다 미술계란 무엇인가를 먼저 묻는 것이 순서

이겠다.

미술계는 작가, 딜러, 큐레이터, 비평가, 컬렉터, 옥션 전문가 등 여섯 분야의 '선수들'에 의해 움직여진다. 보통 사람들은 그냥 미술시장을 떠올리겠지만 미술계는 미술시장보다 훨씬 넓은 개념이다. 저자의 구분에 따르면 "미술시장이 사람들이 일하는 곳이라면 미술계는 사람들이 상주하며 살아가는 공간"이다. 물론 오순도순 사이좋게 살아가는 공간은 아니다. 미술계는 '상징의 경제학'에 지배되며 명성과 신용, 미술사적 중요성, 제도권의 인정, 학력, 지능, 부, 컬렉션 규모 등의 요소에 의해 좌우되는 계층구조로 이루어져 있다. 이렇게 거미줄처럼 복잡하게 얽힌 이 미술계의 뒷모습을 그려내기 위해 저자는 일종의 에스노그라피(민족지학)를 시도한다. 관찰과 청취, 인터뷰, 핵심자료 분석 등을 아우르는 '참여관찰법'이 미술계의 사회적·문화적 특징과 내용을 통합적으로 기술하기 위해 그가 동원한 방법론이다. 250명 이상의 미술계 인사를 인터뷰한 것만으로도 책의 현장감은 충분히 전달된다.

작품은 대개 고독한 작업의 결과로 탄생하지만 작품에 대한 평

『걸작의 뒷모습』
세라 손튼, 배수희·이대형 옮김
세미콜론, 2011

가와 인정은 다수의 동의를 필요로 한다. 작가들은 다만 '미술처럼 보이는' 작품을 만들어낼 따름이며, 그것이 '미술'이 되는 것은 미술계 사람들의 평판을 등에 업고서이다. 미술계는 어떤 작업의 결과물을 가치 있는 미술로 '호명'한다고 말해도 좋겠다. 미술만큼은 아니더라도 미술계의 역사 또한 짧다고만 할 수는 없을 텐데, 유독 지금의 시점에서 미술계가 주목을 끄는 이유는 무엇인가. 그것은 지난 10년간이 미술사에서 가장 흥미로운 시기이기 때문이다. 미술시장의 전례 없는 호황, 미술관 관객의 급증, 그리고 미술가를 자처하는 사람들의 기하급수적 증가를 통해서 미술계는 양적으로 비대해졌다. 더 '핫hot'해졌고, 더 '힙hip'해졌으며, 더 '비싸'졌다.

사람들은 왜 갑자기 미술에 열광하게 됐을까? 저자는 세 가지 가설을 이유로 든다. 먼저 예전보다 더 좋은 교육 환경에 노출돼 있다는 점, 그리고 교육받을 기회가 늘긴 했지만 현대인들이 예전보다 책을 덜 읽는다는 점, 끝으로 글로벌리즘이 지배하는 시대에 미술은 국제 공용어이며 문자언어와 달리 공통의 관심사가 될 수 있다는 점 등이 그가 꼽은 이유이다.

거기에 한 가지를 더 보태자면 미술작품이 매우 비싸다는 사실도 강력한 이유가 된다. 높은 가격에 경매되는 작품이 자주 헤드라인에 오르면서 미술품은 가장 대표적인 '럭셔리 아이템'으로 떠올랐고 전 세계 부호들의 관심사가 됐다. 금융위기가 도래하자 윌렘드 쿠닝의 드로잉이 리먼 브러더스의 주식보다 더 안전한 자산이 될 수 있다는 사실이 입증되면서 현대 미술은 마치 부동산처럼 안정적인 투자 대상이 되었다. 미술은 삶을 윤택하게도 해주지만 이제는 '투자 포트폴리오 다변화'의 한 종목으로도 당당히 인정받는다. 바로 이러한 분위기가 저자가 다섯 국가의 여섯 도시를 돌면서 취재한 일곱 가지 이야기의 배경이다.

저자의 발걸음을 따라가면서 제일 먼저 들르게 되는 곳은 뉴욕의 크리스티 옥션이다. 크리스티와 소더비의 현대 미술 경매 행사는 1년에 뉴욕에서 두 번, 그리고 런던에서는 세 번에 걸쳐 열리며, 이들 양대 옥션 하우스가 전체 옥션 시장의 98퍼센트를 차지하고 있다. 현대 미술 컬렉터들에게 옥션은 2차 시장이다. 1차 시장 딜러는 물론 갤러리인데, 갤러리에서 구입하면 가격은 훨씬 싸지만 작가나 작품의 성장 곡선을 예측하기 어렵다는 위험이 따른다. 반면에 옥션에 나오는 작품은 시장의 검증을 거친 뒤라 그만큼 위험이 줄어든다.

옥션 현장의 생생한 중계에 이어서 저자가 안내하는 곳은 로스앤젤레스 칼아츠CalArts의 비평 수업 강의실이다. 1960년대 이후 MFA(미술학 석사) 학위가 작가의 경력으로 인정되면서 유명 미술학교의 석사학위는 미술계에 들어오기 위한 필수 조건이 됐다. 보통 이들 학교의 등록금은 연간 2만 7천 달러에 달하므로 예술가가 되기 위해선 꽤 많은 돈이 든다. 비록 학생들은 MFA를 Mother-Fucking Artist(빌어먹을 예술가)라고 욕하기도 하지만 작가로서의

그래도 삶

사회적 정체성이 화랑, 미술관, 강단 등 다양한 분야의 지지를 바탕으로 하기에 비평 수업의 의의는 과소평가할 수 없다는 게 저자의 귀띔이다.

현대 미술의 또 다른 현장은 아트페어이다. 저자는 세계에서 가장 권위 있는 아트페어로 꼽히는 스위스의 아트바젤로 안내한다. 갤러리로서는 입성하는 일 자체가 화제가 되는 아트페어다. 그리고 영국으로 건너가면 테이트미술관에서 주관하는 터너상의 시상 과정을 가까이에서 지켜보게 된다. 뉴욕에서는 패션의 《보그》에 해당하는 미술전문지 《아트포럼》의 편집부를 찾아가며, 도쿄에 있는 무라카미 다카시의 작업 스튜디오와 베네치아 비엔날레도 여정에 포함돼 있다. 저자에게는 "매우 길고 느린 여정"이었지만 독자에게는 한바탕 회오리바람 같은 이 이야기들을 읽고 나면 적어도 이런 주장에는 공감할 수 있게 된다. 미술계 사람들에게 현대 미술은 일종의 종교다.

| 《공간》(2011년 11월호)

예술의 종말과 관계의 미학

|

『관계의 미학』
『예술의 종말 이후』

미국의 철학자이자 미술비평가 아서 단토에 따르면 예술은 앤디 워홀과 함께 종말을 고했다. 그는 아예 시간과 장소까지 명시한다. 때는 1964년, 장소는 뉴욕 이스트 74번가의 스테이블 갤러리에서였다. 팝아티스트 워홀이 비누상자 '브릴로 박스'를 전시장에 쌓아놓았는데, 정확하게 말하면 레디메이드 브릴로 박스가 아니라 워홀이 합판으로 만든 브릴로 박스였다. 하지만 육안으로는 둘의 차이를 식별할 수 없었다. 그렇다면 똑같아 보이는 두 상자가 어떻게 해서 하나는 그냥 상자이고 다른 하나는 예술작품이 되는가? 어떤 사물이 예술작품인가 아닌가는 대체 누가 어떤 기준으로 결정하는가?

워홀의 브릴로 박스가 떠안긴 질문들에 대해 이 철학자는 '예술의 종말론'으로 응수한다. 전시장의 브릴로 박스가 웅변적으로 보여주듯이 무엇이든 예술이 될 수 있기에 이제는 예술에 대한 정의가 가능하지 않다는 게 단토의 문제의식이다. 그리고 만약 예술에 대한 정의가 더 이상 가능하지 않고 또 유효하지도 않다면 예술의 역사는 거기서 끝이라는 게 그의 결론이다. 그렇다고 음울해할 이유는 없다. 종말은 동시에 해방이기에. 단토는 이렇게 말한다.

"예술의 종말은 예술가들의 해방이다. 그들은 이제 어떤 것이 가능한지 않은지를 확증하기 위해 실험에 매달릴 필요가 없다. 우리는 그들에게 '모든 것이 가능하다!'고 미리 말해줄 수 있다. 예술의 종말에 대한 나의 생각은 오히려 역사의 종말에 대한 헤겔의 생각과 비슷하다. 그의 견해에 따르면, 역사는 자유에서 종말을 고한다. 그리고 이것이 오늘날 예술가들의 상황이다."(『예술의 종말 이후』)

프랑스의 큐레이터이자 미술비평가 니콜라 부리요의 『관계의 미학』(1998)은 예술의 종말론에 대한 한 대응으로 읽힌다. 물론 프랑스 이론가답게 미국 철학자의 주장을 대놓고 상대하지는 않는다.

『예술의 종말 이후』
아서 단토, 이성훈 외 옮김
미술문화, 2004

걸작의 뒷모습

프랑스 철학자 위베르 다미쉬를 인용하여 예술의 종말론을 반박할 따름이다. 그에 따르면 예술 종말론자는 '게임의 종말'과 '플레이의 종료'를 혼동하고 있다. 한 가지 게임이 끝나더라도 예술이라는 경기는 다른 방식의 게임으로 지속될 수 있고, 실제로 우리가 접하고 있는 현실이 그렇다. "예술적인 활동은 시대와 사회적 맥락에 따라 형태와 양상, 그리고 기능이 변화하는 게임이지 불변하는 하나의 본질이 아니다"라는 게 부리요의 생각이다. 그러므로 비평가의 몫은 새로운 게임, 새롭게 전개되는 예술 창작에 새로운 의미를 부여하는 것일 텐데, 부리요가 보기에 1990년대 이후 미술비평과 철학은 직무유기 상태다. 그 때문에 "1990년대 예술을 둘러싼 오해들"이 빚어지며 "현대의 예술적 실천들은 대부분 해석이 불가능한 상태로 남아" 있다.

그렇다면 동시대 예술가들은 무슨 작업을 하고 있고 어떤 문제를 제기하는가. 부리요가 들고 있는 몇 가지 사례만 나열해보자면,

"리크리트 티라바니자Rirkrit Tiravanija는 한 컬렉터의 집에서 저녁식사

『관계의 미학』
니콜라 부리요, 현지연 옮김
미진사, 2011

를 준비하고 그에게 태국 식 수프를 준비하는 데 필요한 재료들을 남겨주었다. 필립 파레노Philippe Parreno는 5월 1일(메이데이)에 사람들을 초대해 공장의 작업공정 라인 위에서 그들이 좋아하는 취미를 실행하도록 했다. 바네사 비크로프트Vanessa Beecroft는 20여 명의 여자들에게 똑같은 옷을 입히고 빨간 가발을 쓰게 한 후 관객들이 문에 난 구멍으로만 볼 수 있도록 했다."

작가들의 다양한 이름만큼이나 생소한 작업 목록은 한참 더 이어진다. 이러한 예술적 실천들은 과연 해석이 불가능한 것일까?

물론 부리요의 대답은 불가능하지 않다는 것이다. 실상 "오늘날 사회적 장에서 일어나는 변화를 파악하는 것"은 비평가의 기본적 임무에 속한다. 그는 그 변화를 '관계의 미학'이라는 개념을 통해서 풀어낸다. 소련과 동구권 사회주의의 해체 이후에 전개된 1990년대 미술이라면 탈정치적, 탈이데올로기적 성격을 갖고 있을 것으로 지레짐작하기 쉽지만 부리요의 생각은 다르다. 분명 계몽주의 철학과 함께 '해방의 기획'을 갖고 태어난 정치적 모더니티가 종말을 고한 것은 사실이지만 그것은 이상주의적이고 목적론적인 버전의 종말일 뿐이다. 관계의 미학은 목적론 대신에 '우연한 만남'을 존재론적 근거로 갖는다. 철학적 전통에서 보자면 알튀세르가 말하는 '마주침의 유물론' 혹은 '우발적 유물론'에 기댄다. "기원도 없고, 그에 선재하는 의미도 없으며, 하나의 목적을 부여하는 이성도 존재하지 않는 세계의 우연성을 그 출발점으로 삼는"유물론이다.

　더불어 세계적인 도시화와 도시문화의 탄생은 관계의 미학의 사회학적 배경을 이룬다. 거주 가능 공간의 협소함은 가구나 오브제의 규모 역시 다루기 쉽게 작아지도록 유도했다. 또한 도시의 근거리 경험은 만남 혹은 마주침을 생활의 기본 조건으로 만들었다. 그러한 환경에서 미술 전시는 사적인 소비 매체인 텔레비전이나 일방적인 이미지 앞에서 작은 공동체를 형성하는 연극 공연장, 혹은 영화관과는 다른 유형의 관계의 공간을 창출해낸다. 예컨대 전시회에서 작품은 직접적이고 즉각적인 대화의 가능성을 펼쳐놓는다. 우리는 동일한 시공간에서 작품을 보고 논평하고 움직인다. 이때 미술은 특수한 사회성을 생산하는 장소가 된다. 부리요는 그러한 공존과 상생의 창출이 해방이라는 모더니즘의 기획을 어떻게 보충하는지 주목한다.

　관계의 미학을 예술이론이 아니라 일종의 형태에 대한 이론으로 정의하는 그는 형태를 또한 '지속적인 만남'이라고 부른다. 이 만남이 새로운 삶의 가능성에 대한 모색인 한, 예술에서 유토피아적 계기는 계속 보존된다. 그렇다면 예술은 죽었지만 또 죽지 않았다. 어떤 예술의 종말 이후에 우리가 마주하게 되는 것은 예기치 않은 '얼굴들'이다. "모든 형태는 나를 바라보는 얼굴"(세르주 다네)이라는 의미에서 그렇다. 지금, 예술은 이렇게 말한다. "나를 바라봐."

| 《공간》(2012년 2월호)

P.S.   위베르 다미쉬는 국내에『사진, 인덱스, 현대미술』(로잘린스 크라우드,

최봉림 옮김, 궁리, 2003)에 붙인 서문으로만 소개돼 있는 듯싶다. 그

의『구름의 이론』등은 흥미를 끄는 책이다.『구름의 이론』은 러시아

본도 나와서 구한 기억이 난다. 그러고 보니 '구면'이군.

걸작의 뒷모습

삶의 미학과 미적 경험

|

『삶의 미학』

『프라그마티즘 미학』(김진엽 · 김광명 옮김, 북코리아, 2009)과 『몸의 의식』(이혜진 옮김, 북코리아, 2010)이 국내에 소개됨으로써 이름을 알린 미국 철학자 리처드 슈스터만의 새로운 책 『삶의 미학』은 제목보다 '예술의 종언 이후 미학적 대안'이라는 부제가 먼저 눈길을 끈다. '예술의 종언'론에 대한 비판과 '미학적 대안'의 제시가 저자의 주된 관심사라는 걸 시사해준다. 예술의 종언이란 무엇이고 가능한 미학적 대안이란 또 무엇인가.

예술의 종말에 대한 주장은 19세기 초 헤겔에게로 거슬러 올라간다. 헤겔은 절대정신의 전개 과정에서 선구적 역할을 담당했던 예술이 더 고차원적인 단계에 그 역할을 인계하는 것으로 설명했다. 일종의 바통 터치가 이루어지는 것인데, 고대의 예술과 중세의 기독교, 그리고 근대의 철학이 그렇게 정신의 역사라는 레이스의 주자들이다. 헤겔에 따르면 예술은 한때 예술에 형식적 힘을 부여했던 정신의 요구를 더 이상 충족시키지 못하며 그것을 감당하는 일은 기독교를 거쳐 철학의 몫으로 돌려진다. 전성기를 지난 예술은 비록 계속 존속하더라도 '과거의 것'에 불과하다. 그것이 곧 예술의 종말이다.

20세기 들어서 새로운 예술의 번성과 함께 잠시 주춤하던 예술의 종말론은 1930년대에 이르러 다시금 표명되기 시작한다. 발터 벤야민은 두 가지 종말론적 서사를 정식화하는데, 기술복제시대가 예술적 아우라의 쇠퇴를 가져옴으로써 예술이 가치의 숭고한 영역에서 물러나는 것이 종말의 한 양상이라면, 무질서한 정보의 범람 속에서 전통적인 미적 경험이 불가능해지는 것이 또 다른 종말이다.

분석철학자로서 이러한 종말론에 가세한 이가 아서 단토이다. 단토는 헤겔주의에 입각하되 예술의 독자적인 역사를 해명하고자 한다. 무엇이 하나의 대상을 예술로 만들며 그것이 왜 예술이 되는가라고 질문을 던진 그는 예술사의 진화동력을 '미메시스^{mimesis}'로

『삶의 미학』
리처드 슈스터만, 허정선·김진엽
옮김, 이학사, 2012

걸작의 뒷모습

규정한다. 얼마만큼 닮았는가가 예술적 형상화의 발전을 가늠하는 척도라는 것이다. 하지만 이미지 복제기술의 발전은 더 이상 닮음을 발전의 척도로 간주할 수 없도록 만들며 이에 따라 예술은 자연스레 종말에 이른다.

역사철학적 관점과는 별개로 제도적 시각에서 예술의 종말을 주장하는 쪽도 있다. 예술을 특별한 사회 역사적 제도로 보는 시각이다. 이에 따르면 예술은 18세기에 처음 등장하며 근대성의 기획과 함께 강화되다가 포스트모더니티의 도래와 더불어 종말을 맞는다. 예술이 근대성의 산물인 만큼 근대성의 종언과 함께 종말을 고하게 되는 것은 필연적이다.

하지만 슈스터만은 이러한 예술 종말 서사를 용인하지 않는다. 제한적으로 규정된 예술의 종말이 예술 전체의 종말을 의미할 수 없으며 동시에 그것이 미적 경험의 종말을 뜻하는 것은 아니기 때문이다. 포스트모던의 조건 속에서도 미적 경험이 여전히 가능하다면 예술의 갱생 에너지는 다 소진된 것이 아니다. 폭넓은 미적 경험과 미적 가치 개념의 회복은 예술의 새로운 방향을 발견하도록 해준다는 것이 그의 기본 입장이다.

슈스터만의 '프래그머티즘 미학'은 미적 경험이 근대성의 구획을 넘어서도 존재한다고 주장한다. 근대성 이전에도 존재했던 것과 마찬가지로 미적 경험은 그 이후에도 가능하다. 그런 관점에서 저자는 단토의 예술종말론의 중요한 근거가 되는 '비식별성'을 비판한다. 단토는 예술작품과 비예술작품, 곧 워홀의 브릴로 박스와 상품 브릴로 박스를 지각적 속성만으로는 구별할 수 없다는 점에서 우리의 미적 경험은 예술을 적절하게 식별해주지 못한다고 주장한다. 예술에 대한 정의는 '지각'이 아닌 '해석'의 몫이 되며 감성학으로서 미학은 이제 비평에 자리를 내준다는 것이다.

단토의 주장에 대한 반박으로 슈스터만은 이 비식별성 문제를 대상이 아닌 주체에 적용해보자고 제안한다. 매우 강렬한 예술작품에 대해서 동일한 해석을 제시하는 두 명의 관람자가 있는데, 한 명은 그가 보고 해석하는 대상에 전율을 느끼는 인간이고, 다른 한 명은 어떤 감정도 느끼지 못한 채 지각 정보를 처리할 뿐인 사이보그다. 작품에 대한 해석을 제시할 수 있다고 해서 사이보그가 예술을 이해한다고 말할 수 있을까. 그렇다고 말할 수 없다면 핵심은 예술작품에 대한 해석이 아니라 경험이다. "만족스러울 정도로 고양되고, 강렬하며, 유의미하고도 정감적인 경험"으로서 미적 경험을 산출하지 못한다면 그때 예술은 더 이상 예술이 아니게 될 것이다. 거꾸로 미적 경험이 여전히 유효하며 계속 보존될 수 있다면 예술은 아직 종말에 이르지 않았다. 저자가 인용한 T. S. 엘리엇의 말을 빌리면, "종말은 또 하나의 시발점이다."

바로 그러한 견지에서 슈스터만은 자신의 이론적 기획이 "순수 예술의 영역을 넘어서서 일상에 스며들어 있는 미적 경험의 중요성을 인식하여 예술과 삶을 더욱 밀접하게 통합"시키는 것이라고 말한다. 그의 미학적 대안은 '프래그머티즘 미학'과 '몸미학'이라는 이름으로 이미 정식화돼 있으며『삶의 미학』은 그것을 더욱 확장하려는 시도들을 담고 있다. 엔터테인먼트에서 컨트리 뮤지컬에 이르기까지, 베를린의 도시미학에 대한 성찰에서 문화다원적 자기창조에 이르기까지 미학적 실천은 여전히 살아 있다.

| 《공간》(2012년 6월호)

우르비캉드의 육면체

|

『우르비캉드의 광기』

프랑수아 스퀴텐이 그림을 그리고 브누아 페테르스가 글을 쓴 그래픽 노블 『어둠의 도시들』 시리즈는 가상의 행성에 있는 가상의 도시들에서 벌어지는 이야기를 담은 판타지 연작만화다. 1983년에 처음 선보인 이후 이제까지 스무 권 가까운 책이 출간됐는데, 국내에 일차로 소개된 것은 『기울어진 아이』(정장진 옮김, 세미콜론, 2010), 『보이지 않는 국경선』(정재곤 옮김, 세미콜론, 2010), 『우르비캉드의 광기』, 『한 남자의 그림자』(정재곤 옮김, 세미콜론, 2010) 네 권이다. 이 가상의 행성은 지구와 닮은 풍광을 보여주며, 우리와 닮은 사람들이 비슷한 문명을 건설하고 산다. 다만 기이한 현상이 한 가지씩 등장하는데, 그것이 말하자면 이 연작을 이끄는 '어둠'이자 수수께끼다.

걸작의 뒷모습

고대 그리스의 도시국가를 떠올리게 하는 이 어둠의 도시들 가운데 개인적으로는 우르비캉드 이야기를 가장 밀착해서 읽었다. 판타지이긴 해도 가장 '현실감' 있는 판타지였기 때문이다. 주인공은 도시건축가 유겐 로빅이고, 이야기는 로빅의 시점에서 기술되는 일기 형식이다.

우르비캉드라는 도시는 원래 제멋대로 생긴 판잣집들 사이로 국적불명의 현대적 건물들이 들어서 있는 흉측한 상태였지만 로빅의 계획에 따라 새롭게 정비 및 재개발된다. 그는 널찍하고 기하학적으로 잘 구획된 거리와 건물들, 그리고 장엄한 정원들을 설계해 다른 도시들의 경탄을 자아낼 만한 수준으로 탈바꿈시킨다. 하지만 대칭과 연속성을 기준으로 삼은 그의 계획은 절반만 실현되는데, 도시의 남북을 연결할 제3대교 건설을 상급 결정위원회에서 반대하고 나섰기 때문이다. 도시의 두 연안이 합의에 따라 분리돼 있는 상태에서 새로운 통로가 생기면 새로운 틈새가 만들어질 것이며, 그것은 다시 새로운 통제체제를 필요로 하게 될 거라는 것이 반대의 정치적 이유였다.

『우르비캉드의 광기』
프랑수아 스퀴텐·브누아 페테르스, 양영란 옮김, 세미콜론, 2010

위원회와의 갈등으로 교착상태에 빠져 있던 로빅의 책상에 어느 날 작업장에서 발견됐다는 특이한 정육면체 구조물이 놓인다. 한 변의 길이가 15센티미터가량이고 속은 빈 단순한 육면체였다. 그런데 이 육면체가 그의 책상에서 자연적인 생장을 시작해 도시 공간 전체로 확장해나간다. 이것이 우르비캉드 이야기의 핵심 모티브이자 수수께끼다. 로빅은 구조물에 '로빅의 네트워크'라는 이름을 붙이는데, 자가 생성하는 이 네트워크는 곧 도시 전체를 혼란에 빠뜨리며, 그것을 제거하지 못하자 위원회, 곧 통치 권력은 무력화된다. 구조물은 북부 연안까지 뻗어나가서 도시의 남북이 연결되고 주민들은 서로 만나기 시작한다. 육면체 네트워크를 통해 사람들은 직접 교류하기 시작하고 심지어는 서로 집을 맞바꾸기도 한다. 도시 전체를 관통하는 구조물 때문에 새로운 생활양식과 문화가 만들어진 것이다.

하지만 어느 날 이 네트워크 구조물이 구름 저편으로 사라지기 시작하고 폐허만을 흔적으로 남겨놓는다. 구조물의 귀환을 애타게 기다리거나 간구하는 사람들이 생겨나고, 돌아올 날짜를 계산하여 발표하는 이들도 나타났다. 위원회의 새로운 권력자가 된 친구 토마스는 로빅을 찾아와 네트워크를 대신할 거대한 건축물을 설계해달라고 부탁한다. 갑자기 나타났다가 사라진 자가 생성 구조물을 인공적으로 다시 건설하겠다는 계획이다. 하지만 로빅은 동의하지 않는다. "그자들의 생각은 완전히 잘못됐으며, 그 계획은 우리가 겪

걸작의 뒷모습

은 그 놀라운 현상의 조잡하고 보기 흉한 아류를 낳고 말 것"이라고 생각해서다. 그런 상황에서 유겐 로빅의 일기는 아무런 설명 없이 중단된다. 이것이 우르비캉드 이야기의 전말이다.

하지만 여기까지가 전부는 아니다. 당혹스러울 수 있는 독자들을 위해 '구조물에 얽힌 전설'이 부록으로 이어지며 흥미를 보탠다. 과연 우르비캉드 이야기의 핵심인 구조물은 어떤 의미일까? 열 가지 이상의 해석이 제시된다. '비인간화된 도시에 자연이 승리하는 예'라거나 '실패한 대역사大役事 프로젝트'를 상징한다는 해석도 있고, '무정부적인 전복의 움직임'을 암시한다는 정치적 해석도 있다. 천재적인 도시건축가가 사랑한 여인으로부터 버림받자 미쳐버렸다는 관점도 있고, 구조물은 신이나 악마라는 종교적 해석도 있다. 전화의 관점에서 '구조물은 통신망'이라는 해석도 억지스럽지만은 않다.

이 다양한 해석에 대한 허구적 저자의 평은 모든 해석이 충분치 않다는 것이다. 그에 따르면 이 이야기의 진정한 교훈은 "인간은 내내 어둠 속에서, 무지함 속에서 살고 있으며 앞으로도 그렇게 살 것이라는 깨달음"이다. 간단하지만 무한한 결론을 향해 열려 있는 이 구조물은 신들이 어둠의 도시에 사는 인간들에게 보낸 신비한 물체일 수 있으며, 그와 견주어볼 때 인간은 한없이 하찮은 존재에 불과하다는 걸 보여준다는 것이다.

이러한 결론은 이야기의 결말에 관한 가장 유력한 가설과 함께

그래도 삶

우리가 반면교사로 삼을 만하다. 심각한 천재지변이 우르비캉드를 덮치는 바람에 어둠의 도시들 가운데 가장 높은 콧대를 자랑하던 이 도시 전체가 순식간에 지도상에서 사라져버렸다는 것이 그 가설의 내용이다. 인류 문명에 대한 우화로도 읽힌다.

| 《공간》(2010년 10월호)

걸작의 뒷모습

4서가

그래도 정의

정의란 무엇인가

**만일 '로쟈'라는 필명을 쓰지 않았다면,
어떤 필명을 생각해보았는지?**

'로쟈'라는 필명은 그냥 또 하나의 이름이 되어버렸다. 명함에도
'로쟈'가 같이 새겨져 있으니! 다른 필명을 쓸 일이 올지는
모르겠지만, 또 고른다면 마찬가지로 러시아 소설에 등장하는
이름을 물색해보겠다. 여성 이름이긴 하지만 '희망'을 뜻하는
'나쟈'는 어떨까.

정의를 바라보는 세 가지 관점

|

『정의란 무엇인가』

'하버드 대학 20년 연속 최고의 명강의'라는 문구와 함께 소개된 마이클 샌델의 『정의란 무엇인가』가 2010년 인문서로는 8년 만에 종합 베스트셀러 1위에 오르기도 하면서 하나의 '사회적 현상'이 되고 있다. '정의'에 대한 이런 관심과 독서열이 어디에서 기원하며 무엇을 뜻하는지에 대해서는 의견이 분분하지만, 『정의란 무엇인가』를 계기로 이런 주제와 수준의 교양 인문서 독자층이 확대된다면 긍정적인 현상으로 받아들일 만하다.

저자는 이 책에서 어떤 내용의 강의를 우리에게 들려주는가? "정의를 다룬 뛰어난 철학서를 소개하고, 철학적 문제를 제기하는 오늘날의 법적·정치적 논쟁을 다루는 수업"에서 샌델이 주요하게 다루는 철학자는 아리스토텔레스, 칸트, 존 스튜어트 밀, 존 롤스 등이다. 하지만 그는 이들을 연대순으로 다루지 않는다. '사상의 역사'를 훑어보는 것이 아니라 '도덕적·철학적 사고'를 계발하는 데 더 큰 목적을 두어서다. 그가 강의하는 정의론의 전체적인 구도는 '정의를 이해하는 세 가지 방식'이 어떤 것이고, 각각의 장단점은 무엇인가를 밝히는 쪽으로 짜여 있다.

정의를 바라보는 세 가지 관점의 키워드는 행복 극대화, 자유 존중, 미덕 추구이다. 샌델은 먼저 시장 중심 사회에서 가장 자연스러운 출발점이라는 이유로 '행복 극대화'를 주장하는 공리주의자들의 견해를 소개하고, 이어서 정의를 자유와 연관 짓는 이론을 살핀다. 자유를 통해서 정의를 이해하는 방식 내에서도 의견은 갈려서 자유방임주의(자유지상주의)와 공평주의가 서로 경쟁하고 있기도 하다. 그리고 끝으로 정의가 미덕과 밀접히 연관된다고 보는 이론을 살펴보는데, 그러한 입장의 원조이자 가장 대표적인 철학자가 아리스토텔레스이다. 그리하여 샌델의 여정은 공리주의에서 시작하여 칸트의 도덕철학과 롤스의 정의론을 거쳐서 아리스토텔레스의 목적론적 정의론으로 마무리된다. 중립적인 소개를 지향하지만, 이러

『정의란 무엇인가』
마이클 샌델, 이창신 옮김
김영사, 2010

그래도 정의

한 여정 자체에 흔히 '공동체주의자'로 알려진 샌델 자신의 입장과 의도가 함축돼 있다.

공리주의자들에 따르면 옳은 행위란 공리(유용성)를 극대화하는 행위를 가리킨다. 곧 공리란 쾌락을 극대화하고 고통을 최소화하는 것이다. 쾌락을 좋아하고 고통을 싫어하는 인간의 기본 성향을 도덕적·정치적 삶의 기초로 삼고자 한다. 제레미 벤담에게 공동체란 허구이며 존재하는 건 개인들의 총합이다. 그는 이렇게 묻는다. "우리가 이 정책에서 얻는 이익을 모두 더한 뒤에 총비용을 빼면, 다른 정책을 펼 때보다 더 많은 행복을 얻을 수 있을까?" 이렇듯 모든 사안에 대한 계산 가능성을 전제로 함으로써 공리주의는 도덕철학보다는 '도덕과학'을 자임한다. 샌델은 이러한 입장에 대한 반박으로 모든 가치를 돈으로, 비용·편익 분석으로 환원할 수 있는가라는 의문과 함께 공리주의가 개인의 권리를 인정하지 않는다는 점을 지적한다. 가령 로마의 원형경기장에서 그리스도인을 사자 우리에 던져놓고 구경꾼들이 환호하며 쾌감을 느낀다면 공리주의자들은 어떤 근거로 그런 행위를 비난할 수 있을까.

한편 자유지상주의는 인간의 자유를 명분으로 모든 규제에 반대한다. 개인의 자유는 기본권으로 자신의 소유물은 마음대로 처분할 수 있다는 입장이다. 나는 나 자신과 나의 노동도 소유하며 이러한 권리는 아무도 간섭하거나 침해할 수 없다. 그런 관점에서 자유지상주의자들은 과세(내 수입을 가져가는 행위)에서 강제 노동(내 노동

정의란 무엇인가

을 가져가는 행위)과 노예제(나는 나를 소유한다는 사실을 부정하는 행위) 사이에서 연속성을 발견한다. 즉 정부의 과세는 강제 노동이나 노예제만큼이나 부도덕하다는 것이다. 이런 관점에 대해 샌델은 안락사나 식인 행위에 대해 생각해보자고 말한다. 실제로 2001년 독일의 한 남성이 먹힐 의향이 있는 사람을 찾는 광고를 낸 후 자원자 한 사람을 토막 살해하여 일부를 먹어치운 사건이 발생했다. 자유지상주의자는 합의에 의해 이루어진다면 이러한 식인 행위에 대해서 부당하다고 말할 수 있을까.

인간 자체를 목적으로 간주하라고 주장하는 칸트는 행복 극대화나 미덕의 장려로서의 정의론에 반대한다. 칸트에게 도덕은 정언명령에 따른 자유로운 행동만을 가리킨다. 특정한 이익이나 욕구는 도덕의 기초가 될 수 없다는 것이 그의 입장이다. 이를 계승하여 롤스는 기본적인 자유가 모든 시민에게 평등하게 제공되어야 한다는 평등원칙과 소득과 부의 불평등한 분배는 그 이익이 사회적·경제적으로 가장 어려운 사람들에게 돌아가는 쪽으로 이루어져야 한다는 차등원칙을 사회적 정의를 위한 기본 원칙으로 제시한다. 롤스는 분배의 정의가 미덕이나 도덕적 자격을 포상하는 게 아니라고 주장하는데, "노력하고 도전해서 소위 자격을 갖춘 사람이 되려는 의지조차도 행복한 가정과 사회적 환경의 영향"이라고 보기 때문이다. 따라서 어떠한 성공도 스스로의 공으로 돌릴 수 없게 되며, 이것이 롤스 식 공평주의의 귀결이다.

반면에 가장 오래전 철학자 아리스토텔레스에게 정의란 사람들에게 그들이 마땅히 받아야 할 것을 주는 것이다. 정치에 본질적인 목적이 있다고 생각하지 않는 현대적 관점과는 달리 아리스토텔레스는 좋은 시민을 양성하는 것이 정치의 목적이라고 생각한다. 정치공동체의 목적은 좋은 삶이며 사회생활의 여러 제도는 그것을 달성하기 위한 것이라고 보는 것이다. 그런 관점에서 그는 시민적 자질이 가장 뛰어나고 무엇이 공동선인지 가장 잘 파악하는 사람에게 최고의 공직과 영광이 돌아가야 한다고 생각한다. "정치란 어느 정도는 시민의 미덕에 영광과 포상을 안겨주기 위해 존재하기 때문이다."

칸트나 롤스는 무엇이 선이고 좋은 삶인지 선택할 여지를 고려하지 않으며 아리스토텔레스의 목적론을 거부한다. 그리고 그런 관점에서 '중립을 지키는 국가'와 '자유로운 선택권을 지닌 자아'를 지지한다. 하지만 샌델이 보기에 그렇듯 선택의 자유만 확보하는 것으로는 정의로운 사회를 만들 수 없다. 좋은 삶의 의미를 함께 고민하는 노력이 거기에 덧붙여져야 한다. 도덕을 회피하는 정치보다 도덕에 개입하는 정치를 그가 더 옹호하는 이유다. 물론 이러한 결론보다 중요한 것은 정의란 무엇인가라는 질문을 던지고 그 해답을 찾아가는 여정이다. 시민의 미덕은 그러한 여정을 통해 길러지고 단련될 것이다.

| 《경영계》(2010년 11월호)

P.S. 개인적으로 '정의' 못지않게 중요한, 2010년의 키워드는 『그들이 말하지 않는 23가지』(장하준, 김희정·안세민 옮김, 부키, 2010)의 '그들'이라고 생각한다. 모든 적대를 무화하는 '우리'라는 이데올로기적 수사에 견주어 자본주의적 적대를 분명하게 직시하도록 하는 '그들'이라는 기표의 파괴력은 과소평가할 수 없다. 우리의 '주적'은 '북한'이 아니라 '그들'이라는 사실을 이보다 더 선명하게 드러내준 책이 있던가? 바로 그런 '계몽적인' 이유에서 『그들이 말하지 않는 23가지』 또한 '올해의 책'에 값한다. 『그들이 말하지 않는 23가지』와 함께 『정의란 무엇인가』, 이 두 권의 인문사회과학서가 합심하여, 혹은 '케임브리지'와 '하버드'가 합작하여 우리에게 말해주는 진실은 무엇인가? '그들이 말하지 않는 정의!' 그게 내겐 2010년을 정리해주는 문구로 보인다.

한편 장하준이 '더 나은 자본주의'를 말한다면, 슬라보예 지젝은 『처음에는 비극으로, 다음에는 희극으로』(김성호 옮김, 창비, 2010)에서 그러한 자본주의가 결국엔 '사회주의'(혹은 자유주의적 공산주의)로 귀결된다고 보고, 그것을 공산주의와 대비시킨다. 『처음에는 비극으로, 다음에는 희극으로』는 아직 대중화되지 않은, 그래서 도래하지 않은 '올해의 책'이다.

누구를 위한 정의인가

|

『왜 도덕인가?』

"문명세계에서 미국만큼 철학에 관심을 보이지 않는 나라는 없다."

『미국의 민주주의』의 저자 알렉시 드 토크빌이 1830년대에 미국을 방문하고 남긴 말이다. 특히 정치철학은 미국의 공헌이 아주 미미한 분야인데, 마이클 샌델은 『왜 도덕인가?』에서 그 이유를 미국 민주주의의 성공에서 찾는다. "종교전쟁, 쇠퇴하는 제국, 실패한 국가, 계급투쟁은 안정된 제도보다 더 풍부한 철학적 내용을 제공한다"는 것이다. 열거한 사항은 모두 토머스 홉스, 존 로크, 장 자크 루소, 카를 마르크스, 존 스튜어트 밀 등 쟁쟁한 정치철학을 배출한 유럽 대륙과 관련이 있다. 상대적으로 미국의 정치철학이 빈곤한 것은 유럽과 달리 '안정된 제도'를 운영해온 덕분이라는 지적이다.

정의란 무엇인가

고개를 끄덕이게 되지만 일반화할 수는 없을 듯싶다. 똑같은 기준을 적용한다면 가장 앞선 정치철학을 가질 법한 나라는 한국이기 때문이다. 그럼에도 샌델의 이어지는 추정은 깨달음을 준다. 미국 철학사상의 대표적인 명언들은 어쩌면 철학자가 아니라 공직자들로부터 나왔을지도 모른다는 게 그의 생각이다. 정치철학의 빈곤을 충분히 상쇄하는 다른 전통을 미국은 갖고 있다는 것이다. 샌델이 보기에 미국에 정치철학이라는 게 있다면, 그것은 차라리 토머스 제퍼슨이나 제임스 매디슨, 에이브러햄 링컨 같은 대통령, 그리고 알렉산더 해밀턴, 올리버 웬들 홈스, 루이스 브랜다이스 등의 법률가 내지 연방대법원판사 등의 입에서 나왔다. 예외라면 비정치인으로서 미국 정치사상을 대표하는 『정의론』의 저자 존 롤스 정도이다.

기록적인 베스트셀러 『정의란 무엇인가』로 한국에서는 이름을 떨치게 됐지만, 정치철학자로서 샌델의 평판은 롤스의 자유주의 정치이론을 비판한 데뷔작 『자유주의와 정의의 한계』(1982)에서 비롯됐다. 덕분에 그는 자유주의를 비판하는 '공동체주의' 철학자로 자주 묶이곤 한다. 하지만 샌델은 공동체주의의 한계 또한 날카롭

『왜 도덕인가?』
마이클 샌델, 안진환·이수경 옮김
한국경제신문, 2010

게 지적한다. 통상적인 의미에서 공동체주의가 정의의 원칙을 특정 공동체나 전통에서 찾는 걸 뜻한다면, 그는 자신이 공동체주의자가 아니라고 말한다. 대신에 도덕적 가치나 선을 정의원칙의 정당화 근거로 삼는 입장을 지지한다. 그는 아리스토텔레스를 계승하는 목적론적 정의론자이다.

어떤 차이인가? 예컨대, 홀로코스트 생존자들이 모여 사는 지역에서 신나치주의자들이 연설을 하거나 인종 차별을 옹호하는 지역에서 민권운동가들이 가두행진과 연설을 할 경우 어떻게 대응하는가? 두 가지 사례 모두 지역 공동체의 일반적인 의사와는 반대되는 메시지를 전달하려는 셈인데, 자유주의자는 언론의 자유를 지지하는 입장에서 연설 내용에 대해서는 중립을 지켜야 한다고 본다. 반면에 공동체주의자는 공동체의 지배적 가치에 따라 두 가지 시도에 모두 반대한다.

하지만 샌델은 대량학살과 혐오를 선동하는 신나치의 연설과 흑인의 민권을 얻어내려고 한 민권운동가의 연설은 그 '대의'에 따라 구별돼야 한다고 본다. 요컨대, 절차적 정당성만 옹호하거나 다수결주의만을 고집하는 것은 정의의 원칙으로 미흡하다. 물론 무엇이 대의인가를 놓고 의견이 갈릴 수는 있다. 하지만 그것은 도덕적 논의를 회피함으로써가 아니라 대의에 대한 공공철학적 논쟁을 강화함으로써 해결되어야 한다.

새해 예산안을 단독으로 강행처리한 뒤에 여당 원내대표는 그것이 '국가를 위한 정의'라고 말했다. '정의란 무엇인가'에 이어서 이제 '누구를 위한 정의인가'를 따져보자는 제안으로도 들린다.

| 《한겨레》(2010. 12. 18)

P.S.   참고로, 『왜 도덕인가?』의 말미에 들어 있는 '가상 인터뷰'라는 꼭지는 「공동체주의의 한계」라는 제목의 글을 옮긴 것으로 『자유주의와 정의의 한계』(2판)의 서문이다. 샌델의 입장이 어떤 것인지를 잘 말해주는 글이다. 『자유주의와 정의의 한계』는 『정의의 한계』(이양수 옮김, 멜론, 2012)라는 제목으로 번역돼 나왔다.

한편, 번역본에서는 샌델이 비판거리로 삼는 'procedural republic'을 '절차적 민주주의'라고 옮겼는데(191, 295, 296쪽), 그게 합의된 번역어인지는 모르겠다. '형식적 민주주의'와 비슷한 의미를 갖는 걸로 생각되긴 하지만, 국내 학술논문에서는 '절차적 공화국', 그리고 『공동체주의와 공공성』(마이클 샌델, 김선욱 외 옮김, 철학과현실사, 2008)에서는 '절차적 공화정'이라고 옮겨졌다. 그리고 8장 「관행과 제도에 내재된 정치철학은 무엇인가」는 원제가 'The Procedural Republic and the Unencumbered Self'로 샌델의 정치철학적 입장을 잘 요약해주는 글이어서 요긴하다.

'Unencumbered Self'는 '무연고적 자아'라고 옮기는데, 롤스의 자유주의 정치론에 대한 비판의 핵심은 『정의론』에서 그가 내세우는 원초적 입장이 '무연고적 자아'를 상정한다는 데 있다.

자유주의 우생학 비판과 선물로서의 삶

|

『생명의 윤리를 말하다』

한국에서 마이클 샌델이란 이름은 더 이상 철학 전공자들만의 '은어'가 아니다. 존 롤스의 『정의론』(1971)을 비판한 첫 저작 『자유주의와 정의의 한계』(1982)를 발표하면서 롤스 식 자유주의를 비판하는 공동체주의 철학자 대열에 가세한 걸로 유명하지만, 영미 철학에 관심이 있는 독자들에게나 흥미를 끌 이야기다. 심지어 2005년 '다산 기념 철학 강좌'에 초빙돼 내한하여 네 차례 강연을 갖고, 강연문이 『공동체주의와 공공성』(김선욱 외 옮김, 철학과현실사, 2008)이라는 제목으로 출간되었어도 샌델을 아는 독자는 극히 드물었다. 하지만 인문서로선 2010년 최고의 베스트셀러 『정의란 무엇인가』가 모든 걸 바꾸어놓았다. 얼마 전 그가 두 번째로 한국을 찾았을 때는 '하버드 대학 최고의 명강의'를 듣기 위해 4천 명이 넘는 일반

청중이 모여들었다. 그는 한국 사회의 한 '현상'이 됐다.

샌델의 방한에 발맞춰 출간된 『생명의 윤리를 말하다』는 그런 '현상'을 배경으로 하지 않았다면 크게 주목받지 못했을지도 모른다. 샌델과 비슷하게 자유주의적 우생학을 비판한 하버마스의 『인간이라는 자연의 미래』(장은주 옮김, 나남출판, 2003)가 독자들의 관심을 별로 끌지 못했던 걸 상기해볼 수 있다. 그렇더라도 인정할 수밖에 없는 건 자신이 다루는 윤리적 쟁점에 독자(청중)의 관심을 끌어들이는 샌델 특유의 화법과 기술이다. 이미 『정의란 무엇인가』를 읽어본 독자에게는 친숙한 방식이지만 샌델의 강점은 무엇보다도 구체적이면서 다양한 사례들을 논거로 활용한다는 점이다. 그의 강점은 『생명의 윤리를 말하다』에서도 십분 발휘된다.

가령 '강화의 윤리학'을 다루는 첫 장에서도 샌델은 다짜고짜 청각장애를 갖고 있는 레즈비언 부부가 자기들과 마찬가지로 소리를 듣지 못하는 아이를 낳기 위해 애를 쓴 사례를 제시한다. 이 부부는 5대째 청각장애인 가족에서 정자 공여자를 찾아서 결국은 청각장애 아들을 얻었다. 이 사례를 바탕으로 샌델은 우리에게 이렇게 질

『생명의 윤리를 말하다』
마이클 샌델, 강명신 옮김
동녘, 2010

문한다. 그렇게 일부러 청각장애아를 갖기로 계획하는 일이 과연 도덕적으로 그른가? 그렇다면 무엇 때문인가? 자신의 입장과 주장을 일방적으로 펼쳐놓는 것이 아니라 이렇듯 독자(혹은 청중)와 함께 문제를 제기하고 합리적인 추론을 통해 타당한 윤리적 결론을 도출해가는 샌델의 방식은 자칫 딱딱한 논변으로 일관하기 쉬운 윤리적 문제에 '생명'을 불어넣는다.

책의 부제는 '유전학적으로 완벽해지려는 인간에 대한 반론'이다. 유전공학 시대의 생명윤리를 탐색하는 샌델의 기본 입장이 이미 드러난다. 유전공학의 힘을 빌려서 완벽해지려는 시도에 그는 반대한다는 것이다. 애초에 생명공학 기술들은 질병을 치유하거나 유전적 이상을 예방하기 위한 목적으로 개발되었다. 하지만 노화에 따른 근육 손실을 복구하는 기술은 손상된 근육뿐만 아니라 건강한 근육을 강화하는 데도 이용될 수 있다. 만약 운동선수들이 이 유전학적 강화 기술을 사용한다면 어떻게 될까. 운동선수가 파열된 근육을 치료하기 위해 유전자 치료의 도움을 받는 것이 허용된다면, 근육을 강화하는 데 그 치료를 사용하는 것은 왜 안 되는가. 과학자들은 기억 관련 복제 유전자를 활용하여 기억 향상 약물이나 '인지력 강화제'를 개발하려고 한다. '뇌에 쓰는 비아그라'다. 이런 약물이 알츠하이머병 환자를 치료하는 데 이용될 수 있다면, 건강한 사람이 치료 목적과 무관하게 자신의 기억력을 증진시키기 위해서 사용하는 것은 어떤가. 그것이 금지되어야 할 타당한 이유가 있는가?

키가 작은 아이들이 성장호르몬제를 처방받는 것이 허용된다면, 평균 키지만 키를 좀 더 키워서 농구 팀에 들어가고 싶어 하는 아이들이 이 성장호르몬제를 처방받는 것은 왜 안 되는가. 현재 기술적으로는 정자 선별 기술을 통해서 여자아이는 91퍼센트, 남자아이는 76퍼센트까지 감별할 수 있다고 한다. 남아를 특별히 선호하지 않고 성비 균형이 맞는 사회에서도 그런 성 감별을 거부할 이유가 있는가. 성별뿐만 아니라 아이의 키와 눈 색깔, 피부색까지 선택할 수 있다면? 성적인 성향이나 지능, 음악적 재능, 운동 능력도 부모가 미리 선택할 수 있다면, 그런 것이 유전공학적 기술로 가능하여 부모가 아이의 '디자이너'가 되고자 한다면 과연 무엇이 문제일까.

치료와 강화 사이에 경계선이 흐릿한 것은 사실이지만, 샌델은 그 구분 자체의 중요성이 가려져서는 안 된다고 본다. 가령 자녀에 대한 부모의 사랑에도 '받아들이는 사랑'과 '변화시키는 사랑' 두 가지 측면이 있는 것과 마찬가지다. 받아들이는 사랑은 자녀의 존재를 긍정하는 것이고 변화시키는 사랑은 자녀의 복지를 추구하는 것이다. 이 두 가지 사랑은 물론 서로 다른 측면의 과도함을 교정해주는 역할을 한다. 샌델이 우려하는 것은 오늘날 부모들의 사랑이 변화시키는 사랑 쪽으로 치우쳐서 과도하게 자녀들이 완벽해지기를 바란다는 점이다. 이것은 치료 목적으로 개발된 생명공학 기술이 강화의 목적으로 전용되거나 남용되는 현상과 마찬가지의 결과

정의란 무엇인가

를 낳는다.

생명공학이 '자녀의 모든 것을 결정하고 만들어내는 부모'라는 신화를 현실로 만든다면, 아이의 재능과 능력은 '선물'이 아니라 인위적인 계획과 개입의 결과물이 될 것이다. 그리고 유전적으로 강화된 아이들은 자신의 소질에 대해 책임이 있다기보다는 부모에게 빚을 진 게 될 것이다. 또한 자연이나 운에 맡길 부분이 줄어들면서 부모에겐 엄청난 책임이 전가될 것이다. 즉 "우리가 유전적 유산의 정복자가 될수록 자신의 재능과 행동 방식에 대한 부담이 커질 것이다." 농구 선수가 리바운드를 놓쳤을 때 지금은 제 위치에 없었다고 코치에게 야단맞지만 미래에는 키가 작아서 리바운드를 못 받는 것 아니냐는 핀잔을 들을지 모른다는 게 샌델의 우려다.

대학 입학과 관련한 2년 컨설팅에 3만 2천995달러가 드는 '플래티넘 패키지'가 최상류층을 상대로 판매된다면, 그런 비용을 댈 수 없는 부모는 무능하고 자격 없는 부모로 간주될 것이다. 마치 산전 유전자 검사를 제때 받지 않아서 다운증후군 아이를 낳은 부모처럼 "할 일을 안 하고 넘어간" 부모로 치부될 것이다. 그리고 이렇게 되면 우리보다 못한 운명을 타고난 사람들과의 사회적 연대는 더없이 약화될 것이다.

자유주의적 우생학과 유전적 강화에 샌델이 반대하는 것은 바로 그런 시각에서다. 그는 "이 시대의 과잉 양육은 정복과 지배를 향한 지나친 불안을 나타내며, 이는 선물로서의 삶의 의미를 놓치는 일"

이라고 본다. 때문에 그가 보기에 중요한 것은 각자의 재능과 성공이 노력의 산물만은 아니며 선물이기도 하다는 인식의 회복이다. "그 모습 그대로 완벽한 두 아들 아담과 아론에게 이 책을 바친다"라는 저자의 서문이 이해되는 대목이다.

| 《기획회의》(2010. 9. 5)

"부모 뜻대로 안 되는 사회가
더 좋은 사회다"

『생명의 윤리를 말하다』

    가을의 문턱이다. 아직 무더위가 가시지 않았지만 수능을 두어 달 앞둔 수험생이나 학부모의 마음이 바빠질 때다. 공연한 남 걱정인가 싶지만, 자녀 교육과 부모의 책임에 대한 고민만큼은 어떤 부모라도 면제되지 않는다. 게다가 초등학교 1학년생부터 '예비 수험생'으로 내몰고 있는 대한민국 교육의 강박적 현실을 고려하면 남 걱정이 아니다. 하지만 그 걱정과 부담을 좀 덜어놓자는 생각을 갖게 됐다. '아빠의 무관심'을 정당화하자는 얘기가 아니다. 나름대로 근거가 있다.

    『정의란 무엇인가』로 열풍을 불러일으키고 있는 하버드 대학 마이클 샌델 교수는 또 다른 책『생명의 윤리를 말하다』에서 우리의 삶을 '선물'로 인식해야 한다는 주장을 강하게 펼친다. 생명공학 기술의 발달에 따라 인간이 생명의 디자이너가 돼도 좋다고 주장하는 자유주의적 우생학에 반대하여 그가 옹호하는 것은 생명을 선물로 보는 윤리. 생명의 디자이너가 된다는 것은 부모의 입장에서 보면 자녀를 부모의 의지의 산물로 만든다는 뜻이다. 그렇게 만들 수 있다는 얘기는 한편으로는 부모를 자녀에게 책임을 다하는 '능력 있는' 부모와 그렇지 못한 부모로 양분한다. 자녀의 성별뿐만 아니라 지적인 소질이나 운동 능력 같은 유전형질도 부모가 정한다. 아예 부모가 적극적으로 나서 외모까지도 손봐주는 시대다. 원래는 치료의 목적으로 개발됐지만 생명공학은 이러한 부모의 의도와 '과잉 양육'을 현실화시켜준다.

가령, 리탈린이라는 약은 '주의력 결핍 과잉행동장애'로 진단받은 아이들을 위한 치료제다. 하지만 미국에서는 정상적인 아이들도 집중력을 높이기 위해 이 약을 처방받는 경우가 많아졌다고 한다. 18세 이하 미국 청소년의 5~6퍼센트가 리탈린이나 다른 자극제를 처방받고, 친구의 약을 사거나 빌려서 먹고 SAT(미국의 대학입학 자격시험)나 대학 시험을 치르는 학생들도 있다고 한다. 주의력 결핍 치료제가 주의력 강화제로 탈바꿈한 것이다. 물론 '치료'와 '강화' 사이의 경계가 흐릿한 것은 사실이지만 이 구분 자체를 간과해서는 안 된다는 것이 샌델 교수의 입장이다.

자녀를 강화하려는 부모는 역설적이지만 자녀에 대한 '무조건적 사랑'이라는 규범에서 벗어난다. 자녀의 존재를 그 자체로 긍정하는 '받아들이는 사랑'과 자녀의 복지를 추구하는 '변화시키는 사랑', 이 두 가지 사랑이 부모에게 있다고 하면, 자녀가 완벽해지길 바라면서 모든 면에서 탁월한 성취를 이루도록 요구하는 것은 '변화시키는 사랑' 쪽으로만 치우친 것이다.

여기서 충돌하는 것은 '자식은 부모 뜻대로 안 돼'라는 통념과 '자식은 부모 하기 나름'이라는 믿음이다. 문제는 유전공학까지 동원하여 모든 것이 '부모 하기 나름'으로 간주되는 순간 아이의 재능과 능력은 모두 부모의 책임으로 귀결된다는 점이다. 유전적 자기 개량에 익숙해짐에 따라 운명과 행운의 몫은 줄어들고 자신과 자녀의 운명에 대한 책임은 증폭된다. 그에 따라 우리보다 못한 운명을 타고난 사람들과의 연대의식은 감소한다. 삶이 '주어진 선물'이 아니라 우리가 얼마든지 조작하고 정복할 수 있는 대상이라고 보는 관점의 음울한 미래상이다. 반면에 삶이란 선물이며 각자의 재능은 유전적 제비뽑기의 결과일 뿐이라는 인식은 우리를 겸손하게 만든다.

자녀의 성공이 부모의 노력 덕분만이 아니라 행운의 결과이기도 하다는 깨달음은 '똑같은 부모'의 처지를 돌아보게 하고 서로 연대감을 갖도록 해줄 것이다. 더불어 성공에 뒤따르는 사회적 혜택을 다른 사람들과 공유하게끔 유도할 것이다. 부모 뜻대로 안 되는 사회가 더 좋은 사회다.

| 《경향신문》(2010. 8. 31)

시장지상주의를 극복하는 방법

『돈으로 살 수 없는 것들』

베스트셀러 『정의란 무엇인가』 덕분에 국내에선 가장 유명한 철학자 반열에 든 마이클 샌델의 신작 『돈으로 살 수 없는 것들』이 출간됐다. 문제의식은 간명하다. "세상에는 돈으로 살 수 없는 것들이 있다. 하지만 요즘에는 그리 많이 남아 있지 않다." 즉 '돈으로 살 수 없는 것들'이 점점 줄어들고 있는 시대적 흐름에 반하여 샌델은 '과연 그래도 좋은가?'라는 성찰적 물음을 제기한다. 물론 이 물음은 '돈이 전부가 아니야'라는 우리의 심정적 판단에 잘 부합한다. 샌델의 강점은 구체적 사례와 이성적 논변을 통해서 우리가 이 문제를 어떻게 사유할 수 있는지 보여준다는 데 있다.

샌델은 먼저 시장과 시장 중심적 사고방식이 사회생활 전체를 잠식하게 된 것이 지난 30년간 발생한 가장 치명적인 변화라고 지적한다. 이른바 '시장지상주의 시대'다. 샌델은 2008년 금융위기의 근본 원인도 자본주의적 탐욕이 아니라 시장의 무차별적인 팽창에 있다고 본다. 영리를 추구하는 학교와 병원과 교도소가 늘어나고 전쟁을 민간군사기업에 위탁하는 현상이 그러한 팽창의 사례다. 물론 아직 우리에게 도래하지 않은 현실도 있다. 가령 이마나 신체 일부를 임대하여 상업용 광고를 게재한다든가, 아프거나 나이 든 사람들의 생명보험 증권을 사서 피보험자가 살아 있는 동안에는 보험료를 불입하고 그들이 사망하게 되면 보험금을 수령하는 돈벌이 따위가 그렇다.

하지만 '자본주의 최전선'에서 벌어지는 일들이 그다지 먼 미래의 일로만 보이지 않는다. 단적으로 말하면, 건강과 교육, 공공안전, 국가보안, 사법체계와 환경보호, 스포츠와 여가활동, 그리고 임신과 출산에 이르기까지 거의 모든 사회적 재화에 시장논리가 개입하고 있는 미국의 현실은 곧 우리의 현실이 될지도 모른다. 그러한 현실을 가리키는 이름이 '시장사회'다. 시장이 생산 활동을 조직하는 도구에 머무는 '시장경제'와 달리 시장사회에서 시장은 아예 생활방식

『돈으로 살 수 없는 것들』
마이클 샌델, 안기순 옮김
와이즈베리, 2012

자체다. 과연 모든 것을 돈으로 사고 팔 수 있는 '시장 유토피아'가 우리의 지향점인가? 만약 그렇지 않다면 시장의 역할과 영향력은 분명 재고되어야 한다. 모든 것의 시장가치화, 무엇이 문제인가?

샌델은 주로 두 가지 문제점을 비판의 근거로 든다. 하나는 불평등의 문제다. 모든 것을 돈으로 거래할 수 있는 사회가 되면 당연하게도 가진 자와 못 가진 자의 구분이 더욱 확연해질 것이다. 단지 비행기 좌석뿐만이 아니라 일상의 모든 영역에서 돈이 차등적인 대우를 가능하게 해준다면 부유한 자나 가난한 자나 모두 같은 공동체의 구성원이라는 인식은 약화될 수밖에 없고 '공공선' 또한 구두선에 그칠 수밖에 없다. 또 다른 문제점은 부패다. "삶 속에 나타나는 좋은 것에 가격을 매기는 행위는 그것을 오염시킬 수 있다"고 샌델은 지적한다. 대부분의 경제학자들은 시장이 교환되는 재화에 영향을 미치지 않는다고 생각하지만 실상은 그렇지 않다. 학생들에게 돈을 주면서 책을 읽게 하는 경우 독서는 내적인 만족의 원천이 아니라 노동이 될 수 있으며, 기부금 입학을 허용할 경우 대학 재정은 확충될지 모르지만 대학 입학의 가치는 훼손될 수 있다.

모든 것을 시장에 맡길 수 없다면, 시장에 속한 영역은 무엇이고, 시장에 속하지 않은 영역은 무엇인지 분별하는 일이 과제로 남는다. 이러한 판단을 위해서는 재화의 의미와 목적, 가치에 대해서 깊이 생각해볼 수밖에 없다. 더 나아가 그것은 무엇이 좋은 삶인지에 대한 숙고로 우리를 이끈다. 그렇다면 시장적 가치와 비시장적 가치에 대한 판단과 구분은 경제적인 문제가 아니라 도덕적이며 정치적인 문제다. 따라서 각자의 도덕적·정치적 입장을 적극적으로 개진하고 공개적으로 숙고·토론하는 것이 시장지상주의 시대를 극복할 수 있는 방책이다. 시장지상주의 시대는 그러한 숙고와 토론이 공공담론의 장에서 약화됐던 시대와 일치한다는 샌델의 지적은 음미해볼 만하다. 우리가 판단하지 않으면 시장이 결정한다.

| 《주간경향》(2012. 5. 8)

P.S.   관심 저자의 책인지라 영어본도 같이 구해서 읽었는데, 내가 읽은 것과 다르게 번역된 대목들이 있어서 지적해놓는다. 「서론」에서 시장의 도덕적 한계에 대한 토론이 제대로 이루어지지 않는 이유로 샌델은 정치권의 무능력과 함께 공적 담론의 위기를 지적하는데, 후자에 대해서 이렇게 적는다.

"정치적 논쟁이라는 이름으로 텔레비전 프로그램에서 아귀다툼을 벌이고, 라디오 토크쇼에서 당파에 치우쳐 신랄한 비판을 주고받거나, 의회 바닥에서 이념적인 밥그릇 싸움을 벌이는 행위가 주를 이루는 시대에는, 이렇듯 논쟁의 여지가 있는 도덕적 질문을 놓고 논리에 근거한 공적 토론을 벌이는 것이 임신과 출산, 아동, 교육, 건강, 환경, 시민권, 그 밖의 재화의 가치를 평가하는 올바른 방법이라고 생각하기 어렵다. 그럼에도 나는 이러한 토론이 가능할 뿐 아니라 공적 생활에 활력을 불어넣으리라 믿는다." (『돈으로 살 수 없는 것들』, 32쪽)

일단 우리말로도 어색하다. "공적 토론을 벌이는 것이 (……) 올바른 방법이라고 생각하기 어렵다. 그럼에도 나는 이러한 토론이 가능할 뿐 아니라 공적 생활에 활력을 불어넣으리라 믿는다"고 주장하는 셈이니까. 원문은 "it's hard to imagine a reasoned public debate about such controversial moral questions as the right way to value procreation, children, education, health, the environment, citizenship, and other goods"이다.

역자는 "to imagine a reasoned public debate about such controversial moral questions"가 가치를 평가하는(to value 이하) 올바른 방법(the right way)이 아니다, 는 뜻으로 풀었는데, 나로서는 as 이하가 questions를 받는 걸로 읽힌다. 다시 옮기면, (이렇게 여차여차한 시대에는) "임신과 출산, 아동, 교육, 건강, 환경, 시민권, 그 밖의 재화의 가치를 평가하는 올바른 방법이 무엇인지와 같은 논쟁적인 도덕적 질문에 대한 합리적인 공적 논쟁을 상상하기 어렵다." 하지만 그럼에도 그러한 논쟁이 불가능한 건 아니며 반드시 필요하다는 게 샌델의 주장이다.

시장의 도덕적 한계에 대한 공적인 논의/논쟁의 필요성은 책 전체를 통해서 샌델이 강조하는 바인데, 역시나 같은 「서론」에서 그는 이렇게 말한다.

> "시장의 도덕적 한계에 대한 논의는 우리가 한 사회의 구성원으로서, 시장이 공익에 기여할 수 있는 영역은 어디인지, 시장논리가 속할 수 없는 영역은 어디인지 판단할 수 있도록 할 것이다. 또한 좋은 삶에 관해 대립되는 개념들을 공공의 장에 받아들임으로써 정치에 활력을 줄 것이다."
>
> (『돈으로 살 수 없는 것들』, 33쪽)

'좋은 삶에 관해 대립되는 개념들'은 'competing notions of the good life'를 옮긴 것이다. '대립되는'이 오해를 유발하기 쉬운데, '경합하는', '경쟁하는'이라는 의미로 옮기는 게 좋겠다. '무엇이 좋은 삶인가를 두고 서로 경합하는 개념들'이라는 뜻이다. 마지막 5장에서도 "Such deliberations touch, unavoidably, on competing conceptions of the good life"라고 같은 표현이 나오는데, 이 또한 "그러다 보면 불가피하게 좋은 삶에 상충되는 개념에 관해 깊이 생각하기 마련이다"라고 부정확하게 옮겼다. "competing conceptions of the good life"라는 문구의 개념을 잘못 잡은 때문으로 보인다. 다시 옮기면, "그러한 숙고는 필연적으로 무엇이 좋은 삶인지 경합하는 개념들을 건드리게 된다." 곧 무엇이 좋은 삶인가라는 문제를 다루게 된다는 것. '좋은 삶'에 대한 숙고와 토론은 『정의란 무엇인가』에서와 마찬가지로 샌델에게 핵심적인 가치이다.

그래도 정의

자유는 사적인 문제가 아니다

책 읽기가 정말로 재미난가?
다른 재미난 것은 없는가?

독서가 선택이라고 생각하지 않는다. '인생이 정말로
재미납니까?'라고 누군가 묻는다면 뭐라고 답해야 할까? 당신은
인생 바깥에 있느냐고 반문해야 할까? 다른 재미난 것도 많을
테지만 무엇이 가장 지속적인 거냐고 묻는다면 단연 책이다.
아무리 아름다운 얼굴이나 아름다운 풍경도 30분만 바라보면
심심하다. 하지만 책은 몇 시간씩이라도 얼마든지 몰입할 수
있다. 이만한 강적을 알지 못한다.

"희망은 어찌 이리 폭력적인가"

『분노하라』

인문서로서 2010년 최고의 화제작은 100만 부가 넘게 팔려나간 마이클 샌델의 『정의란 무엇인가』였다. 덕분에 '정의사회' 같은 관제적 구호, 혹은 '사법정의' 같은 전문가 용어에서나 구경하던 '정의'를 한국 사회의 언중言衆은 되찾아 쓸 수 있었다. 모두가 정의란 무엇인가를 말하고, 무엇이 정의인가를 토론할 수 있게 된 것만으로도 한 권의 책이 낳을 수 있는 효과로선 충분하지 않았을까.

기대를 모은 건 '정의 이후'였는데, 독자들의 선택은 정의에 대한 사회 관심에서 한 걸음 물러나 자신의 처지를 돌보는 쪽이었다. 『아프니까 청춘이다』(김난도, 쌤앤파커스, 2010)에 보이는 젊은 세대의 호응은 공적인 관심과 사적인 고민 사이에 놓인 그들의 처지를 대변하는 것으로 보인다. 그들은 '인생 앞에 홀로 선 젊은 그대에게' 던지는 조언과 위무의 수신자이고자 했다. 사적인 고민에만 매몰된다고 부정적으로만 볼 일은 아니다. '홀로 선' 청춘들이 공감의 공동체로 묶일 수 있는 가능성도 주어지는 것이니까. 그 공감이란 '아픔'이다.

그리고 그 아픔이 '사회적 고통'이기도 하다는 인식까지는 한 걸음이다. '반값 등록금 투쟁'은 우리 시대 '사회적 고통'의 원인이 무엇이며 어떻게 해결할 것인가를 가늠해보는 시험대이다. 그것은 대학생들만의 투쟁이 아니다. 대졸자가 80퍼센트를 넘는 사회에서 등록금 투쟁은 곧 사회 전체의 투쟁이다. 단순히 '반값'의 쟁취가 핵심인 건 아니다. 중요한 것은 우리가 어떤 사회에서 사느냐이고 어떤 사회를 만들 것이냐이다.

스테판 에셀의 『분노하라』는 이러한 고민과 투쟁에 힘을 보태는 응원과 격려의 메시지로 읽힌다. 프랑스에서만 200만 부가 넘게 팔린 이 소책자에서 1917년생 레지스탕스 투사는 오늘의 프랑스 사회가 과거 레지스탕스가 꿈꾸던 세상에서 비켜났다고 비판한다. 특정인의 이익보다 전체의 이익을 우선하며, 노동이 창출한 부는 정

『분노하라』
스테판 에셀, 임희근 옮김
돌베개, 2011

자유는 사적인 문제가 아니다

당하게 분배하는 것이 스테판 에셀 같은 이들이 기획한 사회였다. 하지만 지금은 어떤가.

"극빈층과 최상위 부유층의 격차가 이렇게 큰 적은 일찍이 없었다. 그리고 돈을 좇아 질주하는 경쟁을 사람들이 이토록 부추긴 적도 없었다."

그의 판단에 이것은 결코 '자랑스러운 사회'가 아니다.

이러한 현실을 두고 "내가 뭘 어떻게 할 수 있겠어? 내 앞가림이나 잘할밖에……"라고 말하는 것은 최악의 태도라고 에셀은 질타한다. 우리에게 필요한 건 분노다. 자연스런 분노이면서 동시에 자각적인 분노. 레지스탕스의 기본 동기가 바로 분노였다고 말하면서 에셀은 그 정신을 되살릴 것을 젊은 세대에게 호소한다. "총대를 넘겨받으라. 분노하라!" 한국어 번역판은 그가 우리에게 건네는 '총대'라고 할 만하다. 사실 분노의 용도라면 사르코지의 프랑스보다 훨씬 더 많은 게 우리의 자랑 아닌 자랑 아닌가.

제2차 세계대전 이후에는 주로 외교관으로 활동한 에셀은 분노를 호소하면서도 한편으로는 격분을 경계한다. 격분이란 '분노가 끓어 넘치는 상태'이며 그 격분의 한 표출 방식이 테러리즘이다. 그가 테러리즘 같은 폭력적인 수단을 지지하지 않는 것은 그것이 희망을 부정하는 행위이며 따라서 효과적이지 않다고 보기 때문이다.

그래서 그는 비폭력적인 투쟁과 평화적인 봉기를 권유한다. 그가 유일하게 허용하는 폭력은 희망의 폭력, 혹은 폭력적인 희망이다. 아폴리네르의 시구를 빌려 그는 이렇게 말한다. "희망은 어찌 이리 격렬한가!" 93세의 노투사가 희망을 노래한다면 우리에게도 절망은 없다.

| 《시사IN》(2011. 7. 2)

P.S. 아폴리네르의 시구는 번역본을 따른 것인데, 문맥을 살려 "희망은 어찌 이리 폭력적인가!"라고 해도 좋았겠다(이 시구는 「미라보 다리」에 나오는 것으로 번역본 시집 『알코올』에서는 "이처럼 희망은 난폭한 것인가"라고 옮겨졌다). 한편, 레지스탕스 노투사의 책을 언급하니까 자연스레 '저항'을 주제로 한 책들도 떠오른다. 레지스탕스 총서로 나온 『호모 레지스탕스』(박경신 외, 해피스토리, 2011)와 『믿음이 왜 돈이 되는가?』(김상구, 해피스토리, 2011) 등이다.

자유는 사적인 문제가 아니다

자유는 사적인 문제가 아니다

『자유란 무엇인가』
『민주적 공공성』
『다음 국가를 말하다』

인문서의 한 갈래가 '인문서를 읽기 위한 인문서'라면 사이토 준이치의 『자유란 무엇인가』는 그쪽으로 분류할 수 있는 책이다. 자유론의 현재적 쟁점이 무엇이며 어떤 주장들이 서로 경쟁하고 있는가를 보여주는 것이 이 '가이드북'의 역할이다. 원저는 일본의 이와나미출판사가 기획한 '사고의 프론티어' 시리즈 가운데 하나로 나온 『자유』(2005). 저자의 책으로는 국내에 먼저 소개된 『민주적 공공성』에 뒤이어 두 번째로 나온 것이다. 이 『민주적 공공성』 또한 같은 시리즈의 『공공성』(2000)을 옮긴 것이다. '공공성'과 '자유'에 대한 관심이 저자에겐 병행적이거나 연속적이라는 걸 짐작케 한다.

'하버마스와 아렌트를 넘어서'라는 부제를 단 『민주적 공공성』의 키워드는 당연히 '공공성'이다(하버마스의 『공론장의 구조변동』을 바

그래도 정의

로 떠올리게 한다). 한데 일본에서도 이 말은 국가가 사용하는 말, 즉 일종의 관제 용어였다가 새로운 의미를 얻게 된 건 얼마 되지 않는다고 한다. 하지만 최근에, 그러니까 책이 쓰인 시기를 고려하면 2000년대 초반 들어서 '공공성' 혹은 '공공권公共圈'이라는 제목을 단 책들이 출간되고 대학에서는 '공공철학' 강좌가 개설되는 식으로 붐을 이루고 있다고 전한다. 저자에 따르면 그것은 국가가 '공공성'을 독점할 수 없다는 문제의식의 확산과 맞물린 현상이다.

우리는 어떤가. 「한국어판에 부친 서문」에서 그는 "한국 사회는 어떠한지 궁금합니다"라고 적었는데, 사정이 좀 다르다고 해야겠다. 『민주적 공공성』이라는 책 자체도 별다른 주목을 받지 못했으며(그 점에선 『자유란 무엇인가』도 마찬가지인 듯싶다), 공공성이라는 말도 일본만큼 널리 쓰이지 않는다. 드물게도 '공공성'을 제목에 달고 나온 조한상의 『공공성이란 무엇인가』(책세상, 2009)에서 저자가 '공공성과 시민사회', '공공성과 국가', '공공성과 언론' 등을 각 장의 제목으로 삼고 있는 데서 알 수 있듯이 한국에서는 아직 공공성의 초점을 국가나 언론(미디어)에 두고 있다. 반면에 『민주적 공공

『자유란 무엇인가』
사이토 준이치, 이혜진 외 옮김
한울, 2011

자유는 사적인 문제가 아니다

성』은 공공성에 대한 '재정의'를 통해서 문제의 지형을 '시민사회와 공공성' 쪽으로 옮겨가고자 한다. 이러한 재정의와 새로운 관심을 우리도 공유할 필요가 있다면, 그것은 우리가 살고 있는 정체政體가 '민주공화국'이기 때문이다.

우리의 헌법 제1조에 명시돼 있듯이 '대한민국은 민주공화국'이다. 하지만 박명림 교수와 함께 '공화국을 위한 열세 가지 질문'을 던지고 있는『다음 국가를 말하다』에서 김상봉 교수는 '공화국'이 이 땅에서 한 번도 실현된 적이 없다고 말한다. '민주국가'와 '공화국'은 서로 다른 정치적 범주인바, "민주국가가 모두에 의한 나라라면 공화국은 모두를 위한 나라"이다. 공화국은 의사 결정의 형식이 아니라 그 내용이 모두를 위한 것일 때 붙일 수 있는 이름이다. 그 말은 공화국이란, 소수 권력집단이 사익이나 챙기는 기구가 아니라 '공공적 기구'라는 것을 뜻한다. 따라서 공공성과 공화국의 정신이 빠진다면 민주주의는 '내용 없는 형식', 곧 껍데기로 전락한다(이명박 정부의 대한민국은 공화국인가 껍데기인가?). 우리는 아직 민주국가에서 공화국으로 가는 여정에 있는 셈이다.

『민주적 공공성』
사이토 준이치, 류수연 외 옮김
이음, 2009

그래도 정의

『다음 국가를 말하다』에서 두 저자는 이 공화국으로의 여정에서 같이 고민해볼 문제들을 제시하고 있지만 거기에 '자유'는 포함돼 있지 않다. 자유와 공공성을 나란히 다루지 않는 것은 자유가 '공적인 것'이라기보다는 '사적인 것'이라는 암묵적인 전제를 깔고 있어서가 아닌가 싶다. 반면에 공공성에 대한 사이토 준이치의 논의는 '자유'에서 출발한다. 자유가 출현했다는 것은 자유가 출현할 수 있는 공공적 공간을 창조하기 시작했다는 의미이기 때문이다. 한나 아렌트는 이렇게 말했다.

> "우리가 함께 먹는 식사 때마다 자유도 합석하도록 초대받는다. 비록 의자는 빈 채로 있지만 자리만큼은 마련되어 있다."(『과거와 미래 사이』, 서유경 옮김, 푸른숲, 2005)

아렌트를 따라서 사이토는 공공적 공간이 두 가지 정치적 가치와 연계돼 있다고 말한다. 그 하나가 '자유'이고, 다른 하나가 '배제에 대한 저항'이다. 아렌트적 의미에서 자유는 공공적 공간, 즉 공

『다음 국가를 말하다』
박명림·김상봉
웅진지식하우스, 2011

자유는 사적인 문제가 아니다

공성을 전제로 한다. 반면에 '사적private'이라는 말은 타자의 존재가 박탈됐다는 뜻이다. 자신의 행위와 의견에 대해 응답을 받을 수 있는 공간이 공공적 공간이기에 타자의 부재·박탈은 곧 자유를 위한 장소의 박탈을 의미한다. '행위할 권리'와 '의견을 피력할 권리'를 위한 장소의 박탈이다. 따라서 아렌트에게서 사적인 삶과 자유는 양립할 수 없다. 자유에 대한 이러한 관점은 근대적 의미의 자유, 흔히 '간섭의 부재'로 정의되는 '소극적 자유'에 대한 옹호와 대비된다.

『자유란 무엇인가』에서 사이토 준이치가 자유론의 출발점으로 검토하는 것이 이사야 벌린의 소극적 자유론이다. '소극적 자유'와 '적극적 자유'의 구분은 벌린의 유명한 논문 「자유의 두 개념」(1958)에 근거하는데, 사이토는 벌린의 사고가 자신의 시대 인식에 토대를 두고 있다고 평가한다. "통제와 간섭이 도를 넘으면 소극적 자유의 개념이 우세해지고, 거꾸로 방임적 시장경제가 위세를 떨치면 적극적 자유의 개념이 우세해지는 것"이라는 벌린의 주장을 그대로 그에게 돌려주자면, 나치즘과 스탈린주의라는 전체주의에 대한 기억이 아직 생생하게 남아 있었기에 벌린으로서는 소극적 자유를 옹호했으리라는 것이다.

두 차례의 전쟁과 전체주의 지배를 경험한 20세기 중반 이후에는 국가 폭력이 자유에 대한 최대의 위협으로 인식되었다. 그리고 그에 대한 반동으로 등장한 것이 자유지상주의였다. 하지만 20세기 후반 이후 신자유주의, 곧 '방임적 시장경제' 하에서 사정은 바

그래도 정의

꿰었다. '정치적인 것'(국가)과 '사회적인 것'(고용보장이나 사회보장)이 '경제적인 것'에 의해 지속적으로 식민화되고 있는 것이 그간의 경과이다. 국가의 활동 영역이 후퇴한다고 해서 저절로 개인의 자유가 신장되는 것은 아니라는 사실을 우리의 경험은 말해준다. 따라서 중요한 것은 '정치적인 것', '사회적인 것', '경제적인 것' 사이의 새로운 관계에 대한 구상이다. 그리고 이를 위해서는 자유를 사적인 문제가 아닌 공공적 문제로 재인식하는 것이 필요하다. 그러므로 소극적 자유에 대한 비판에서 자유와 공공성의 연계로 주장을 전개해나가는 저자의 결론은 충분히 동의할 만하다.

"우리 모두가 함께 자유를 누리기 위해 거부해야 할 것은 타자에 의한 간섭 일반이 아니라, 오히려 사람들 사이의 교섭을 미리 불필요한 것, 위험한 것, 그리고 처음부터 불가능한 것으로 간주하는 사상과 행동이다." (『자유란 무엇인가』)

| 《기획회의》(2011. 6. 5)

자유는 사적인 문제가 아니다

어두운 시대의 공공철학

|

『공공철학이란 무엇인가』

"지금 인터넷에서 '공공철학'을 검색해보면 수많은 관련 사이트가 눈에 띕니다."

그렇다고 바로 검색해보시지는 마시라. 이웃 나라이면서 언제나 '먼 나라' 일본 얘기니까. 일본 학자 야마와키 나오시가 쓴 『공공철학이란 무엇인가』에서 인용한 말인데, 저자에 따르면 '공공철학'은 사실 일본에서도 생소한 학문이라 한다. 2000년대 초반부터 각 대학마다 공공철학 강좌가 생기고 도쿄 대학에서는 공공철학 시리즈를 출간하기 시작했으며 인터넷에는 '공공철학 네트워크'라는 홈페이지가 등장했다. 굳이 남의 나라 유행에까지 참견할 필요는 없겠지만, 사정을 들어보면 우리와 다르지만도 않다. 왜 갑작스레 공공철학이 주목받게 됐는가.

그래도 정의

흔히 공공성은 국가나 정부가 전담하는 것으로 여기지만 일본에서는 '정부 기관의 공公'과는 다른 의미의 공공성을 학문적으로 해명해야 한다는 관심이 일어났다고 한다. 거기에는 그냥 손 놓고 있으면 저절로 사회 공공의 이익이 보장되는 게 아니라는 자성이 깔려 있다. 대규모 공공사업이나 공공기관 민영화에 대한 재평가 요구가 그래서 터져 나왔다.

후쿠시마 원전사태만 하더라도 공공성 담론을 정부가 독점할 때 어떤 결과를 낳게 되는지 보여주는 일례다. 원자력발전이 절대적으로 안전하다는 원전 신화가 말 그대로 '신화'에 불과하다는 걸 말해주기 때문이다. 원전 발전 비중이 전체의 34퍼센트나 되는 세계 5위의 원전 국가인 우리로서는 타산지석으로 삼아야 하지 않을까.

비단 원전 문제만이 아니다. 국민의 반대 여론에도 밀어붙이고 있는 정부의 4대강 사업이 어떤 결과를 초래할지 많은 우려를 낳고 있다. 당연한 말이지만 이명박 정부의 임기가 만료된다고 해서 파괴된 자연과 낭비된 예산이 저절로 복원되지 않는다. 공공성과 공익에 대한 관심을 정부에만 내맡길 수 없으며 공공철학에 대한 관

『공공철학이란 무엇인가』
야마와키 나오시, 성현창 옮김
이학사, 2011

자유는 사적인 문제가 아니다

심이 남의 나라의 관심일 수만은 없는 이유다.

2010년 미국의 '공공철학자' 마이클 샌델의 『정의란 무엇인가』
가 유독 한국과 일본에서 큰 열풍을 불러일으켰다. '하버드 대학 명
강의'라는 간판으로만 설명될 수 없는 공통적인 열망과 관심사를
두 나라 국민들이 가지고 있었던 것은 아닐까. 개인적으로는 『정의
란 무엇인가』보다도 이후에 소개된 『왜 도덕인가?』라는 책을 인상
깊게 읽었는데, 그 원제가 '퍼블릭 필로소피', 곧 '공공철학'이었다.
책으로 묶은 평론들을 '공공철학의 모험적 시도'라고 이름 붙이면
서 샌델은 그 이유로 두 가지를 들었다. 우리 시대의 정치적·법적
논쟁거리들에서 철학의 근거를 찾기 때문이라는 것과 도덕철학과
정치철학을 동시대의 대중 담론과 관계 맺게 하는 시도, 즉 공개적
으로 철학을 하려는 시도라는 점에서이다.

물론 이러한 공공철학과 공공성에 대한 강조가 혹 사적 자유
에 대한 홀대와 침해로 이어지는 것은 아닌가라는 의혹을 가질 수
도 있다. 최인훈의 『광장』 이후에 우리가 갖게 된 '광장'과 '밀실'의
이분법 때문에라도 그렇다. 하지만 공적 영역의 회복을 철학적 과
제로 삼았던 한나 아렌트에 따르면, 공적 영역에서 자신을 드러내
지 않고 개인적인 교우관계나 목표 추구를 통해서 자기를 실현하
는 것은 무의미하며 가능하지도 않다. 진정한 자유란 타자와의 관
계를 통해서만, 타자와의 만남이라는 정치적 행위를 통해서만 누릴
수 있는 것이기 때문이다. 광장은 그러한 만남을 가능케 하는 공간

그래도 정의

이다. 따라서 광장의 자유가 없다면 밀실의 자유도 없다. 이 광장의 자유가 억압받는 시대를 아렌트는 '어두운 시대'라고 불렀다. 우리는 어두운 시대를 살고 있는가. 광장에 다시금 하나둘 촛불이 켜지고 있다.

| 《경향신문》(2011. 6. 7)

아렌트-하이데거-야스퍼스

|

『아렌트 읽기』

"우리에겐, 가장 어두운 시대에조차 어떤 등불을 기대할 권리가 있다."

엘리자베스 영-브루엘의 『아렌트 읽기』 서두에 박혀 있는 문구다. 우리말 번역서보다 먼저 구입해둔 원서에는 나오지 않는 것으로 보아 역자나 편집자가 가져온 듯싶다. 「서론」에 등장하는 말이지만 제사로선 한국어본에만 있는 셈이다.

문맥을 바꿔보면, 굳이 한나 아렌트에 관한 책이 아니더라도 '어떤 등불'은 책에서 우리가 기대할 수 있는 최대치이다. 오락거리로 읽는 게 아니라면 말이다. 『아렌트 읽기』라는 제목을 달고 있으므로 책은 말하자면 아렌트 읽기의 '등불'을 자임한다. 사실 어둡다고는 말할 수 없어도 아렌트의 책은 여느 철학자들만큼이나 일반 독

그래도 정의

자가 읽기에 난해한 면이 있으므로 그런 등불이 필요하다. 게다가 아렌트 전기의 결정판이라고 불리는『한나 아렌트 전기』(홍원표 옮김, 인간사랑, 2007)의 저자가 안내하는 길이고 보면 기대치는 꽤 올라간다.

아렌트에 대해선 김선욱의『정치와 진리』(책세상, 2001)를 읽은 이후 적극적인 관심을 갖게 돼 주섬주섬 읽고 책도 긁어모은 편이지만 나는 「서론」에서부터 배운 게 있다. 새롭게 알게 됐다기보다는 깔끔하게 정리할 수 있게 된 것인데, 그건 아렌트와 마르틴 하이데거, 그리고 카를 야스퍼스의 관계다. 열여덟 살이 되던 해 마르부르크 대학교에 진학한 아렌트는 열일곱 살 연상이었던 철학자 하이데거를 만나 사랑에 빠진다. 하이데거는 그녀의 첫 번째 스승이자 연인이었다. 이 두 사람의 관계는 카트린 클레망의 소설『마르틴과 한나』(정혜용 옮김, 문학동네, 2003)에 그려질 정도로 지금은 널리 알려졌는데, 처음엔 엘츠비에타 에팅거의 '폭로'가 있었다. MIT 교수인 에팅거가 아렌트와 하이데거 간의 미출간 서신들을 참고하여『한나 아렌트/마르틴 하이데거』(1995)라는 작은 책을 통해 두

『아렌트 읽기』
엘리자베스 영-브루엘, 서유경 옮김
산책자, 2011

자유는 사적인 문제가 아니다

사람의 관계를 스캔들로 만들었던 것이다.

이에 대한 영-브루엘의 평가는 싸늘하다. "에팅거의 책은 그것이 비록 아렌트-하이데거 서신에 근거하고 있다고는 할지라도 하나의 공상적인 이야기에 불과하다"는 것이다. 에팅거는 "순진하고 어찌할 도리가 없는 유대인 여학생과 매력적이지만 무정한 기혼의 가톨릭 교수"라는 두 배역을 설정하고 "열정적인 무모함과 배신, 그리고 배신당한 정부情婦 쪽의 노예적인 충성심이 뒤따르는" 드라마를 연출했다. 영-브루엘이 보기에 이것은 한갓 '공상적인 이야기'에 불과하지만 "아렌트의 적지 않은 적진에 탄성을 일으켰고 그녀의 지지자들을 고민에 빠뜨렸다." '아렌트 읽기'는 이러한 스캔들과 무관하게, 그 너머에서 다시 시작되어야 한다. 아렌트와 하이데거 사이의 사적인 감정이 아니라 그들의 철학적 입장이 중요한 것이라면 말이다.

아렌트와 하이데거의 철학적 차이에 주목하고자 할 때 중요하게 부각되는 인물이 동시대 철학자 야스퍼스이다. 야스퍼스는 하이데거의 추천으로 아렌트의 지도교수가 되며 그녀에게 결정적인 영향을 끼친다. 영-브루엘에 따르면, "이 두 철학자들, 즉 야스퍼스와 하이데거는 각각 아렌트가 한 사람의 철학도에서 정치사상가로 변신하는 경험을 엮는 데 결정적인 씨줄과 날줄을 제공했다." 비슷한 경향의 철학자로 분류되기도 하지만, 공적인 세계에 대한 관점에서 야스퍼스는 하이데거와 정반대의 입장을 견지했다. 특히 나치에 대한 태도에서 두 사람은 대별된다.

유대인 아내와 결혼한 야스퍼스가 생계의 방편을 잃을 수 있었음에도 불구하고 끝까지 나치에 대한 반대 의사를 밝힌 데 반해서 『존재와 시간』의 철학자 하이데거는 국가사회주의의 주장에 동조하는 오류를 범한다. 알려진 대로 하이데거는 1933년 나치 집권 직후 프라이부르크 대학 총장에 임명되며 그해 5월 나치당에 입당하고 '급진적인 나치 이념가'를 자처하기까지 한다. 비록 1년이 안 돼 총장직에서 물러났으므로 그의 동조는 일시적인 것이긴 했지만 결코 피상적인 것은 아니었다. 그 불미스런 연루는 그의 철학의 근본적인 관심과 맞닿아 있었기 때문이다. 그는 국가사회주의에 자신이 어떤 철학적 이념을 제공할 수 있으리라고 생각했던 것이다. 이러한 철학사적 스캔들 이후에 하이데거는 정반대의 입장으로 돌아선다. '세계'에서 물러나 관조적 고독 속에 침잠하면서 공적 영역에 대해서는 경멸을 퍼부었던 것이다. 그것이 아렌트가 안타깝게 바라보면서 동시에 결코 동의할 수 없었던 하이데거의 모습이었다.

하이데거와는 대조적으로 야스퍼스는 "세계를 경멸하지도 자기 자신으로 후퇴하지도 않고 (……) 공적인 삶의 조류에 자신을 내맡기고 일관된 합당성을 견지하면서 공적인 이슈들에 관해 발언한 지식인으로서 거의 독보적"이었다. 그런 그의 모습은 아렌트에게서 특별한 존경을 불러일으켰는데, 세계에 대한 사랑과 공적 영역에 대한 열정이야말로 아렌트 철학의 밑바탕이기도 했다.

자유는 사적인 문제가 아니다

아렌트는 브레히트의 시구를 빌려 자신의 시대, 20세기 중반 전체주의가 판을 치고 곧이어 전쟁과 대량학살이 인간성에 대한 모든 희망을 좌절시킨 시대를 '어두운 시대'라고 불렀다. 이때 어둠은 죽음이나 비극과는 다른 무엇이다. 무엇이 어둠인가?

"어둠은 사람들 사이에 열린 빛의 공간들, 사람들이 자신들을 드러낼 수 있는 공적인 공간들이 외면당하거나 회피당할 때 다가오는 어떤 것이다."

다르게 말하면, 공적 영역으로서 '정치에 대해 지겨워하는 태도'다. 이미 20대 중반에 아렌트는 낭만주의자들의 '자아로부터의 도피'를 맹렬히 비판한 바 있다. 그때 자아란 '다른 사람들과의 관계 속의 자아'이다. 그러한 자아로부터의 도피가 아렌트가 말하는 '세계-소외', 곧 세계로부터의 소외이다. 그것은 인간 조건으로서 '세계-사랑'에 대한 반란이다. 하이데거가 세계-소외의 철학자였다면 아렌트는 야스퍼스와 함께 세계-사랑의 철학자로 다시 자리매김될 수 있을 것이다.

「서론」에서 배운 것 한 가지를 너무 길게 적었다. 이후에도 저자는 타계한 지 30년이 넘은 지금 "그녀가 아직 살아 있다면 뭐라고 말했을까?"라는 관점에서 아렌트의 생각과 그 현재적 의미를 반추해나간다. 저자와의 동행이 아주 평탄하지는 않다. 역자의 말을 빌

그래도 정의

면, "처음부터 끝까지 지독히 무겁고 진지한 필치"로 일관하기 때문이다. 우리말 번역 또한 매끄러운 편은 아니며 "미국과 유럽의 우파로서는On the American and European right" 같은 구절이 "미국과 유럽의 권리에 관한"(67쪽)이라고 번역되는 식의 오역도 군데군데 독서를 방해한다. 길잡이 등불치고는 사나운 등불이라고 할까. 그래도 다행스러운 건 「옮긴이 해제」에 책의 요지가 깔끔하게 정리돼 있다는 점이다. 덕분에 나부터도 책의 내용에 대해서 자세히 풀어줄 수고를 덜었다.

| 《기획회의》(2011. 7. 5)

자유는 사적인 문제가 아니다

'미친 존재감'의 민주주의를 꿈꾼다

|

『소크라테스 두 번 죽이기』
『이것은 왜 청춘이 아니란 말인가』

서양 민주주의의 기원이 고대 그리스의 민주주의, 특히 아테네의 민주주의로 거슬러 올라간다는 건 초등학생도 아는 상식이다. 하지만 조금 더 구체적인 실상은 어떠했을까? 얼른 떠오르지 않는다면, 우리의 상식을 조금 보강할 필요가 있겠다.

일단 기본적인 정보를 나열하면 당시 아테네의 인구는 20만~25만 명 정도였고, 시민으로서 권리를 인정받는 성인 남성은 약 3만 명에 불과했다고 한다. 노예와 여성이 시민에서 배제된 까닭이다. 그래도 그 3만 명은 매달 수차례, 매년 40회씩 광장에 모여 국정에 대해 자유롭게 토론하고 의결권을 행사했다. 물론 다 모인 건 아니어서 한 번에 5천~6천 명 정도가 참여했고, 대부분은 자발적으로 모였지만 출석 수당을 받기도 했다고 한다. 이런 것이 민주주의의 '기원'이라면 우리는 그보다 더 진전된 민주주의를 누리고 있을까?

어떤 기원이 모델로서의 의미도 갖는다면 노예와 여성을 배제한 아테네 방식을 '제한적' 민주주의라고 평가 절하할 수만은 없다. 거꾸로 그 '제한적' 민주주의가 민주주의의 '제한성'을 말하는 것이라면? 알다시피 민주주의의 대전제는 모든 시민 혹은 국민이 정치적 주권자로서 평등하다는 것이다. 하지만 그것은 시민들 '사이의' 평등이며, 모든 인간이 '시민'으로 인정받지는 않았다. 아테네의 경우에 노예와 여성은 생산 활동과 가사노동을 전담해야 한다는 이유로 오직 성인 남성만이 정치활동에 참여할 수 있도록 했다. 중요한 것은 그러한 차별의 정당성이 아니라 두 가지 활동의 병행이 어렵다는 인식이다.

가령 아테네에서 공무원이나 법관 같은 공직은 1년 임기의 추천제였다. 요즘 초등학교 일부 교실에서 반장을 돌아가면서 맡는 식이다. 그렇게 시민권을 가진 자는 누구나 공직자가 될 수 있었지만 무보수 명예직이어서 돈벌이가 되지는 않았다. 거꾸로 그럼에도 공직을 맡을 수 있었던 건 모든 시민이 어느 정도는 먹고살 만했기

『소크라테스 두 번 죽이기』
박홍규, 필맥, 2005

자유는 사적인 문제가 아니다

때문이다. 생활수준을 유지할 수 있었기에 공직을 사익추구를 위한 수단으로 삼지 않고, 시민으로서의 명예와 공익을 위해 봉사할 수 있었던 것이다. 이러한 아테네 식 민주주의가 시사해주는 것은 민주주의에서 '물적 토대'가 갖는 의의다. 민주주의는 '깨어 있는 시민의식'만 가지고 작동하는 제도가 아니다. 그것은 노예적 삶으로부터 해방된 시민을 필요로 한다.

'잉여'라고 자칭하는 요즘 젊은 세대 사이에서 정치와 민주주의에 대한 냉소가 만만치 않다. "민주주의가 되어도 내 삶은 달라지지 않을 것"이라는 판단 때문이다. '내'가 참여할 수 없다면, 그것은 '당신들의 민주주의'다. 마치 노예와 여성의 입장에서 바라본 아테네 민주주의처럼 말이다. 구조적인 취업난 속에서 경제적으로 자립할 수 없는 다수의 청춘들이 "우린 아직 인간이 아니다"라고까지 말한다. 그들의 모습을 담은 책 제목을 빌리면 '이것은 왜 청춘이 아니란 말인가'라고 항변한다. 물론 '비인간'으로 내쫓기는 것은 청춘들만이 아니다. 우리 시대 다수의 비정규직 노동자들 또한 '시민'의 삶이 아닌 '난민'의 삶으로 내몰리고 있다.

『이것은 왜 청춘이 아니란 말인가』
엄기호, 푸른숲, 2010

그래도 정의

그들의 목소리를 틀어막고 정치적·제도적 공간에서 배제하려
한다는 점에서 우리의 민주주의는 어쩌면 그리스의 제한적 민주주
의를 충실히 따르고 있다. 시민과 비시민을 분할하는 민주주의 말
이다. 그렇다면 민주주의란 원래 그런 것이라고 말해야 할지도 모
른다. 다른 가능성은 없는가? 혹 모든 구성원을 주권자 시민으로서
포함하고 대우하는 민주주의를 우리는 새로 발명할 수 있을까? 유
행하는 말로 '미친 존재감'을 자랑할 만한 민주주의를 잠시 꿈꾼다.

| 《경향신문》(2010. 11. 23)

시민의 불복종을 다시 생각한다

『시민의 불복종』
『나의 헨리 데이비드 소로』

"왜 당신네 미국인들은 돈 많은 사람들이나 군인들 말만 듣고 소로가 하는 말에는 귀를 기울이지 않는 거요?"

러시아의 문호 레프 톨스토이의 말이다. 그가 격찬한 소로는 물론 미국의 사상가 헨리 데이비드 소로이다. 살아서는 거의 무명인사였고 사후에도 문명에 반대한 자연주의 작가, 그래서 '숲 속의 로빈슨 크루소' 정도로만 알려진 소로는 톨스토이의 말을 통해서 비판적 사상가이자 저항적 지식인으로 세계적 주목을 받기 시작한다.

월든 호숫가에서 통나무집을 짓고 생활한 경험을 적은 『월든』의 저자로 이름이 높지만, 톨스토이가 감명 깊게 읽은 책은 그보다 먼저 발표된 『시민의 불복종』(1849)이었다. 애초엔 서른두 살의 소로가 한 잡지에 「시민 정부에 대한 저항」이라는 제목으로 발표한 글

그래도 정의

이다.

소로는 무엇을 말했나. '가장 좋은 정부는 가장 적게 다스리는 정부'라는 금언을 전적으로 지지하면서 소로는 당시 멕시코 전쟁(1846~1848)에 나선 미국 정부를 맹렬히 비판한다. 영토 확장에 욕심을 부린 미국이 텍사스를 합병하면서 벌어진 이 침략전쟁에 대해 소로는 "비교적 소수의 사람들이 상설 정부를 자신의 도구로 사용한 결과"로 일어났으며 국민들은 이런 처사를 허락하지 않았을 거라고 주장한다.

우리는 먼저 인간이고, 그다음에 국민이라는 게 소로의 기본 입장이다. 그가 보기에 법을 존중하는 것보다 더 바람직한 것은 권리를 존중하는 것이다. 어떤 권리인가. "언제나 자신이 옳다고 생각하는 대로 행동할 의무"가 소로가 말하는 권리다. 법이 인간을 더 정의롭게 만들지 않는다. 오히려 존중할 가치가 없는 법을 존중하다 보면 선량한 사람들조차도 불의에 가담하게 된다는 것이 소로의 문제의식이다. 그는 자신의 의지와 상식과 양심에 반하여 참전하게 된 대령, 대위, 하사, 사병, 탄약 운반 소년병 등의 행렬을 안타깝게

『시민의 불복종』
헨리 데이비드 소로, 강승영 옮김
은행나무, 2011

자유는 사적인 문제가 아니다

바라본다. 만약 그들이 평화를 사랑하는 사람들이라면 자신의 양심을 거스르는 행군은 무엇을 의미하는가? 스스로가 진정한 의미의 인간이 아니라 인간의 그림자이자 흔적에 불과하다는 것이 된다. 즉 "육신은 살아 있어도 이미 몸의 절반 이상이 땅속에 묻힌 채 장송곡을 들고 있는 인간"이나 다를 바 없다. 그것은 기계이고 또 노예이다.

그런 신념을 가진 소로가 노예제에 반대한 것은 지극히 자연스럽다. 그는 대놓고 말한다. "나는 노예제도를 허용하는 정치적 조직을 한순간도 나의 정부로 인정할 수 없다"고. 그는 자유의 피난처임을 자임해온 나라의 국민의 6분의 1이 노예이고, 그 나라가 침략국이기도 하다면 정직한 국민이 할 수 있는 일은 저항이고 혁명이라고 생각한다. 물론 생각만으로는 현실이 바뀌지 않는다. 허다한 사람들이 노예제도와 멕시코 전쟁에 반대하는 소신을 갖고 있더라도 실질적으로 그것들을 종식시키기 위해 하는 일은 아무것도 없다고 소로는 꼬집는다. "기껏해야 그들은 선거 때 값싼 표 하나를 던져주고, 정의가 그들 옆을 지나갈 때 허약한 안색으로 성공을 빌 뿐이다."

『나의 헨리 데이비드 소로』
박홍규, 필맥, 2008

그래도 정의

투표의 문제도 마찬가지다. 자신이 옳다는 쪽에 표를 던지지만 옳은 쪽이 승리를 해야 한다며 목숨을 걸지는 않는다. 정의를 위해 어떤 행동을 하는 것이 아니라 단지 정의가 승리하기를 바란다는 의사를 가볍게 표시하는 정도다. 소로는 자신의 원칙과 신념을 수호하기 위한 적극적인 행동을 요구한다. 그가 납세를 거부하다가 투옥당한 일은 한 가지 사례. 단 한 사람의 시민이라도 부당하게 감금하는 정부 하에서 정의로운 사람이 있어야 할 곳은 역시 감옥이라고 소로는 말했다. '꿈꾸는 자'와 '달리는 자'가 잡혀가는 나라에서도 사정은 마찬가지일 것이다.

| 《한겨레》(2011. 12. 24)

P.S.   글의 말미에서 '꿈꾸는 자'와 '달리는 자'라는 말이 염두에 둔 건 물론 송경동 시인과 정봉주 전 의원이다. '시민 불복종'의 의미를 다시금 되새기게 되는 사례들이다.

자유는 사적인 문제가 아니다

민주평등주의로 가는 길

『리얼 유토피아』

미국의 사회학자 에릭 올린 라이트의 『리얼 유토피아』는 이매뉴얼 월러스틴의 『유토피스틱스』(백영경 옮김, 창비, 1999)를 떠올리게 한다. '유토피아'라는 말 때문인데 '유토피스틱스'는 유토피아를 모색하는 학문 활동을 가리키는 월러스틴의 신조어였다. 지난 세기말에 나온 이 책에서 월러스틴은 자본주의 세계체제가 더 이상 정상적인 작동을 지속할 수 없는 시점에 와 있으며, 이에 따라 다른 사회체제, 진정으로 민주적이고 평등주의적인 체제를 구축하기 위하여 우리가 무엇을 할 수 있는가를 탐구해야 한다고 주장했다. 그것은 현실사회주의의 몰락 이후 가라앉아 있던 유토피아적 상상력을 다시금 가동해야 한다는 제안이기도 했다.

아니 굳이 월러스틴의 제안이라고 한정할 필요는 없겠다. 소련

그래도 정의

의 몰락 이후 전향하지 않은 좌파에게는 자본주의의 대안에 대한 새로운 전망이 필요했다. 그리고 1970년대부터 줄곧 마르크스주의적 계급 분석을 진행해온 라이트는 이미 1990년대 초부터 '리얼 유토피아 프로젝트'를 지휘하며 사회변혁의 이론을 모색해왔다.

역사적 사회주의는 실패하고 자본주의 또한 더 이상 지속 가능한 체제가 아니라면 '현실적으로 가능한 유토피아'는 어떻게 그려질 수 있을까. 라이트가 지향하는 사회, 그가 이론적 토대를 제공하고자 하는 사회는 한마디로 '급진 민주평등주의적 대안사회'다. 기본 발상은 사회주의에서 '사회적'이라는 말을 진지하게 취급해보자는 것이었다. 거기서 '진지하게'라는 말은 '실제 현실에 맞게'라는 뜻을 함축한다.

라이트가 구상하는 해방이론으로서 급진 민주평등주의는 사회정의와 정치정의라는 두 가지 조건의 충족을 지향한다. 모든 사람이 사람답게 사는 데 필요한 물질적·사회적 수단에 대해 대체로 평등한 접근권을 가져야 한다는 게 사회정의의 조건이고, 모든 사람이 그들의 삶에 영향을 미치는 결정에 유의미하게 참여하는 데 필

『리얼 유토피아』
에릭 올린 라이트, 권화현 옮김
들녘, 2012

요한 수단에 대해 대체로 평등한 접근권을 가져야 한다는 게 정치 정의의 조건이다. 핵심은 '평등한 접근권'에 있다. 그것은 '평등한 기회'를 제공하는 것만으로는 충분하지 않다는 뜻이기도 하다.

가령 똑같은 승리의 확률을 갖는 공정한 추첨은 평등한 기회는 보장하겠지만 평등한 접근권이라는 기준에는 미달한다. 우리의 대학입시제도 같은 걸 떠올려보면 되겠다. 똑같은 시험을 치른다는 점에서는 공정하지만 입시 성적만으로 서열화된 대학에 입학하고 학벌사회에서 평생 차별적 대우를 받는다면 정의로운 사회라고 말할 수 없다. 번영하는 삶을 살 수 있는 조건들에 대해서 사람들이 평생 접근할 수 있어야 한다는 게 급진 평등주의적 사회정의관이다. 그렇다고 모든 사람이 동일한 물질적 생활수준을 누리고 같이 번영해야 한다고 주장하는 건 아니다. 그런 접근이 차단돼서는 안 된다는 것뿐이다.

정치정의도 마찬가지다. 모든 사람은 정치 참여 수단에 대해 평등한 법률적 접근권을 가져야 하고, 더 나아가 그들의 운명을 집단적으로 통제할 수 있어야 한다. 그러기 위해선 민주주의의 권력이 강화되어야 하며, 민주주의에 대한 이런 확장적 이해가 급진 민주주의의 요체다. 이 두 가지, 곧 급진 평등주의적 사회정의관과 급진 민주적 정치권력관을 합친 말이 '민주평등주의'다. 자본주의가 비판의 도마에 오르는 것은 그것을 떠받치고 있는 계급관계와 경제 조정 메커니즘이 이 급진적 민주평등주의 사회 실현에 장애가 되

그래도 정의

기 때문이다. 따라서 라이트는 국가와 경제, 시민사회라는 사회적 상호작용의 세 영역에서 사회권력을 강화하는 방향으로 나아가야 한다고 주장한다. 그것이 '리얼 유토피아'의 밑그림이다.

중요한 것은 이 밑그림이 책상머리에서만 그려지는 게 아니라는 사실이다. 브라질 남동부의 도시 포르토 알레그레 시의 시민참여형 예산 입안제도는 직접 민주주의의 진일보한 사례이며, 위키피디아 는 인터넷의 반자본주의적 잠재력을 극대화한 예이다. 사회권력이 자본주의 경제권력을 통제하는 '사회적 자본주의'의 다양한 사례도 '현실 유토피아'의 유효한 수단이다. 거기에 더 보태져야 하는 것은 물론 우리의 의지이고 결단이다.

| 《주간경향》(2012. 3. 13)

자유는 사적인 문제가 아니다

우울사회에서 어떻게 벗어날 것인가

**훔친 책에 대한 추억? 가장 위악적인,
위반의 독서 기억은?**

고3 때인가 삼중당문고의 『삼국유사』를 서점에서 몰래 훔친
기억이 있다. 별로 재미있지 않았다! '위반의 독서'는 바타유를
바로 떠올리게 하는데, 그렇다고 포르노그래피에 대한 독서가
위반의 독서일 수는 없다. 오히려 통념과 다르게 읽는 전복적인
독서가 위반의 독서가 아닐까. 나만의 독서, 나만의 해석을
발견할 때.

우울사회에서 어떻게 벗어날 것인가

|

『피로사회』

'독일에서 가장 인기 있는 문화비평가 중 한 사람'의 저작이 소개됐다. 뜻밖에도 재독 한국인 철학자 한병철의 『피로사회』다. 작년에 먼저 나온 『권력이란 무엇인가』(김남시 옮김, 문학과지성사, 2011)를 통해서 처음 소개된 저자는 한국에서 금속공학을 공부하고 독일로 건너가 철학으로 박사학위와 교수 자격을 취득한 독특한 이력을 갖고 있다. 독일에서 2010년에 출간된 『피로사회』는 그의 대표작으로 주요 언론의 호평을 받으며 베스트셀러가 됐고 '피로사회'라는 말은 독일에서 아예 상용어가 됐다. 무엇이 그러한 반향을 불러온 것인가.

저자는 한국어판 서문에서 독일의 독자들이 "성과사회의 주체가 스스로를 착취하고 있으며 가해자인 동시에 피해자"라는 이 책의 테제에 주목하고 공감한 것으로 본다. 과거 규율사회가 타자 착취 사회였다면 신자유주의적 자본주의는 자기 착취 사회다. 이 새로운 21세기 사회를 그는 '성과사회'라고 부른다. 규율사회와 산업사회에 대한 분석과 철학으로는 자기 자신에 대한 자발적 착취가 이루어지는 성과사회를 이해하기 어렵다는 것이 저자의 문제의식이다.

규율사회의 지배적 공간이 병원과 정신병자 수용소, 감옥, 병영, 공장 등이었다면 성과사회는 피트니스 클럽, 오피스빌딩, 은행, 공항, 쇼핑몰, 유전자 실험실 등의 공간으로 이루어진다. 이러한 지배적 공간의 변화는 사회 구성원들 또한 변모시킨다. 이들은 더 이상 '복종적 주체'가 아니라 '성과주체'로서 각자가 '자기 자신을 경영하는 기업가'이다. 곧 우리에게도 낯설지 않은 '자기경영'이 성과사회의 패러다임이다. 규율사회가 부정성의 사회로서 여전히 '~해서는 안 된다'라는 금지를 통해 사회를 규제하고자 한다면 성과사회는 긍정성을 동력으로 한다.

'나는 해야만 한다'는 당위가 아니라 '나는 할 수 있다'는 능력이 성과사회를 이끄는 긍정의 도식이다. 물론 핵심은 이러한 성과주체

『피로사회』
한병철, 김태환 옮김
문학과지성사, 2012

그래도 정의

가 복종적 주체보다 더 빠르고 더 생산적이라는 점이다. 성과주체는 분명 외적인 지배와 착취로부터 자유롭다. 그는 자신의 주인이면서 주권자이다. 하지만 그는 이 자유를 성과의 극대화를 위해서 '강제하는 자유' 또는 '자유로운 강제'에 내맡긴다. 그리하여 성과 제고를 위한 과다한 노동은 자기 착취로까지 치닫게 된다. 자기 자신이 착취자이면서 동시에 피착취자인 처지가 되는 것이다. 이렇듯 자유에서 새로운 강제가 발생한다는 게 자유의 역설이고 변증법이다.

물론 성과사회에 대한 진단과 성과주체의 발견이 전적으로 새로운 것은 아니다. 국내에서는 이미 서동진의 『자유의 의지 자기계발의 의지』(돌베개, 2009)를 통해서 '자기계발하는 주체'가 신자유주의 한국 사회에서 어떻게 탄생했는지에 대한 자세한 분석을 읽을 수 있었다. '자유의 의지'가 곧 자기를 구속하는 '자기계발의 의지'로 전화된다는 게 저자의 문제의식이었다. 그때 자유의 의지가 갖는 부정적 역설은 성과주체가 맞닥뜨리게 되는 자기 착취의 역설과 다르지 않다.

『피로사회』가 '문화비평'으로서 갖는 강점은 사회적 진단을 병리학적 시각을 통해서 조명한다는 데 있다. 저자는 지난 20세기를 안과 밖, 친구와 적, 나와 남 사이의 경계 구분을 문제 삼았던 '면역학적 시대'로 규정한다. 면역학적 행동의 본질은 공격과 방어이며 이 패러다임은 철저하게 냉전의 어휘와 군사적인 장치를 통해 기술될 수 있었다. 반면에 오늘날 이질성과 타자성은 점점 지워지고 있다.

오히려 21세기의 병리학적 상황을 지배하고 있는 건 우울증과 주의력 결핍 과잉행동장애, 경계성 성격장애, 소진증후군 등과 같은 신경성질환들이다. 가령 우울증은 오늘날 성과주체가 더 이상 아무것도 할 수 없다고 느낄 때 발생한다.

물론 그러한 한탄은 아무것도 불가능하지 않다고 믿는 사회에서만 가능하다. 곧 자발적 착취의 병리적 결과로서의 우울증은 긍정성 과잉사회에 고유한 질병이다. 우리는 이 '우울사회'에서 벗어날 수 있는가. 저자는 탈진의 피로와는 대조되는 무위의 피로, '근본적 피로'를 대안으로 암시한다. 그것은 모든 목적 지향적 행위에서 해방되는 '막간의 시간'을 가능케 하는 피로다. 성과사회 이후에 도래할 '오순절-사회'가 있다면 그것은 바로 '피로사회'다

| 《주간경향》(2012. 3. 27)

경제학이 깔고 앉은 행복

|

『경제학이 깔고 앉은 행복』

한 가지 실험에서 시작해보자. 당신이라면 다음 두 가지 세계 가운데 어느 쪽을 선택하겠는가. 두 세계가 가격과 구매력에서 조건은 동일하다. 첫 번째 세계에서 당신의 연간 소득은 5천만 원인 반면 사회 전체의 연평균 소득은 2천500만 원이다. 두 번째 세계에서 당신의 연간 소득은 1억 원인 반면에, 사회 전체의 연평균 소득은 2억 원이다. 독일의 경제윤리학자 요하네스 발라허가 『경제학이 깔고 앉은 행복』의 「머리말」에서 들고 있는 선택지에다 단위만 유로에서 원화로 바꿨다. 절대소득은 두 번째가 더 높지만, 평균소득과 비교한 상대소득은 첫 번째가 더 높다는 게 핵심적인 차이다. 저자에 따르면 이 실험에서 피설문자의 절반 가까이가 첫 번째 세계를 선택했다고 한다. 절대소득보다는 자신의 소득이 차지하는 상대적인 위치

우울사회에서 어떻게 벗어날 것인가

가 더 중요하다고 판단한 것이다. 당신은 어떤가.

또 한 가지 실험이 있다. 역시 두 가지 세계가 있다. 첫 번째 세계에서는 당신에게 2주의 연차휴가가 주어지는데 다른 사람들의 평균 연차휴가는 1주일이다. 두 번째 세계에서는 당신에게 4주의 연차휴가가 주어지는데 다른 사람들의 평균은 8주다. 이번에도 두 번째 세계가 절대 휴가일은 더 많지만 평균과 비교하면 상대적으로 적다. 이 실험에서는 피실험자의 절대 다수가 두 번째 세계를 선택했다. 휴가일이 다른 사람들의 절반밖에 안 되더라도 첫 번째 세계보다는 더 많은 여가시간을 갖는 게 중요하다고 본 것이다. 정리하면 소득의 경우에는 남들과의 비교가 중요한 역할을 하지만 여가에서는 상대적 비교가 별로 중요하지 않다.

저자는 이 두 실험 결과를 통해서 '더 높은 소득은 곧 더 큰 행복'이라는 일반적 공식에 의문을 제기한다. 우리가 행복에 관한 그런 '옛날이야기'에서 벗어나는 개인의 행복이나 사회 전체의 행복에 대해 다시 생각해봐야 한다는 게 그의 제안이다. 그러기 위해서 필요한 것은 경제와 윤리의 결합이다. 경제와 윤리를 서로 별개 영역

『경제학이 깔고 앉은 행복』
요하네스 발라허, 박정미 옮김
대림북스, 2011

으로 간주하기 쉽지만 기원을 거슬러 올라가면 사정은 전혀 그렇지 않다. '옛날이야기'에서 벗어나기 위해 우리는 '더 오래된 이야기'로 넘어가야 하는지도 모른다.

경제economy라는 말은 '집'을 뜻하는 그리스어 '오이코스oikos'에서 온 것이며 '오이코노미아oikonomia'는 가계를 꾸려나가는 일을 뜻했다. 그런데 이 가계경영으로서의 경제는 철학자 아리스토텔레스가 보기엔 더 높은 목표를 위한 수단에 불과했다. 그것은 시민의 성공적인 삶, 흔히 행복이라 불리는 '에우다이모니아eudaimonia'를 위한 수단이었다. 근대 경제학의 아버지 애덤 스미스 또한 윤리철학자로서 『도덕감정론』의 저자이기도 하다는 건 잘 알려진 사실이다. 그러니까 경제와 윤리는 애초에 서로 분리되지 않았다.

그런 분리가 비롯된 것은 사상사적 맥락에서 보자면 칸트부터이다. 칸트는 행복을 윤리학의 핵심 범주로 다루지 않았다. 사람들은 행복에 대해 각자의 생각을 가지고 있을 터이므로 행복에 대한 보편적 진술은 불가능하다고 봤다. 이러한 판단을 계승해 경제학의 신고전학파는 행복이나 이익에 대한 개개인의 생각을 비교하는 게 불가능하며 무의미하다고 결론 내린다. 행복 대신 이윤만이 경제학의 관심사가 된 배경이자 호모 에코노미쿠스가 탄생하게 된 맥락이다. 그렇게 우리는 자신이 가진 수단을 이용하여 최대의 이익을 창출해내는 '경제적 인간'으로 규정되었다. 그리고 '개인적인 행복 추구'는 '이익의 극대화'와는 별개의 문제로 간주됐다. 아니 소득이 올라가면 행복은 당연히 보장되는 것으로 여겨졌다.

하지만 소득과 행복 사이의 긍정적 상관성은 1만 달러 정도가 한계치인 것으로 나타났다. 평균소득이 1만 달러를 넘어서는 나라들의 경우엔 소득이 늘어나도 행복에 미치는 영향은 갈수록 줄어들었다. '소득의 한계효용 체감' 현상이다. 이 단계에서는 소득보다도 건강과 교육수준, 민주적 참정권, 안정된 직업과 사회적 기회 보장, 투명성 등이 삶에 대한 만족도와 행복에 더 큰 영향을 미친다. 이렇듯 변화된 상황에서도 국민소득만을 행복의 지표로 내세운다면 좀 멋쩍은 일이다.

| 《매경이코노미》(2011. 10. 26)

돈벌이 아닌 삶을 위한 경제학

『살림/살이 경제학을 위하여』

"이 책은 지금까지 약 300년간 존재해온 경제학을 근본적으로 대체할 새로운 경제학을 찾고자 하는, 나의 보잘것없지만 오래된 고민의 한 결과물이다."

『살림/살이 경제학을 위하여』의 서두이면서 저자 홍기빈 글로벌 정치경제연구소 소장의 문제의식을 집약하고 있는 문장이다. 그렇다고 책이 '오래된 고민'의 첫 보고서는 아니다. 이미 『아리스토텔레스, 경제를 말하다』(책세상, 2001)를 통해서 그는 '경제학의 근본적 재구성'에 대한 필요성을 주장하고 기존의 경제학이 '가지 않은 길'의 그림을 제시했었다. 『살림/살이 경제학을 위하여』는 저자의 고민이 그간에 얼마나 더 깊어졌는가를 보여주는 중간 보고서라고

우울사회에서 어떻게 벗어날 것인가

할 수 있을까.

소위 주류경제학이라고 불리면서 '약 300년간 존재해온 경제학'을 저자는 '돈벌이 경제학'이라고 부른다. '경제학'이라는 말을 독점하고는 있지만 결코 유일무이한 경제학이 아니다. 오히려 상대적으로 짧은 역사를 갖고 있을 따름이다. 돈벌이 경제학에서 보는 경제란 무엇인가. "인간이 살아가면서 부닥치게 되는 여러 목적을 달성하기 위해 최소한의 비용으로 최대한의 효과를 거둘 수 있도록 알뜰하게 선택하는 행위"를 뜻한다. 너무도 친숙한 정의인가. 반면에 저자가 정의하는 '살림/살이 경제'는 "사람이 살아가면서 느끼게 되는 정신적·물질적 욕구를 충족하기 위한 유형·무형의 수단을 조달하는 행위"를 말한다. 어떤 차이인가. 어쩌면 별로 차이가 느껴지지 않을지도 모른다. 그만큼 우리에게 돈벌이와 살림/살이가 서로 중첩돼 있어서다. 그것이 바로 저자가 문제적이라고 보는 대목이다. 이러한 중첩은 자본주의 사회의 '상품화'가 전면화되면서 빚어진 특수한 현상이기 때문이다.

기원으로 거슬러 올라가면 사정은 달라진다. 그리스어 어원을

『살림/살이 경제학을 위하여』
홍기빈, 지식의날개, 2012

따지자면 영어 단어 '이코노미economy'는 가정을 뜻하는 '오이코스oikos'와 질서나 법률을 뜻하는 '노모스nomos'가 합쳐진 말이다. 말하자면 '집안 살림'이 경제인 것이니 오늘날의 학문 분류에 따르면 '가정관리학'이 바로 경제학이다. 아리스토텔레스는 가정의 살림/살이를 위한 경제행위로서 '오이코노미아'와 재물을 획득하기 위한 기술인 '크레마티스티케'를 명확하게 구별했다. 이 둘은 목적과 수단의 관계다. 곧 재물 획득 기술은 살림/살이라는 목적의 수단일 뿐이며 그것이 역전돼서는 안 된다. 이것이 16세기까지 유럽은 물론 이슬람까지도 지배했던 관점이다.

살림/살이라는 목적과 재물 획득이라는 수단의 관계가 역전되는 것은 대략 16세기부터이다. '좋은 삶' 대신에 화폐와 연관된 '돈벌이'가 부의 표준으로 등장하게 된 것이다. 저자는 "서양 문명 및 인류의 경제 사상사에서 진정으로 중대한 단절이 벌어졌다고 한다면 이는 고대 및 중세 경제 사상의 살림/살이 경제학 패러다임과 고전파 경제학 이후에 생겨난 돈벌이 경제학 패러다임 사이에서의 단절"이라고 주장한다. 애덤 스미스 이래의 현대 경제학은 돈벌이 경제학의 체제를 무한히 확장하여 오직 돈벌이와 관련된 현상만을 '경제적인 것'으로 보이게끔 만들었다. 돈벌이 경제학이 가져온 폐색閉塞이자 맹목이다.

하지만 돈벌이 경제학이 살림/살이 경제학을 완전히 제거한 것은 아니다. 저자는 돈벌이 경제학의 지배를 거스르는 살림/살이 경

우울사회에서 어떻게 벗어날 것인가

제학의 면면한 흐름 또한 짚어낸다. 초기 사회주의자들에서 소스타인 베블런, 카를 폴라니 등으로 이어지는 계보다. 저자는 베블런의 『자본의 본성에 관하여』(홍기빈 옮김, 책세상, 2009)나 폴라니의 『거대한 전환』(홍기빈 옮김, 길, 2009) 같은 저작을 직접 번역·소개함으로써 이러한 흐름을 가시화한 바 있다. 그 연장선에서 『살림/살이 경제학을 위하여』는 우리가 또 한 번의 '거대한 전환', 이번에는 돈벌이 경제학에서 살림/살이 경제학으로의 전환을 필요로 한다고 강력히 주장한다.

무엇이 살림/살이 경제학인가? 핵심은 '인간 존재의 전면적 발전'이다. 잠재적 능력을 개발하지 못한다면 부富란 고작 좀 비싸게 먹고 마시고 입는 것을 뜻할 따름이다. 인생의 목적은 돈벌이가 아니라 자기 자신과 이웃의 삶을 더 풍부하게 만드는 것이라는 주장에 반대할 수 있을까. 우리는 돈벌이에만 내몰리기엔 좀 '비싼' 존재다.

| 《주간경향》(2012. 4. 10)

아프니까 마르크스다

|

『마르크스가 내게 아프냐고 물었다』

'지금 우리가 마르크스를 읽는 것에 어떤 의미가 있을까?'

류동민의 『마르크스가 내게 아프냐고 물었다』를 손에 든 독자라면 던져봄 직한 물음이다. 흥미롭게도 이것은 저자의 물음이자 화두이기도 하다. 어떤 '지금'인가? 젊은 청춘들이 "결국 극소수밖에 살아남지 못할 것이 뻔한, 끝없는 스펙 쌓기 경쟁 속에 내몰리고 있는" 지금이다. 저자가 보기에 이런 현실에서 청춘은 원래 그러한 것이라는 위로나 유머의 정치학으로 맞서보라는 충고는 공허하다. 20대 독자들에게 폭발적인 반응을 얻은 『아프니까 청춘이다』만으로는 뭔가 부족하다는 문제의식이겠다. 저자는 이렇게 말한다. "아프니까 마르크스다."

류동민 교수는 마르크스 경제학, 구체적으로는 노동가치론 연구

우울사회에서 어떻게 벗어날 것인가

로 경제학 박사학위를 받은 소위 마르크스 전문가다. '새로운 세대를 위한 마르크스 경제학 강의'를 의도한『프로메테우스의 경제학』(창비, 2009)에서 자신의 연구자적 관심은 마르크스 경제학도 "자본주의 경제의 움직임을 엄밀한 수학적 논리에 기초하여 설명할 수 있음을 보이려는 것"이라고 밝힌 바 있다. 마르크스 경제학이 사변적이고 거칠기만 할 뿐이라는 통념을 반박하는 데 주안점을 둔 것이다.『자본론』에 나타난 경제이론을 현대 경제학의 수학적 분석 방법을 이용해 체계적으로 연구한 일본 경제학자 모리시마 미치오의『맑스의 경제학』(나남, 2010)을 번역해 소개한 것도 같은 맥락이다. 주류경제학에 상응하는 마르크스 경제학의 '과학성'을 강조하는 방향이다.

'사랑과 희망의 인문학 강의'를 표방한『마르크스가 내게 아프냐고 물었다』는 그 과학성과는 다른 방향에서 마르크스에게 접근한다. '사회과학자' 마르크스가 아니라 '인문학자' 마르크스다. 거기에는 "사회과학적 소양과 인문학적 전망을 결합하고자 했던 보기 드문 사상가"가 마르크스라는 평가가 전제돼 있다. 이때 인문학적 관

『마르크스가 내게 아프냐고 물었다』
류동민, 위즈덤하우스, 2012

그래도 정의

심과 전망은 무엇보다도 '소외된 개인'의 발견에서 시작된다. 저자는 어느 낯선 파티장에서 마땅한 대화 상대를 찾지 못해 어색한 포즈로 기웃거리는 상황을 떠올려보라고 말한다. 그런 '낯설어지는 느낌'을 가리키는 말이 소외다. 『아프니까 청춘이다』의 부제도 '인생 앞에 홀로 선 젊은 그대에게'인 걸 고려하면 이 소외감은 이 시대 청춘들의 일반적인 정서다.

그런데 이 소외를 기본적 문제로 인식한 '소외의 철학자'가 바로 마르크스다. 마르크스에게서 인간은 고립된 실존으로 정의되지 않는다. 예컨대 어떤 사람이 왕인 것은 다른 사람들이 그를 왕으로 받들고 복종하기 때문이지 다른 이유에서가 아니다. 즉 왕과 신하라는 사회적 관계가 없다면 왕은 왕이 아니게 된다. 그런 사회적 관계에서 분리된 실체가 존재하지 않기에 인간은 '사회적 관계의 총체'로 정의될 수 있으며, 본질상 '유적類的 존재'다. 즉 인간은 고립되어서 살 수 없으며 "우리 개개인은 전체, 즉 인간 전체와 관계를 맺음으로써만 자신과 관계한다."

이렇듯 소외가 실존적 감정이 아니라 사회적 관계 속에서 유발되는 감정이라면 소외의 극복 또한 사회적 관계의 변혁을 통해서 가능하다. 물론 소외에 대한 태도가 동일한 것은 아니다. "부르주아도 프롤레타리아처럼 소외되지만, 부르주아는 프롤레타리아와는 달리 소외를 즐기며 그 속에서 자신의 힘을 발견한다"고 마르크스와 엥겔스는 말했다. 저자는 이 말을 보충해서 부르주아가 소외되

우울사회에서 어떻게 벗어날 것인가

면서도 소외를 즐길 수 있는 이유는 자본을 갖고 있기 때문일 거라고 말한다. 하지만 돈을 통한 소외의 향유는 소외의 극복이 아니라 회피일 따름이다. 진정한 소외의 극복은 어떻게 가능한가. 사적 소유의 욕망에서 벗어나 자유롭고 평등한 공동체가 이루어질 때이다. 그러한 공동체에 대한 사유가 코뮤니스트적 사유다.

책에서 가장 재미있는 대목은 '열 명의 저자와 한 편의 영화에 관한 노트'라는 부록이다. 저자는 "아직 마르크스를 읽어본 적이 없는 독자들"을 염두에 두고 알랭 드 보통처럼 쓰고 싶었다고 고백하는데, 정작 자신의 체험은 많이 녹아 있지 않아서 아쉽다. '화려한 파티장'에서 칵테일 잔을 들고 서성거려본 독자들이 얼마나 될까.

| 《주간경향》(2012. 4. 24)

개미에게 배우는 지혜

|

『일하지 않는 개미』

'개미에게 배우는 지혜'라고 하면 제일 먼저 떠올리게 되는 건 이솝의 우화 「개미와 베짱이」다. 부지런한 개미와 게으른 베짱이의 '말로'를 교훈적으로 전해주는 감동적이면서도 '무서운' 우화 말이다. "너네 그렇게 공부 안 하고 놀기만 하면 나중에 거지 된다!"고 했던가. 조금 유식한 독자라면 한 걸음 더 나아가 파레토의 법칙이란 걸 떠올릴지도 모른다. 부지런하다고 알려진 일개미들을 자세히 관찰했더니 실상 80퍼센트는 놀더라는 데 착안하여 경제학자가 내놓은 것이 '20:80 법칙'이다. 은연중에 '20 대 80 사회'를 정당화하는 근거로 사용되기도 한다. 개미에게 배우는 '두 번째' 지혜라고 할까.

일본의 진화생물학자 하세가와 에이스케의 『일하지 않는 개미』

우울사회에서 어떻게 벗어날 것인가

는 파레토의 법칙에서도 한 걸음 더 나아가 '세 번째' 지혜를 알려주는 책이다. 물론 제목만으로는 별로 놀랍지 않다. "개미가 부지런하다고? 80퍼센트의 일개미는 논다!"라는 표지 문구도 게으른 독자들을 확실히 잡아끌 만한 독서의 유인으로는 약해 보인다. 핵심은 다른 데 있다. 저자 또한 개미의 종류와 무관하게 70퍼센트 일개미는 아무 일도 하지 않더라는 관찰 결과를 보고한다. 일하지 않는 일개미는 먹이를 모으거나 유충을 보살피거나 여왕의 시중을 드는 것과 같이 군락을 위한 뭔가 생산적인 활동을 거의 하지 않고 자기 몸을 핥거나 하릴없이 돌아다니는 식으로 노동과 전혀 무관한 활동만 한다.

좋다, 타고난 천성이 그렇다고 치자. 하지만 그런 게으름뱅이가 절대 다수인 집단이 좀 더 부지런한 집단과의 경쟁에서 과연 살아남을 수 있을까? 만약 진화적 압력에도 불구하고 살아남은 거라면 일개미들의 게으름은 분명 어떤 이익을 가져다주는 거라고 봐야 하지 않을까.

저자는 개미들의 입장에서 보면 '일하지 않는다'는 뜻을 조금 다르게 이해해야 한다고 말한다. 개미 군락의 일 가운데는 단기간이라도 멈추게 되면 군락의 생존이 위태로워지는 것이 있다. 특히 알을 보살피는 것이 그런 일에 속하는데, 개미의 알은 몹시 약하기 때문에 일꾼 개미가 늘 곁에서 핥아주어야 한다. 침에 함유된 항균물질을 계속 발라주는 것이다. 땅속이나 썩은 나무 안에서 서식하기

그래도 정의

에 개미들에게 방균은 중차대한 문제다. 일꾼 개미를 알에서 하루만 떼어놓아도 대부분의 알에 곰팡이가 슬어 죽어버릴 정도다. 이런 조건에서라면 군락 내에 노동력이 제로가 되지 않도록 하는 게 무엇보다도 중요하다. 먹이를 찾는 일도 중요하지만 그렇다고 모든 개미가 먹이 찾기에 동원될 수 없는 이유다.

게다가 갖가지 돌발적인 사태에도 대비해야 한다. 심술궂은 꼬마가 개미집에 흙을 끼얹는 것 같은 예기치 않은 사태에 대응하기 위해서는 언제나 '여력'이라는 게 필요하다. 예비 노동력을 남겨놓지 않고 모두가 한꺼번에 일을 한다면 결국 다들 지쳐서 아무도 일을 할 수 없는 때가 올 수밖에 없다. 그것은 개미 군락에게 치명적인 피해를 입히게 된다. 모두가 열심히 일하는 시스템이야말로 파국적인 재앙을 초래할 수 있는 것이다.

따라서 개미들의 사회에서 '일하지 않는 개미'는 잉여적인 존재가 아니라 그것이 없으면 군락이 존속할 수 없는 매우 중요하고 꼭 필요한 존재다. 다르게 말하면 '일하지 않는 개미'는 예비 노동력으로서 '일하고 싶어도 일할 수 없는 존재'다. 얼핏 비효율적인 것처럼 보이지만 일하지 않는 개체들을 갖고 있는 개미들의 시스템이 결국 오랜 진화의 압력 속에서 살아남았다는 사실은 음미해볼 만하다. 모두가 부지런한 시스템과의 경쟁에서 승리한 것은 80퍼센트가 게으른 시스템이었다.

『일하지 않는 개미』를 통해서 '멍청함'에 대해서도 재평가하게 된다. 개미들은 페로몬을 통해서 정보를 전달하는데, 그 흔적을 따라 앞서 간 개미를 정확하게 추적하는 '똑똑이' 개미 말고도 항상 잘못 추적하는 '멍청이' 개미들이 있다고 한다. 놀라운 것은 똑똑한 개체만 있을 때보다 조금 멍청한 개체가 섞여 있을 때 조직이 더 잘 돌아간다는 사실이다. 먹이를 찾을 때 멍청한 개미들은 길을 잘못 들어서 헤매다가 오히려 지름길을 발견하곤 해서다. '부지런한 개미'라는 환상은 벗어던지게 됐지만 아직 우리가 개미에게 배울 수 있는 지혜는 더 남은 듯싶다.

| 《주간경향》(2011. 12. 27)

『일하지 않는 개미』
하세가와 에이스케, 김하락 옮김
서울문화사, 2011

P.S. 　『일하지 않는 개미』의 추천사는 최재천 교수가 썼는데, 개미 관련서로 대표적인 책이 그의 『개미제국의 발견』(사이언스북스, 1999)이다. 최재천 교수의 지도교수이자 개미에 관한 세계적 권위자 에드워드 윌슨이 베르트 휠도브러와 같이 쓴 『개미 세계 여행』(이병훈 옮김, 범양사, 2007)과 함께. 윌슨의 『사회생물학』 개정판은 올해 고대하던 책 가운데 하나였는데, 해를 넘기는 듯싶다.

우울사회에서 어떻게 벗어날 것인가

그래도 정치

정치의 몰락과 닥치고 정치

**아쉽게도 구하지 못한 책,
도래하지 않은 독서가 있다면?**

절판됐거나 너무 비싸서, 혹은 너무 멀리 있어서 구하지 못한

책들이 있지만, 그건 읽을 수 없는 책들에 비하면 사소하다.

스페인어로 읽는 세르반테스의 『돈키호테』, 독일어로 읽는

하이데거의 『존재와 시간』, 프랑스어로 읽는 프루스트의

『잃어버린 시간을 찾아서』 같은 건 내가 구할 수 없는 경험이다.

리더십과 팔로워십

『빅맨』
『팔로워십』

송사릿과에 속하는 열대어 거피는 번식력이 좋아서 생물학 실험에 널리 쓰이는 관상어이다. 케임브리지 대학의 연구자들은 한 실험에서 수조 반대편 끝에 놓은 먹이를 향해 얼마나 빨리 나아가느냐를 기준으로 이들을 대담형과 소심형으로 나누었다. 그러고는 대담한 거피 한 마리와 소심한 거피 한 마리를 수조에 한꺼번에 넣었다.

결과는 항상 대담한 거피가 먹이 사냥에 앞장서고 소심한 거피가 그 뒤를 따르는 것으로 나타났다. 대담한 거피와 소심한 거피 짝은 소심한 거피 두 마리나 대담한 거피 두 마리가 짝이 되었을 때보다 목적지에 더 빨리 도착했다. 두 가지를 알 수 있다. 거피 세계에서 리더와 팔로워가 생겨나는 것은 자연스러우면서 동시에 그러한 행동이 생존에 도움이 되는 '적응 행동'이라는 점이다.

정치의 몰락과 닥치고 정치

마크 판 퓌흐트와 안자나 아후자가 지은 『빅맨』은 리더십의 탄생과 진화를 그러한 적응 행동의 관점에서 다룬다. "리더십과 팔로워십이 인류의 진화 과정에서 생겨났고 그 토대가 인간이 진화하기 훨씬 전부터 갖춰졌다"는 생각에서 '진화 리더십 이론'을 제창한다. 즉 진화 과정을 통해 인간 사회에 리더와 팔로워가 자리 잡았고, 그러한 행동의 원형이 우리 두뇌에 '내장'되었다는 것이다.

왜 우리는 키 큰 정치인은 존중하고 키 작은 정치인은 얕보는 것일까? 왜 사람들은 남성 경영인은 포부가 큰 사람이라고 여기면서 여성 CEO는 폄훼하는 것일까? 저자들은 약 200만 년 동안 아프리카 사바나에서의 오랜 진화 기간에 형성된 우리의 '원시적 뇌'가 현재의 환경과 잘 맞지 않기 때문에 빚어지는 일로 본다. 이른바 '부조화 가설'이다. 이러한 부조화로 인한 간극을 해소하기 위해서라도 리더십과 팔로워십에 대한 진화심리학적 이해는 필수적이다.

인간은 본성상 무리를 지어 생활한다. 팔로워십은 일종의 디폴트 세팅Default Setting이다. 리더가 소수인 반면에 팔로워는 다수인 것은 비범한 소수를 따르는 것이 인간의 본성임을 말해준다. 물론 이

『빅맨』
마크 판 퓌흐트 · 안자나 아후자
이수경 옮김, 웅진지식하우스
2011

런 본성이 생겨난 것은 진화적 이익 덕분이다. 팔로워십은 집단을 결속시키고, 안전을 도모하는 일이었으며 리더를 따름으로써 리더 역할을 준비할 수 있는 기회였다. 그렇다고 해서 무작정 리더를 따르는 일이 유리하지만은 않다. '나쁜 리더'들도 얼마든지 있기 때문이다.

예컨대 1965년부터 1997년까지 아프리카 자이르를 통치했던 모부투는 통치 기간 동안 대략 50억 달러에 달하는 국가 소득을 착복했다. 정치적 라이벌들은 탄압하거나 회유하고 자신에 대한 개인숭배를 강화했다. 그는 자신을 '초인적 인내와 불굴의 의지로 지나가는 발자취마다 불을 남기며 정복에 정복을 거듭하며 전진하는 전능한 전사'라는 의미로 '모부투 세세 세코 은쿠쿠 은벤두 와 자 방가'로 개명하기까지 했다.

다행스러운 것은 우리가 이런 탐욕적이고 이기적인 리더에 맞서기 위한 전략도 진화시켜왔다는 점이다. '권력자에게 맞서기 위한 전략'으로 저자들은 험담과 소문, 공론, 풍자, 불복종, 그리고 암살 등을 든다. 인간의 본성이 형성된 그 오랜 기간 아프리카 사바나의 수렵채집 사회에서 평등주의와 민주주의는 자연스럽게 체화되었기에 부당한 통치에 대해 분노하는 성향도 우리의 진화적 본성이다. 그런 의미에서도 리더십과 팔로워십의 관계는 일방적이지 않다.

하버드 대학 케네디스쿨에서 리더십을 강의하는 바버라 켈러먼도 팔로워십에 주목한다. 『팔로워십』에서 저자는 비효율적이거나 비도덕적인 리더를 나쁜 리더로 규정한다. 어떤 조직이나 집단의 리더가 나쁜 리더라면 그것을 적극적으로 바로잡는 일은 팔로워의 몫이다. 우리가 리더뿐 아니라 팔로워가 무엇을 해야 하는지도 물어야 하는 이유이다.

팔로워의 유형을 방관자, 참여자, 운동가, 완고주의자로 구분하면서, 켈러먼은 팔로워도 변화의 동력이 될 수 있으며 그렇게 되어야 한다고 주장한다. 가령 공공부문에서 팔로워가 할 수 있는 일은 무엇인가. 저자는 미국 부시 대통령의 재임 시절을 예로 든다. 부시 대통령의 지지율은 아주 낮았지만 그럼에도 이라크 침략에 대한 그의 결정을 끝까지 반대한 사람은 적었다. 다른 선택이 있었을까? 돌이켜보면 2004년 대선에서 미국민은 부시 대신에 다른 후보를 대통령으로 뽑을 수도 있었다. "좋은 팔로워가 되려면 능동적으로 선호하는 리더를 후원해야 하며, 동시에 능동적으로 후원하지 않는 리더와 대립해야 한다"고 저자는 충고한다.

요컨대 좋은 리더와 나쁜 리더가 있는 것처럼 좋은 팔로워와 나

『팔로워십』
바바라 켈러먼, 김충선 외 옮김
더난출판, 2011

그래도 정치

뿐 팔로워가 있다. 좋은 리더를 선택하고 나쁜 리더를 제재하는 것이 좋은 팔로워의 역할이다. 팔로워의 힘을 과대평가해서도 안 되지만, 그것을 과소평가하지 말라는 것이 켈러먼의 주장이다.

| 《책&》(2011년 10월호)

'닥치고 정치'와 염치

『닥치고 정치』

"대기업과 중소기업 관계에서 불공정 측면을 지적들 하는데 이 분야뿐만 아니라 전반적으로 우리 사회에서 불공정이 많이 대두됐다."

이명박 대통령의 최근 어록이다. 우리 사회가 불공정하다는 오랜 국민적 인식에 바로 공감하는 지도자의 모습을 읽을 수 있어서 감동적이다. 게다가 짐작엔 현직에서 가장 자주 눈물을 보인 대통령 아닌가. 서민의 고통에 대한 뼈저린 공감이 없었다면 민생 경제를 위해 그만큼 애를 쓰기도 어려웠을 것이다.

불공정한 사회적 관행을 타파하고 고질적인 병폐들을 마치 전봇대처럼 훌쩍 뽑아내기 위해 불철주야 전력을 다해온 점 또한 이명박 정부의 치적으로 손색이 없다. 공정사회론에 뒤이어 동반성장과 공생발전을 국정운영의 지표로 내세운 것도 CEO 대통령의 혜안이 없었다면 가능하지 않았을 것이다. 모두가 소수의 가진 자들을 위한 정치가 아닌 국민 다수를 위한 정치를 지향한 결과일 것이다.

하지만 대개 현직 대통령에 대한 국민의 평가는 냉정하며 인색하다. 등잔 밑이 어두운 것과 마찬가지다. 개인적으로는 그 점이 늘 마음에 걸렸는데, 다행스럽게도 몇 달 전부터 그런 '죄의식'을 좀 덜어주는 새로운 형식의 방송이 생겨났다. 청와대 비서진도 미처 생각지 못한 '가카 헌정방송' 〈나는 꼼수다〉가 그것이다. 방송을 통해서 우리는 온갖 비방과 유언비어에도 불구하고 "가카는 절대 그러실 분이 아니다"라는 사실에 고개를 끄덕이고, 국민생활 전반에 걸쳐 꼼꼼히 챙기는 대통령의 스타일에 환호하며, 사소한 도덕관념에 얽매이지 않는 호연지기에 경탄하게 된다.

하지만 경탄만 하고 있을 수 없고 어떻게 이런 방송이 탄생하게 됐을까 궁금해서 책을 손에 들었다. 〈딴지일보〉 김어준 총수의 『닥치고 정치』다. 애초에 스마트폰용 방송을 새로 시작하면서 그는 이렇게 말했다. "아직은 사람들이 몰라. 하지만 이거 대박 난다." 그리

『닥치고 정치』
김어준, 푸른숲, 2011

정치의 몰락과 닥치고 정치

고 실제로 대박이 났다. '무학의 통찰'임을 내세우지만 저자의 예지가 범상한 수준을 넘어선다.

'명랑시민 정치교본'을 자처하는 『닥치고 정치』에는 〈나는 꼼수다〉와 마찬가지로 명랑한 아이러니와 풍자가 가득하다. 진화심리학적 관점에서 정치적 '좌'와 '우'가 인류의 조상이 원시 사바나에서 겪은 공포에 대한 두 가지 대처 방식이라고 정리한 김 총수는 그 '우'에게 가장 중요한 것이 사유재산이라고 말한다. 왜 중요한가?

"그로 인해 자신의 위계와 계급이 결정된다고 생각하니까. 그리고 그 사유재산이 바로 자신의 가치와 신분을 대변한다고 생각하니까. 동물이니까 그게 얼마나 초라한 건지는 전혀 몰라."

하지만 사실 그 '초라함'은 우리의 기본 조건이다. 우리는 모두 일단은 동물이니까. 동물에서 시작하니까. 동물 혹은 유인원의 처지에서 조금이라도 벗어나게 되는 건 모든 게 먹고사는 문제로만 환원될 수 없다는 사실을 받아들이고 승인할 때이다. 일가의 재산과 부동산만이 유일한 관심사라고 한다면 우리의 수준은 '잘사는 동물' 정도에서 멈출 것이다. 부러움을 살 수 있을지는 모르지만 존경의 대상은 아니다. 눈앞의 이익에만 매몰돼 사회적 대의에 눈감는다면 딴은 '순결한 동물'이라 불릴 수도 있을 것이다.

김 총수의 표현을 빌리면 "뇌가 완전 청순한" 상태를 가리킨다.

반면에 정치란 '먹고사니즘'이 전부가 아니라고 선언하는 행위다. '먹는 게 남는 거'라며 안면 몰수하는 게 아니라 내 몫이 정당한지 염치를 갖고 따져보는 것이다. 그럴 때 우리는 비로소 '정치적 동물'이 된다. 단지 동물인 것만은 아니라는 얘기다. 본격적인 정치의 계절을 앞두고 다시 질문을 던진다. "그냥 먹고살기만 하믄 무슨 재민겨?"

| 《경향신문》(2011. 10. 28)

'나꼼수'의 소통과 진보정치의 과제

|

『닥치고 정치』

출판계는 보통 전년 12월부터 해당 연도 11월까지 출간된 책을 대상으로 '올해의 책'을 선정한다. 개인적으로는 김어준의 『닥치고 정치』를 2011년 올해의 책 가운데 하나로 꼽았다. 한국 사회를 강타하고 있는 '가카 헌정방송' 〈나는 꼼수다〉를 빼놓고 2011년을 생각할 수 없다면, 출판 쪽도 마찬가지다. 『닥치고 정치』를 제쳐놓고 올해의 책을 고르는 건 허전한 일이 될 것이다.

한국의 정치와 사회를 분석하고 진단하는 허다한 책들이 나와 있지만 사실 『닥치고 정치』만큼 대놓고 '핵심'을 찔러준 책은 드물었다.

"과거 군사정권은 조직폭력단이었어. 힘으로 눌렀지. 그런데 이명박은 금융사기단이야. 돈으로 누른다고."

누가 이토록 간명하게 일러주었단 말인가.

『닥치고 정치』는 국가를 수익모델로 삼아 성실하게 불법을 자행해왔고 자행하고 있는 걸로 '추정'되는 권력을 주요 표적으로 삼고 있지만, 진보정치에 대한 속 깊은 비판과 제안도 포함하고 있다. "진보는 자기가 가진 게 당연해선 안 되는 거"라는 전제 아래 김어준이 진보정치권에 던지는 충고의 핵심은 '느낌'과 '마음'의 중요성이다.

그의 육성은 이렇다.

"자기들이 똑똑하고 정당한 게 뭐가 그렇게 중요해. 정치에서 중요한 건 사람들 마음을 얻는 건데, 마음은 대단히 제한된 자원이라고."

이 '제한된 자원'을 움직이는 게 대중정치인 만큼 중요한 것은 논리적 추론이 아니라 정서적 직관이다. 논리적으로 맞는다고 해서 정치적 문제가 다 해결되지 않는다는 것이다.

한 가지 사례로 김어준은 월드컵 축구에 대한 열광을 든다. 2002년 월드컵에서 보여준 국민적 응원 열기를 비판하면서 일부 진보적 지식인들은 위험한 민족주의와 파시즘적 징후까지 읽어냈지만 그의 생각은 다르다. 평소 축구에 관심이 없던 여성들까지 열광했던 건 화면에 등장한 축구선수들이 너무 섹시했기 때문이라는 것이다. 즉 문제는 민족주의가 아니라 욕망이었다. 유럽에서 젊은 여자들이 축구선수를 좋아하는 게 돈 많고 몸 좋고 섹시하기 때문이라는 것을 고려하면 월드컵 열기가 이후에 K리그로 이어지지 못한 이유도 자명해진다. 월드컵 대표팀이 국민들에게 기쁨을 준 만큼 국민들도 이제는 K리그 경기장을 찾아서 지속적으로 응원해주는 게 '도리'라는 식의 '죄의식 마케팅'은 문제의 본질을 잘못 짚었다. 김어준은 오히려 경기장에 중계 카메라 대수를 늘리는 것이 해결책이었다고 주장한다.

요컨대 죄의식 마케팅이나 윤리적 프로파간다propaganda가 더 이상 진보정치의 유효한 수단이 될 수 없다는 얘기다. 아무리 올바른 이념을 설파한다 할지라도 그것을 전달하는 방식의 보수성을 탈피하지 않으면 메시지의 진보성은 휘발되고 만다. 그만큼 메시지의 전달 형식은 내용 이상으로 중요하다.

미디어학자들의 주장대로 미디어 자체가 메시지라면 진보정치의 과제는 메시지를 더 급진화하는 데 있는 것이 아니라 그 전달 수단을 급진화하는 데 있다. 〈나는 꼼수다〉가 사용하는 팟캐스트 방식의 소통은 그러한 급진화의 유력한 사례라 할 만하다.

김어준은 정치를 한마디로 '연애'라고 정의한다. 사람의 마음을 사는 일이기에 그렇다. 여기서도 핵심은 마음이 제한된 자원이라는 데 있다. 혹 진보정당의 답보는 그러한 사실을 인지하지 못하거나 간과하는 데서 비롯되는 것은 아닐까. "진보정당이 구사하는 언어는 이미 자기들이 설득할 필요가 없는 사람들만 알아먹는 언어"라는 게 문제라고 김어준은 꼬집는다. 신자유주의와 FTA의 문제점을 어떻게 시장통 아줌마도 알아들을 수 있게 전달할 것인가. 새로운 시대를 열기 위해서 진보정치는 날치기로 통과된 한미FTA의 무효화 투쟁만큼이나 중요한 과제와 마주하고 있다.

| 《경향신문》(2011. 11. 25)

P.S. 참고로, 2011년 올해의 책은 『닥치고 정치』 외에 공자를 재발견하게 해준 리링의 『논어, 세 번 찢다』(황종원 옮김, 글항아리, 2011), 올해 나온 가장 중요한 '사전'으로 최성일의 『책으로 만나는 사상가들』(한국출판마케팅연구소, 2011) 등이다. 물론 『로쟈와 함께 읽는 지젝』(이현우, 자음과모음, 2011)도 내게는 '올해의 책'이다.

정치철학 닥치고 정치

|

『정치의 약속』

정치란 무엇인가? 이런 고전적인 물음을 자주, 반복적으로 던지게 되는 시대를 살고 있다. 인생이란 무엇인가라는 질문을 우리가 인생의 전환점이나 위기에 처하여 던지게 되는 것처럼 정치란 무엇인가라는 질문도 마찬가지다. 정치의 위기, 정치에 대한 환멸은 정치란 무엇인가라는 질문을 낳는다.

한나 아렌트의 유고집 가운데 하나인 『정치의 약속』에 실린 글 「정치로의 초대」에서 저자가 우선적으로 던지는 질문 역시 정치란 무엇인가이다. 그러고는 이렇게 답한다.

"정치는 인간의 복수성에 기초한다. 신은 단수의 인간man을 창조하

였지만, 복수의 인간men은 인간적이며 지상에서 만들어진 산물이고,

그래도 정치

인간 본성의 산물이다."

아렌트 고유의 정치사상을 집약하고 있는 문구인데, 그가 보기에 정치란 '인간의 문제'가 아니라 '인간들의 문제'이다. 단수의 인간은 비정치적이며 "정치란 인간들 사이에서, 즉 단수의 인간 외부에서 생겨난다." 한국어는 단수와 복수를 잘 구분하지 않으므로 '인간들'이라는 말이 생경할 수도 있다. 그게 어쩌면 우리가 정치와 자주 불화관계에 놓이는 이유인지도 모르겠다. '인간'과 달리 '인간들'은 주로 비하적인 의미로 쓰일 때가 많지 않은가.

그런 불화는 철학과 신학에서도 발견할 수 있다. 아렌트가 보기에 철학과 신학은 모두 단수의 인간만을 다루기 때문에 정치란 무엇인가에 대한 타당한 답변을 제출하지 못한다. '정치철학'이라는 말은 그래서 모순적이다. 서로 다른 인간들의 공존과 연합을 다루는 것이 정치인 데 반해서 철학은 단수의 인간을 숙고의 대상으로 삼기 때문이다. 서양 정치철학의 원조인 플라톤은 그래서 어중이떠중이들이 설치는 민주주의 대신에 철인哲人통치를 주창하고 옹호했

『정치의 약속』
한나 아렌트, 제롬 콘 편집
김선욱 옮김, 푸른숲, 2008

정치의 몰락과 닥치고 정치

다. 다수의 대중이 한갓 '의견들'을 좇는 데 반해서 소수의 철학자는 '진리'를 사랑한다는 것이 이유였다. 올바름이 무엇이고 좋음이 무엇인지 제대로 아는 자가 국가를 통치하는 게 마땅하다고 플라톤은 생각했다. 그런 의미에서 정치철학은 정치와 대립한다.

정치에 대한 관점에서 플라톤과는 정반대편에 서는 아렌트는 '정치철학의 종언'을 선언한다. 정치의 토대인 인간의 복수성을 고려하지 않기에 정치철학은 정치를 사유할 수 없다고 보기 때문이다. 플라톤의 정치철학이 갖는 반정치적 편견에 대한 비판은 그런 생각에서 비롯한다. 아렌트는 플라톤을 포함한 위대한 사상가들이 정치에서만큼은 깊이 있는 통찰에 도달하지 못했다고 꼬집는다. 정치가 닻을 내리고 있는 깊이까지 내려가지 못한 탓이다. 필요한 것은 정치철학이 아니라 정치에 대한 사유, 곧 정치적 사유다.

김어준의 어법을 빌리자면 아렌트의 주장은 한마디로 '정치철학 닥치고 정치'다. 그렇게 닥쳐야 할 것 중에는 가족도 포함된다. 신이 자신의 형상에 따라 인간을 창조했듯이 인간은 자신을 닮은 인간을 창조해내려고 애쓴다. 그러한 가족의 원리를 정치체에도 도입하려고 할 때 문제는 불거진다. 정치체가 가족에 기초하거나 가족 이미지로 이해된다면 필연적으로 복수의 인간은 배제된다. 정치에서 가족주의는 복수의 인간이 갖는 근원적 차이들을 지우고 정치 세계 고유의 복수성을 파괴한다. '우리는 한 가족'이라는 것만큼 반정치적인 구호는 따로 없다.

흥미로운 건 가족에 대한 태도에서만큼은 플라톤이 아렌트보다도 더 급진적이라는 점이다. 그는 훌륭한 통치자들에겐 사유의 주택도, 토지도, 소유물도 있어서는 안 된다고 주장했다. 한마디로 '내것' 일체를 부정적으로 보았다. 사익에 눈이 어두워 자기 욕심만 챙기려는 정치는 정치도 아니고 정치철학도 아니다. 유사 정치고 꼼수 정치다.

| 《한겨레》(2011. 11. 26)

공화의 시대와 75퍼센트 민주주의

|

『정치의 몰락』

《프레시안》의 강양구 기자가 묻고 정치 컨설턴트 박성민이 답한 『정치의 몰락』은 비슷한 형식의 책 두 권을 먼저 생각나게 한다. 오연호가 묻고 조국이 답한『진보집권플랜』(오마이북, 2010)과 지승호가 묻고 엮은 김어준의『닥치고 정치』(푸른숲, 2011)가 그것이다. 앞에 나온 두 권이 뚜렷하게 진보집권과 진보정치운동을 지향한다면 『정치의 몰락』은 좀 더 객관적으로 2012년 한국 정치를 진단하고 전망한다. 한국 정치, 어디에서 와서 어디로 가고 있는가.

'정치의 몰락'이라는 제목과 '누가 정치를 죽였는가?'라고 묻는 서문은 사실 책의 핵심을 잘 짚어내지 못하는 것처럼 보인다. 두 저자가 나눈 대화의 얼개는 오히려 '보수시대의 종언과 새로운 권력의 탄생'이라는 부제에서 더 잘 드러난다. 즉 '종언과 탄생'이 '한국

그래도 정치

의 대표 정치 컨설턴트'가 지금의 한국 정치를 보는 프레임이다. 하지만 그 종언과 탄생 사이에는 약간의 간극이 있다. 한 시대가 종언을 고하고 있지만 그렇다고 새로운 시대가 바로 도래할지는 아직 미지수다.

조금 희망적으로 보자면 지금은 새로운 시대의 '전야'이다. 2011년 10월 26일 서울시장 보궐선거에서 박원순 후보가 당선된 것은 어쩌면 한국 정치사의 '변곡점'으로 기록될지도 모른다. "지난 60여 년간 유지되어온 보수 우위의 시대가 끝나고 보수와 진보가 전략적으로 대치하는 새로운 국면으로 진입하는 신호탄"일 수 있다. 물론 부정적으로 보자면 '진정한 어둠'을 아직 남겨놓은 '시대의 마지막 밤'일지도 모른다. 중요한 것은 이 두 갈래 길의 선택권이 우리에게 있다는 사실이다. 이 '우리'는 세대적 의의를 갖는 우리다.

박성민은 한국 현대사의 60년을 20년 단위의 시대적 흐름으로 분할하여 간추린다. 먼저 1950~1960년대는 '생존에 대한 회의'가 지배한 시대였다. 전쟁으로 많은 사람이 죽거나 다쳤고 이산가족이 됐다. 살아남는 것만이 삶의 목표가 된 '실존의 시대'였기에 모두가

『정치의 몰락』
강양구·박성민, 민음사, 2012

정치의 몰락과 닥치고 정치

의지할 곳을 찾았고, 한국 교회는 유례없이 성장했다.

1970~1980년대는 '국가권력에 대한 회의'가 지배한 시대였다. 독재권력에 대한 항거가 결국엔 1987년 6월항쟁을 끌어낸 '민주의 시대'였다. 냉전의 종식과 함께 시작된 1990~2000년대는 신자유주의 세계화의 연대였고, '진보에 대한 회의'가 시대정신을 잠식한 '자유의 시대'였다. 이 시기에 한국 사회의 주도권은 '안보 보수'에서 '시장 보수'로 넘어갔고, 그 정점이 2007년 CEO 출신 이명박의 대통령 당선이다. 그러나 2008년 전 세계를 강타한 금융위기는 '시장에 대한 회의'를 촉발했다. '정의'가 사회적 화두로 등장했고, 정부까지 나서서 '공정사회'를 국정지표로 내세우게 됐다. 그렇게 해서 우리는 '공화의 시대'라는 새로운 시대의 문턱에 도달했다. 혼자만의 자유와 부를 맹목적으로 추구하는 것이 아니라 이웃과의 연대와 공동체의 안녕에도 관심을 갖게 된 시대다. 우리는 이 새로운 시대정신에 걸맞은 정치적 주체로 재탄생할 수 있을까.

새로운 주체의 탄생과 나란히 가야 하는 것은 정치제도의 변화다. 정치의 본질이란 '갈등을 해소하는 것'이고, 또 "촛불보다는 투표가 힘이 세고, 투표보다는 제도가 힘이 세다"고 믿는 저자는 갈등을 조정하는 가장 유력한 방식이 대화와 타협이라고 본다. 그런데 51퍼센트만을 확보하면 모든 것을 장악하는 다수결 방식은 한국 사회에서 동의와 승복을 얻어내기 어렵다. 그래서 필요한 것이 '75퍼센트 민주주의'이다.

한국 사회는 적어도 75퍼센트가 동의하는 일에는 승복하는 문화를 갖고 있기에 정치제도 또한 그런 방향으로 개선할 필요가 있다는 제안이다. 결선투표제를 도입하여 과반수의 지지를 받는 대통령이 탄생하게끔 하고 선거제를 현행 소선거구제에서 중대선거구제로 바꾸는 것이 75퍼센트 민주주의의 실현 방안이다. 또한 국회의원의 임기도 아예 2년으로 줄여서 선거를 더 자주 치르는 것이 한국 정치를 더욱 역동적으로 만들 수 있을 것이라고 덧붙인다. 베테랑 정치 컨설턴트가 새로운 권력의 탄생보다 더 중요하다고 생각하는 것은 비가역적非可逆的 시스템으로서 새로운 제도의 창출이다.

| 《주간경향》(2012. 2. 22)

분단체제 극복과 2013년체제 만들기

|

『2013년체제 만들기』

총선과 대선 일정을 앞두고 있는 2012년은 모두의 예상대로 한국 사회에 중요한 전환점이 될 전망이다. MB 정권 4년을 보낸 국민의 선택이 과연 무엇일지 기대와 바람이 클 수밖에 없다. 문학평론가이자 시민사회 원로로서 백낙청 선생은 『2013년체제 만들기』에서 그 기대의 최대치를 '2013년체제'라는 말에 담았다. 낡은 체제를 청산하고 한반도에서 새로운 체제가 시작되어야 한다는 바람의 표현이다. 지난 1987년 6월항쟁의 결과로 성취한 한국 사회의 전환을 '87년체제'라고 부른 것에 견주면 '2012년체제'라는 말이 더 타당할 듯싶은데, 어째서 '2013년체제'인가? 거기엔 한국 현대사를 바라보는 저자의 시각이 반영돼 있다.

저자의 지론에 따르면 한국 사회는 '분단체제론'을 떠나서는 이해할 수 없다. 남과 북의 기득권 세력은 현재의 분단 상황을 이용해 이득을 챙기고 대다수 남쪽의 국민과 북쪽의 인민은 그로 인해 고통 받고 있는 사회 구조가 '분단체제'다. 분단체제론의 지향점은 당연히 분단체제의 극복이다. 그런 관점에서 보자면 87년체제의 성취는 미흡하다. 군사독재를 무너뜨리고 민주주의를 진전시켰지만 남한 사회에 한정된 변화였다. 물론 1991년 남북기본합의서가 채택되고 2000년에는 6·15 남북공동선언이 발표되면서 남북관계가 부분적으로 개선됐다. 하지만 87년체제는 한반도의 온전한 평화체제 구축으로까지 나아가지 못했다. 분단체제, 곧 '53년체제'를 근본적으로 허물지는 못한 것이다. 그렇듯 53년체제를 벗어나지 못하고, '후천성 분단인식 결핍증후군'에서 빠져나오지 못한 민주화나 민주주의는 근본적인 한계를 가질 수밖에 없고, 이명박 정부의 역주행 또한 말기 국면에 도달한 87년체제의 문제점이 극단적으로 표출된 결과라는 게 저자의 시각이다. 따라서 과제는 53년체제의 혁파이고 분단체제의 획기적인 개선이다.

분단체제 극복이 새로운 체제 성립의 관건이기에 2012년 총선

『2013년체제 만들기』
백낙청, 창비, 2013

과 대선 결과가 곧바로 새로운 체제의 수립을 의미하지는 않는다. 총선에서의 승리와 대선에서의 정권교체가 남한 사회 민주세력의 당면한 과제이긴 하지만 그것만으로는 충분하지 않다. 2013년체제 설계에 다양한 항목들이 포함될 수 있지만 핵심은 한반도 평화체제의 구축이다. 저자가 2013년체제의 최우선적 과제가 정전협정을 평화협정으로 바꾸는 일이라고 보는 것은 그 때문이다.

중요한 것은 대북정책에서의 변화다. 백낙청은 6·15 공동선언을 '포용정책 1.0'이라고 할 때, 이보다 한 단계 업그레이드된 '포용정책 2.0'이 우리에게 필요하다고 주장한다. 이 2.0버전의 핵심은 분단체제 극복을 위한 시민 참여의 획기적인 강화와 남북연합 건설이다. 남북연합의 경우 이미 2000년에 남북 정상이 중간 과정의 국가연합 형태를 거쳐서 통일로 간다는 점에 합의했다. 현실적으로는 유럽연합EU보다 낮은 단계의 느슨한 연합제를 구상할 수밖에 없지만 일단 연합제가 이루어지면 통일은 역전 불가능한 과정으로 접어들 수 있으리라는 것이 저자의 기대다. 그리고 그러한 점진적 통일 과정에 들어서게 되면 일반 시민이 적극적으로 참여할 수 있는 공간이 생긴다. 민간기업을 포함한 넓은 의미의 시민사회가 남북화해와 교류에 직접 나서서 남북의 평화적이고 시민 참여적인 재통합에 걸맞은 준비를 해나갈 수 있게 되며, 이를 위해서 시민 참여형 통일 과정을 수용하는 국정운영체제가 마련돼야 한다는 것이 저자의 제안이다.

그래도 정치

2013년체제론의 개요가 그러하다면, 왜 '2012년체제'는 성립하기 어려운지 알 수 있다. 당장 이명박 정부 임기 안에는 남북관계의 획기적 개선을 기대할 수 없기 때문이다. 천안함 사건 이후 2010년 5월 24일 이명박 대통령은 남북교류를 전면중단한다고 선포했고, 이 조치는 아직 철회되지 않았다. 북이 정말로 천안함을 공격했다면 5·24 조치는 나름대로 정당성을 갖는다. 하지만 충분한 근거 없이, 혹은 근거를 조작해가면서 그런 조치를 취했다면 국민적 심판의 대상이 되어야 한다. 따라서 저자는 천안함 사건의 진실 규명이 2013년체제의 핵심에 자리 잡아야 한다고 주장한다. '2013년체제 만들기'는 '우리 시대의 진실'을 규명하는 일이기도 하다.

| 《주간경향》 (2012. 2. 14)

P.S.   『2013년체제 만들기』와 함께 읽은 건 김대호 사회디자인연구소장의 『2013년 이후』(백산서당, 2012)이다. 앞부분을 읽었는데, 386세대의 자기비판과 '성찰적 열정' 혹은 '열정적 성찰'(분명 '차분한 성찰'은 아니다)의 최대치를 보여주지 않나 싶다. 미적지근한 관망적 성찰이나 두루뭉술한 이론에 염증을 느끼는 독자라면 일독해볼 만하다.

정치의 몰락과 닥치고 정치

특별한 나라 대한민국

지젝을 정말 믿나? 혹은 지젝은 정말 옳은가?

'믿음'의 영역인가? 비유가 적당할지 모르겠지만, 가령 식물이

가진 굴성의 하나로 빛에 반응하는 굴광성을 예로 들어보자.

빛을 향하여 구부러지는 양굴광성이 있고 그 반대 방향으로

향하는 음굴광성이 있다. 내게 빛이라고 지각되면 그리로 향하는

건 본능이다. 믿음을 갖고 읽는다기보다는 본능적으로 읽는다.

그는 내게 옳다.

'매우 친미적인 대통령'의 나라

『그들은 아는, 우리만 모르는』

"역사가에게는 꿈이고 외교관에게는 악몽이다."

위키리크스의 폭로에 대한 영국 역사학자의 평이다. 2010년 4월 5일 미군 아파치 헬기가 아프간 민간인을 살상한 장면이 담긴 비디오를 공개함으로써 시작된 위키리크스의 충격적인 폭로는 그해 가을 미국 국무부가 해외공관과 주고받은 비밀문서 공개를 통해 절정에 도달했다. 이 외교문서 전문 25만 1천287건이 2011년 9월 1일까지 모두 인터넷 사이트에 올려졌다. 특정 기간에 생산된 미국 외교전문에 한정된 것이라도 거의 완벽한 정보 민주화를 이뤘다는 평가다. 위키리크스가 제공한 이 '정보 대홍수'가 우리에게 갖는 의미는 무엇일까. 우리는 어떤 정보를 건질 수 있을까.

막상 공개는 됐지만 너무도 방대한 분량인지라 어떤 정보가 얼마만큼 공개돼 있는지 파악하는 데만도 전문가적 손길이 필요한데, KBS의 탐사보도팀장을 역임한 김용진 기자가 팔을 걷어붙이고 나섰다. 『그들은 아는, 우리만 모르는』은 미국 외교전문에 나타난 대한민국의 실상과 치부를 고스란히 까발려주는 그 탐사 보고서다.

먼저 현황이다. 위키리크스 공개 문서 가운데 'KOREA'라는 단어가 한 번이라도 들어간 문서는 모두 1만 4천165건이고, 주한 미국대사관의 전문은 주로 2006년부터 2011년 사이에 작성된 1천980건이다. 미 국무부의 부처 간 정보공유 네트워크에 올라온 문서였는지라 이 1천980건에 1급비밀은 들어 있지 않지만 2급비밀 123건, 3급비밀 971건이 포함돼 있다.

이미 일부 내용은 국내에서 화제가 된 적이 있다. 촛불시위 당시 대통령의 형 이상득 의원이 미국대사관 측에 도움을 청하면서 "이명박 대통령은 뼛속까지 친미, 친일"이라고 말한 대목이다. 미국 쪽의 시각은 어땠을까? 2008년 2월 당시 버시바우 주한 미국대사가 방한을 앞둔 라이스 국무장관에게 보낸 보고서에는 "본능적으로 미국에 이끌리는 대통령과 행정부"라는 표현이 등장한다. 다른 문서에서도 "청와대에 있는 친미 대통령"이라는 문구처럼 '친미적인'이라는 수식어가 여러 차례 나오며, 심지어는 "매우 친미적인 대통령"이라고도 지칭된다.

저자의 검색에 따르면 지난 10년간 전 세계 미국대사관에서 작성한 수십만 건의 외교전문에서 "매우 친미적인 대통령"이라고 표

그래도 정치

현된 유일한 이가 이명박이다. 외교수사학적 관점에서 보자면 최고의 대우를 받은 셈인데, 물론 이런 호의적인 평가가 근거 없이 나온 것은 아니다. 2008년에는 쇠고기 시장을 개방했고, 2011년 오바마 대통령의 환대를 받고 와서는 한미FTA를 날치기로 강행처리했다. 미국으로서는 "매우 친미적인 대통령"에 대한 '융숭한' 대접을 마다할 이유가 없다.

　한국의 대통령과 정부 관료들의 친미적 태도가 혹 우리의 국익을 고려한 의도적인 전략의 산물은 아닐까. 국민으로선 나라의 위신을 생각해서라도 그렇게 믿고 싶지만, 한미동맹의 파트너인 미국의 시각과 판단은 냉정하다. MB에 대한 지지가 미국의 국익에 부합한다고 보면서 2009년 11월 스티븐스 주한 미국대사는 오바마 대통령에게 이런 전문을 보냈다.

　　"이 대통령은 본능적으로 미국과 관련된 거의 모든 이슈에 대해서 미국을 지지하려고 하지만, 동시에 미국의 요구를 단순히 따르지는 않는다는 것을 명확하게 하려 한다."

『그들은 아는, 우리만 모르는』
김용진, 개마고원, 2012

좀 특이한가? 미국대사관의 판단도 그런 듯하다. 2008년 SMA(한미방위비분담협정)에 앞서 미국 국방장관에게 보낸 정세보고서에서는 "우리는 미국의 이익에 너무 부응하는 것처럼 비쳐지는 것을 정치적으로 겁내는 친미 정권을 상대하고 있다"고 말한다. 한국 정부가 미국 입장에 우호적이긴 하지만 겉으로는 그렇게 내비치길 원하지 않으므로 그런 사정을 잘 고려해야 한다는 뜻이다.

한국의 협상 대표들이 협상장에서는 미국의 압력에 대해서 맞서는 듯한 포즈를 취하지만 "이것은 부분적으로는 쇼를 위한 것"이라는 점을 미국은 정확히 파악하고 있다. 한미FTA 재협상 여부를 놓고 논란이 벌어졌을 때도 한국 정부의 공식 입장은 '재협상 불가'였지만 그 이면에서는 지나치게 양보했다는 인상만 피할 수 있게 해달라는 게 한국 정부의 주문이었다. 이런 것이 위키리크스가 발가벗긴 '대한민국의 알몸'이라면 악몽은 외교관들만의 것이 아니다.

| 《주간경향》(2012. 1. 31)

P.S. 위키리크스 관련서로 더 참고하기 위해 『투명성의 시대』(미카 시프리, 이진원 옮김, 샘터사, 2011)와 『위키리크스, 비밀의 종말』(데이비드리·루크 하딩, 이종훈·이은혜 옮김, 북폴리오, 2011)을 더 구입했다. 최근에 나온 책으로는 프랑스의 사르코지를 지칭하는 『부자들의 대통령』(미셸 팽송·모니크 팽송-샤를로, 장행훈 옮김, 프리뷰, 2012)이 '매우 친미적인 대통령'을 이해하는 데 요긴한 책이 아닌가 싶다. 너무 닮았기 때문이다.

2007년 프랑스와 한국에 부자들의 대통령이 탄생했다. 사르코지와 이명박. 두 사람은 후보 시절 자국의 국민들에게 부자가 되게 해주겠다고 약속했다. 그들이 부자가 되기 위해 거쳐 간 길로 국민들을 인도해줄지 모른다는 기대감. 그들의 삶의 맥락이 지니는 유난스런 박진감은 사람들로 하여금 도박을 걸게 했다. 그러나 그들이 한 약속에 주어가 분명하지 않았다는 사실을 사람들이 깨닫는 데는 긴 시간이 필요하지 않았다. 이미 부자였던 극소수의 사람들이 더 큰 부자가 되었을지 모르지만 나머지 사람들의 상황은 심각하게 악화되어간 것이다.

민주주의 선진국이라는 프랑스와 이런 쪽으로라도 어깨를 나란히 하다니 자부심을 가질 만한가?! 다시 똑같이 대선을 치르게 되는 올해 두 나라 국민의 선택이 궁금해진다.

한국형 평등주의와 사생활 문제

|

『특별한 나라 대한민국』

대한민국은 특별한 나라인가? 강준만 교수에 따르면 그렇다. "한국인은 한국을 잘 알까?"라는 질문을 던지면서 '새로운 한국학'을 제안하는 그의 책 제목이 『특별한 나라 대한민국』이니까.

2011년 겨울에 나온 이 책에서 「영어의 문화정치학」이라는 장을 흥미롭게 읽었는데, 강 교수는 한국 사회의 영어 광풍을 한국형 평등주의라는 관점에서 봐야 한다고 주장했다. 그에 따르면 한국형 평등주의란 "배고픈 건 참아도, 배 아픈 건 못 참는다"는 삶의 철학이다. 물론 "너도 하면 나도 하겠다"는 평등의식이 많은 부작용도 낳았지만 한편으로는 한국 사회를 이만큼이라도 성장시킨 원동력이었다는 게 강 교수의 평가다. 한국인들에게 "나도 부자가 되어야 한다"거나 "내 새끼도 서울대 가야 한다"는 욕심만큼 강력한 성취

그래도 정치

동기도 드물었다.

이 평등주의가 특별히 '한국적'인 것은 한국만의 사회역사적 배경을 갖기 때문이다. 한마디로 좁은 땅에서 너무 많은 사람이 밀집해 살아온 것이 한국인의 삶이었다. 그래서 사회문화적 동질성이 강한 '고밀집사회'로 분류된다. 게딱지처럼 붙어 살아왔다고 할 수 있을까. 서울에서 부산까지가 약 400킬로미터이고 KTX로는 두 시간 반 거리다. 한국인들이 일반적으로 선망하는 나라, 미국은 어떤가. 동서로 약 4천300킬로미터에 이르고 네 시간의 시차가 있을 정도로 광활해 동서 횡단이 말 그대로 '대륙 횡단'이 되는 나라다. 아무리 성조기를 흔들면서 닮아보려고 애를 써도 근본적인 한계가 있는 것이다.

하지만 그렇게 좁은 땅에 살다 보니 미국에 없는 것도 갖게 됐다. 이웃과의 강박적인 비교다. 다시 강준만 교수에 따르면 한국은 이 '이웃 효과'가 타의 추종을 불허하는 나라다. '엄친아'나 '엄친딸'이라는 말이 한국만큼 유행어로 공감을 얻을 수 있는 나라가 또 있을까. 한국 사회에서 삶의 의미와 보람을 포함한 모든 일은 이웃과의 비교를 통해서 의미를 갖는다. 이렇듯 강한 타인 지향적 인정 욕구가 '영어전쟁'에도 개입돼 있기에 단순히 '광풍'이라고 비판해봐야 먹히지 않는다는 게 강 교수의 지적이다. 애초에 영어전쟁의 목적이 영어를 잘하는 데 있는 것이 아니라 내부 서열을 정하는 데 있기에, 혹 모두가 영어를 잘하게 된다면 이번엔 중국어 광풍이 불나라가 한국이다.

이 이웃 효과의 또 다른 양상은 사생활에 대한 과도한 관심과 참견이다. 연예인뿐 아니라 대중매체에 노출된 일반인들까지도 '이웃'으로 간주돼 사생활이 까발려지고 품평의 대상이 된다. 이런 일에는 "우리가 남이가"라는 태도도 한몫한다. 하지만 문제는 이러한 한국형 평등주의가 사회 전체의 불평등에 대한 관심과는 자주 엇갈린다는 점이다. 사생활에 관한 고백과 폭로로 여론 공간이 도배되는 일이 사회적 평등의 구현이라는 대의에 과연 얼마나 기여할 수 있을지는 의문이다.

바야흐로 소셜 네트워크 서비스SNS 시대이고 이웃의 범위는 전 지구적으로 확장됐다. 하지만 거기에 걸맞은 사회윤리적 규범을 우리가 갖고 있는지는 되돌아볼 필요가 있다. 독일 철학자 페터 슬로터다이크는 "더 많은 의사소통은 무엇보다도 더 많은 갈등을 뜻한다"면서 세계화 시대에는 '서로를 이해하기'와 함께 '서로 비켜서기'라는 태도가 필요하다고 주장한 바 있다.

이웃 간의 갈등과 마찰을 피하기 위해 물리적·정서적으로 거리

『특별한 나라 대한민국』
강준만, 인물과사상사, 2011

를 두는 것이 '서로 비켜서기'다. 그러한 거리두기 혹은 소외가 부정적인 결과만을 낳는 것은 아니다. 행복을 추구할 권리가 기본권이라면 우리에겐 자신만의 고독을 온전하게 향유할 권리도 보장되어야 한다. 때로는 서로에 대한 무관심이 평화와 공존의 조건이다.

| 《경향신문》(2011. 5. 10)

엘리트주의 청산과 추첨민주주의

|

『강남좌파』
『추첨민주주의』

한국 사회의 여러 문제들을 지속적으로 진단하고 비판함으로써 소위 '강준만 한국학'이라는 걸 세워온 강준만 교수가 최근 『강남좌파』라는 책을 한 권 더 얹었다. 누가 대통령이 되건, 어떤 정치세력이 집권하건 '정치의 이권화'와 '승자 독식주의'를 없애지 않는 한, 대한민국의 대선은 '밥그릇 싸움 도박판' 이상의 의미를 갖지 않는다고 일갈한다. 한국 사회와 한국인에 대해 가장 잘 안다고 자부할 만한 저자의 발언인 만큼 정치판의 진보와 보수를 모두 겨냥하고 있는 그의 비판에 귀를 기울여봄 직하다는 생각이 든다.

정치적 입장에 대한 주장이므로 먼저 정치란 무엇인가라는 원론적인 문제부터 정의하는 게 좋겠다. 한국 실업의 역사를 다룬 책 『영혼이라도 팔아 취직하고 싶다』(개마고원, 2010)에서 강 교수는

그래도 정치

"정치란 무엇인가?"라는 질문을 던지고 "그 주체들이 고급 일자리를 얻기 위한 투쟁일 뿐이다"라고 답했다. 어느 정치학 개론서에서도 찾기 어려울 법한 '독창적인' 정의이지만 우리가 피부로 접하는 현실을 포착하고 있기에 부인할 수도 없다. 정권이 바뀔 때마다 권력과 공공영역의 '사유화'가 공공연하게 이루어지는 게 한국 정치 아니던가. 권력자와의 연고·정실에 따른 '낙하산 인사'가 횡행하고, '보은인사', '회전문인사'가 남발되는 것 또한 우리는 지겹도록 보아왔다. 간혹 여론의 비판이 먹힐 때도 있었지만, 몰염치하게 밀어붙이는 정권에서는 별무효과였다.

문제는 이것이 윤리적인 문제가 아니라 구조적인 문제라는 점이다. 그러니 인물을 바꾼다고 해서 크게 달라지지 않는다. 근본적인 해법은 되지 못하기 때문이다. 강 교수의 진단에 따르면 민주화 이후에도 한국 사회의 상수로 여전히 유지되고 있는 것은 엘리트주의다. 정치의 경우라면 좌우파를 막론하고 정치 엘리트들의 전담 영역으로 고착화돼 있다는 것이다. 정권교체가 '엘리트 순환'으로 귀결된다면 그 의미는 반감될 수밖에 없다. 유권자는 고작해야 '밥

『강남좌파』
강준만, 인물과사상사, 2011

그릇 싸움'의 구경꾼으로 전락하는 것이니 말이다.

한국 정치는 유권자의 입장에서 볼 때 좌우의 싸움도 아니고 진보-보수의 싸움도 아니라고 강 교수는 말한다. 그럼 무엇인가. "출세한 사람과 출세하지 못한 사람들 사이의 싸움일 뿐이다." '강남좌파'라는 말은 이러한 투쟁 양상을 심각한 이념투쟁으로 포장할 우려가 있다는 게 강 교수의 염려이고, '강남'에 비하면 '좌파'는 부수적이며 모든 정치인은 강남좌파라는 것이 그의 견해다.

과연 우리는 엘리트주의를 청산할 수 있을까. 강준만 교수의 제안은 아니지만 추첨민주주의 같은 대안을 생각해보는 건 어떤가. 전체 인구의 극히 일부임에도 미국 하원의 경우엔 변호사의 비율이 40퍼센트가 넘고, 우리도 법조인의 비율이 20퍼센트 이상이다.

그런 상황에서 정치 엘리트에 의한 현재의 대의민주주의가 국민의 정치적 의사를 제대로 반영한다면 그게 오히려 놀랄 일이다. 민주주의를 믿는다면, 즉 모든 국민이 동등한 정치적 권리의 주체라고 우리가 '정말로' 믿는다면, 인구 비율에 따른 추첨에 의해 대표자를 선출하는 것이 타당하다. 그것이 만민평등이라는 민주주의 원

『추첨민주주의』
어니스트 칼렌바크 · 마이클 필립스, 손우정 · 이지만 옮김, 이매진
2011

리에 부합하기 때문이다. 가령 인구의 절반이 여성임에도 왜 우리
는 국회의원의 절반을 여성으로 채우지 못하는 것인가. 여성은 정
치적으로 열등해서인가. 겉으로는 남녀가 평등하다고 말하지만 속
으로는 그렇지 않다고 믿어서인가. "왕후장상의 씨가 따로 있느냐"
고 진나라 말기 농민반란군을 이끈 진승陳勝은 물었다. 우리의 대답
은 무엇인가.

| 《경향신문》(2011. 8. 2)

P.S.　　우리의 대답은 무엇인가, 라고 적었지만 경제학자 조지프 슘페터라
　　　　면 단연코 "따로 있다" 쪽이다. 강준만 교수는 그의 입장을 이렇게
　　　　정리했다.

　　　　　　"『자본주의, 사회주의, 민주주의』(1942)에서 인민이 최대한 참여해서 자
　　　　　　율적으로 통치하는 것이라는 고전적 민주주의 이념을 매우 비현실적이고
　　　　　　비과학적인 이상이라고 비판했다"(『강남좌파』, 33쪽).

　　　　고전적 민주주의 이론은 일반인에게는 전혀 불가능한 수준의 합리
　　　　성을 요구하기에 비현실적이며, 일반인은 자신이 일상적으로 경험
　　　　하는 범위 안에 있는 것만 전적으로 현실적이라고 인식하는데, 정

치는 이 범위 밖에 있다는 말이다. 슘페터는 대중의 정치 참여가 지나치면 사회 안정과 자유주의적 가치에 방해가 된다고 주장했다. 민주주의는 정치적 '방법'일 뿐이며, "민주주의는 정치인에 의한 지배"라고 본 슘페터의 민주주의론은 정치에 대한 경박하고 냉소적인 견해라고 비판을 받았다. 그러나 슘페터는 번번이 실패로 돌아가는 걸 알면서도 현실과 동떨어진 이상을 내세우는 것이 오히려 경박하고 냉소적이라고 반박했다.

요는 막연한 '민주주의 만세'에서 벗어나 '인민에 의한 지배'로서의 민주주의와 '정치인에 의한 지배'로서의 민주주의를 구분할 필요가 있다는 것이다.

미완의 검찰개혁을 생각한다

『문재인, 김인회의 검찰을 생각한다』

스폰서 검사, 그랜저 검사에 이어서 벤츠 검사까지 등장했다. 대한민국 검찰을 둘러싼 스캔들이 비뚤어진 관행과 일부 검사들의 부적절한 처신에서 비롯된 일이라면 문제는 사소하다. 아마도 내부의 시각이 그런 듯싶다. 김준규 전 검찰총장이 비난 여론에 맞서 "검찰만큼 깨끗한 데를 어디서 찾겠습니까?"라고 대꾸한 것이 방증이다.

하지만 외부에서 보는 시각은 좀 다르다. 수많은 비리 사건들에도 불구하고 2001년부터 2010년 8월까지 해임된 검사가 단 1명, 면직된 검사가 3명에 불과한 현실은 그 자체 검찰개혁의 필요성을 역설해준다. 검찰 스스로가 자기 개혁에 나설 리 없으니 비판과 개혁은 바깥의 몫이다. 검찰을 생각하는 일도 국민의 몫이다. 최소한 우리가 민주공화국에 산다면 말이다.

『문재인, 김인회의 검찰을 생각한다』는 검찰개혁 문제를 다룬 자세한 현황 보고서이자 가이드북이다. '무소불위의 권력 검찰의 본질을 비판'하고 더 나아가 개혁의 청사진을 그린다. 참여정부에서 사법개혁과 검찰개혁에 관여했던 두 저자가 대한민국 검찰의 문제점이 무엇이고 어떻게 개혁할 것인가를 실제 경험을 바탕으로 하여 면밀하게 기술하고 있는 게 가장 큰 장점이다.

저자들이 먼저 짚는 것은 검찰이 대한민국을 지배하고 있는 '이미 오래된 현상'이다. 체제 유지를 위한 합법적인 물리력의 핵심으로서 검찰은 그간에 체제와 권력 유지에 결정적인 역할을 해왔다. 지대한 공로일까? 문제는 이러한 검찰의 기원이 일제하의 사법 시스템으로까지 거슬러 올라간다는 데 있다. 당시 식민지 통치의 핵심이 검찰이어서 식민지사법은 '검찰사법'이라 불렸다. "철저한 국가우선주의와 전체주의, 검찰의 강력한 권한, 경찰의 인권탄압, 법원과 검찰의 일체화, 관료제에 의해 지배받는 적은 수의 강압적인 판사와 검사, 피의자·피고인의 무권리 상태, 극소수의 변호사와 미미한 변호활동, 남발하는 고문과 가혹행위 등"이 일제하 형사절차

『문재인, 김인회의 검찰을 생각한다』
문재인 · 김인회, 오월의봄, 2011

의 특징이었다. 이러한 식민사법을 청산하지 못하고 고스란히 물려받은 것이 대한민국의 형사사법이다.

물론 인적 청산도 이루어지지 않았다. 많이 알려진 대로 해방 이후 사법부의 수장은 대부분 식민지 시절 판검사를 지낸 친일파가 차지했다. 비근한 예로 일제하에서 검사를 했던 이호라는 인물은 해방 이후에도 출세 가도를 달려서 법무부장관과 주일대사를 역임하고 1980년 신군부 쿠데타 이후에는 국가보위입법회의 의장까지 지냈다. 일제에 부역하던 인물들이 해방 이후에도 독재권력의 앞잡이 노릇을 한 것은 크게 놀랄 일이 아니다. 1958년 진보당 당수였던 조봉암을 전격 체포하여 기소한 것은 정치적 반대파를 제거하기 위해 '정치검찰'이 형사절차를 동원한 대표적 사례다. 1986년 부천경찰서 성고문 사건 또한 경찰과 검찰, 법원이 정치권력과 야합하여 얼마나 야비하게 사건을 왜곡·조작할 수 있는가를 보여준 사례다. 준사법기관 내지는 인권옹호기관이라는 검찰의 자임은 그렇듯 한국적 현실과는 거리가 멀다. 국민을 위한 검찰이 아니라 권력을 위한 검찰이었다.

이러한 문제점을 인식하고 참여정부는 역사상 처음으로 검찰개혁을 시도했다. 저자들은 1기와 2기에 걸쳐 이루어진 검찰개혁의 과정과 성과, 그리고 한계를 자세히 살피는데, 검찰의 정치적 중립을 확실히 보장하고 대검 공안부를 축소함과 동시에 위상을 낮춘 것 등이 성과로 지목된다. 그럼에도 참여정부의 검찰개혁은 실패했거나 최소한 미흡했다. 가장 큰 이유는 정치적 중립을 넘어서 검찰 개혁의 핵심 과제인 민주적 통제 장치를 마련하지 못한 데 있다. 곧 검찰의 권력을 분산하고 견제와 감시 시스템을 마련하는 데까지 나아가지 못한 것이다. 구체적으로는 고위공직자비리조사처 설치, 검경수사권 조정, 법무부의 문민화, 과거사 정리 등이 달성하지 못한 과제들이다.

따라서 검찰개혁은 성공과 실패가 혼재하고 있다. 실패한 개혁 이라기보다는 미완의 개혁이라고 보는 게 옳을 것이다. 무릇 변화 에는 시간이 필요하며 모든 개혁은 '계속 개혁'이라는 소회는 그래 서 나온다. 물론 계속 개혁은 민주정부만이 추진하고 완결 지을 수 있는 과제이다. 검찰개혁을 위해서라도 민주주의가 더 진전되고 강 화돼야 한다는 게 저자들과 함께 우리가 도달하게 되는 결론이다.

| 《주간경향》(2011. 12. 13)

구조적 폭력과 한국 사회

|

『폭력이란 무엇인가』

러시아 혁명에 뒤이은 내전이 종식된 후 1922년 소비에트 정부는 주요 반공주의 지식인들을 강제로 추방했다. 철학자와 신학자, 경제학자, 역사학자 들이 '철학 기선'이라는 배를 타고 독일로 쫓겨났다. 그들 가운데는 저명한 철학자 니콜라이 로스키도 포함돼 있었다. 강제 추방되기 전까지 그는 유모와 하인들을 거느린 유복한 부르주아 집안에서 안락한 삶을 향유하고 있었다. 개인적으로 그는 매우 친절한 사람이었으며 가난한 사람들을 도와주려고도 애썼다. 그래서 그는 자신에게 가해진 폭력에 대해 도무지 이해할 수가 없었다. 자신이 아무런 잘못도 저지르지 않았다고 생각해서다. 무엇이 문제였다는 말인가.

하지만 어떠한 '주관적' 폭력도 행사하지 않았을지라도 로스키가 부당한 폭력의 희생자인 것은 아니다. 직접적인 물리적 폭력과 '구조적' 폭력을 구분하면서 철학자 지젝은 로스키가 누리던 안락한 생활이 가능하기 위해 '구조적' 폭력이 지속되어야만 했던 현실에 대해 그가 놀랍도록 무지했다고 꼬집는다. 따뜻한 거실에서 친구들과 함께 문학과 예술에 관해 고상한 담소를 나누기 위해서는 제정러시아라는 억압적 체제가 공고하게 유지돼야 했던 것이다. 이 때문에 모든 폭력에 반대한다는 비폭력주의만으로는 부족하다. 사회체제의 기초적 차원에 놓인 구조적 폭력을 간과하거나 문제 삼지 않는다면 그것은 허울 좋은 구호에 그치고 말 것이다.

무엇이 한국 사회의 구조적 폭력인가. 승자독식의 자본주의 체제 자체가 '소리 없는' 구조적 폭력의 원천이다. 현대자동차 울산 1공장에서는 7천300여 명의 노동자가 일하고 있는데, 이 중 23퍼센트인 1천700여 명이 사내하청업체 비정규직원이라고 한다. 정규직과 비정규직은 같은 컨베이어벨트에서 함께 일하지만, 비정규직의 급여는 정규직의 50~70퍼센트에 불과하다. 이러한 차별적 임금에 더하여 비정규직 노동자들은 해고에 대한 상시적인 불안에 시달려야만

『폭력이란 무엇인가』
슬라보예 지젝, 이현우·김희진·
정일권 옮김, 난장이, 2011

한다. 이런 것이 대다수 비정규직 노동자의 현실이고, 한국 사회에 만연한 구조적 폭력의 실상이다. 그 정도는 상식 아니냐고? 물론이다.

하지만 그것을 '상식'으로 용인하는 우리의 시선 자체가 대단히 문제적이며 폭력적이라는 자각이 필요하다. "억울하면 정규직이 되면 될 거 아니냐?"는 시선이야말로 구조적 폭력의 방관자이자 대행자이기 때문이다. 그런 태도는 얼마 전 화제가 된 재벌 회장 사촌의 '맷값 폭행'에 대해 "억울하면 재벌 사촌이 되면 될 거 아니냐?"고 말하는 것과 마찬가지다. '맷값 폭행'에 대해서는 들끓지만, 스스로 목숨을 끊는 비정규직 노동자들에 대해선 상대적으로 냉담한 게 우리의 여론이다. 주관적 폭력에는 발끈하지만 구조적 폭력에 대해서는 아직도 둔감하기 때문일까. 이런 둔감함의 표지는 술자리 건배사에서도 읽힌다. '이명박을 대통령으로'의 약칭이기도 했다는 '이대로'는 현재의 불평등한 사회적 구조가 지속되기를 바라는 기득권자들의 구호다. 군사정권 때부터 내려왔다는 '위하여'라는 구호는 일종의 '충성구호'라고 하지만, 뭔가 '대의'를 잃어버린 것처럼 여겨진다. 무엇을 '위하여'란 말인가. 다수의 희생과 착취에 근거한 사회체제가 '이대로' 지속될 리는 없다. 그렇다고 막연한 '위하여'로 사회가 변화할 것 같지도 않다. 우리에겐 '이대로'와 '위하여'를 넘어서려는 의지와 결단이 필요하다.

피카소의 사례가 교훈이 될 수 있다. 제2차 세계대전 때 독일군 장교가 파리에 있는 피카소의 화실을 찾았다. 나치의 무차별 학살을 고발한 〈게르니카〉를 보고 이 장교는 "당신이 그랬소?"라고 물었다. 피카소는 이렇게 말했다. "아니요, 바로 당신이 그랬소!"

| 《경향신문》(2010. 12. 21)

P.S.   니콜라이 로스키의 일화는 레슬리 챔벌레인의 『레닌의 사적인 전쟁』(2007)에서 지젝이 인용한 것이다. 피카소 얘기가 나온 김에 검색해봤지만, 허다한 예술가 평전 가운데 피카소 평전은 눈에 띄지 않는다. '결정판'이라고 할 만한 평전이 없진 않을 듯싶은데, 가장 유명한 현대 화가의 평전이 소개되지 않는 것도 좀 기이한 일이다.

홍대 미화원 사태와 루디의 교훈

|

「루디」, 『더블』

2010년 여름 한나라당 차명진 의원이 쪽방촌에서 1박2일 체험을 한 후에 6천300원(1인 가구 최저생계비)으로 '황제의 식사'가 부럽지 않은 생활을 했다는 소감을 홈피에 올렸다가 여론의 뭇매를 맞은 적이 있다. 차 의원은 사과의 글을 다시 올리기도 했는데, 돌이켜 생각해보면 자성은 '여론'의 몫이 아니었을까 싶다. 도시 빈민들의 삶을 부당하게 모욕했다고 분개하기보다는 검약한 차 의원의 생활태도와 진심을 살펴봤어야 했다. 최소한 차 의원의 경우라도 의정활동비를 '황제 수준'으로 다시 계상하는 것이 정당한 '사후조치'가 아니었을까. 그리고 그런 것이 이명박 정부의 캐치프레이즈가 된 '공정사회'의 기조에도 부합하지 않을까.

2010년 여름의 기억을 다시금 떠올린 것은 2011년 1월 3일부

특별한 나라 대한민국

터 부당해고에 맞서 고용승계와 처우개선을 요구하며 점거농성 중인 홍익대 미화원의 하루 식대가 300원이라는 사실이 알려졌기 때문이다. 사정은 이렇다고 한다. 미화원 아주머니들은 주로 교내에서 폐지를 주워 판 돈으로 점심을 해결해왔는데, 학교 측이 폐지 판매 대금을 챙겨가면서 대신에 한 달 식대비로 9천 원씩을 줬다는 것이다. 단순 계산으로 이들의 하루 점심값은 300원이다. 그에 비하면 경탄스럽게도 6천300원은 가히 '황제의 식사'라고 말하지 않을 수 없다.

물론 이런 현실의 문제가 '경탄'만으로 해결될 리는 만무하다. 그렇다고 '부조리한' 방식을 동원해야 할까? 대학 당국은 용역계약을 해지한 청소·경비 노동자 170명을 대신할 대체인력을 투입하면서 청소인력에게는 일당 7만 원, 경비인력에겐 10만 원을 준다고 한다. 일당 2만 5천 원에 부리던 노동자들을 해고하고 3~4배나 많은 비용을 들여 대체인력을 쓰는 이유를 이해하는 데는 신의 도움이 필요할 듯싶다. "그들은 자기가 하는 일을 제대로 알고는 있는 것일까요?"

『더블』
박민규, 창비, 2010

그래도 정치

경탄과 부조리가 해결책이 아니라면 '경악'은 어떨까. 용역 청소부가 주인공인 박민규의 단편 「루디」를 떠올려서다. 루디 워터스는 한 금융회사에 청소부로 12년간 근무하다가 스스로 그만둔 평범한 인물이다. 그 회사의 부사장인 '나' 보그먼은 청소부를 괴롭힌 적도 없고 청소부와 마주칠 직위도 아니다. 하지만 알래스카 여행 중에 무료한 고속도로에서 루디를 만난다. 나머지는 끔찍한 악몽의 연속이다. 총을 들이대며 타이어 바퀴를 갈라고 하더니 길에서 똥을 싸라고도 요구한다. 루디는 주저하는 '나'의 한쪽 귀를 대번에 총으로 날려버린다. 돈이라면 얼마든지 드리겠다고 '나'는 애원해보지만 "너 이 새끼…… 날 상대로 이자놀이 하려는 거지"라는 게 루디의 대답이다. 결국 루디와 동행하게 된 '나'는 비위를 잘못 맞추었다가 오른팔마저 잃는다. 어렵사리 기회를 잡아서 여러 발의 라이플 총알을 루디의 몸에 박아 넣지만 루디는 죽지 않는다. 평범한 인간이었던 루디는 이제 무서운 인간, 인간을 넘어선 인간이 돼 있다. '나'는 무슨 잘못을 저지른 것인가? "나는 그저 너희를 평등하게 미워할 뿐이야. 너도 평등하게 우릴 괴롭혀왔으니까"라는 게 루디의 대답이다.

두 사람의 결말이 궁금하신가? 루디를 죽이지 못하고 다시 동석하게 된 '나'는 탁 트인 절벽 끝까지 차를 몰고 가게 된다. 루디는 "달려"라고 말하지만 '나'는 더 이상은 갈 수 없다고 버틴다. 그러자 '탕' 소리가 울린다. 하지만 그게 끝이 아니다. 이마에 구멍이 뚫린

'나'는 여전히 루디와 함께이며, "영원히 우리는 함께라는 것"을 깨닫는다. '우리는 함께'라는 깨달음을 얻기 위해 한국판 악몽이 따로 필요한지 생각해볼 문제다.

| 《경향신문》(2011. 1. 18)

인간은 무엇으로 구원받는가

로쟈는 종종 '삐딱하게 보기'를 강조한다.
그렇다면 로쟈는 삐딱한 사람인가?

지젝이 말하는 '삐딱하게 보기'와는 다른 의미인가? 삐딱하기

위해선 정상성의 범주를 알고 있어야 한다. 시적 자유를

누리기 위해선 일상어의 구속을 알아야 하는 것과 마찬가지다.

니체 식으로 말하면 자유는 '거리의 파토스'를 필요로 한다.

삐딱하기는 자유의 한 형식이라고 해도 좋겠다.

우리는 여전히 호모 루덴스인가

|

『호모 루덴스』

인간이 '생각하는 동물'로만 규정될 수 없으며 '놀이하는 동물'이기도 하다고 주장한 이는 네덜란드의 역사학자 요한 하위징아다. 알다시피 『호모 루덴스』라는 저작이 낳은 명명이다. 저자는 놀이가 문화보다도 더 오래된 것이며 인간 사회의 중요한 원형적 행위에는 처음부터 놀이의 요소가 가미돼 있었다고 말한다. 종교와 정치는 물론 심지어 전쟁에서도 놀이적 요소를 식별해낸다. 그렇게 하위징아는 우리 자신을 놀이하는 인간으로 새롭게 바라보도록 제안한다.

그러한 제안과 더불어 『호모 루덴스』에서 읽을 수 있는 것은 현대 문명에 대한 유감이다. 「현대 문명에서 발견되는 놀이 요소」라는 마지막 장은 놀이를 배척한 19세기 이후 오늘날의 문명이 예전

그래도 정치

시대가 갖고 있던 놀이의 특성을 많이 상실했다는 진단과 염려로 채워져 있다. 판단의 척도는 진지함이다. 진지한 척과는 구별되는 진지함이야말로 놀이에서의 유희정신과는 대립되기 때문이다.

스포츠를 예로 들자면 19세기 후반부터 스포츠는 점점 더 진지한 색깔을 띠기 시작했다. 전문화되고 제도화되면서 순수한 놀이적 특징을 점점 잃게 됐다. 아마추어와는 달리 프로, 곧 전문선수의 정신은 더 이상 순수한 놀이 정신이 될 수 없다는 게 하위징아의 생각이다. 그렇기 때문에 스포츠를 현대 문명의 가장 뚜렷한 놀이라고 보는 일반적 시각에 그는 동의하지 않는다. 더 이상 어른이 동심으로 다시 돌아가는 그런 게임이 아니라는 판단에서다. 체스와 카드놀이가 점점 진지해지는 경향에 반대하는 것은 당연하다. 놀이와 도박의 차이는 진지함의 유무에 있다.

사회생활, 특히 정치와 관련해서도 하위징아의 염려는 이어진다. 가장 큰 문제점은 놀이가 아닌 것이 놀이처럼 보이는 경향이다. 놀이인 척하는 거짓된 놀이를 그는 '유치한 놀이Puerilism'라고 부른다. '유치주의'라고 해도 좋겠다. 20세기 전반기에 만연한 유치함과 야

『호모 루덴스』
요한 호이징하, 김윤수 옮김
까치글방, 1997

인간은 무엇으로 구원받는가

만성의 결합을 지칭하는 말이다. 『호모 루덴스』가 쓰인 1938년은 독일에서 히틀러의 나치가 득세하고 제2차 세계대전의 전운이 감돌던 시기였다. 전쟁을 정치의 연장이자 진지한 정치의 유일한 형태라고 생각하는 사람들에게는 거꾸로 '놀이로서의 전쟁'이라는 생각이야말로 유치하게 여겨졌을지 모른다. 국가들 간의 관계는 '진지한' 관계라고 믿기 때문이다.

무엇이 진지한 관계인가. 하위징아는 정치를 적과 동지를 구분하는 것이라고 정의한 카를 슈미트의 사상을 표적으로 삼는다. 슈미트에게서 적은 내가 미워하는 자가 아니라 나의 앞길을 가로막는 자, 그래서 파괴돼야 마땅한 자이다. 그렇게 되면 적은 경쟁이나 경연에서의 라이벌과는 다른 의미를 갖는다. 오직 절멸 대상으로만 간주되기 때문이다.

그렇듯 정치적 공간에서는 적과 동지만 있을 뿐이라는 주장을 하위징아는 "야만적이고 병리적인 망상"이라고 비판한다. 그런 관점은 인류의 진지한 관심사가 평화가 아니라 전쟁일 때만 성립할 것이다. 하위징아가 보기에 슈미트 식의 '진지함'은 우리를 야만의

『호모 루덴스』
요한 하위징아, 이종인 옮김,
연암서가, 2010

그래도 정치

단계로 끌어내릴 뿐이다. 하지만 유감스럽게도 현대의 전쟁은 놀이와의 연계를 모두 잃어버렸고 하위징아의 염려는 세계대전의 참화를 막지 못했다. '놀이하는 인간'에 대한 그의 기대가 헛된 것이었을까.

그럼에도 여전히 우리는 호모 루덴스인가 자문한다면, '놀이란 무엇인가'라는 질문과 함께 '진지함이란 무엇인가'를 물어야 한다. 하위징아 자신이 그렇게 물었다. 우리가 유희적이길 멈추고 진지해지기 시작할 때 우리는 자신도 모르게 야만에 더 가까워진다는 것이 『호모 루덴스』가 던지는 메시지이다.

| 《한겨레》(2011. 10. 1)

P.S.   글에서 '유치한 놀이Puerilism'는 연암서가판의 번역이며 까치판은 '미숙성'이라고 옮겼다. '유치주의'라는 번역어는 나의 제안이다.

'증여의 수수께끼'를 읽기 위하여

『증여의 수수께끼』
『가치이론에 대한 인류학적 접근』

　몇 번 마감을 연기한 서평을 쓴다. 마치 공부가 미진한 학생이 시험지를 받아든 기분이다. 문제는 '좋아하는 과목'이라는 점. 벌써 두 달쯤 전에 모리스 고들리에의 『증여의 수수께끼』 서평을 제안 받고 나는 기꺼이 응했다. 다른 선택지도 있었지만 마침 읽어보려던 책이었기 때문에 고르는 데 주저하지 않았다. 한데 처음 몇 십 쪽을 읽다가 만만찮은 책이란 걸 감지하고 부랴부랴 영역본까지 주문했다. 저자가 '증여의 수수께끼'와 정면승부를 벌이려는 각오였기에 옆에서 '구경하는' 처지에서도 나름 각오는 필요해 보였다.

　돌이켜보니 그런 긴장감을 느끼게 한 책으로는 질베르 뒤랑의 『상상계의 인류학적 구조들』(진형준 옮김, 문학동네, 2007)도 있었다. 사르트르의 상상력론과 정면대결을 펼치려는 것으로 보인 서두에서부터 대충 읽을 수 있는 책이 아니란 걸 감지했다. 이 역시 영역본을 구해놓고 정좌하며 읽을 채비를 했지만 정작 독서는 다른 일들에 파묻혀 아직도 미결 과제로 남아 있다. 700쪽이 넘는 분량도 좋은 핑곗거리가 돼주었고. 하지만 『증여의 수수께끼』는 비록 350쪽에 이를지라도 그 절반도 안 되는 분량이다. '선택 과목'이라고 골라놓고 미적대다가 '낙제'를 받는다면 어찌 체면을 구기는 일이 아니겠는가. 요령껏 답안지를 작성하는 수밖에.

일단 '증여'라는 말과 함께 떠올리게 되는 『증여론』(이상률 옮김, 한길사, 2002)의 저자 마르셀 모스와의 관계부터 언급해야겠다. 뒤랑이 사르트르와 대결한다면 고들리에의 상대는 마르셀 모스다. 저자 소개에서부터 고들리에는 "마르셀 모스와 클로드 레비스트로스를 잇는 프랑스 인류학계의 거장"이라고 돼 있다. 모스를 태두로 하는 프랑스 인류학의 적통이란 얘기다. 실제로 전체 4부로 이루어진 책에서 절반 이상의 분량이 1부「모스의 유산」에 할애된 것만 보아도 모스가 가진 비중을 알 수 있다. 고들리에가「서문」에서 적은 고백대로라면 모스의 『증여론』은 그의 인생 진로를 바꿔놓은 책이기

『증여의 수수께끼』
모리스 고들리에, 오창현 옮김
문학동네, 2011

인간은 무엇으로 구원받는가

도 하다.

"나는 1957년에 클로드 레비스트로스의 『모스 연구 입문』과 함께 모스의 『증여론』을 처음 읽었다. 그때까지 나는 여전히 철학도였으며 인류학으로 전공을 바꾸지 않은 상태였다. (……) 1957년에 쓴 나의 노트에는 이 두 글을 읽고서 열정에 사로잡혔던 기록이 담겨 있다."
(『증여의 수수께끼』)

결국 고들리에는 『증여론』을 읽은 뒤에 인류학자가 되었고, 멜라네시아로 현지조사를 떠난다. 그리고 거기서 이 패기만만한 인류학자는 자신의 스승들을 재평가하게 될 단서들을 얻는다.

"나는 그곳에서 증여의 비서구적 형태를 보았고, 이로부터 증여의 문제를 다시 제기하고 이와 관련된 문제에 대한 모스와 레비스트로스의 유산을 재평가하게 되었다." (『증여의 수수께끼』)

즉 고들리에는 모스와 레비스트로스의 주장 가운데 무엇이 맞고 무엇이 틀렸는가를 판별하고자 한다. 『증여의 수수께끼』가 탄생하게 된 배경인데, 그런 사정을 고려하면 저자가 이 책을 쓰면서 염두에 둔 독자는 일반 독자가 아니다. 죽은 모스와 레비스트로스 그리고 동료 인류학자들이 그의 대화와 논쟁 상대자이다. 증여라는 주제를 놓고 자신이 모스와 레비스트로스의 유산을 어떻게 갱신하고 또 넘어서고 있는지를 입증하고자 하는 책이니까 말이다. 인류학자 고들리에의 출사표이자 자기 존재 선언이라고 할 수 있을까.

그렇다고 『증여론』을 둘러싼 이론적 모험을 한갓 인류학 동네 이야기로만 치부할 수는 없다. 학자들의 논쟁 이상의 의미를 함축하고 있어서이다. 사실 이 대목에서 고들리에의 책보다 더 유익한 참조가 되는 것은 영국의 인류학자 데이비드 그레이버의 『가치이론에 대한 인류학적 접근』이다. 『증여의 수수께끼』를 이해하기 위해서는 모스의 『증여론』과 함께 꼭 같이 읽을 필요가 있는 책이다.

우리에겐 먼저 소개됐지만 『가치이론에 대한 인류학적 접근』(2001)은 『증여의 수수께끼』(1996)보다 나중에 나온 책이다. 당연히 그레이버는 고들리에를 참고하면서 몇 가지 점에서 다른 의견을 제시하고 있기도 하다. 번역본의 「찾아보기」에는 고들리에가 한 번 언급되는 걸로 나와 있지만 실제로는 그보다 훨씬 자주 등장한다.

가장 중요한 대목은 『증여론』과 사회주의 이론과의 관계를 다룬 부분이다. 이 점은 그레이버가 특별히 강조하는 바인데, "오늘날 모

『가치이론에 대한 인류학적 접근』
데이비드 그레이버, 서정은 옮김
그린비, 2009

인간은 무엇으로 구원받는가

스가 한평생 대단히 헌신적인 사회주의자였음을 의식하는 인류학자들은 거의 없는 것처럼 보인다"(『가치이론에 대한 인류학적 접근』)는 게 그의 문제의식이다. 특히나 영미에서 그렇다고 하는데, 고들리에는 『증여의 수수께끼』에서 이렇게 적었다.

> "모스는 양도 불가능한 재화라는 관념을 분석하는 것에는 관심이 없었다. 그것은 아마도 그의 눈에 혼란스러워 보였던 논쟁, 집단적 소유권과 개인적 소유권을 둘러싸고 19세기 말부터 펼쳐졌고 러시아 볼셰비키 혁명이 다시 불붙여 놓은 논쟁에 휘말리고 싶지 않았기 때문일 것이다. 모스가 평생 철저한 반 볼셰비키주의자로 살았다는 점을 잊지 말자."(『증여의 수수께끼』)

하지만 모스가 『증여론』을 쓰던 1923년과 1924년 전후는 그가 가장 활발하게 정치적 활동을 펼치던 시기이기도 했다. 그는 협동조합과 노동조합 운동의 지지자로서 밑으로부터의 변혁을 추구했기에 폭력을 통한 사회주의 성취 기획에 대해서는 비판적이었다. 그레이버에 따르면 "그는 소비에트 체제가 작동하지 않을 수 없었던 어려운 전시 상황을 인정하는 한편, 그들이 휘두른 폭력이나 민주적 제도, 또 무엇보다 법치에 대한 그들의 경멸을 강하게 비판했다"(『가치이론에 대한 인류학적 접근』).

즉 러시아 혁명에 대해서는 열정적으로 지지했지만 볼셰비키에 대해서는 의구심을 갖고 있었던 것이 모스의 입장이다. 때문에 그레이버는 모스에 대한 고들리에의 평가가 좀 부정확하다고 본다. 그가 각주에서 지적하고 있는 내용이지만 모스와 고들리에를 이해할 때 필요한 부분이라 생각돼 옮겨보면 이렇다.

"모리스 고들리에는 모스를 '철저한 반 볼셰비키주의자'이자 사회민주주의자로 평가한다. 그러나 이는 고들리에가 1997년에 재출간된 모스의 정치적 저술들을 참조하지 못했기 때문에 내려진 평가라고 생각된다. 1997년 재출간된 모스의 정치적 저술들에서 우리는 그가 러시아 혁명에 대해 대단히 양가적인 태도를 취하고 있으며 사실상 그의 정치적 비전이 많은 점에서 그의 멘토였던 조레스보다 프루동 같은 아나키스트에 더 가까웠다는 사실을 확인할 수 있다."(『가치이론에 대한 인류학적 접근』)

물론 우리에게 소개된 모스의 저작은 『증여론』밖에 없기 때문에, 모스의 작업이 갖는 정치적 의의를 제대로 음미하기엔 한계가 있다. 심지어는 마르크스주의 인류학자로 분류되는 고들리에조차도 모스의 정치적 견해에 대해서 오해한 부분이 있다는 지적이니까 '모스의 유산'을 재평가하는 일이 쉽지 않은 과제라는 걸 알 수 있다(고들리에는 모스를 사회주의자 내지 사회민주주의자로 보는 반면에 아나키스트 인류학자를 자임하는 그레이버는 모스에게서 아나키스트의 모

인간은 무엇으로 구원받는가

습을 더 많이 본다).

그래도 무엇이 '모스의 유산'(고들리에의 표현)인지, 왜 '다시 모스에게로'(그레이버의 표현) 돌아가야 한다고 주장하는 것인지 이해하기 위해 간단히 줄거리만 챙겨놓자면, 모스는 화폐를 매개로 한 자본주의 교환 경제와는 다른 체계의 원리를 찾아내고자 했다. 고들리에를 재인용하자면 모스의 기본적인 생각은 이랬다.

"아주 최근에 인간을 경제적 동물로 만들어낸 것은 바로 우리 서구 사회이다. (……) 인간은 매우 오랫동안 이와는 다른 무엇이었다. 인간은 매우 오랫동안 계산기 같은 복잡한 기계가 아니었다." (『증여의 수수께끼』)

'경제적 동물'로서의 인간, 곧 호모 이코노미쿠스란 '계산기 같은 기계'와 다를 바 없다. 하지만 훨씬 오랜 기간 동안 인간은 부를 분배하는 다른 원리를 갖고 있었다. 그것이 '증여'를 매개로 한 '총체적 호혜 관계'이다. 이 호혜적 관계에서 의무는 무제한적인 성격을 갖는다. 시장에서 물건을 사면서 그에 대해 값을 치르면 거래가 종료되는, 그래서 얼굴을 두 번 볼 필요가 없는 관계와는 다르다.

그레이버가 드는 사례를 참고하면, 가령 새 카누가 필요한 멜라네시아의 남성은 여동생의 남편과 그의 가족들에게 부탁한다. 상대에게 아내를 제공한 것이니까 상대편은 사실상 그에게 모든 것을 빚지고 있으므로 특정한 상환 의무에 따라 보답하는 것이 아니라 그가 필요로 하는 것은 무엇이든 제공해야 할 무제한적 의무를 갖는다. 모스에 따르면 이것이 '공산주의'다. "누군가 바로 그것에 대해 답례를 하거나 값을 치르지 않고도 자신이 필요한 것을 가질 수 있다고 생각할 수 있는 사회"다. 이것은 국가가 모든 것을 소유하는 방식의 공산주의와는 다른 '개인주의적 공산주의'다. 그 다른 사회의 가능성에 대한 탐구라는 점에서 모스의 『증여론』과 고들리에의 『증여의 수수께끼』 그리고 그레이버의 『가치이론에 대한 인류학적 접근』은 서로 만난다.

우리가 새로운 가치이론과 새로운 사회 구성의 원리를 발견할 수 있다면 증여라는 문제는 인류학자들만의 관심사가 될 수 없다. 그러니 다소 학술적인 성격을 띠고 있다 하더라도 마르크스를 읽을 정도의 관심과 성의가 있다면 모스와 그의 후계자들의 작업에도 주의를 돌려보면 좋겠다. 그리하여 나는 다시금 고들리에의 『증여의 수수께끼』로 돌아간다. 이제 비로소 본론에 들어가야 할 테지만, 시험시간 종료를 알리는 종이 울린다. 그래도 성의는 보였으니 '낙제'는 면할 수 있지 않을까. 네? '재시'라고요?

| 《프레시안》(2012. 2. 10)

인간은 무엇으로 구원받는가

P.S.   마르셀 모스의 책도 그렇고, 그에 관한 책도 그렇고 아주 드물게 소개돼 있는데(물론 모리스 고들리에의 책도 『증여의 수수께끼』만 나와 있다), 브뤼노 카르센티의 『마르셀 모스, 총체적인 사회적 사실』(김응권 옮김, 동문선, 2009)이 프랑스에서 나온 입문서격의 책이다. 간단한 서평을 쓴 적이 있지만 변광배 교수의 『나눔은 어떻게 인간을 행복하게 하는가』(프로네시스, 2011)도 모스의 『증여론』에 대해서 한 장을 할애하고 있다('기부론'이라고 옮겼다). 일본의 신화학자 나카자와 신이치의 『사랑과 경제의 로고스』(김옥희 옮김, 동아시아, 2004)도 증여의 문제를 독창적으로 정리한 책이다. "사랑과 경제를 하나로 융합하는 새로운 증여의 철학"을 제시한다.

특기할 만한 것은 2월에 나온 『2012 베스텐트 한국판』(디르크 크바트플리크 외, 고지현 외 옮김, 사월의책, 2012)이다. 《베스텐트》는 독일 프랑크푸르트학파의 공식 저널이라고 하는데, 올해부터 매년 한국어판이 나오는 듯하다(책을 받아보니 연 2회 출간이다). 한국판 특집도 따로 있지만 이번 판 쟁점 주제가 선물(증여)론이다. 간단한 소개를 옮기자면,

"이번 『2012 베스텐트 한국판』은 마르셀 모스, 레비스트로스, 데리다 등 수많은 사상가들이 주목했던 '선물'이라는 주제를 쟁점으로 잡았다. 부자들의 기부 열풍, 자원봉사와 재능 기부 등에서 나타나는 사람들의 이타적

행동, 인터넷에서 정보를 자발적으로 공유하는 수많은 네티즌들. 왜 이처럼 사람들은 아무런 경제적 이익을 기대하지 않고서 자신이 가진 것을 타인에게 '선물'하는 것일까? 선물이 사람들을 연결하고 결속하며 상호 존중과 상호 인정의 공동체를 형성한다는 마르셀 에나프의 독창적 주장과 이에 대해 문제를 제기하는 악셀 호네트의 비판적 고찰 사이에서 뜨거운 논쟁이 펼쳐진다."

그 논쟁이 궁금해서 책은 바로 주문했다.

인간은 무엇으로 구원받는가

증여의 인류학과 기부의 철학

|

『나눔은 어떻게 인간을 행복하게 하는가』

기부 혹은 사회적 나눔에도 철학이 있을까? '기부 현상'을 이론적으로 이해하고 그 효과적인 실천 방향을 모색하려는 취지에서 쓰인 변광배 교수의 『나눔은 어떻게 인간을 행복하게 하는가』는 부제대로 '모스에서 사르트르까지 기부에 대한 철학적 탐구'를 살펴본다. 프랑스 철학자 사르트르를 전공한 저자는 미완의 유고 『도덕을 위한 노트』가 출간된 걸 계기로 기부 행위를 핵심으로 한 사르트르의 도덕론에 관심을 갖게 됐다고 한다. 인류학자 마르셀 모스와 철학자 조르주 바타유, 그리고 자크 데리다의 기부에 대한 철학을 검토하면서 사르트르를 마지막에 배치한 이유다.

저자가 주로 '기부'라고 옮긴 단어는 '증여', '선물'이라는 뜻도 갖는데, 이 주제에 관한 가장 대표적인 저작이 모스의 『증여론』이다. 모스는 원시사회의 증여 혹은 기부 현상을 경제적 차원을 넘어서 종교적·법적 측면의 의미를 포괄하는 '총체적인 사회 현상'으로 이해했다. 저자는 모스가 증여 행위에서 '주어야 하는 의무, 받아야 하는 의무, 답례해야 하는 의무'라는 세 가지 의무를 발견한 데 주목하여 "기부 행위 역시 궁극적으로는 답례, 곧 대가를 전제로 하는 일종의 교환에 불과하다는 것이 모스의 견해"라고 정리한다. 그런 점에서 '순수한 기부는 없다'는 것이 저자가 이해하는 『증여론』의 요지다.

반면에 모스의 영향을 받은 바타유는 '기부는 순수해야 한다'는 주장을 펼친다. 가령 손님들을 초대해 과도하게 접대하고 선물을 주는 북미 인디언 부족의 포틀래치potlatch 의식은 경쟁자에게 모욕을 주고 그를 굴복시키기 위한 용도로도 사용됐다. 그렇게 대접을 받은 사람이 명예를 지키기 위해선 자신이 받은 것 이상으로 되갚아야 했다. 하지만 바타유는 상대방의 답례를 전제로 한 포틀래치, 권력과 우월한 지위를 생산하고 확인하기 위한 포틀래치를 거부한다. 그가 보기에 포틀래치의 이상은 돌려받지 않는 데 있다. 즉 기

『나눔은 어떻게 인간을 행복하게 하는가』
변광배, 프로네시스, 2011

인간은 무엇으로 구원받는가

부자는 기부를 통해서 무언가 얻겠다는 생각을 버려야 하며, 기부 수혜자 역시 답례의 의무에서 해방되어야 한다. 요컨대 바타유가 원한 건 포틀래치를 넘어선 포틀래치, '절대 순수 기부'였다.

해체의 철학자로 유명한 데리다는 기부 행위의 조건에 대해서 살핀다. 기부가 경제적 교환 행위로 환원되지 않으려면 기부자와 기부 수혜자는 서로 주고받는 행위를 기부 행위로 인지해서는 안 된다는 게 요점이다. 그렇게 인지하는 순간 양자는 답례를 생각할 수밖에 없고 기부는 교환으로 전락한다. 가령 선물을 주고받으면서 서로가 반대급부를 생각한다면 그것은 더 이상 선물이라고 보기 어려운 것과 마찬가지다. 너무 까다로운 조건인가. 때문에 데리다가 보기에 기부란 찰나적 순간에만 존재한다. 예컨대 성경에서 아브라함이 하나님의 명령을 듣고서 번제의 제물로 바치기 위해서 아들 이삭의 몸에 칼을 대려는 순간, 이 '절대적 포기'의 순간이야말로 절대적으로 순수한 기부 행위의 순간이라는 것이다. 물론 그러한 행위가 일상생활에서도 과연 가능한가라는 의문은 남는다.

기부에 대한 철학적 탐구의 여정에서 저자가 실질적인 대안으로 제시하는 것은 사르트르의 기부론이다. 흔히 기부 행위에서 기부자는 주체로 올라서는 반면에 기부 수혜자는 객체의 위치로 떨어진다. 우리의 사회면 기사에서도 기부자의 이름만 크게 부각되는 것이 이를 입증한다. 하지만 사르트르가 보기에 그것은 기부의 부정적 측면이자 독성이다. 어떻게 이 독성을 약화시킬 수 있을까. 사르트르의 제안은 기부자의 '이름'을 빼는 것이다. 기부 수혜자의 주체성을 파괴하지 않으면서 동시에 답례의 의무도 지우지 않는 방책이 익명의 기부다. 그럴 때만 기부는 도덕적이고 윤리적인 행위로 고양되며, 기부자는 과시적 명예의 획득 대신에 '익명의 보람'을 누릴 수 있게 된다.

기부 행위의 순수성 문제를 화두로 한 철학적 성찰의 결론이 '익명성'으로 모아진다면 우리의 상식에서 크게 벗어나지 않는다. 저자가 책의 말미에서 화상火傷 환자들을 위해 매일 1천 원씩 후원금을 기부한 포장마차 주인의 사례를 들고 있는 데서도 확인할 수 있다. 물론 이 '기부천사'는 자신의 얘기를 "미담으로 포장하지 말아달라"고 당부했다. 프랑스 철학자들의 얘기를 우회했지만 사실 기부의 철학은 멀리 있지 않다.

| 《주간경향》(2012. 1. 10)

인간은 무엇으로 구원받는가

『누구도 대답하지 않았던 나눔에 관한 열 가지 질문』
『카라마조프 가의 형제들』

러시아의 문호 도스토예프스키의 마지막 걸작이 『카라마조프 가의 형제들』이다. 제목은 많이들 알지만 완독한 사람은 드문, 그래서 '고전'이라는 말에 값하는 소설이다. 그렇게 제목만 아는 분들을 위해 '읽은 척 매뉴얼' 차원의 정보를 알려드리고자 한다. 이 대작의 주제가 무엇인지에 대해서이다. 멀리 가진 않는다. 책장을 열자마자 나오는 제사에 들어 있다. "내가 진실로 너희에게 이르노니 한 알의 밀이 땅에 떨어져 죽지 아니하면 한 알 그대로 있고 죽으면 많은 열매를 맺느니라"라는 「요한복음」의 구절이 그것이다. 자기 혼자 살겠다고 하면, 그저 밀 '한 알'일 뿐이지만 자신을 기꺼이 내던지면 그것은 '많은 열매'가 된다.

어려운 이야기가 아니다. '우리 시대의 멘토' 안철수 교수가 사회적 나눔의 새로운 형태로 드는 예 가운데 '키바KIVA'라는 시민단체가 있다. 돈 빌리기를 원하는 기업가나 학생들을 돈을 빌려주고 싶은 일반 시민들과 연결해주는 인터넷 사이트이다. 돈이 필요한 사람은 얼마가 필요하다는 정보를 올려놓고, 세계 각지의 시민들은 그걸 보고 돈을 빌려준다. 무이자로. 다시 돌려받으니 기부는 아니다. 하지만 돈을 돌려받는 것은 빌린 사람이 자립했다는 의미가 되니 그게 보람이다. 그래서 돌려받은 돈을 또다시 빌려주는 선순환이 이루어진다. 키바는 만들어진 지 5년 만에 2천억 원을 빌려주었다고 한다. 아직 한국에는 없다지만 이런 것을 '많은 열매'의 새로운 사례라고 보아도 무방하지 않을까.

한편 『카라마조프 가의 형제들』에는 '밀알 한 알' 이야기와 함께 '파 한 뿌리' 이야기도 나온다. 아버지 표도르와 맏아들 드미트리 사이의 쟁탈전을 낳은 여주인공 그루셴카의 이야기이기에 '그루셴카의 테마'라고도 부른다. 어떤 이야기인가. 옛날 옛적에 아주 못돼먹은 아줌마가 있었다. 평소에 착한 일을 단 한 가지도 하지 않고 죽은 탓에 악마들은 그녀를 불바다에 던져버렸다. 그래도 이 아

『누구도 대답하지 않았던 나눔에 관한 열 가지 질문』
안철수 외, 김영사, 2011

줌마의 수호천사는 뭔가 구제할 거리가 없나 곰곰이 생각해보다가 한 가지를 기억해내고 하느님께 고했다. 텃밭에서 양파를 뽑아 거지 여인에게 준 적이 한 번 있다고 말이다. 그러자 하느님은 그 양파를 들고 가서 불바다 속의 여인을 구해보라고 한다. 천사는 아줌마한테 달려가 붙잡고 올라오라고 파 한 뿌리를 내밀었다. 천사가 아줌마를 불바다에서 거의 다 끌어올리려는 참에 다른 죄인들이 같이 좀 나가보겠다고 그녀에게 매달렸다. 아주 못돼먹은 아줌마는 죽어서도 자기 성질을 죽이지 못해 그들을 발로 걷어차기 시작했다. 그러자 양파가 툭 끊어져버리는 바람에 그녀는 다시 불바다 속으로 떨어져버렸고, 천사는 울면서 떠나갔다.

인간은 무엇으로 구원을 받는가라는 거창한 문제를 다룬 이 이야기를 그루셴카는 알료샤에게 전하면서 자기 또한 못된 여자이긴 하지만 그래도 파 한 뿌리를 준 적은 있다고 말한다. 겸손한 말이지만 동시에 자부심의 근거이다. 분명 지옥의 불바다에 떨어지겠지만 그래도 구원의 기회가 한 번은 주어질 거라고 그녀는 믿는다. 아무리 못돼먹은 영혼도 구원받을 수 있는 가능성을 열어놓는다는 점

『카라마조프 가의 형제들』
도스토예프스키, 김연경 옮김
민음사, 2007

그래도 정치

에서 파 한 뿌리는 결코 사소하지 않다. 아니 사소하지만 위대하다. 위대할 수 있다.

이런저런 만감을 갖게 되는 연말이다. 더불어 우리에게 '밀알 한 알'과 '파 한 뿌리'가 어떤 것인지 정산해보는 시간이다. 이런 정산은 물론 개인적 차원에서만 이루어지는 게 아니다. 사회적 차원에서도, 정권 차원에서도 이루어진다. 김정일 국방위원장의 죽음은 북한의 절대 권력자로서 무엇을 남겨놓았는지 돌이켜보게 한다. 그의 파 한 뿌리는 무엇이었을까. 아직 1년여의 임기를 더 남겨놓고 있지만 이명박 정부도 마찬가지다. 설마 파 한 뿌리조차 건넨 일이 없겠는가.

| 《경향신문》(2011. 12. 23)

인간은 무엇으로 구원받는가

발문

로쟈와 나'

금정연(활자유랑자)

그 누군가가 분노하지 않고, 오히려 담담하게 인간이란 두 가지 욕망을 지닌
배와 한 가지 욕망을 지닌 머리로 되어 있다고 말하고, 그 누군가가 그것이
야말로 인간 행위의 본래적인 유일한 동기로서 언제나 기아, 성욕, 허영심만
을 보면서, 그것을 찾아내보려고 할 때, 즉 간단하게 말해 사람들이 인간에
대해 '나쁘게' 말할 때—결코 사악하다고 말하지는 않지만—, 인식을 사랑
하는 사람은 이 말에 세심하게 열심히 귀를 기울여야만 한다.

—니체, 『도덕의 계보』에서

그래서 나는 그렇게 했다. 누군가 '나쁘게' 하는 말에 귀를 기울인 건 아
니다(나는 그렇게 할 만큼 인식을 사랑하지 않는다). 그저 옆에 앉은 누군가에
게 나쁘게 말해보기로 했을 뿐이다. 다름 아닌 로쟈에게. "인식을 사랑하는
사람"이고 따라서 세심하게 귀를 기울일 게 분명한 사람이다. 나는 나쁜
말로 그를 자극함으로써 그 안에 숨겨져 있을 "인간 행위의 본래적인 유일
한 동기"를 찾아내고 싶었던 것이다. 내가 이런 글을 쓰겠다고 덜컥 나선
이유와 별반 다르지 않을 어떤 동기를.

그러니 로쟈를 둘러싼 그 모든 상찬을 반복할 생각이 처음부터 내겐 없었다. 이를테면 "그는 하나의 경이驚異다"(천정환, 『로쟈의 인문학 서재』, 「발문」에서) 또는 "저이는 사람이 아니라 기계가 아닌가?"(신형철, 『책을 읽을 자유』, 「발문」에서) 같은 말을. 나는 애당초 낯간지러운 찬사를 견디지 못하는 인간이다. 특히 그것이 나 아닌 다른 사람을 향하는 경우라면 더더욱. "인간 행위의 본래적인 유일한 동기"의 신봉자로서, 나는 아마 이렇게 말하고 싶었던 것이리라.

"당신은 경이도, 기계도, 그렇다고 무슨 '지식의 보고' 같은 것도 아닌 한 사람의 인간일 뿐이잖아요. 그러니 이제 슬슬 속내를 보일 때가 되지 않았나요?"

나쁘게 말하자면 그렇다는 말이다.

1

어느덧 십 년 가까이 이어진 로쟈와 나의 관계를 대충 정리하자면 다음과 같다.

로쟈와 나는 같은 동네에 자리 잡은 서재 이웃이었다. 그가 언젠가 고백했듯 "책값 좀 벌어보려고 마이 리뷰를 몇 개 쓰다가"(『로쟈의 인문학 서재』, 414쪽) 눌러앉은 알라딘 서재에 나도 있었다. 우연히. 사실은 정확히 같은 이유로. 어느 날 나는 그의 서재에 발을 들인다. 할 수 없이. 내가 검색하는 모든 책이 그의 서재를 향하고 있었던 것이다. 종횡무진 수많은 텍스트를 오가는 로쟈의 글을 만난 나는 어안이 벙벙해진다. 당연히. 깜짝 놀라 순진무구한 댓글을 남긴다. 호들갑스럽게. 로쟈가 답글을 단다. 점잖게. 기분이 좋다. 괜스레. 그의 서재를 들락거리며 책에 대한 정보를 흡수하기 시작한다. 꾸역꾸역. 책이 쌓여가고 카드빚은 늘어간다. 나날이. 엄마가 잔소리를 한다. 빽. 나는 카드빚을 갚기 위해 아르바이트를 하고, 로쟈는 계속해서 책을 읽으며 글을 올린다. 샘나게. 나는 그가 궁금하다. 몹시. 어느덧 졸업을 앞둔 나는 알라딘에 입사지원서를 낸다. 자연스럽게. 인문 분야를 담당하는 MD가 된다. 덜컥. 로쟈가 내 담당 분야 매출에 막대한 도움을 주고 있다는 사실을 깨닫는다. 고맙게. 로쟈의 첫 책 『로쟈의 인문학 서재』가 나온다. 드디어. 한동안 그의 책을 출간한 출판사에 전화하는 것으로 아침을 시작한다. 적지 않은 부수의 책을 주문한다. 기쁘게. 알라딘 독자들을 대상으로 로쟈의 강연회가 열리고 나 역시 참석한다. 조용히. "옹숭깊은 눈매를 가진 일종의 미남자"(『로쟈의 인문학 서재』, 「발문」에서)라던 누군가의 말을 떠올린다. 비판적으로. 강연 사이사이 농담을 섞으며 로쟈가 웃는다. 씨익. 사람들이 박수를 친다. 짝짝짝. 인사를 할까 말까 망설이는 사이 동행한 마케팅 팀장이 내 책을 채간다. 잽싸게. 자기 책인 양 사인을 받으러 줄을 선 그를 보며 나는 강연장을 나선다. 삐쳐서. 팀장은 그 책을 돌려주지 않았다. 아직도. 나는 회사를 그만두고, 책과 관련된 이런저런 글로 생활을 꾸려나가기 시작한다. 근근이. 물론 그 분야의 최고수는 누구도 아닌 로쟈다.

나는 일종의 후발주자가 된 셈이다. 어쩌다. 나는 그의 서재를 들락거린다. 여전히. 하지만 그의 글을 바라보는 시선이 달라진 것도 사실이다. 곱지 않게. 그러던 어느 날, 그의 책에 들어갈 글을 써달라는 청탁을 받는다. 난데없이. 승낙한다. 얼결에. 시간이 흐른다. 휙휙. 인터뷰 날이 다가온다. 어느새. 5월의 어느 흐린 목요일 아침, 강남 고속버스터미널에서 나는 로쟈를 만난다. 마침내.[2]

뭐, 이런 이야기다.

2

우리는 S시를 향하고 있었다. 그곳에서, 정확히 말하면 K군에 있는 한 고등학교에서 학생들을 대상으로 로쟈가 강연을 할 예정이었다. 버스는 시끄러웠고, 그의 말을 듣기 위해 나는 그에게 몸을 바싹 붙여야만 했다. 인터뷰 준비를 하느라 밤을 꼬박 새운 참이었다. 그의 지난 책들을 '다시' 읽어보았고, 새 책의 교정지를 들춰보았으며, 그의 서재를 들락거렸고, 그가 사랑하는 김훈의 이름이 새겨진 잔에 한 잔 술을 따라 마셨으며, 그래도 잠이 오지 않아 어느 시인의 시집을 읽었다. 책과 교정지, 서재와 김훈, 그리고 시. 로쟈와의 만남을 준비하는 데 이보다 더 나은 목록을 나는 알지 못한다. 그러니 그것에서부터 시작하기로 하자.

"아니요, 시는 거의 읽지 못해요." 그가 말한다. 의외로 간단한 대답이다. "시는 저에게 복합적인 감정이 들게 하죠." 버스의 엔진이 굉음을 뱉고, 그는 입을 다문다. 성급한 질문자는 그의 대답을 채 기다리지도 않고 다음 질문을 던진다. 그렇다면 소설은? "소설도 마찬가지예요. 일종의 분업이죠. 문학 쪽엔 평론가들이 많이 있으니. 이쪽(인문학)은 쓸 사람이 많지 않아요. 하지만 수요는 있죠."

그는 분업에 대해 이렇게 말한다. "역할분담이에요. 『어린 왕자』에 나오는 지리학자처럼, 탐험가들이 보고를 하면 커다란 지리책에 그걸 기록하는 거죠. 이렇게 오래 하게 될 줄은 나도 몰랐지만, 누군가는 해야 하는 일이니까요." 『어린 왕자』에 나오는 지리학자라면 나도 알고 있다. 여섯 번째 행성에 사는, 세상에서 가장 중요한 책을 쓰고 있다던 늙은 학자가 아닌가. 그는 언젠가 한 인터뷰를 통해 "그가 하는 것은 편력이 아니라 기록이다. 나는 책들의 성좌, 문학과 사상의 '지도'를 작성하는 데 취미가 있다"(『로쟈의 인문학 서재』, 414쪽)고 밝히기도 했다. 나는 궁금하다. 그렇다면 직접 탐험을 떠나고 싶은 생각은 없을까?

"후임이 생긴다면." 그가 웃는다. "로테이션이 되면 좋겠어요. 내근하는 기간이 있고, 외근하는 기간이 있고. 요즘엔 내근하는 사람이 없어서 제가 전담하고 있는 거죠." 그렇다면 불만이 없을 리 없다. 나는 다시 묻고, 그는 역할분담이라는 단어를 다시 꺼낸다. "깊게 읽는 사람은 많아요. 소위 말하는 전문가. 하지만 넓고 얕게 읽는 사람은 부족합니다. 이건 우열의 문제가 아니에요. 대학은 지식을 전문화하는 공간이고, 전문화된 지식은 필연적으로 대중들과 거리감이 생길 수밖에 없어요. 그 사이를 메워주고 좁혀주는 역할, 이를테면 중간 인문학이라고 할까요, 그런 역할이 사회적으로 중요해진 시대인 거죠."

그는 그것을 지식의 공유주의라고 표현한다. 이를테면 과학 분야에서 교양과학서가 그 역할을 하고 있는 것처럼. 마찬가지로 서평 또한 일종의 공유주의라는 것이다. "사람들은 종종 (진정한) 앎과 아는 척을 구분하는데, 아는 척도 중요해요. 어떤 책에 대해, 서평이라도 읽었다면 일단 대화가 가능하잖아요? 독서 경험에 대한 공유가 가능해지는 거죠. 세상엔 책이 너무 많고, 그건 인류 역사상 유례가 없는 일이에요. 저만 해도 가지고 있는 책이 만 권이 넘는데, 한 개인이 읽을 수는 없는 거죠. 어쩔 수 없이 한 분야의 전문가는 다른 분야의 문외한이 될 수밖에 없어요. 서평이 그 불균형을 좁혀줄 수 있는 중간 지대 역할을 하는 거죠."

이건 너무 모범적인 대답이 아닌가. 조금 심통이 난 나는, 그의 전공인 러시아 문학을 비꼬아 묻기로 한다. 그렇다면 인간에겐 얼마나 많은 책이 필요한가? 물론 톨스토이다. "그건 언젠가 쓰기도 했는데⋯⋯." 그도 내 짜증을 눈치 챘는지 슬쩍 질문자의 '야코'를 죽인다. "톨스토이가 말하는 건 욕심과 만용의 문제예요. 아무리 욕심을 부려봤자 인간을 기다리고 있는 건 결국 한 평 무덤뿐이라는 것. 하지만 체호프는 반박해요. '그건 죽은 사람의 경우다!' 살아 있는 사람에게는 지구 전체로도 모자라다는 거죠. 제 입장을 말하자면 세상에 있는 모든 책, 그에 더해 아직 나오지 않은, 나올 책들까지도 필요해요. 물론 이건 중독자의 입장이고, 일반적으로는 적정량이 필요하죠. 사회적인 독서가 가능한 적정량이."

　　하지만 나는 사회적인 독서라는 그의 말을 도무지 이해할 수 없다. 그의 책을 읽으면서도 고개를 갸웃했던 부분이다. 독서보다 개인적인 경험이 또 어디에 있단 말인가? 더군다나 요즘처럼 책을 읽지 않는 시대에? "책의 종말이라는 이야기를 종종 하는데, 우리나라의 경우 평범한 사람들이 책을 일상적으로 접하게 된 지 1세기도 채 되지 않아요. 일제 강점기에는 문맹률이 70퍼센트였고, 1960년대 들어서야 개선된 거죠. 반세기도 안 된다는 말이에요. 그런데 종말이라니? 너무 성급하지 않아요? 이건 어떤 음모, 차라리 강박처럼 들린다는 거죠. 우리나라 성인이 한 달에 한 권꼴로 책을 읽는다는데, 단순히 개인의 독서량이 아닌 이 평균적 독서량이, 다시 말해 시민적 독서가 한 달에 네댓 권으로 많아진다면 한국 사회가 어떻게 될까? 호기심이 생기는 거예요. 인류사에 없었던 일이니까." 그는 덧붙인다. "별로 안 바뀐다고 해도 상관은 없어요. 그렇다는 사실을 깨닫고 죽으면 되니까. 하지만 시간은 필요해요. 정치적 진보하고는 다른 문제죠. 사실 딜레마가 있어요. 본래 책이라는 건, 소수 계급의 전유물이고 대중화된 지 얼마 안 된 거죠. 흔히 말하는 '인문人文'에서 '인人'은 지배계급을 뜻하는데, '민문民文'이라는 건 없잖아요. 그것에 대한 상상, 기대를 해보는 거예요. 가능할까? 오늘 학생들에게도 그런 이야기를 할 예정입니다. 협박을 섞어서. 여러분이 지배계급이 되고 싶다면, 적어도 누군가에게 지배당하고 싶지 않다면 책을 읽어야 한다고. 이런 게 의외로 잘 먹히더라고요."

말을 마친 그가 개구쟁이처럼 웃었다. 음모를 꾸미는 악동 같은 웃음. 버스는 한적한 고속도로를 빠르게 내달리고 있었다.

3

조금씩 머릿속이 복잡해지기 시작했다. 패착은 분명했다. 그가 어떤 애틋함을 품고 있는 게 분명한 '시'라는 주제를 통해, 점잖은 '지리학자'의 인간적인 동기와 고충을 끌어내보겠다는 계획이 보기 좋게 빗나간 것이다. 잠시 들른 휴게소에 내려 담배를 한 대 피운 뒤, 물론 그는 담배를 피우지 않았다, 전략을 수정하기로 했다. 오랜 이웃으로서 내가 그에게 느껴왔던 불만을, '곱지 않은' 시선을 그대로 직접적으로 물어볼 것.

이를테면 이런 질문. 그렇다면 지금까지 강조한 것처럼 로쟈의 서평에는 단순히 사회적인 의미만 있는 것인가? 그건 조금 이상하지 않은가? "물론 서평을 계속 쓰는 것에는 개인적인 이유도 있어요. 과잉성, 생명을 초과하는 과잉성이라는 게 있죠. 주체의 욕망을 넘어서서 계속 춤을 추는 어떤

로쟈와 나

자동인형 같은 느낌이랄까. 내 안에서 넘쳐나는, 충동으로서의 독서. 그건 의지를 넘어서는 일이에요." 『책을 읽을 자유』의 「발문」에서 신형철이 언급한 그대로다.

그렇다면 괄호의 문제는 어떨까. 서재에 직접 쓰는 글이 줄어들고, 대신 지면을 위해 쓰는 글이 늘어나면서 사라진 괄호, 그 속에 숨겨진 채로 드러났던 로쟈의 유머는, 풍자는, 때때로 이죽거림은, 어디로 사라졌는가? 글을 쓰는 사람으로서 갖게 마련인 자의식은? "그건 소수의 불만이에요. 블로그에 썼던 글들은 개인적인 글들이기 때문에 유희적인 성격이 강했죠. 하지만 지면에 쓰는 거라면 다른 곳에 방점이 찍혀야 한다고 생각해요. 또 분량과 매체의 성격도 고려해야 하고요. 아무래도 작가의 개성보다는 사회적인 필요를 먼저 생각하게 되는 거죠. 분량이 많아질수록 비평이 강해지는데, 보통 기고하는 글은 10매 내외이고, 일단 책을 안 읽은 독자를 대상으로 하는 거잖아요. 로쟈에 대한 관심이 아니라 책 자체에 관심을 가질 수 있도록 해야 한다고 생각해요. 저는 인용할 때도 책의 성격이 드러나는 문장을 고르는 일에 많은 신경을 써요. 책의 분위기에 맞는 글쓰기 스타일을 추구하는 거죠. 읽을까 말까 판단할 수 있도록 하는 게 제가 바라는 서평이에요. 서평 필자의 개성이 드러나는 글은 제가 지금 쓰는 글의 스타일과는 달라요." 그는 잠시 말을 멈추고 짙은 회색빛 정장의 옷매무새를 다듬는다. "그리고 원래 '나대는' 타입이 아니에요. 블로그는 사적인 공간이고, 공적인 자리는 또 다르죠. 지금도 정장을 입고 가잖아요?"

물론 괄호 쓰기와 유머, 혹은 이죽거림은 호불호가 갈리는 부분이라는 사실은 나도 안다. 그다지 대중적이지 않다는 것도. 하지만 때때로 쏟아내던 신랄한 비판이 사라진 것은? 그것이야말로 그가 말한 "읽을까 말까 판단할 수 있도록 하는" 서평가가 구사할 수 있는 가장 강력한 무기가 아닌가? "비판을 하게 되면 전체보다는 부분에 집중하게 되는데, 과연 독자에게도 그게 좋은 건지 의문이 들어요. 비평은 이미 읽은 독자들을 대상으로 하지만, 서평은 안 읽은 독자들을 대상으로 하는 거잖아요. 그렇게 접근할 수는 없는 것 같아요. 저는 좀 더 온건하게, 무슨 이야기를 하는지 공유하고 싶은 거죠."

그렇다면 다른 걸 물어보도록 하자. 술은 안 드세요? 안 드신단다. 대신 남들 술값으로 책을 산다고 했다. 가만히 들어보니 술값으로 매달 그 금액을 쓴다면 당장 집에서 쫓겨나고도 남을 만한 금액이다. 영화는 안 보냐는 질문에 대한 대답은 더욱 충격적이다. "결혼 이후 영화냐 결혼이냐 중에서 한 가지를 선택해야 했어요. 시간은 한정되어 있고, 그렇다면 뭔가를 희생하긴 해야 하니까(그는 심지어 '그렇다고 책을 희생할 수는 없고……' 같은 말은 하지도 않는다!). 그렇지만 요즘엔 다시 보려고 하고 있어요. 지적 때문에라도." 심지어 영화를 다시 보려고 하는 이유 또한 지적 때문이라니.

"인간 행위의 본래적인 유일한 동기"의 신봉자인 나로서는 도무지 받아들일 수 없는 대답이다. 그건 내가 생각하는 인간의 삶이 아니었고, 솔직히

497

소름이 돋았다. 지젝이 말하는 '실재와의 조우'가 이런 느낌이 아닐까, 하는 멍청한 생각이 들 정도였다. 그럼 도대체 삶의 낙이 무엇인지("책"), 책에서 받는 스트레스는 어디에 푸는지("다른 책"), 그렇다면 그것이야말로 흔히 말하는 '자기 착취'가 아닌지 따지듯 묻는 나에게 그가 빙그레 웃으며 대답한다. "물고기가 물에 있는데, 물속에만 있는 걸 가지고 뭐라고 할 수 없는 것 아닌가요?" 나는 차라리 그 자리에서 차를 멈춰 세운 후, 히치하이킹이라도 해 집으로 돌아가고 싶은 심정이다.

"사회적 분업이에요. 그 안에서 내 몫을 하는 것뿐이죠. 어떻게 술도 안 마시고, 여행도 안 가고 무슨 재미로 사냐고 묻는 사람들이 있어요. 그런데 사람마다 각자 재미를 느끼는, 혹은 스트레스를 푸는, '아, 이게 사는 거지!' 하게 만드는 각각의 분야가 있는 법이거든요. 누군가는 등산이고 누군가는 술이고 누군가는 노래방, 이런 식으로. 저한텐 읽고 싶었던 책을 읽고, 갖고 싶었던 책을 갖는 게 '아, 사는 거다!' 느낌을 주는 거예요." 그리고 이어지는 그의 말에 나는 놀란다. 두꺼운 양장본으로 머리를 한 대 얻어맞은 것 같은 충격이다. "러시아에서는 보드카를 마시고 한 번 소매의 땀 냄새를 맡는 걸로 안주를 대신하기도 했어요. 안주가 없으니까요. 그런 거예요. 욕망은 길들이게 마련인 거죠. 필리핀의 이멜다 전 영부인은 구두가 이천 켤레가 넘었다고 해요. 그 사람은 자기 욕망을 그쪽으로 길들인 거죠. 결국 상대적인 거예요."

이어 그는 체호프의 희곡 「바냐 아저씨」의 한 장면을 묘사한다. 숲 속에 집을 짓고 사는 가난한 사람들이 "이삼백 년 후에는 이 숲이 아주 울창하게 될 거야"라고 말하며, 동시에 묘한 충만감을 느끼며, 그래서 우리는 열심히 일해야 한다고 다짐하는 장면을. 그는 그런 것들을 좋아한다고 했다. 소련 탄광 노동자들이 고된 하루 일과를 마치고 보드카 한 잔을 들이켠 후 들이마시는 소매의 땀 냄새, 같은 것들을. 나는 어쩐지 패배한 느낌이다. 적어도 내가 가장했던 "인간 행위의 본래적인 유일한 동기의 신봉자" 역할에 있어서만큼은 완벽한 낙제다.

나는 처음부터 묻고 싶었던, 그러나 과녁을 빗나갔던 그 질문을 다시 던지기로 한다. 다만 이번엔 조금 다른 느낌으로. 나는 묻는다. 시인이 되고 싶은 생각은 없었나요? "일단 시인은 직업이 아니라고 생각해요. 그리고 한국 시가 가능한가, 하는 의문이 들기도 했죠. 젊은 시절에 마음에 드는 시를 몇 편 썼고, 그걸로 만족합니다. 사람마다 가장 잘할 수 있는 것은 따로 있고, 그게 자기 에티켓이라고 생각해요."

정말이지 두 손 두 발 다 들 수밖에.

4

어느덧 버스는 S시에 도착했다. 우리가 내린 곳은 황량한 공터, 그 위에 놓인 허름한 컨테이너 박스 앞이었다. 임시 터미널이라고 했다. 해가 쨍쨍한데 비가 내렸고, 바람은 찼다. 복잡한 내 마음을 꼭 닮은 날씨였다.

로쟈와 나, 그리고 동행한 출판사 편집자는 점심을 먹기 위해 가까운 식당을 찾았다. 그곳에서 우리는 신선한 회무침과 매운탕을 먹었고, 책과 관련된(왜 아니겠는가!) 이런저런 잡담을 나누었으며, 술은 마시지 않았다(내 의지는 아니었다). 계산은 그가 했다. 미리 말해두자면, 강연이 끝나고 먹은 회와 마신 커피 또한 그가 계산했다(물론 나는 계산할 마음이 조금도 없었다는 사실을 밝혀둔다).

강연에 대해서는 별로 할 말이 없다. 그다지 열띤 분위기가 아니었다는 것밖에는. 이백 명 남짓한 아이들은 제각기 떠들었고, 스마트폰을 만지작거렸으며, 강연 중간에 불쑥 일어나 강당을 나서기도 했다. 어쩌면 당연한 일이다. 아이들은 독서에 관심이 없었고, '독서법'에 대해서는 말할 것도 없었다. 〈책을 버리고 거리로 나가자〉고 외쳤던 테라야마 슈지라면 흐뭇하게 바라보았을 광경. 음향 시설 또한 좋지 않아 강연 내용이 잘 들리지 않았던 탓도 있으리라.

나는 한쪽 구석에 서서 의자에 앉은 아이들과 강단 위에서 고군분투하는 그의 모습을 번갈아 바라보았다. 아이들은 그를 거의 존재하지 않는 사람처럼 여기는 것 같았고, 그럼에도 그는 그들에게 말을 걸기를 멈추지 않왔다. 준비한 강연문을 아이들의 수준에 맞춰 즉석에서 끊임없이 고쳐나가며. 때때로 자극적인 질문을 던지기도 하면서. 이를테면 이런 질문을. "여러분은 어떤 욕을 자주 해요? 욕이라면 내가 일가견이 있다, 이런 친구 있어요? '졸라', '씨바' 이런 욕들 자주 하나요?" 아마도 그 말을 들은 건 나와 내 옆에 선 편집자뿐이었겠지만.

그 이상한 풍경 속에 가만히 선 채로, 나는 문득 대학시절 한 수업을 떠올렸다. 정년퇴임을 앞둔 노교수님이 담당하던 전공필수 소설론 수업이었다. 혈기방장했던 우리는 물론 수업 따위에는 관심이 없었다. 소설도 아니고 소설론이라니. 우리는 고리타분한 '론' 대신에 마작의 '론'을 찾았다, 라고 하면 물론 거짓말이고. 수업을 멋대로 빼먹고 낮부터 술을 마시기 일쑤였고, 그나마 강의실에 앉아 있는 날도 뒷자리에 엎드려 음악을 듣거나 종이비행기를 날리곤 했던 것이다. 결국 낙제를 받은 나는 4학년이 되어 다시 그 수업을 들어야만 했다. 졸업을 앞둔 복학생답게 수업에 빠지는 일은 없었지만, 여전히 수업에 집중할 수 없었다. 솔직히 고리타분했다. 그러거나 말거나, 교수님은 나지막한 목소리로 소설의 이론을 강의하실 뿐이었지만.

그러던 어느 날이었다. 쉬는 시간 동안 담배 한 대 피우고 돌아온 강의실에서, 교탁 옆에 선 채로 자판기 커피를 마시던 교수님은 누구에게랄 것도 없이 "농담 하나 할까?"라고 묻고는, 누구도 대답하지 않았건만 그대로

로쟈와 나

말씀을 시작하셨다.

"나는 평생 동안 교수만 했습니다. 다른 직업은 가져본 적이 없습니다. 하지만 내가 만약 다시 세상에 온다면, 그래도 나는 교수를 택할 겁니다. 무엇을 전공하겠느냐? 문학입니다. 문학은 인간 탐구의 학문입니다. 문학만큼 매력 있는 게 없습니다. 오늘날 문학이 외롭습니다. 문학이 죽었다고 말들이 많습니다. 그건 문학 자체가 아니라 우리 사회가 그런 것입니다. 그래도 나는 다시 문학을 공부하겠습니다."

버스를 타고 오는 동안 로쟈는 내게 이런 말을 했다. "밑 빠진 독에 물붓기라는 생각을 할 때도 있어요. 가끔 궁극적인 '뻘짓'이 아닌가 생각하기도 하죠. (책의) 종말을 잠시 지연시키는 효과밖에 없을지도 모른다는 생각. 큰 틀에서의 파국은 막을 수 없고, 그저 잠시 지연시키는 것뿐이라는 생각. 하지만 그건 개인의 자세예요. 그리고 어떤 자세로 종말을 맞을지는 전적으로 우리에게 달려 있죠." 나는 묻는다. 그건, 말하자면 무너지는 댐을 온몸으로 막는 네덜란드 소년 같은 자세인가요? 그가 웃는다. "그런 영웅적인 건 아니고, 소시민적 삶의 충실성이라고 해야 할 것 같아요. 이번 책의 제목인 『그래도 책읽기는 계속된다』의 '그래도'가 말하고 있는 게 바로 그런 의지예요. 결국 책의 종말이 온다고 하더라도, 그래도……."

끝내 그래도, 라고 말할 수밖에 없는 마음. 그건 삶의 자세이자 태도이고, 차라리 믿음이다. 물론 그것은 언젠가 그가 썼던 것처럼 "문학(책)은 영원하다"라는 믿음을 철석같이 견지하는 신도들의 믿음이 아니고, 잘난 체하며 "문학(책)은 죽었다"라고 선고하는 종말론자들의 믿음은 더더욱 아니며, 차라리 그 사이에 존재하는, "믿음 자체에 대한 믿음"(『로쟈의 인문학 서재』, 217쪽)일 것이다. 신형철의 표현대로, 그는 "맹목과 냉소 사이에 '책임'의 길을"(『책을 읽을 자유』, 591쪽) 내고 있는 것이다. 또 하나의 믿음을 통해서. 그렇다면 질문. 사람에겐 얼마나 많은 믿음이 필요한가? 그 순간 내게 그 답은 분명해 보였고, 그를 조금쯤 이해한 것 같은 기분이 들기도 했다.

5

돌아오는 버스 안에서 그는 조금 지쳐 보였다. 어느덧 뉘엿뉘엿 해가 넘어가고 있었고, 우리는 조금 더 짙은 어둠을 향해 계속해서 달려가고 있었다.

"화가 날 때는 어떻게 해요?" 내가 물었고, "화가 나면 그냥 무시해버려요. 내가 화났다는 사실을 알면, 그냥 그걸로 됐다고 생각하죠." 그가 대답했다.

과연 그다운 대답이다. 나는 잠시 조금 전 강당에 모여 있던 아이들의 모습을 떠올리고, 다음 질문을 한다. "책을 읽을 자유가 있다면, 책을 읽지 않을 자유는 없나요? 책에서도 언급하셨듯이, 진정한 유토피아란 그것을 거부할 자유까지 포함해야 한다는 것이라면." 그가 웃으며 답한다. "그런 자유조차 책을 읽을 때 의미가 있어요. 그 자유를 주창하고 음미하기 위해서라도 일단 책을 읽어야 합니다. 책 읽을 자유가 있어야 그걸 가질 수 있는 거죠. 일단 독서력을 가지고, 그다음에 선택할 문제예요. 그전까지는 필수. 그건 안 읽는 게 아니라 못 읽는 거니까요. 책을 읽을 수 있는 능력이 앞선 후에야 가능한 말입니다."

나는 여전히 내게 남아 있던 일말의 의구심을 털어버리기로 한다. "최근의 고전 읽기 열풍이나 인문학 열풍을 볼 때, 이제 인문학 또한 자기계발의 한 분야로 그저 소비될 뿐이 아닌가, 하는 우려가 들기도 하는데요. 이 문제는 어떻게 생각하세요?" 행간에 숨겨진 나의 의심을, "(의도하진 않았더라도) 로쟈의 서평 역시 그것에 일조하는 건 아닐까?" 하는 우려를 눈치 채기라도 한 것처럼, 그는 긴 대답을 쏟아내기 시작한다.

"물론 비판 가능한 부분이 있어요. 하지만 저는 어떻게 유도하는지는 별 상관없다는 입장입니다. 사기도 좋아요. 일단 그렇게 해서라도 읽게 되면 분명 변화가 생기니까요. 능력이 생기는 거죠. 바깥에서 보자면 물론 그렇게 비판할 수 있어요. 하지만 아무것도 안 할 순 없는 것 아닐까요? 역량을 키운 후에 목소리를 낼 수도 있고, 그게 더 효과적인 부분도 있지요. 마르쿠제는 자기 소외가 극도로 진행된 후에야 새로운 어떤 것이 가능하다고 했어요. 그 극대화가 전환을 위한 잠재력이 되는 거죠. 세상은 그렇게 일면적이지 않아요. 자기 소외가 극대화된다는 건 결국 자기 자신을 위한 노동이 최소화된다는 이야기잖아요. 문명이 발달할수록 필수적인 노동이 최소화되고 초과노동이 점점 늘어나는데, 이건 역으로 착취를 바꿔버릴 한 걸음이 될 수도 있어요. 2시간 필수노동에 6시간 착취노동이라고 단순하게 말한다면, 6시간은 엄청나게 큰 착취지만, 그만큼 노동해방의 가능성도 더 커지는 거죠. 더 많이 착취당하는 게 반드시 나쁜 것만은 아닐 수도 있다는 말이에요. 국가기구에 필수적인 사람이 되는 것 자체가, 그 체제에 가장 큰 위협이 될 수도 있는 거죠. 따라서 적극적인 자기계발도 괜찮다고 생각합니다. 이소룡의 몸과 흔히 말하는 '몸짱'의 S라인에는 차이가 있어요. 못 가진 자들이 자기 극복을 위해 하는 노력, 즉 자기규율과 자기계발은 다르죠. 지젝이 자주 쓰는 표현을 따르자면 시차가 있는 거예요."

시차라, 나는 생각한다. 결국 내가 그에게 품었던 불만과 의구심 또한 일종의 시차에 지나지 않을지도 모르겠다는 생각. 그의 위치와 나의 위치 사이의 낙차가 만들어내는 시차, 혹은 그가 길들인 욕망과 내가 길들인 욕망의 거리가 만들어내는 그런 시차 말이다. 그렇지만 그것을 제대로 알기 위해 나는 800페이지가 넘는 지젝의 『시차적 관점』을 제대로 읽어야 할 것이고, 그 전에 로쟈의 페이퍼를 다시 한 번 읽어야 할 것이다. 뭐, 언젠가는 알게 될 날이 오겠지.

그는 "천천히 하지만 꾸준히Slow but steady"라는 표현을 좋아한다고 했다. 뭔가를 시작하면 오래 한다는 그는, 구두를 사도 떨어질 때까지 신고, 시계

로쟈와 나

나 안경도 마찬가지라고 했다. 오래 지속될 수 있는 것, 그것이 자신의 적성이라고 무덤덤하게 말하는 그는 일주일에 평균 20시간의 강의를 하고, 3편의 서평을 쓴다. 그리고 종종 의심 많은 인터뷰어를 데리고 멀리 지방 강연을 가기도 한다. 잠깐만, 이게 '천천히'라고? 나는 다시금 새롭게 솟아나는 의구심으로 무장한 채 따져 묻고 싶었지만, 그는 어느새 사위를 덮은 어둠 속에서 곤한 잠에 빠져 있었다. 그도 피곤할 것이다. 어쩐지 조금 안심한 나는, 내 옆에 잠든 그의 모습을 한동안 바라본다. 경이도 기계도 그렇다고 무슨 '지식의 보고' 같은 것도 아닌 한 사람의 인간을, 그의 잠든 '자세'를.

그리고 생각한다. 하루 종일 나쁜 말에 "세심하게 열심히 귀를 기울"이느라 참 고생이 많았겠구나, 하고.

1 미국의 영화감독 마이클 무어의 다큐멘터리 〈로저와 나〉에서 빌린 제목이다. 'ㄹㅈㅇㄴ'라는 초성이 같을 뿐. 다큐멘터리의 내용과 이 글은 아무런 상관이 없다.
2 천명관의 단편소설 「프랭크와 나」의 한 부분을 패러디했음을 밝힌다.

책 찾아보기

508